Eva Nowak

SIE sucht SIE

Persimplex Verlag

1. Auflage 2009
Persimplex Verlag, Wismar

Autor: Eva Nowak
http://nowak.persimplex.de/

ISBN: 978-3-940528-78-0

Persimplex Verlag im Internet: www.persimplex.de
Email: kontakt@persimplex.de

Eva Nowak

Sie sucht Sie

1. Kapitel

„Ich vermisse sie. Obwohl nun so viel vorgefallen ist, vermisse ich sie. Warum nur in aller Welt greift sie nicht zum Telefon und ruft mich an? Hat sie mir nicht versprochen, dass sie alles neu überdenken würde? Erst vor Kurzem schwor sie erneut, dass ich das Wichtigste für sie wäre. Anders sollte es fortan nun werden, denn endlich würde sie ihr Leben ordnen“, jammerte Alex leise vor sich hin.

„Ich liebe dich“, erinnerte sich Alex ihrer Worte. „Ich bin mir absolut sicher. Nur mit dir möchte ich zusammen sein. Vertrau mir nur noch ein einziges Mal. Für alles gibt es einen Weg. Ich werde meine Zelte hier bald abbrechen.“

Diese Worte lagen bereits vier Wochen zurück und was war seitdem passiert? Nichts Wesentliches. Stets das Gleiche, Alex war allein zu Hause - wartend auf ein Zeichen von ihr. Ihre Gefühlswelt total durcheinander, denn sie konnte keinen klaren Gedanken fassen, zu chaotisch erschien ihr alles.

Alex versuchte sich zusammenzureißen, es mit Fassung zu tragen, aber es gelang ihr nicht. Tränen rollten erneut über ihr Gesicht. Sie fühlte sich so einsam, verdammt einsam.

„Du wirst deinen Weg schon finden, Alex“, so sprach Iris einst einfühlsam zu ihr. Iris war ihre beste Freundin und oft hatte sie Trost und Rat bei ihr gesucht. „Wenn Liebe im Spiel ist, dann ist das Gehirn ausgeschaltet, nur das Herz bestimmt. Ich bin mir sicher, dass dein Herz irgendwann spürt, was es will. Früher oder später wirst du es genau erkennen.“

Immer wieder hatte Iris das Für und Wider dieser ungewöhnlichen Beziehung, die nun zweieinhalb Jahre andauert, auf die Waagschale gelegt.

„Alex, beklage dich nicht“, betonte Iris daher. „Auch wenn diese Liebe einseitig ist, du hast sie immer akzeptiert. Warum sonst bist du stets nach Thüringen gefahren? Es lag an dir, etwas zu verändern. Du aber hast alles geduldig ertragen.“

Natürlich hatte Iris recht. Trotz der vielen unerfüllten Sehnsüchte und Enttäuschungen bis hin zu ihren zwischenzeitlichen Ausreißversuchen, Alex wollte diese Liebe nicht verlieren. Diese war ihr derart wichtig, denn schließlich war es ihre erste Beziehung mit einer Frau.

Sie suchte wissentlich die Liebe zu einer Frau. Anfänglich erahnte sie, dass ihr die Zuneigung zu einer Frau mehr bedeuten könnte. Heute wusste sie es mit Gewissheit, sie will lesbisch leben.
Aus ihren Gedanken gerissen, klingelte plötzlich das Telefon. Auf dem Display erkannte Alex sofort die Rufnummer. Sie freute sich, denn seit vielen Stunden hatte sie auf diesen, jetzt zweiten Anruf von ihr gewartet.
„Hallo Schatzi, ich konnte mich nicht eher melden. Du weißt doch, mein Mann ist rund um die Uhr bei mir. Er weicht mir nicht mehr von der Seite. Wenn ich plötzlich auflegen muss, dann weißt du Bescheid. Nicht böse sein, es geht noch nicht anders. Ich küsse dich, … tüt … tüt … tüt …“
„Aufgelegt, na toll!“, sprach Alex enttäuscht.
Schon immer hatte sie sich über die Fülle solcher Gespräche geärgert, so auch in diesem Moment. Aufsteigender Zorn stand ihr förmlich im Gesicht geschrieben.
Das Telefon klingelte erneut und Alex nahm den Hörer ab.
„Sorry, falscher Alarm. Ich habe Geräusche gehört und dachte, es wäre Holger. Ich denke an dich und habe dich lieb. Wie geht es dir?“
„Total beschissen, aber das weißt du doch!“, entgegnete Alex zögerlich. Oft hatte sie ihr in den zurückliegenden Wochen davon erzählt, denn von jenem Moment an, an dem sie nicht wie geplant von Thüringen zu ihr umgezogen war, brach für Alex eine Welt zusammen.
„Ich bin allein in der großen Wohnung. Lasse mich ein wenig vom Fernsehen berieseln. Im Grunde habe ich auf ein Lebenszeichen von dir gewartet.“
Alex` Antwort klang etwas gereizt, denn bei den Worten große Wohnung schwoll ihr Ärger unvermindert an. Letztendlich sollte es eine gemeinsame Wohnung werden, eine kleine Wohngemeinschaft in Liebe. Jedoch wer nicht gekommen war, das war sie.
„Nicht traurig sein, ich werde alles ändern. Nur jetzt geht es … tüt … tüt … tüt …“
Erneut aufgelegt. Alex hatte es bereits geahnt, dass es auch diesmal nur ein flüchtiges Gespräch werden würde.
Was denkt sie sich eigentlich nur dabei? Sie muss doch wissen, wie weh sie mir damit tut. Alex` Augen wurden immer feuchter und sie versuchte, dieses Gefühl zu bekämpfen. Es half nichts, denn nun erst

recht rollten dicke Tränen unvermindert über ihre Wangen. Im Grunde wusste ihr Kopf genau, was er davon zu halten hatte. Augenblicklich wanderten ihre Gedanken zu den vielen schrecklichen Telefonaten, die sie mit ihr zwei Tage vor dem geplanten Umzug führte.

„Alex, glaub mir. Ich sitze hier auf gepackten Koffern und ich habe Holger endlich alles erzählt. Aber nun? Nun weiß ich gar nicht mehr, was ich tun soll.“ Sie sprach von der Liebe zu ihrem Ehemann, die sie plötzlich neu erkenne, auch davon, dass sie sich nicht von ihm trennen könne.

„Ich liebe euch beide, dich und Holger“, waren ihre Worte. Das traf Alex damals derart unverhofft, da sie stets beteuerte, dass mit ihrem Mann erotisch nichts mehr lief.

Grübelnd saß sie auf der Couch und starrte aus dem Fenster.

Warum zum Teufel habe ich dieses Versteckspiel all die Jahre zwischen ihr und mir geduldet? Nur damit sie ihre Scheinehe in Thüringen bis zum geplanten Umzug weiterführen konnte? Warum vertraute ich darauf, dass sie tatsächlich die Trennung von ihrem Mann konsequent durchziehen würde? Wie dumm von mir, da musste doch ein Haken sein? Warum habe ich all ihren Worten und Versprechungen zu sehr Glauben geschenkt?

Alex´ Handy fiepte und am Ton erkannte sie, dass eine Kurzmitteilung angekommen war.

<<Bitte verzeih mir, aber heute geht es nicht mehr. Melde mich morgen. hdl + ily >>

Mehr Wut als Freude stieg in Alex auf und Tränen purzelten erneut über ihr Gesicht.

Warum muss ich stets weinen? Immer wieder bin ich derart betroffen. Ich habe es endgültig satt, denn das kann doch keine Liebe sein? Wieso gehe ich nicht allein aus, anstatt hier, in der Wohnung zu sitzen, nur um ihren Anruf nicht zu verpassen?

Jeder anderen hätte Alex den guten Rat gegeben, ihre Situation zu überdenken. Doch offensichtlich schien es bei ihr selbst nicht zu funktionieren.

Nun erst bemerkte sie, dass es bereits weit nach Mitternacht war, Zeit, um ins Bett zu gehen. Sie betrat ihr Schlafzimmer, in dem ein riesengroßes Doppelbett stand.

„Das sollte eigentlich das Bett für Diana und mich sein. Diana, welch ein wunderschöner Name und der Grund zugleich, warum ich mich so elend fühle“, sprach sie sanft vor sich hin. Beim Klang ihrer Worte musste sie unwillkürlich an die vielen zärtlichen Küsse, an die erotischen Berührungen, an all die Liebe denken, die sie bisher erfahren hatte. Diana hatte im wahrsten Sinne des Wortes für die von ihr gewollten Veränderungen in ihrem Leben gesorgt und damit meinte sie nicht nur die positive Seite dieser ungleichen Beziehung. Diana war ihre erste Frau und deshalb hing sie so sehr an ihr.
In Gedanken versunken zog sich Alex ihre Tageskleidung aus und legte sich ins Bett. Noch ehe sie die Müdigkeit übermannte, wurden in ihr jene Erinnerungen wach, wie es einst eigentlich angefangen hatte. Sie versuchte, sich auf jedes Detail zu konzentrieren und in ihrem Kopf setzten auf einmal die Ereignisse von damals ein. Wie bei einer Rückblende im Film spulte sich vor ihren Augen die Vergangenheit ab.
Es begann 1999. Riesiger Lärm kam plötzlich aus dem Wohnzimmer der kleinen Dreiraumwohnung. Philip und Tobias schauten verdutzt aus ihrem Kinderzimmer. Noch nie zuvor hatten sie ihre Eltern streiten sehen und nun gleich mit solcher Intensität. Jedoch mit ihren dreizehn und elf Jahren gab es Wichtigeres. Sie gingen wieder in ihr Zimmer zurück und verschlossen die Tür. Um keinen Preis der Welt wollten sie etwas von dem schönen Trickfilm im Fernsehen verpassen und drehten daher die Lautstärke auf. Bald schon war nichts mehr von dem Krawall zu hören. Aber der Tumult im Wohnzimmer ging weiter, wo Alex mitten im Raum stand und Peter, ihr Ehemann, sie vom Sofa her ansprach.
„Was ist nur los? Was ist mit dir? Ich verstehe das nicht. Wir sind nun siebzehn Jahre verheiratet und bisher war alles so schön harmonisch.“
Alex drehte sich zu ihm um, ihr Gesicht versprach nichts Gutes. So hatte Peter seine Frau noch nie gesehen.
„Ich habe es dir bereits vorhin erklärt. Ich kann so mit dir nicht mehr leben und ich will es auch nicht mehr. Unsere Ehe ist einfach stink langweilig.“
Peter konnte es immer noch nicht fassen. „Wir sind doch eine Familie. Stets haben wir alles gemeinsam gemacht. Es ist bisher so schön gewesen. Warum gefällt dir unsere Ehe nicht?“

„Peter, es ist richtig, du bist ein herzensguter Mensch, im Haushalt hilfsbereit, zugleich ein lieber Vater. Aber das ist für mich nicht genug. Unser Zusammenleben dreht sich seit Jahren nur um das Gleiche. Du kennst nur eine Freizeitaktivität und die heißt Garten, Garten und nochmals Garten."
Peter stutzte und antwortete leise. „Auch du hast vor zwölf Jahren diesen Garten gewollt."
„Das mag ja richtig sein, aber inzwischen habe ich eine Gartenallergie. Sag mir, wann waren wir zum Essen oder Tanzen aus? Wann sind wir jemals ins Kino gegangen oder haben uns mit Freunden getroffen? Sag mir, wann?", fluchte Alex laut und ließ gleich ihrem Ärger weiteren Lauf. „Wir haben keinen Freundeskreis, nur weil du von Anfang an stets auf deine Ruhe bedacht warst."
Peter versuchte ruhig zu bleiben und erwiderte. „Aber da sind doch die Friedrichs, mit denen wir uns treffen."
„Na klar, die sind auch die Einzigen, die an dich herankommen durften, da die Kinder Schulfreunde sind. Du, deine Ruhe und deine ewige Eintönigkeit stehen mir bis hier."
Mit einer Bewegung des Zeigefingers deutete Alex auf ihre Unterlippe. Ohne Luft zu holen, ließ sie nun alles raus, eine Art, die Peter von ihr gar nicht kannte.
„Hör mal, Peter, wir haben bisher alle unsere Urlaube am gleichen Ferienziel verbracht. Für dich gibt es nur Tirol und die Alpen. Du bist unfähig, dich auf neue Dinge einzulassen, was Privates und Berufliches betrifft." Alex schnappte nach Luft und nutzte die Zeit zum Überlegen. „Von Beginn an haben wir in einem eingeschliffenen, total langweiligen Trott gesteckt. Die relevanten Dinge des Alltags habe ich im Wesentlichen organisiert. Zu sehr war ich mit dem Wohl der Familie beschäftigt. Deshalb habe ich nicht wahrgenommen, dass mir so vieles zum eigenen Glück fehlt. Ich will ein interessantes Leben haben. Verzeih, aber du bist total langweilig und unsere Ehe ist es auch!"
Alex war klar, dass Peter nun total überfordert war.
„Du hast nie etwas gesagt", sagte er resignierend.
In diesem Punkt hatte er recht. In den letzten Jahren hatte sie es aufgegeben, ihm zu erklären, dass ihr so einiges Missbehagen bereitete. Durch die Blume, zwischen Zeilen versteckt, hätte Peter es erkennen müssen, jedoch er verstand diese Frauensprache nicht. Noch nie war

sie derart direkt zu ihm gewesen. Sie dachte an das berühmte Fass, das nun überlief. Nichts konnte sie davon abbringen, mit ihren neununddreißig Jahren wünschte sie sich ein anderes Leben. Eines, das nicht durch Eintönigkeit, Langeweile und Einsamkeit geprägt war.
Peter redete auf sie ein, aber Alex schaute nur durch ihn hindurch. Geistesabwesend ließ sie ihren Gedanken freien Lauf. Erinnerungen erschienen, an denen Peter nach getaner Arbeit allabendlich seinem Schönheitsschlaf auf der Couch verfiel. Er schlief mindestens seine zwei Stunden durch oder bettete sich zwecks Schlafengehens um. Alex fühlte sich stets einsam und langweilig war es obendrein. Daher hatte sie im Verlauf der Ehejahre gelernt, sich selbst zu beschäftigen. Unzählige Stunden verbrachte sie mit dem Lesen von Büchern. Jahre später kaufte sie sich ein Keyboard. Jedoch mit dem ersten Computer verfiel sie total dem Chatwahn, denn mit aller Welt tauschte sie Persönliches aus, worüber sie mit Peter nicht mehr sprechen konnte.
Nur eines blieb ihr kleines Geheimnis, was sie niemanden preisgab und darin bestand, dass sie schon bald nach den ersten Ehejahren in den Stunden der Liebe relativ wenig empfand. Sie konnte sich nie erklären, warum das so war, spürte aber, dass ihr in den Nächten die erotische Erfüllung fehlte. Einen Orgasmus kannte sie in den ganzen Ehejahren nicht. Doch am meisten störte sie Peters Drängelei zum Oralverkehr, den sie ablehnte. Sie war höflich genug, ihm zu verheimlichen, dass sie mit diesem Ding im Mund, nichts anfangen konnte. Natürlich gab es Momente, wo sie sich heimlich befriedigte und dabei erst merkte, zu welchen Empfindungen eine Frau doch fähig war. Aber nun, zum ersten Mal in ihrem Leben, dachte sie nur an sich, an ein anderes Leben und an ihre Träume.
Immer noch in ihren Gedanken vertieft, bemerkte Alex nicht, dass Peter seit zehn Minuten geschwiegen hatte. Er kam auf sie zu und ergriff ihre Hand.
„Alex, ich liebe dich sehr. Bitte, lass es uns noch einmal versuchen."
Sie sah ihn an, Tränen rollten über ihre Wangen.
„Ich kann nicht, verzeih. Ich empfinde Zuneigung und tiefste Freundschaft, aber ich liebe dich nicht mehr."
„Aber, wie soll es nun weitergehen?", fragte Peter.
„Ich weiß es nicht." Das Gespräch war beendet, jedoch fortan stellte sie sich unentwegt die gleichen Fragen.

Warum habe ich mich in all der Zeit in Gegenwart von Frauen viel wohler gefühlt? Warum ziehen mich vor allem hübsche, sehr weiblich wirkende Frauen so magisch an?
Alex´ Erinnerungen von damals verblassten, denn sie war bereits so müde, dass sie keinen klaren Gedanken mehr fassen konnte. Daher kuschelte sie sich mit ihrem Gesicht tief in das Kopfkissen und schlief sofort ein.

2. Kapitel

„Babsi, sag mal, kannst du am Sonntag, also übermorgen mit mir den Dienst tauschen?“, fragte Judy fast beiläufig und drehte den Patienten auf die linke Seite. Babsi zupfte am Stecktuch, um es in die richtige Position zu bringen.
„Schieb es von deiner Seite mehr unter den Hintern. Gut so. Was hast du gesagt? Ach ja, Dienst tauschen. Wann musst du denn arbeiten?“, wollte Babsi wissen.
„Ich bin mit Frühdienst dran, würde gern deine Spätschicht haben. Tauschen wir?“
Babsi zog das Laken glatt und schaute Judy schmunzelnd an.
„Geht klar und nun vorsichtig den Herrn Meyer anheben, eins, zwei, drei, los!“
Beide hoben den Patienten an, um ihn auf die andere Seite zu lagern. Dann schaute Babsi Judy verwundert an.
„Sag mal, ist Rita nicht in dieser Entzugsanstalt am See? Ich dachte, ihr dürft euch die ersten drei Wochen nicht sehen? Du wirst doch nicht heimlich bei Nacht und Nebel über den Zaun steigen wollen?“, sie grinste Judy an.
„Nein, ich möchte den Abend in einer Disco verbringen. Das ist das einzige Wochenende, wo es nach Dienstplan gehen würde“, als ob sich Judy rechtfertigen müsste, redete sie weiter.
„Du kennst doch Rita. In all den vier Jahren waren wir drei Mal tanzen, stets zu meinem Geburtstag, weil ich es mir so gewünscht hatte. Sie geht weder mit mir tanzen noch mit mir aus. Ich will einfach Mal in die Disco, den Leuten zuschauen und mittanzen.“
Babsi kannte Rita gut. Gemessen an dem, was sie selbst erlebt und von Judy hin und wieder gehört hatte, war Rita ihrer Meinung nach

eine von Ängsten besessene, ständig klammernde Frau. Rita ließ keine Freundschaften zu und zu anderen Frauen schon gar nicht.
„Kann ich gut verstehen, aber das mir keine Klagen kommen!“, juxte Babsi. „Wie ich dich kenne, wirst du sicherlich in eine einschlägige Disco gehen, oder?“
„Wie immer hast du mich durchschaut.“ Judy witzelte mit einem zwinkernden Auge zurück. „Vielleicht läuft mir ja eine super Tanzpartnerin über den Weg? Danke jedenfalls für das Tauschen.“
Beide gingen in das nächste Zimmer, um weitere Patienten zu lagern. Judys Gesicht jedoch strahlte, sie freute sich bereits auf ihren morgigen Discoabend.
Einfach nur mal abschalten, so dachte sie.

3. Kapitel

Am nächsten Morgen, einem Sonnabend, erwachte Alex sehr früh. Typisch für sie, denn mit fünf bis sechs Stunden Nachtschlaf kam sie von je her sehr gut klar. Zunächst kochte sie sich einen kräftigen Kaffee und überlegte, wie sie den Tag verbringen sollte, jedoch fiel ihr nichts Interessantes ein. Häufig war ab zehn Uhr ein Anruf von Diana zu erwarten und daher nahm sie sich bis dahin nichts vor. Jedoch die Sekunden vergingen schleppend, die Zeit schien still zu stehen. Mittlerweile war sie schon bei der x-ten Zigarette angelangt, aber das Telefon blieb stumm.
Warum ruft sie mich nicht an? Wie wichtig bin ich ihr eigentlich? Fragen, die sich Alex in den vergangenen Jahren schon derart oft gestellt hatte. Das war auch der Grund, warum sie etliche Ausreißversuche unternahm, dennoch bei Diana geblieben war.
„Eigenartig, zu was eine Frau doch fähig ist? Welches Maß sie akzeptieren kann, nur weil sie ein anderes, neues Leben führen will?“, schluchzte sie laut vor sich hin und erinnerte sich, wie sie zum ersten Mal mit dem speziellen Thema in Berührung kam. Es war vor zehn Jahren, als ihr Bruder Sven davon sprach, dass er ihr und Peter etwas Wichtiges mitteilen müsste. Sven war damals recht zögerlich und wusste nicht recht, wie er beginnen sollte.
„Ich weiß nicht, wie ich es euch erklären soll, aber ich bin vom anderen Ufer.“

Ein Sprachgebrauch, der für Alex total unbekannt war, sodass sie fragte.
„Entschuldige bitte, Sven, von woher kommst du?"
Sven musste ziemlich schmunzeln, ehe er weitersprechen konnte.
„Ich gehöre zu den 175-igern."
Jedoch auch das ergab für sie keinen Sinn. „Ich kenne mich mit Vereinen nicht aus?"
Sven grunzte vor Lachen, obwohl ihm die Sache so ernst war.
„Ich bin verzaubert!"
Nun musste Alex heftig lachen.
„Nun komm, Sven und rede mit uns Klartext. Was ist los?"
„Noch nie von diesen Ausdrücken gehört?", begann Sven zu beichten. „Ich bin schwul und habe seit einem halben Jahr einen festen Freund."
„Na und?", erwiderte sie damals gelassen. „Du bist mein Bruder und das ist dein Leben."
Niemals zuvor hatte sich Alex mit den Begriffen schwul oder lesbisch ernsthaft beschäftigen müssen. Zu DDR-Zeiten sprach man über dieses Thema nicht, denn so etwas schien es nicht zu geben. Wenn ja, so musste es wohl eine schreckliche Krankheit gewesen sein. So jedenfalls reagierte ihr Papa, der Sven bei seiner Beichte sofort gute Ratschläge gab, einen Psychologen oder andere Ärzte aufzusuchen, die das schon wieder hinbekommen würden. Für die Mutti hingegen sah Sven nicht krank aus. Sie konsultierte Ärzte, um sich zu informieren, warum es Homosexualität gab. Von den Ärzten erhielt sie eine Fülle an Lektüre, die sie eifrig las. Sie war zwar traurig, warum es gerade ihren Sohn erwischen musste, aber sie wollte um nichts auf der Welt ihren Sohn verlieren.
Alex war es egal. Sie machte sich damals keine Gedanken, was so Mann und Mann zusammen treiben könnten. Sven war ihr toller Bruder, der ein Recht auf sein eigenes Leben hatte.
In Gedanken versunken grübelte Alex weiter. Warum hat mich der Film <<Desert Hearts>> so fasziniert?
Sie erinnerte sich genau an jene Zeit, als sie diesen das erste Mal im Fernsehen sah. Nur durch Zufall war sie darauf gestoßen und hatte flink eine Videokassette in den Rekorder geschoben. Sie sog diesen förmlich in sich hinein, niemand wusste etwas davon. Damals konnte

sie sich nicht erklären, warum ihr dieser Film so gefiel. Jede Passage, jeden Wortlaut kannte sie bereits auswendig.
Erahnte ich bereits meine Zuneigung zu Frauen, obwohl ich mir angesichts der Familie und meiner Kinder nicht vorstellen konnte, Frauen zu lieben?
Jetzt, im Nachhinein, fielen ihr so viele Erlebnisse ein, in denen sie stets die Nähe zu bestimmten Frauen suchte. Früher begründete sie jenes stets mit Freundschaft - Frauen verstehen sich einfach besser untereinander. Nie hatte sie den Gedanken, eine Frau erotisch zu lieben, zugelassen. Jedoch geträumt hatte sie oft davon. Niemand wusste von diesen fantasievollen Wünschen, die bereits im Teenageralter begannen. Stets stellte sie sich vor, wie sie als Mann auf verschiedenste Weise eine Frau kennenlernt, sie küsst und mit ihr viele Zärtlichkeiten austauscht. Wie absurd, so glaubte sie damals.
Aus ihren Erinnerungen in die Gegenwart zurückgekehrt, setzte sich Alex an den Schreibtisch, wo sich ihr kleines Büro befand. Sie wollte sich etwas ablenken und die Ablage ordnen. Seit mehr als drei Jahren war sie nun selbstständig, das erste Jahr davon wider Willen, um nicht selbst in das Loch der Arbeitslosigkeit zu fallen. Sie kannte sich in Dingen der Bilanzbuchhaltung hervorragend aus, jedoch ihre Firma war bestrebt, die Buchhaltung an eine Fremdfirma auszulagern. Deshalb wurde sie eines Tages zum Geschäftsführer gebeten und ahnte, dass sich ab jetzt alles ändern würde. Zu ihrer Überraschung kam nicht der blaue Brief, sondern ihr wurde nahe gelegt, über das Stiefkind der Firma nachzudenken.
„Wir möchten den touristischen Bereich in die Selbstständigkeit verlegen“, sprach ihr Chef und zu gut wusste sie, dass dieser Bereich nicht sonderlich gut lief. „Ihnen möchten wir dieses Angebot antragen, denn wir halten Sie für absolut geeignet. Wir bieten Ihnen übergangsweise einen zinslosen Kredit sowie günstige Pachtbedingungen für den Zeitraum von fünf Jahren an. Im Gegenzug sind Sie trotz Selbstständigkeit verpflichtet, den Ruf und das Image der Firma zu wahren. Die Buchhaltung selbst wird in einigen Monaten ausgelagert.“
Alex bekam damals einen Tag Bedenkzeit und entschied sich für das Stiefkind. Auf ihre Kollegin Sabine, die bisher in diesem Bereich tätig war, konnte sie nicht verzichten, denn sie hatte Nullahnung von dem, was auf sie zukam. Daher brauchte sie in der Tat drei Monate,

um sich einzuarbeiten und sich einen Überblick zu verschaffen. Jedoch trotz des guten Weihnachtsgeschäftes bemerkte sie bald, dass es sich für zwei Personen nicht rechnete und für sie blieb am Ende des Monats kaum Geld übrig. Ein Jahr später, als Alex alles allein meisterte, erst ab jenem Zeitpunkt verdiente sie gut.
In Gedanken versunken sortierte sie ein paar abgearbeitete Auftragsbestätigungen, als plötzlich das Telefon klingelte.
„Endlich meldet sich Diana“, freute sich Alex, da sie wusste, dass Diana grundsätzlich das Geschäftstelefon anwählte. Sie nahm den Hörer ab und meldete sich mit: „Brinker, Veranstaltungsservice, guten Tag. Was kann ich für Sie tun?“
„Frau Helms hier. Sagen Sie bitte, Sie machen doch die Führungen in der Schlossbrauerei, nicht wahr?“ Die Stimme am anderen Ende klang sehr sympathisch.
Schade, es ist nicht Diana, dachte Alex, griff aber in Sekundenschnelle zum Kuli und konzentrierte sich auf das Gespräch. Noch ehe sie antworten konnte, setzte die freundliche Stimme am anderen Ende fort.
„Wissen Sie, wir sind ein Kegelverein von fünfzig Mitgliedern und planen für September unsere nächste Vereinsfahrt. Diesmal soll es in Ihre hübsche Stadt gehen. Durch eine Bekannte habe ich erfahren, dass bei Ihnen verschiedenste Biersorten im historischen Flair gebraut werden. Das wollen wir kennenlernen.“
„Gern würde ich Ihren Verein in unseren heiligen Hallen begrüßen“, antwortete Alex mit dem gleichen lustigen Unterton. „Sie müssen daher neunzig Minuten Zeit mitbringen und verweilen im alten Schlossgewölbe mit rustikalem Flair. Von den Räumlichkeiten, die auch ideal zum Feiern geeignet sind, schließt sich nahtlos die Produktionsstätte an. Ihre Gäste werden während der Führung Interessantes zur Bierherstellung erfahren. Im Anschluss gibt es Verkostungsproben mit Brot und Käse gereicht. Haben Sie sich schon einen speziellen Tag ausgesucht, Frau Helms?“
Frau Helms ging auf die Frage nicht ein.
„Werden Sie die Führungen machen? Sie haben eine so nette Art zu sprechen. Ich freue mich schon jetzt auf die Veranstaltung.“
Alex war wegen des Komplimentes leicht irritiert und antwortete nun mit einem Schmunzeln im Gesicht, welches durch den Hörer hindurch nicht zu verheimlichen war.

„Selbstverständlich werde ich Ihre Gäste höchstpersönlich begrüßen."
„Toll! Also geplant ist der vierzehnte September und wir möchten zuvor eine Stadtführung durchführen, die bereits für zehn Uhr gebucht ist. Wie sieht es aus, können Sie uns im Anschluss in die Schlossburg einschleusen?"
Alex schlug den vierzehnten September im Kalender auf und sah, dass noch keine Buchung für diesen Tag vorlag.
„Frau Helms, sofern es für Sie passt, ab zwölf Uhr wäre es möglich. Meine Empfehlung für Sie, beenden Sie doch die Stadtführung an der Schlossbrauerei. Sie brauchen nur in der Touristinformation Bescheid sagen und ersparen sich das Suchen."
„Das ist ja eine tolle Idee, Danke. Nun aber zum Unkostenbeitrag, welchen ich für fünfzig Nasen zu entrichten habe?" Die Stimme von Frau Helms wurde zunehmend lustiger.
Alex ging auf den Preis und den Rabatt für diese Gruppenstärke ein. Beide waren sich sofort handelseinig und so notierte sie die Anschrift und Telefonnummer, um für Frau Helms die Auftragsbestätigung vorbereiten zu können.
„Wenn Sie mir diese bitte mit einem Autogramm von Ihnen zurücksenden würden?", sprach Alex mit einer Vertrautheit. „Bitte seien Sie auch so freundlich, mir drei Tage vor Beginn die ungefähre Gruppenstärke telefonisch durchzugeben."
„Ein Autogramm von mir erhalten Sie natürlich umgehend. Ich freue mich schon jetzt, Sie kennenzulernen. Danke für das Gespräch."
„Frau Helms, ich habe zu danken. Dann wünsche ich Ihnen noch einen schönen Tag." Alex musste schmunzeln, als sie den Hörer auflegte und leise zu sich sprach. „Das war ein lustiges Geschäftsgespräch, das schon einen flirtenden Charakter hatte."
Diese Frau Helms war ihr sofort sympathisch. Auch in ihr kam die Neugier auf, wie sie wohl aussah. Im September würde sie es erfahren.
Erneut tauchte sie in ihre Vergangenheit ab und kramte in ihren Erinnerungen.
Schon mit Beginn ihrer Selbstständigkeit setzte eine Reihe solcher Telefonate ein. Immer wieder kam in ihr eine gewisse Neugier auf, welche Art von Frauen sich hinter den netten Stimmen verbergen

könnte. Viele interessante Frauen erschienen, die meistens wesentlich älter waren als sie.
Wie um alles in der Welt kann eine Frau eine Frau finden, die die gleiche Neigung hat?
Das war für Alex damals die aller wichtigste Frage und irgendwann lag die Lösung auf der Hand. Na klar, übers Internet.
Alex versuchte, sich genau an ihre Anfänge zu erinnern, als sie sich einst in diverse Internetseiten einklickte.
<< Sie sucht sie >>, das war die Rubrik, wo sie emsig die geschalteten Annoncen verfolgt hatte. Mit sich noch total verwirrt, fing sie an, im Rausche des Weines auf einige Inserate zu antworten. Als dann plötzlich Antworten kamen, war Alex total entsetzt und dachte, was machst du da?
Aber sie wollte es wissen und konzentrierte sich nun auf ihr neues, anderes Leben.
Zunächst war sie sich bewusst, dass sie für die Frauenwelt attraktiv sein musste, denn mit ihrer fülligen Figur würden ihr nur wenige Frauen Beachtung schenken. Von einem zum anderem Tag begann Alex, sich einer strengen FdH zu unterziehen. Innerhalb der nächsten zweiundeinhalb Monate nahm sie fast zwanzig Kilogramm ab. Die Freude war riesig, denn mit jedem Gramm wuchs ihre Selbstsicherheit, sich einer Frau stellen zu wollen.
Dann erst unternahm sie erneute Internetversuche und verschlang die Fülle der Inserate. Alex verstärkte ihre Suche auf verheiratete Frauen, im Glauben, dass nur diese in gleicher Weise ihre Situation verstehen würden. Sie wurde richtig fündig und notierte sich so allerlei E-Mail-Adressen. Sollte eine dieser Frauen den Chatbereich betreten, so würde sie diese sofort begrüßen. Alex war sich im Klaren, dass der Chat den Rahmen absoluter Anonymität bot. Jedermann und jede Frau konnte sich hier wahrheitsgemäß oder vorgetäuscht präsentieren. Trotzdem war es faszinierend und schien die ideale Plattform für sie zu sein, um ihre eigenen Hemmschwellen zu überwinden. Geeignet für erste Laufversuche bei der Suche nach einer Frau, ähnlich einem kleinen Kind, das mit den ersten Schritten die neue Welt für sich erobern möchte und zugleich etwas ängstlich ist.
Die ersten Gehversuche begannen damit, dass Alex Heike kennenlernte. Angefangen hat es damit, dass Heike einfach die erste Person von den notierten E-Mail-Adressen war, die den Chatraum << Sie

sucht sie >> betrat. Alex´ Herz schlug plötzlich doppelt so schnell, denn endlich war jemand mit ihr zeitgleich online. Sie brauchte fast drei Minuten, um sich zu fassen. Mit hochrotem Kopf nahm sie allen Mut zusammen, öffnete ein Chatfenster und schrieb.
<< grüße dich ganz lieb ... Lust auf ein Gespräch? >>
Heikes Antwort kam prompt.
<< ein liebes Hallo zurück >>
<< danke dir ... *schmunzeln* ... schön, dass du Zeit hast >>
In den ersten Dialogrunden tauschten sie sich flüchtige, oberflächliche Dinge aus. Dann wagte sich Alex einen Schritt nach vorn und schrieb.
<< du wirst dich schon gewundert haben, dass ich dich so gezielt anspreche >>
<< ein wenig schon >>, so ihre Antwort.
<< ich habe dein Inserat gelesen, das mir gefiel ... du suchst nach einer Frau? ...
... hier bin ich! >>
Eine kurze Pause trat ein, ehe ihre Antwort kam.
<< ich bin jetzt total durch den Wind gedreht, du bist die Erste, die mich darauf hin anspricht ...>>
In den weiteren Tagen entwickelte sich zwischen Alex und Heike eine wahre Leidenschaft. Sie schrieben sich täglich viele E-Mails und tauschten sich dabei ihre erotischen Wünsche und Gefühle aus. Heikes Scheu verflog bald und sie blühte förmlich in einer Erotikwelt auf.
Nach und nach erfuhr Alex, dass Heikes Ehemann einer von der ganz zärtlichen Sorte wäre, der sich viel Zeit nahm, Heike mit Hand und Zunge zu verwöhnen, ehe er in sie eindrang. Dann gab sie schwärmerisch ihre erotische Gefühlswelt preis, die sie zu gern mit einer Frau erleben möchte. Heike schickte per E-Mail Fotos von sich, auf denen sie in schwarzer Reizwäsche zu sehen war. Gemessen an der relativ schlechten Bildqualität, war Alex der Meinung, dass die Fotos echt sein müssten. In ihren E-Mails begann sie zu berichten, dass ihr schwarzer Slip in der heißesten Gegend offen wäre und dass sich ihre wild durchbluteten Lippen nach feuchten Abenteuern sehnen. Ein Foto trat sofort den Beweis an. Hier war in der Tat wirklich jemand heiß. Alex übrigens auch, aber nicht vor Lust und Gier. Sie fühlte sich in ihrer Haut nicht mehr wohl.

Computersex? Nein, Danke!

Alex war nicht in der Lage, auch nur annähernd erotisch Interessantes von sich zu berichten oder gar zu umschreiben. Damit verflog irgendwann Heikes Leidenschaft, ihr weiter zu mailen. Sie meldete sich nie wieder.

Tage später traf sie auf Lisa im Chat, jedoch Lisa war nur der Nickname von Diana.

Diana schien es überhaupt nicht zu interessieren, woher Alex ihre E-Mail-Adresse kannte. Nach anfänglichen Floskeln erzählten sie sich von ihrer häuslichen Situation und von ihrem Wunsch, einer Frau nahe zu sein. Diana war sichtbar neugierig und interessiert. Sie luchste Alex recht geschickt ein Foto ab, indem sie behauptete, dass Alex am anderen Ende auch ein Mann sein könnte. Sie selbst besaß keines, umschrieb aber ihre Äußerlichkeiten höchst interessant. Irgendwann erwähnte Diana: << du, wenn ich den Chat spontan unterbrechen muss, dann ist mein Mann wach geworden. Der liegt hier auf der Couch und pennt, er darf nichts mitbekommen >>

Damals hatte Alex nur gedacht, na noch so ein Trottel von Mann, der sein Leben verschläft. Dass ihre ganze Beziehung einmal auf diesem, *es darf niemand etwas von uns erfahren* beruhen würde, hätte sich Alex zu jenem Zeitpunkt nie erträumen lassen. Diana beendete den Chat mit dem Wunsch, die Telefonnummern auszutauschen und von da an begann für Alex ein anderes Leben.

Phase Eins ihrer Beziehung dauerte einen Monat. Sie bestand darin, sich rund um die Uhr SMS zu schicken oder sich anzurufen. Diana klingelte Alex unentwegt an, während Alex immer auf ein Zeichen von ihr lauerte, wann es für sie passend wäre.

Dann trat Phase Zwei ihrer Beziehung in Kraft. Alex wollte Diana endlich kennenlernen.

„Ich bin auf einer Dienstreise und auf dem Rückweg fahre ich bei dir vorbei. Lass uns für eine Stunde treffen. Selbst wenn du ein hässliches Entlein bist, ich habe dich so lieb gewonnen."

Ein Foto von ihr besaß Alex immer noch nicht, aber der Wunsch, sie persönlich zu sehen, saß tief in ihrem Herzen. Wie sich später herausstellte, war Diana mit ihren achtundzwanzig Jahren kein hässliches Vöglein, sondern ein sehr feminines, schlankes und attraktives Mädchen. Sie hatte langes gelocktes Haar und diese niedlichen hellblauen Augen, welche Alex sofort faszinierten. Mit hundert Sachen

fuhr sie Alex durch ihre Stadt, um ihr dies oder jenes zu zeigen. Sie überholte riskant und Alex war irgendwann heilfroh, als der Vorschlag kam, einen Kaffee zu trinken. Mit einem schlichten, jedoch ziemlich langen Händedruck trennten sich beide und waren von ihrer Schüchternheit totalen überrascht.
Nach diesem Treffen setzte Phase Drei ein, die das Ich-will-dich-wiedersehen beinhaltete.
„Bitte, komm wieder!“, flehte Diana und Alex gehorchte. Sie hörte so gut auf Diana, dass sie fortan über ein Jahr hinweg Woche für Woche zu ihr fuhr. Die treibende Kraft war ihr erster gemeinsamer Kuss, gefolgt von vielen Weiteren. Alex hatte sich nicht getäuscht, wie lieblich und süß doch Frauenküsse schmecken können. Auch die erotischen Abenteuer im Hotel, die verhältnismäßig schüchtern begannen, erweckten in ihr ein Feuer der Leidenschaft, das sie bisher nicht kannte. Diese neuen und anderen Gefühle gefielen ihr so sehr, dass sie nicht bemerkte, wie einseitig eigentlich ihre Beziehung war.
Auch Diana schien auf ihre Weise glücklich zu sein. War sie doch ein Mädchen mit Abenteuerlust, stets auf der Suche nach dem gewissen Kick. Was lag daher näher, ihr trautes Umfeld Mal für vier Stunden für eine geheimnisvolle Liebe auszutauschen. Alex nahm stets von Neuem die Strapazen von jeweils vierhundertfünfzig Kilometer auf sich, um sich mit Diana für vier Stunden treffen zu können. Diana hingegen zeigte wahre Kunststücke darin, wie eine Frau ungesehen aus dem Hotel kommt, natürlich nie mit Alex gemeinsam. Als für Alex Hotels zu kostspielig wurden, wurden beide erfinderisch. Das Auto wurde zur Kuschelwiese umgerüstet, indem Alex die Hintersitze runterklappte. Von nun an sah man sie mit Bettdecken und Kopfkissen aus ihrer Wohnung kommen, ehe sie die lange Fahrt antrat.
Diana sorgte dafür, dass die Treffen fernab von ihrer Heimatstadt waren, ehe sie in Alex´ Auto einstieg, welches dann in Richtung eines abgelegenen Waldstückes fuhr. Gelegentlich war die Distanz von zwanzig Kilometer nicht entfernt genug, denn Diana wurde sichtlich nervös, wenn sie einen ihrer Bekannten in die gleiche Richtung fahren sah. „Was soll ich Holger sagen, warum ich hierher fuhr?“, so begründete sie ihr Ängste.
Somit setzte im Weiteren die schlimmste Phase Niemand-darf-von-meinem-Geheimnis-erfahren ein. Diana tat alles, um auf keinem Fall

mit Alex zusammen gesehen zu werden. „Es könnte ja jemand dumme Fragen stellen“, sprach sie stets, denn aus ihrer Sicht durfte die Beziehung zu Alex niemals ans Tageslicht kommen. Alex fühlte sich trotz der schönen erotischen Momente unwohl in ihrer Haut. Sie wollte nicht nur eine Geliebte, sondern auch eine Freundin sein. Immer wieder erwähnte sie ihre Wünsche und erklärte Diana, was sie sich unter einer gemeinsamen Beziehung vorstellt. Diana aber hatte stets nur den gleichen Spruch drauf, dass das im Moment nicht möglich wäre, sie aber bald etwas ändern würde.

Ihr Versprechen, etwas zu verändern, setzte erst zu jenem Zeitpunkt ein, als Alex nach eineinhalb Jahren die gemeinsame Beziehung für beendet erklärte.

„Ab jetzt komme ich dich alle zwei Wochen am Wochenende besuchen. Ich werde Holger sagen, dass ich bei dir arbeite und Geld verdiene. Ab jetzt bist du meine Freundin. Er wird nichts einwenden können, solange ich Geld auf den Tisch lege, zumal wir derzeit in finanziellen Nöten stecken. Alex, wir werden uns dann von Freitagabend bis Sonntagmittag rund um die Uhr sehen.“

Alex ließ sich auf diesen Kuhhandel ein und Dianas Kommen entwickelte sich zu einem zweischneidigen Schwert. Einerseits half sie Alex, sofern diese gebuchte Veranstaltungen hatte. Auch schien sie ein anderer Mensch zu sein, denn in Alex´ Stadt konnten sie zusammen spazieren, ins Kino, tanzen gehen. Plötzlich war alles mit Diana möglich, wenn gleich sie etwas dagegen hatte, sich Hand in Hand mit ihr zu zeigen. Andererseits bestand sie stets von Neuem auf den verabredeten Geldbetrag von fünfhundert DM, den sie für Holger als Alibi brauchte und anscheinend auch voller Stolz präsentierte. Die ersten Male tat es Alex gern, denn zu schön und anders waren jene Momente. Aber irgendwie richtete es Diana bald ein, dass sie viele Wochenenden bei Alex verbringen konnte. Stets nahm sie das viele Geld und erkundigte sich nie, ob es Alex schwerfiel, all das zu erwirtschaften. Außerdem fing Diana an, zunehmend ihren Willen aufzudiktieren, wie sie die gemeinsamen Wochenenden verbringen möchte und sofern das mit Ausgaben verbunden war, nicht sie, sondern Alex zu zahlen hatte. Alex verschlug es die Sprache, sie war entsetzt und brauchte tatsächlich drei Monate, bis sie sich endlich widersetzte.

„Ich gebe dir keinen Pfennig mehr! Nie mehr! Weißt du überhaupt, wie viel Geld ich bereits von meinem Ersparten geopfert habe, nur um mit dir zusammen zu sein?“ Alex war vollkommen verärgert. „Du kannst doch deinem Holger so eine Reihe von Sachen vormachen. Wieso bist du nicht in der Lage, ihm den gleichen Lohn von einem zum nächsten Wochenende unter die Nase zu reiben? Warum nimmst du mein Geld und planst obendrein Dinge in meinem Beisein, die du dir mit Holger leisten wirst?“
„Dann kann ich halt nicht mehr kommen!“, entgegnete Diana damals trotzig.
„Richtig, Diana, dann kannst du halt nicht mehr kommen!“ Alex´ Antwort war direkt und bissig.
Plötzlich begann die Zeit, wo Diana auch ohne Geld zu ihr fuhr, wenn gleich nicht mehr so häufig. Sie schaffte es, Alex von einer gemeinsamen Zukunft in ihrer Stadt zu überzeugen, aber irgendwann war Holger ausgeflippt, der längst schon die lesbische Neigung seiner Frau erahnt hatte. Er wollte das unterbinden und verbot Diana jeden weiteren Kontakt.
„Wir müssen jetzt ein Vierteljahr durchhalten, ohne uns zu sehen. Aber wenn der letzte Schultag von meinem Sohn ist, ziehe ich mit ihm zu dir. Vertrau mir. Ein Sache noch, ich muss dich im Beisein von Holger anrufen und dir sagen, dass unsere Freundschaft beendet ist, natürlich nur zum Schein. Ich liebe dich!“
Wie immer ließ sich Alex auf alles ein, so auch auf dieses erniedrigende Telefonat. Sie suchte eine passende Wohnung, kaufte einige notwendige Möbel, die Diana nicht mitbringen würde. Am Telefon, sofern Diana Möglichkeiten zum Anrufen besaß, gab es erfreuliche, zukunftsorientierte Gespräche, aber auch weniger schöne. Oft war Alex kurz davor zu sagen, bitte, bleib, wo du bist. Aber sie war viel zu sehr mit dem geplanten Umzug beschäftigt. In ihr saß tief verwurzelt der Wunsch, mit Diana, dem liebenswerten und erotischen, aber auch sehr egoistischen, auf Geld fixierten Mädchen zusammenleben zu wollen.
Dann stand der Tag des Umzuges vor der Tür. Heulend gestand Diana am Telefon, dass sie nicht kommen würde. Sie faselte unentwegt von der Liebe, die sie zu ihrem Holger und die sie zu Alex empfinden würde. Alex war endlos enttäuscht. Diese Beziehung ergab für sie keinen Sinn mehr, was sie Diana auch sagte. Trotzig

wollte sie auf ihre Anrufe nicht mehr reagieren, jedoch Diana rief stets auf dem Geschäftstelefon an und auf dem gab es kein Entrinnen.
„Ich will nur einmal unsere Wohnung sehen“, sprach eines Tages Diana mit süßer Stimme. „Ich werde mit Sohnemann für eine Woche zu dir kommen. Dann werden wir einen Weg finden, wie ich mit ihm hier in Thüringen verbleiben, ich aber trotzdem dauerhaft bei dir sein kann, ja? Ich habe auch schon eine Idee.“
„Ich kann mir nicht vorstellen, wie das funktionieren soll. Eine Wochenendbeziehung will ich nicht und schon gar nicht, wenn du dich nicht von deinem Mann trennst“, stellte Alex sofort klar, willigte dennoch letztendlich ein.
Dieser Besuch lag nun bereits Wochen zurück. Damals tischte ihr Diana eine verrückte Idee auf, die darin bestand, eine Woche bei Alex ohne ihren Sohn zu wohnen, um dann drei Wochen in Thüringen zu leben. Sie hätte sich mit Holger ausgesprochen und ihr Vorhaben erkämpft. Wie gut es funktionieren würde, stellte sie gleich unter Beweis, denn ihr nächstes Kommen stand fest, was in einer Woche wäre. Alex hatte sie zwar nicht eingeladen, aber unschlüssig mit sich selbst auch nicht ausgeladen.
„Kaum zu glauben, dass Holger dem wohlwollend zusieht. Selbst wenn Diana sich durchgesetzt hätte, warum hält dieses telefonische Versteckspiel immer noch an“, sagte Alex in Gedanken versunken, als im gleichen Moment ihr Handy piepste, eine SMS.
<<Sorry Liebste, kann heute nicht, muss Familienausflug mit Holger machen, dann fahren wir Motorrad, wird heute spät werden, Küsschen auf dein Brüstchen, hdgl + ily … Diana>>
Beim Lesen rollte ihr eine Träne über die Wange, dann folgten mehr.
„Diese Situation ist hoffnungslos und sie tut mir weh, so endlos weh“, sagte sie verbittert. „Ich will nicht mehr, schon gar nicht von einem zum anderen Hoffnungsschimmer leben.“
Alex beschloss, aus dem Haus zu gehen. Einfach hier raus.

4. Kapitel

Judy saß in ihrem Auto und fuhr ihrem Discoabend entgegen. Im Stadtkern angekommen suchte sie nach einer Übernachtungs-

möglichkeit und ging ins Hotel „Petermännchen". Der Herr an der Rezeption beobachtete ihr Kommen und fragte: „Was kann ich für sie tun, junge Frau?"
„Ich suche ein Einzelzimmer für diese Nacht", erwiderte sie und ihre Augen sahen ihn hoffnungsvoll an.
„Bedaure sehr, aber wir sind belegt. Es ist Hochsommer und Wochenende. Außerdem sind viele Urlauber in der Stadt, das wird schwierig werden. Aber wir haben unweit von hier eine Pension, in der wir auch Zimmer vermieten. Diese sind zwar etwas kleiner und bescheidener, aber trotzdem nett eingerichtet. Frühstück gibt es hier. Sind Sie interessiert?"
Judy war begeistert, ihre Augen strahlten vor Freude. Sie ließ sich die Pension zeigen und ging auf ihr Zimmer. Dort angekommen konnte sie kaum noch den bevorstehenden Discoabend erwarten. Zunächst duschte sie ausgiebig, um den Duft von Krankenhaus und Desinfektionsmittel abzuspülen. Dann schaltete sie den Fernseher ein und legte sich aufs Bett.
Am Besten ich schlafe ein wenig vor, dachte sie.
So sehr sie sich auch anstrengte, abzuschalten, sie konnte einfach nicht einschlafen. Zwanzig Jahre Dienst in drei Schichten hatten dazu geführt, dass Judy unter Einschlafschwierigkeiten litt. Aber heute lag ein anderer Grund vor, ihre Aufregung vor dem heutigen Alleingang. Obwohl Judy das Geschehen auf dem Bildschirm verfolgte, ihre Gedanken waren ganz woanders.
Mein erster Freigang nach vier Jahren. Ihre Freude auf die schwullesbische Disco war riesig, endlich mal wieder Musik hören, dazu tanzen. Endlich mal wieder raus und unter Menschen sein, mit anderen Gleichgesinnten reden, egal ob ich sie kenne oder nicht. Endlich mal wieder leben.
Stets hatte sie diesen einen Traum in ihrem Herzen, aber Rita ließ diesen nie zu. Rita lebte in einer Welt voller Ängste. Sie war eifersüchtig auf alles, was ihrer Beziehung zu ihr zu nahe kommen könnte. Judy erkannte viel zu spät, dass Rita unendlich klammerte und ihre Ängste mit Alkohol bekämpfte. Zuviel war vorgefallen, vor allem die Geschichte mit dem Alkohol, die sie für den Tod nicht ausstehen konnte. Sie erinnerte sich an den Tag, an dem sie nervlich nicht mehr konnte und Rita endlich die Pistole auf die Brust setzte.

„Entweder du hörst sofort mit dem Trinken auf oder ich verlasse dich!"
Rita spürte, dass Judy drauf und dran war, es wahr zu machen. Sofort willigte sie der Suchtberatung ein. Judy organisierte einen Termin und tauschte ihre Dienste, um mit ihr dorthin fahren zu können. Beide mussten aus ihrem bisherigen Leben berichten und der Suchtberater stellte fest, was Judy bereits für sich selbst erkannt hatte.
„Rita, Sie engen Ihre Partnerin total ein. Sie bestimmen mit Ihren Ängsten, was in Ihrer Beziehung gemacht wird und Ihre Partnerin Judy hat sich Ihnen zuliebe angepasst. Ich vermisse Freunde in Ihrem Leben und Aktivitäten wie Tanzen. Ihre Partnerin Judy hat genauso Lebenswünsche, die Sie unterdrücken. Das geht so nicht. Eine Partnerschaft besteht aus gegenseitigen Kompromissen. Das Wichtigste aber, Sie müssen Ihre Ängste überwinden und Ängste kommen vom Alkohol."
Rita schwor, dass ihre Beziehung zu Judy das Wichtigste in ihrem Leben sei. Sie versprach, sich zu ändern und willigte der Einweisung in die Alkoholentzugsklinik ein. Das lag nun vierzehn Tage zurück. In einer Woche würde die Kontaktsperre aufgehoben sein und dann könnte sie Rita täglich besuchen.
Hoffentlich hat es Rita nicht nur mir zuliebe, sondern um ihrer selbst willen getan, dachte Judy in der Erwartung, dass sich fortan etliches in ihrer Beziehung ändern würde.
Trotzdem lag sie hier auf dem Bett in dieser kleinen Pension. Sie wollte unbedingt noch einmal tanzen gehen. Allein würde sie sich unter die Menge mischen und mittanzen, egal wie. Die ganze Nacht hindurch würde sie dort verweilen, es sollte für ihr ganzes Leben reichen. Eines wusste sie nur zu genau, Rita würde vorerst nicht mit ihr zur Disco gehen.
Judy schaute auf ihre Uhr, noch vier Stunden, ehe sie das Hotel verlassen würde.
Versuch zu schlafen, ging es ihr durch den Kopf.

5. Kapitel

Alex betrat ihre Wohnung, in der Hand hielt sie eine dicke Zeitung, die Samstagsausgabe der hiesigen Region. Sie war ein wenig durch die Stadt geschlendert, um sich abzulenken, als ihr plötzlich einfiel, es mal wieder mit Inseraten zu versuchen. Schon im Café, wo sie sich einen Milchkaffee gönnte, verfolgte sie mit Eifer die einschlägige Rubrik <<Sie sucht sie>>.

Irgendwie muss es doch in meinem Leben weitergehen. Alles habe ich dafür geändert. Was aber fehlt, ist die passende, mich liebende Frau, geisterte es durch ihren Kopf.

Sie ging ins Wohnzimmer und setzte sich auf die Couch. Die Zeitung lag breit aufgeschlagen vor ihr und erneut las sie die vier Inserate durch. Dass es keine Chiffrenummern mehr gab, bemerkte sie bereits im Café. Seit ihrer letzten Inseratsuche hatte sich anscheinend vieles geändert. Nun verwies die Zeitung auf eine Hotlinenummer, wo der Ansagetext der betreffenden Frauen gespeichert war.

Alex durchströmte grenzenlose Aufregung, sie griff zum Hörer und wählte die erste Nummer. Eine ziemlich eintönige Frauenstimme begrüßte sie. Ihr Klang war rau und sofort stellte sie sich eine männlich, herb wirkende Frau vor.

Das zweite Inserat erweckte in Alex das gleiche Bild von Frau, wenn gleich jene es besser verstand, ihre Wünsche für eine gemeinsame Beziehung zu formulieren.

Das alles hatte sie schon einmal durch, als sie vor einem Jahr von Diana ausreißen wollte.

Damals schrieb sie auf Chiffren und traf sich mit vier Frauen aus der naheliegenden Umgebung. Wie sich aber herausstellte, waren es immer sehr männlich wirkende Frauen, die sich obendrein im Gespräch als sehr langweilig erwiesen. Mit keiner hätte sie sich auch nur annähernd vorstellen können, einen erotischen Moment zu verbringen. Der berühmte Funke, der gelegentlich überspringt, hatte damals total versagt. Das war auch der Grund, warum Alex bei ihrer femininen Diana blieb.

Nun spulte der dritte Ansagetext ab und Alex´ Augen und Ohren wurden hellwach.

„Junge Frau, 35 Jahre, sucht sie. Ich bin immer fröhlich und gut gelaunt und mag die schönen Dinge des Lebens. Gern möchte ich mit dir eine dauerhafte harmonische Beziehung eingehen, wenn du mit mir sowohl Erotik- als auch Alltagsgeschichten teilen willst. Also, wenn du auf der Suche nach einem Engel bist, sprich auf das Band. Ich würde mich sehr freuen."

Alex war begeistert, denn die Stimme hörte sich sehr optimistisch und wohlklingend an. Schnell griff sie zu Papier und Kuli, um sich Notizen zu dem Gehörten zu machen, denn sie wiederholte das Inserat gleich drei Mal. Eine Weile später saß sie grübelnd vor ihren Aufzeichnungen und überlegte, welche humorvolle und zugleich ernst gemeinte Antwort sie geben könnte. Sie notierte sich einiges, dann verwarf sie es wieder. Nach zwanzig Minuten war sie endlich mit sich zufrieden. Nun griff sie zum Telefon und wählte die spezielle Ansage. Erneut erklang der Text von der freundlichen Unbekannten. Als dieser endete, fragte eine Computerstimme. „Wenn sie dem Inserenten antworten möchten, so wählen sie die Eins."
Alex folgte der Anweisung und wie bei einem Anrufbeantworter war ein Piepsen zu hören.
„Hallo, liebe Unbekannte! Gern würde ich dich auf deinem Weg begleiten, Erotik- und Alltagsgeschichten mit dir teilen. Ich bin zweiundvierzig Jahre alt, schlank und eine Frohnatur obendrein. Ich bin auf der Suche nach einer lieben Sie und scheine fündig geworden zu sein. Also liebe Unbekannte, wenn du ein Engelchen bist, so lass mich dein Teufelchen sein. Gern würde ich dich kennenlernen. Übrigens, ich heiße Alex und unter der Nummer 01723812199 kannst du mich erreichen. Bis dahin grüße ich dich lieb."
Alex hatte sich besonders viel Mühe gegeben, selbstbewusst und humorvoll zu klingen. Die Passage mit dem Teufelchen war ihr gelungen, sie klang einfach neckend und herausfordernd. Sie hoffte, dass sie bei der Unbekannten Neugier und Interesse erwecken konnte. Dann plötzlich war ein erneutes Piepsen zu hören und die Computerstimme fragte, ob man mit dem Gesagten einverstanden wäre. Alex bestätigte und mit sich zufrieden, grinste sie vor sich hin. Ein Kribbeln im Bauch bestärkte sie darin, dass möglicherweise ein Abenteuer und Neubeginn in Aussicht stünde. Obwohl aus der Annonce nicht hervorging, aus welchem Ort diese gut gelaunte Unbekannte stammen könnte, es musste regional in der Nähe sein. Auf jeden Fall war es eine Alternative zu ihrer vierhundertfünfzig Kilometer entfernten Beziehung, die sich nicht traute, aus ihrem Schrank zu klettern. Alex´ Augen flackerten, sie hatte ein gutes Gefühl.

6. Kapitel

Es war früh am Abend, als plötzlich das Telefon klingelte.
Alex erschrak sich für einen Moment. Es wird doch nicht die Unbekannte sein, der ich eben auf das Band gesprochen habe? Schnell sprang sie von der Couch und griff zum Handy.
„Hallo“, sagte sie aufgeregt.
„Hallo Alex, Silvi und Anne hier. Wir haben dich heute in der Stadt gesehen, aber du hast uns nicht bemerkt.“
Alex lag ein - wo denn?- auf den Lippen, aber sie hatte nicht die geringste Chance zu fragen, denn Silvi plapperte sofort weiter.
„Du hast so traurig ausgesehen und da haben wir uns überlegt, ob du nicht Lust hast, mit uns in das Thalia zu gehen? Heute ist wieder schwul-lesbische Disco.“
Alex war begeistert und erwiderte. „Ja, gern“, als Silvi auch schon weiterredete.
„Übrigens meine Freundin Kerstin wird auch mitkommen. Du kennst sie von meinem Geburtstag. Was hältst du davon, wenn du gegen halb elf in meine Wohnung kommst? Ich werde uns mit meinem Auto chauffieren.“
Alex war außer sich vor Freude. Augenblicklich spürte sie den Hauch von Leben, den Neubeginn, das Ende des Trübsinns und des ewigen Wartens. Sie war wie gelähmt und hörte sich nur sagen.
„Das ist die beste Idee, die ich seit Langem gehört habe. Ich werde pünktlich bei euch sein. Danke.“
„Schön, dass du mitkommst. Wir freuen uns. Also bis später!“, verabschiedete sich Silvi.
Als Alex ihr Handy beiseite legte, war sie immer noch über den unverhofften Verlauf eines so traurig beginnenden Wochenendes fassungslos.
Toll, dass Silvi an mich gedacht hat, grübelte sie. Sie war sich ziemlich sicher, dass diese Idee nicht von Anne stammen konnte. Silvi war ihre feste Aushilfe im Geschäftsbetrieb, und immer, wenn Alex Hilfe brauchte, hatte sie zuerst auf Silvi zurückgegriffen. Während Silvi sich Geld für ihr Studium dazu verdiente, genoss Alex wiederum ihre Gegenwart, vor allem ihre freundliche Art, die sie auf die Gäste übertrug. Mit ihren dreiundzwanzig Jahren hatte Silvi von Beginn an gewusst, wo sie anpacken und helfen musste, ohne dass es

großer Worte und Erklärungen bedurfte. Für Außenstehende erschienen beide wie ein lang eingespieltes Team. Obwohl Alex das Alter von Silvis Mutti hatte, es entwickelte sich bald eine Freundschaft, die umso enger wurde, als Alex erfuhr, dass Silvi und Anne mehr als nur befreundet waren. Fortan tauschten sie gegenseitig Erlebtes und Ratschläge aus, denn jede hatte für sich eine gleich gesinnte Gesprächspartnerin gefunden.
Alex hüpfte außer sich vor Freude durch die Wohnstube.
Was ziehe ich an?, spukte es durch ihren Kopf, denn sie wollte besonders hübsch aussehen. Während sie im Geiste ihren Kleiderschrank durchforstete, ließ sie sich voller Zuversicht Badewasser ein. Eines stand für sie fest, der heutige Tag wird für mich ein Anfang sein. Ich habe es satt, meine Zeit sinnlos wartend vor dem Telefon zu verbringen.

7. Kapitel

Judy durchstreifte das zweigeschossige Einkaufszentrum und schaute sich in den einzelnen Boutiquen um. Die Geschäfte begannen bereits zu schließen, jedoch noch war eine Stunde zu überbrücken, ehe die Disco öffnen würde. Sie verspürte Hunger und entschloss sich, einen in der Nähe befindlichen Dönerstand aufzusuchen. Sie liebte Döner über alles, aber heute verzichtete sie bewusst auf Zwiebel und Knoblauchsoße. Genüsslich aß sie und beobachtete dabei die vorbeiziehenden Menschen. Judy las gern in deren Gesichter. An der Mimik der jeweiligen Personen konnte sie recht gut einschätzen, ob diese glücklich oder unglücklich waren. Obwohl sie sich ausgesprochen viel Zeit zum Essen nahm, die Zeit wollte einfach nicht vergehen. Eine Weile später schlenderte sie voller Vorfreude durch die Altstadtstraßen, ehe sie dann auf direktem Wege das Thalia ansteuerte. Im Foyer angekommen, bezahlte sie die Eintrittskarte und hielt bereitwillig den Handrücken für den Stempelabdruck hin. Der Discosaal befand sich in der ersten Etage, sie ging hoch und von Stufe zu Stufe wurde sie aufgeregter, da nun ihre lang ersehnte Tanznacht begann.

8. Kapitel

„Los, Alex, beeil dich!“, sprach sie zu sich selbst. Sie stand vor dem Spiegel und betrachtete ihre Kleidung, dann nickte sie ihrem Spiegelbild zufrieden zu.
„Weiße enge Jeans und dunkelblaues Jeanshemd, du da auf der anderen Seite, du könntest mir recht gut gefallen!“
Sie grinste sich an und kämmte nochmals ihr Haar, obwohl es bereits perfekt lag.
„Na denn, auf und los!“, jauchzte sie urplötzlich, was fast einem Schlachtruf glich. Eine Viertelstunde später erreichte sie Silvis Wohnung. Obwohl sie noch vor der verabredeten Zeit eintraf, sie wurde bereits erwartet.
„Hallo, Alex, möchtest du ein Gläschen Cola?“, fragte Anne total vergnügt.
Kerstin winkte ihr vom Sofa zu. „Wenn du willst, gibt es auch Cola mit Schuss.“
„Nein, danke, bitte keinen Bretterknaller mehr. Nur zu gut kann ich mich an euren Geburtstag erinnern. Wow, da hatte es mir aber die Beine weggeschlagen. Ich bevorzuge lieber Wein oder ein Bier.“
Während Anne aufstand, um Alex ein Bier aus der Küche zu holen, ging die Badtür auf, Silvi erschien. „So, ich bin jetzt fertig, und wenn ihr euern Absacker getrunken habt, dann können wir losfahren.“
Eine halbe Stunde später saßen alle im Auto, welches in die vierzig Kilometer entfernte Großstadt fuhr. Im Auto ging es laut zu, denn neben der ohrenbetäubenden Musik war ein lustiges Geschnatter zu vernehmen.

9. Kapitel

Judy äugte in den Discosaal, ehe sie ihn total aufgeregt betrat. Im Hintergrund spielte Musik, jedoch andere Gäste waren nicht zu sehen. Sie drehte sich noch einmal um, als ob sie es nicht glauben konnte, dass sie die Erste war. Dann steuerte sie auf den rechteckigen Tresen zu, der sich fast mittig im Saal befand, und nahm Platz. Die Bedienung, eine junge Frau, kam schmunzelnd auf sie zu.

„Du bist zu früh hier. Die Leute kommen meistens ab dreiundzwanzig Uhr. Na, was willst du trinken?“
„Ich hätte gern ein Bier.“
Judy sah zu, wie ihr Bier gezapft wurde, und holte gleichzeitig eine Packung Zigaretten mit Feuerzeug aus ihrer Jeansjacke. Normalerweise rauchte sie nicht, aber heute hatte sie sich extra welche für den Abend besorgt. Judy steckte sich eine an, trank den Schaum vom Bier und lehnte sich zufrieden zurück.
Mit der Zeit kamen endlich weitere Gäste und nach einer Stunde wurde es voll im Saal. Judy trank gerade einen Kaffee, als auf der anderen Seite des Tresens vier Frauen Platz nahmen, deren Hereinkommen sie sofort bemerkt hatte.
Es sind bestimmt zwei Frauenpärchen vermutete sie. Eine der Vier fiel ihr besonders auf, da jene unentwegt lächelte. Unauffällig betrachtete Judy die attraktive Frau mit den dunklen Haaren, die ihr nun direkt gegenüber saß. Mit jedem Lächeln von ihr zeigten sich zwei Grübchen auf ihren Wangen.
Judy war fasziniert. So viel Trauriges habe ich bisher erlebt, vor allem die vielen Sterbenden in der Klinik. Aber die Attraktive, sie sitzt einfach nur da und lächelt. Selbst bei Rita habe ich noch nie so ein Lächeln entdecken können. Es gibt nur wenige Menschen mit solch einer Ausstrahlung. Judy spürte, dass die Unbekannte etwas Besonderes sein musste.
Als Alex sich an den Tresen setzte, nahm sie sofort die unbekannte Hübsche auf der gegenüberliegenden Seite des Tresens wahr. Obwohl sie mit den anderen angeregt plauderte, so musste sie dennoch jene Fremde aus einem Augenwinkel heraus anschauen. Sie registrierte gleich von Beginn an die vielen Blicke ihrer gegenüber, die, sofern sich ihre Blicke trafen, schüchtern auf ihre Kaffeetasse blickte. Für Alex erweckte die blonde Hübsche mit ihrem lockigen Haar und ihrer schneeweißen Jeansjacke etwas Engelhaftes.
Der Zufall hat mir einen bildhübschen Engel gesendet, der mich unaufhörlich beobachtet, geisterte es durch ihren Kopf. Nie im Traum hätte sie daran gedacht, dass sie in der Disco eine Frau treffen könnte, die ihr vom ersten Augenblick derart toll gefiel. Sie fühlte sich sofort zu diesem Engel hingezogen und musste immer wieder zu ihr schauen. Als sich ihre Blicke wiederum trafen, zwinkerte Alex ihr zu.

Hat sie mich gemeint?, ging es Judy durch den Kopf. Schon wieder. Diese tolle, attraktive Frau flirtet mit mir.
Wie von selbst gesteuert blinzelte Judy zurück.
Ja, sie hat mich gemeint. In Begleitung hätte ich mich niemals getraut, so zu flirten.
Wie sympathisch sie doch ist? Judy war in Gedanken versunken. Sofern ein toller Titel kommt, fordere ich sie zum Tanzen auf.
Sie konzentrierte sich auf die Musik, die ihr aber für eine Tanzrunde nicht geeignet schien. Erneut schaute sie nach ihr, aber die Fremde war nun nicht mehr an ihrem Platz.
Wo ist sie bloß? Jetzt habe ich sie aus den Augen verloren. Wie schade! Sicherlich tanzt sie nun mit ihrer Freundin.
Erst jetzt bemerkte Judy, dass die drei anderen Frauen immer noch am Tresen saßen, als plötzlich jemand auf ihre Schulter tippte und zu ihr sprach: „Hast du Lust, mit an unseren Tisch zu kommen?“
Judy drehte sich um und vor ihr stand jene lächelnde Frau mit den beiden Grübchen.
„Na klar“, sagte Judy automatisch und hoffte, dass sie von nun an nicht den ganzen Abend allein verbringen musste.
„Ich heiße Alex.“ So stellte sich die Unbekannte vor und schaute dabei Judy freundlich in die Augen.
„Judith, ich bin Judith, aber jeder nennt mich Judy“, erwiderte der Engel leicht verwirrt.
Erst jetzt konnte Alex erkennen, dass Judy unter der Jeansjacke ein bauchfreies Top trug. Vor ihr stand nicht nur eine bezaubernd hübsche, schlanke Frau, nein, sie war obendrein sehr sexy.
Beide gingen auf die andere Seite des Tresens, wo Silvi, Anne und Kerstin waren, die das ganze Geschehen aus der Ferne beobachtet hatten.
„Ich möchte euch Judy vorstellen“, sagte Alex zu ihnen und an Judy gerichtet fuhr sie fort: „Das sind Silvi und Anne, ein Pärchen und hier zur Linken, das ist Kerstin, eine langjährige Schulfreundin von Silvi.“
Judy reichte allen zur Begrüßung die Hand und musste unwillkürlich an den Spruch denken, dass der Schein oft trügen kann.
„Was möchtest du trinken?“, fragte Alex sie.
„Ein Bier.“

Alex bestellte vier Bier und ein Glas Weißwein und gemeinsam stießen sie auf den schönen Abend an. Als im Hintergrund ein toller Musiktitel einsetzte, nahm Alex die Gelegenheit gleich beim Schopfe.
„Hast du Lust, mit mir zu tanzen?“
Judys Augen strahlten, natürlich hatte sie Lust, denn deswegen war sie ja hergekommen. Beide gingen auf die Tanzfläche und bewegten sich im Rhythmus der Musik. Dabei sahen sie sich lächelnd an, sodass Judy nach einer ganzen Weile irritiert dachte: Was für ein Strahlen in Alex´ Gesicht ist! Sie lächelt mir immer zu und wie süß diese Grübchen sind. Nein, das darf nicht sein, Rita ist in der Klinik und ich verliebe mich hier.
Judy nahm plötzlich ihre neue Frauenbekanntschaft an die Hand und sagte: „Bitte, komm mal mit, ich muss dir etwas sagen.“
Alex hatte keine Ahnung, was Judy ihr zu berichten hatte, aber sie folgte ihr. Hand in Hand gingen sie in das Treppenhaus, wo Judy sie traurig ansah, ehe sie zu ihr sprach.
„Ich finde dich sehr sympathisch. Es ist toll, mit dir zu tanzen und zu erzählen. Bitte, mache dir aber keine falschen Hoffnungen. Ich bin in einer langjährigen Beziehung.“
Alex´ Herz pochte laut und innerlich aufgeregt dachte sie, immer habe ich Pech! Die wirklich tollen Frauen sind schon vergeben. Dabei habe ich mich vom ersten Augenblick an so zu ihr hingezogen gefühlt.
Mit ruhigem Ton versuchte sie zu antworten. „Das macht doch nichts. Ich bin hier, um einen schönen Abend zu erleben“, und wusste zugleich, dass sie sich Judy niemals zärtlich nähern würde, da sie ihre Worte respektierte.
„Weißt du, ich lebe nun vier Jahre mit Rita in einem Haus zusammen. Beide haben wir Kinder und wir führen eine glückliche Beziehung“, versuchte Judy ihre Situation zu erklären.
„Du musst mir nichts im Detail erläutern“, unterbrach sie Alex. „Auch ich habe seit zweieinhalb Jahren eine Beziehung, allerdings eine Fernbeziehung, denn sie wohnt in Thüringen. Sie wollte zu mir ziehen, sich von ihrem Mann trennen, was sie nicht tat. Momentan bin unglücklich und ziemlich ratlos zugleich, da es für mich eine zukunftslose Liebe geworden ist.“

Alex schaute Judy in die Augen, als ob sie den nachfolgenden Worten besondere Bedeutung schenkte. „Weißt du Judy, ich bin heute Abend wirklich nur hier, um einen schönen Abend zu verbringen, mich abzulenken. Ich fand es einfach schön, dich zu treffen und mit dir zu tanzen."
Judy war sichtlich zufrieden, dass sie nun unbeschwert an der Seite der attraktiven Frau diese Disconacht genießen konnte. Beide schauten sich an, nickten sich zu und verstanden ohne Worte jenes Zeichen. Sie gingen in den Saal zurück, um zu tanzen.
Silvi und Anne saßen am Tresen und schauten beobachtend in die Menschenmenge. Schon seit etlicher Zeit vermissten sie Alex und Judy, ihre Barhocker waren bereits von Fremden besetzt.
„Wo die Zwei wohl stecken?", grinste Silvi Anne mit einer Art an, die Anne sofort verstand. In Gedanken sah sie beide im Foyer stehen, wo sich viele Pärchen verdrücken, um ungestört schmusen zu können.
„Na, was du schon wieder denkst." Silvi lachte und gab Anne einen Kuss auf den Mund.
Erneut ließen sie ihre Blicke durch den Raum schweifen und endlich erspähten sie beide am anderen Teil des überfüllten Tresens. Alex und Judy waren gerade in einer Unterhaltung vertieft, denn Alex, nachdem sie sich nach Judys Beruf erkundigt hatte, erzählte von ihrer Schlossbrauerei.
„Wenn du willst, gebe ich dir meine Telefonnummer. Du kannst mich doch mal mit Rita besuchen. Wir könnten zusammen etwas unternehmen?"
„Das wird nicht gehen", erwiderte Judy sofort. Sie wusste genau, dass es Tabu war, künftig mit ihrer alkoholkranken Freundin solche Lokalitäten aufzusuchen.
„Wo ist deine Freundin heute? Muss sie arbeiten und hat Nachtschicht?", kam plötzlich in Alex die Frage hoch. Judy antwortete bereitwillig und erklärte in kurzen Worten, in welcher Art von Klinik Rita war.
Inzwischen waren Stunden vergangen. Der DJ legte neue Songs auf, wobei einer schöner als der andere war. Es schien, als wüsste er, dass Alex und Judy nicht mehr aufhören wollten, zu tanzen. Noch immer bewegten sie sich im Rhythmus der Musik, sahen sich dabei tief in die Augen und lächelten sich unentwegt an. Mittlerweile nahmen sie

von ihrer Umgebung nichts mehr wahr. Umso mehr erschreckte sich Judy, als plötzlich Silvi Alex auf die Schultern tippte und sagte: „Alex, es ist spät. Du weißt, in einer halben Stunde wollen wir zurückfahren.“ Alex zuckte zusammen.
„Was? Das kann doch gar nicht sein, dass die Zeit so schnell davon gesaust sein soll?“ Als ob sie Silvi keinen Glauben schenken würde, schaute sie auf ihre Uhr. In der Tat, es war kurz vor der verabredeten Zeit.
„Geht klar, Silvi, in einer halben Stunde treffen wir uns im Foyer.“
In diesem Moment setzte ein neuer rhythmischer Titel ein und Alex sah Judy lächelnd an.
„Wollen wir weitertanzen?“
Judy nickte, jedoch ihr Herz klopfte doppelt so schnell und ihre innere Stimme begann plötzlich, mit ihr zu sprechen.
Es war bisher so schön und ihre Augen strahlen dich immer noch so lieb an, aber sie berührt dich nicht. Küss sie doch, nur einmal, dabei passiert doch nichts. Nur einmal.
Plötzlich bemerkte Alex, dass Judy im Rhythmus der Musik auf sie zukam. Sie kam ihr sogar ziemlich nahe und ehe sie diese neue Art zu tanzen halbwegs einordnen konnte, hatte Judy sie auch schon umarmt. Wie von selbst gesteuert legten sich Alex´ Arme um Judys Schultern. Noch immer ahnte sie nicht, welcher neue Tanzstil gewählt werden würde, denn der Rhythmus der Musik war sehr schnell. Aber Alex blieb keine Zeit zum Nachdenken, wie vom Blitz getroffen, spürte sie auf einmal Judys Lippen auf den ihrigen, die zum zärtlichen Kuss ansetzten. Sie konnte nur noch ihrem Herzen folgen und erwiderte diesen, der so lieblich schmeckte.
Während der DJ neue Songs abspielte, tanzten beide küssend und eng umschlungen. Sie schwebten auf Wolke Sieben und bemerkten nicht einmal, dass die Musik nicht im Einklang mit ihren Tanzbewegungen war. Das Drumherum, so schien es, war für sie außer Kraft gesetzt. Beide spürten nur noch zärtliche Hände, die sich berührten, zwei Körper, die sich eng umschlangen und immer wieder nicht endende Küsse. Wie aus einem Traum gerissen, bemerkte Alex, dass ihr jemand erneut auf die Schulter klopfte. Es war Anne und neben ihr stand Silvi.
„Du, Alex, es tut uns echt leid, aber wir wollen jetzt wirklich los. Du musst dich jetzt entscheiden, ob du mitfahren willst.“

Spätestens bei den Worten - du musst dich jetzt entscheiden - spürte sich Judy in die Gegenwart zurückversetzt. Sie wollte nicht ihre vierjährige Beziehung zu Rita aufs Spiel setzten, außerdem kannte sie Alex doch gar nicht richtig. Aber ihre Schmetterlinge im Bauch flatterten eindringlich und augenblicklich hörte sie ihre innere Stimme ziemlich erregt sprechen.
Schlaf mit Alex, nur eine Nacht und keiner würde je etwas davon erfahren. Es ist nur für eine Nacht, aber diese, an der Seite dieser faszinierenden Frau, würde für die Ewigkeit reichen. Selbst wenn du alt und grau bist, du wirst dich immer an diese tolle Nacht erinnern. Lass Alex jetzt nicht gehen!
Judy nahm Alex zur Seite und flüsterte ihr ins Ohr.
„Ich möchte mit dir schlafen, ich möchte mit dir diese Nacht verbringen, für einen Tag mit dir zusammen sein. Würdest du das auch wollen?"
Alex dachte nicht einen Moment darüber nach, wie Judy diese Bemerkung gemeint haben könnte. Auch ihre Schmetterlinge im Bauch flatterten wild umher und ihr Herz signalisierte: Geh nicht weg.
Alex drehte sich zu Silvi und Anne um. „Ich möchte noch bleiben, aber meine Handtasche ist im Auto. Wir kommen mit euch, um sie zu holen."
Alle gingen zum Ausgang und auf der Straße angelangt, sah Judy Alex erneut mit fragenden Augen an.
„Alex, du bist so liebenswert und ich möchte dich nicht enttäuschen. Du weißt, ich bin in einer Beziehung. Bist du wirklich mit einer Nacht einverstanden? Wir werden uns danach nie wieder sehen."
Spätestens jetzt wurde Alex endgültig bewusst, dass Judy einen One-Night-Stand meinte. Sie war nicht in der Lage, einen klaren Gedanken zu fassen. Sie fühlte sich so unendlich zu ihr hingezogen. Wenn sie jetzt ablehnen würde, wäre das, was so schön begann, von vornherein verloren. Viel zu glücklich war sie in diesem Moment, um überhaupt über die künftigen Folgen nachdenken zu können.
„Mach dir keine Sorgen, das geht schon klar", versicherte sie eifrig und legte ihren Arm um Judys Hüfte. Obwohl sich Judy nach drei Minuten nochmals erkundigte - Alex hatte die Sache mit der einen Nacht schon längst verdrängt. Dennoch hatte ihr Gang etwas Schweres an sich, denn von Zeit zu Zeit waren sie derart eng umschlungen, um sich zu küssen. Kein Wunder, dass der Abstand zu

den anderen immer größer wurde. Endlich erreichten sie Silvis Auto und Anne schien sichtbar verärgert, da Alex nicht zügig gefolgt war. Dennoch ließ sie aufmunternd einen Spruch ab.
„Na, ihr zwei, euch scheint es ja ganz schön erwischt zu haben!“
Silvi reichte derweil die Handtasche rüber und verabschiedete sich.
„Wünsche euch noch viel Spaß. Ach, Alex, wir telefonieren Mal in der Woche, ja?“

10. Kapitel

Die Dunkelheit setzte bereits ein, als Diana und Holger von ihrer Motorradfahrt zurückkamen. Die Spritztour durch die kurvenreiche bergige Landschaft hatte vor allem bei Diana einen erhöhten Adrenalinspiegel verursacht und quietschvergnügt lief sie durch das Haus. Holger freute sich, seine Frau bei so guter Laune zu sehen.
Eine kleine Feier in ihrem neuen Partyraum war geplant und ihre Gäste, zwei verheiratete Pärchen, würden in einer Stunde kommen.
Als Holger die Treppe ins Obergeschoss hochging, um sich frisch zu machen, erahnte Diana ihre Gelegenheit und rief ihm hinterher: „Schatzi, du brauchst dich nicht abzuhetzen, lass dir Zeit. Ich werde schon Mal einiges vorbereiten.“
Sie freute sich, denn Holger würde sicher eine Weile zum Duschen brauchen. Ehe sie zum Hörer griff, überzeugte sie sich dennoch, ob auch wirklich das Schließen der Badtür zu vernehmen war.
Ja, die Tür ist zu, dachte sie und wählte Alex´ Geschäftsnummer, die sie mittlerweile auswendig kannte. Nach einigen Klingelzeichen war Alex´ Stimme zu hören.
„Brinker, Veranstaltungsservice …“
„Hallo Schatzi!“, unterbrach Diana, die nicht bemerkte, dass sie mit dem Anrufbeantworter verbunden war. „Ich wollte mich endlich bei dir melden.“
Aber jene Alex am anderen Ende ließ sich nicht beirren und redete weiter. Nun endlich wurde Diana klar, dass der AB eingeschaltet war, und legte den Hörer auf.
Komisch, Alex hatte doch gar nicht erwähnt, dass sie heute arbeiten muss. Mal sehen, ob ich sie auf ihrem Handy erreichen kann, grübelte sie einen kleinen Moment vor sich hin und setzte diesen

Gedanken sogleich in die Tat um. Das Freizeichen ging raus, aber nach dem achten Klingelton nahm Alex immer noch nicht ab.
Also in der Schlossbrauerei ist sie schon mal nicht, denn dort hätte ihr Handy keinen Empfang gehabt. Vielleicht fährt sie gerade Auto und konnte daher nicht so schnell an ihr Handy gehen, schlussfolgerte sie und wählte erneut, brach aber nach etlichen Klingeltönen ab.
„Das ist ja nun wirklich etwas seltsam!“, sprach Diana leise vor sich hin, die gewohnt war, Alex mit ihren spontanen, sehr unregelmäßigen Telefonaten perfekt zu kontrollieren. Plötzlich wurde ihr Grübeln durch Geräusche unterbrochen, die vom Bad herkamen. Schnell eilte sie in die Küche, wo sie die vorbereiteten Snacks aus dem Kühlschrank holte.
Die Zeit verging und mittlerweile war es bereits weit nach Mitternacht. Die Gäste waren pünktlich erschienen, alle saßen fröhlich im Partyraum und plauderten.
„Schenk doch noch eine Runde Baileys ein, ja?“, rief Holger Diana zu.
„Ja gerne, Schatzi.“ Mit diesen Worten erhob sich Diana, um nach der Flasche in der offenen Hausbar zu greifen. Äußerlich war ihr nicht anzumerken, dass sie gerade darüber nachdachte, wie sie unbemerkt telefonieren könnte. Irgendwann, als die anderen mit dem humorvollen Erzählen von einstigen Jugendstreichen beschäftigt waren, nutzte sie endlich ihre Chance.
„Ich geh mal auf das Örtchen.“
Heimlich holte sie ihr Handy, verschwand mit diesem auf der Toilette und schloss vorsichtshalber hinter sich ab.
Diesmal bin ich schlauer, so dachte Diana und stornierte die Freigabe ihrer Rufnummer. Mit einem Grinsen im Gesicht klingelte sie Alex´ Handy an, jedoch nach einer Weile gab sie auf.
Wo mag sie nur stecken und warum nimmt sie nicht ab? Hat sie vielleicht doch eine Veranstaltung im Schlossgewölbe und ihr Handy zu Hause vergessen, grübelte sie sichtbar irritiert. Plötzlich begannen ihre entsetzten Augen in ein Funkeln umzuschlagen, denn sie glaubte, mit dem Letzteren die Lösung gefunden zu haben. Schnell versuchte sie es mit der Geschäftsnummer, jedoch auch hier setzte der AB mit der Stimme ihrer Geliebten erneut ein.

„So eine Scheiße!“, fluchte Diana derart laut, sodass sie sich selbst erschrak. Sofort drückte sie den Knopf der Toilettenspülung, aus Angst, jemand könnte sie gerade gehört haben. Als sie den Partyraum betrat, konnte sie ihren grimmigen Gesichtsausdruck nicht verbergen. Petra, ihre Freundin, fragte sie daher erstaunt: „Was ist mit dir passiert?“
Dianas Mimik schien sich zu wandeln und mit schmerzvoller Gestik ließ sie durchblicken, „Mir tut der Bauch so weh.“ Alle schauten sie mitleidsvoll an und Petras Mann schob ihr den Sessel zu.
Etliche Stunden später, nachdem sich die Gäste feuchtfröhlich verabschiedet hatten, räumte Diana noch etwas auf. Sie tat es in der Hoffnung, dass Holger derweil schon nach oben ins Schlafzimmer gehen würde.
„Lass den Kram doch stehen, das machen wir morgen“, sprach er sie dennoch an.
„Ich will nur das Notwendigste wegräumen. Geh doch schon rauf, ich komme gleich nach.“
Holger war nicht mehr nach Aufräumen zumute, zu sehr war ihm der Alkohol zu Kopf gestiegen. Somit befolgte er ihren Rat und tapste die Treppen zum Schlafzimmer empor.
Endlich ist er oben, waren Dianas Gedanken, die sofort die Tür des Partyzimmers hinter sich verschloss. In Blitzeseile probierte sie es auf Alex´ Handy, aber auch diesmal ohne Erfolg.
„So eine verdammte Scheiße!“, keifte sie nun richtig laut und war sichtbar verärgert. In diesem Moment besaß sie keine Erklärung mehr, warum sich Alex nicht meldete.
Dass ihr Handy auf lautlos gestellt war, welches sich bis vor Kurzem in Silvis Auto befand, das konnte Diana nicht wissen noch erahnen.

11. Kapitel

Im Morgengrauen erreichten Alex und Judy die Pension. Während Judy in ihrer Hosentasche kramte, um den Zimmerschlüssel herauszufischen, stand Alex direkt hinter ihr. Sie umfasste Judys Hüfte und ihr Mund war nur noch einen Hauch von Judys Nacken entfernt.
„Soll ich dir beim Suchen helfen?“, flüsterte sie zärtlich in Judys Ohr, wobei ihre Finger gleichzeitig demonstrativ in Richtung der

Hosentaschen tänzelten. Als Alex einen warmen Atemstoß direkt auf Judys Nacken setzte, zuckte Judy zusammen. Sie spürte ihre aufgestellten Nackenhaare, ihre Gänsehaut und ihre Erregung. Schnell drehte sie sich mitten in dieser Umarmung um und hob ihre rechte Hand hoch.
„Ich hab ihn."
Aber Alex gab sie nicht aus der Umklammerung frei und beide Gesichter näherten sich zu einem zärtlichen Kuss.
„Willst du nicht endlich aufschließen?", fragte Alex in einem Moment des Luftholens. Ihr Blick ließ erahnen, dass sie nun mehr als nur Judys Zimmer sehen wollte. So war es auch, denn kaum, dass beide den Raum betraten, hielt Alex sie erneut fest in den Armen.
„Dein Lächeln macht mich verrückt. Spürst du auch dieses Knistern hier im Raum?"
Judy spürte es, das Funkeln geheimnisvoller Sterne, ihre Erregung und vor allem die vielen Schmetterlinge in ihrem Bauch, die mehr denn je anfingen, wie wild zu flattern. Sie konnte sich nicht erinnern, wann sie das letzte Mal diese Gefühle hatte. Ihr blieben nur wenige Sekunden zum Nachdenken, denn Alex küsste sie bereits mit zärtlicher Intensität. Judy erwiderte und bemerkte, wie Alex´ Hände aktiv wurden. Langsam und behutsam streiften diese Judys Jeansjacke vom Körper, die zu Boden fiel. Als Alex begann, ihre weiche warme Haut unter ihrem bauchfreien Top zu streicheln, bebte Judy vor Verlangen. Dann plötzlich tauchte Alex ab und kniete sich vor Judy nieder. Sie zog Judys Schoß an ihren Kopf heran und küsste Judy auf die Jeans, genau dort, wo sie den Venushügel vermutete.
„Darf ich dich ausziehen?", blickte Alex fragend zu Judy hoch, die nur noch zu einem Nicken fähig war. Alex verstand dieses als ja. Vorsichtig öffnete sie ihre Hosenknöpfe und ihr Mund schmuste mit der frei werdenden Haut. Als sie wieder aufstand, wurden auch Judys Hände rege, die ebenso sanft Alex´ Jeansbluse aufknöpften. Minuten später standen beide entblößt voreinander, hielten sich fest in den Armen, um sich zu küssen. Dann folgte Alex instinktiv den Bewegungen von Judy, die langsam auf das Einzelbett zusteuerte.
„Ich möchte, dass wir uns lieben", hauchte sie in Alex´ Ohr.
Obwohl das Einzelbett viel zu klein erschien, es war genug Platz vorhanden, um sich in dieser einzigen Liebesnacht der vollen Zuneigung hinzugeben. Beider Finger entdeckten nicht nur die weiche

Haut der anderen, sie folgten auch dem Drang, die andere dort zu berühren, wo sie mehr als feucht war, dort, wo sie vor Erregung heiß stöhnen würde.
Gegenseitig wechselten sie sich ab, ihre Geliebte bis zum Höhepunkt zu verwöhnen. Ihre Münder waren stets vereint, sie küssten sich mit einer derartigen Leidenschaft, die Alex zuvor noch nicht gekannt hatte. Ihr Heißhunger auf Liebe schien unersättlich zu sein. Sie nahmen nicht wahr, wie laut sie zu dieser Schlafenszeit waren, auch nicht die Morgendämmerung, die mittlerweile einsetzte. Sie spürten nur sich und ihre Liebesgefühle.
Stunden später, die Sonne strahlte bereits durch die Fenster, lagen beide immer noch eng umschlungen im Bett. Während Judy schlief, döste Alex vor sich hin. Sie war zu keinem klaren Gedanken fähig und wollte auch keinen verschwenden, wie dieser sonnige Sonntag wohl enden könnte. Sie lag angekuschelt an Judy, spürte ihre Nähe, die Wärme und den Duft ihrer Haut. Sie fühlte sich in diesem Moment einfach nur glücklich.

12. Kapitel

Diana wurde von alleine wach und hatte gerade mal fünf Stunden geschlafen. Ihr erster Gedanke war Alex und noch immer rätselte sie hin und her, warum Alex nicht für sie erreichbar war. Neugier gemischt mit Angst packte sie. Keine Sekunde länger hielt sie es im Bett mehr aus. Sie wollte sich heimlich hinausschleichen, aber das Wasserbett gab nach und Holger wurde munter.
„Was ist denn los?“, fragte er halb schlafend.
„Mein Kreuz tut weh. Ich kann nicht mehr liegen“, log Diana.
Holger registrierte die Antwort, war aber zu müde, um irgendetwas erwidern zu können. Fünfzehn Minuten später saß Diana im Wohnzimmer direkt vor dem Telefon. Neben ihr befand sich ein frisch aufgebrühter Kaffee, denn sie hatte sich auf ein langes Gespräch mit Alex eingestellt. Sie war sich ziemlich sicher, dass Holger sie in den nächsten zwei Stunden nicht stören würde. Gleichfalls wollte sie es von vornherein geschickter anstellen und ohne Rufnummerfreigabe durchwählen. Diana versuchte es zunächst über den geschäftlichen

Anschluss, und als ob sie es schon geahnt hätte, der AB sprang wieder an.
Na warte! Dich kriege ich noch zu fassen. Auf dem Handy gibt es kein Entkommen. Diana wusste nur zu gut, dass Alex auf jeden Fall tagsüber an ihr Handy ging, da ihre Mobilnummer auch geschäftlich bekannt war. In diesem Moment flitzten ihre Finger auch schon über die Tastatur. Ihr Gesicht setzte dabei zu einem fetten Grinsen an, das sich Sekunden später in einen Wutanfall verwandelte.
„Herr Gott, zum Teufel, wo steckt sie nur?“, fluchte sie laut. Sie setzte ihre Tasse an den Mund und bedachte nicht, dass der Kaffee noch heiß war.
„Autsch, verflucht noch mal!“, stöhnte Diana, denn sie hatte sich den Mund verbrannt.
Ungeduldig wartete sie zehn Minuten, die ihr wie eine halbe Stunde vorkam. Sie probierte es erneut, gleich drei Mal hintereinander, aber nichts geschah. Innerhalb der nächsten zwei Stunden schaffte sie fünfundzwanzig Versuche, jedoch fünfundzwanzig Mal ohne Erfolg. Diana war nun sichtbar irritiert, denn sie konnte sich keinen Reim darauf machen. Ununterbrochen grübelte sie, was vorgefallen wäre. Nach einer Weile gingen ihr zwei Schlussfolgerungen durch den Kopf. Alex könnte im Krankenhaus liegen, ein Unfall. Oder will sie absichtlich nicht mehr mit mir reden?
Ein knarrendes Geräusch unterbrach ihre Gedanken. Die Tür zum Wohnzimmer ging auf und Holger stand davor. „Ach hier bist du“, begrüßte er sie. „Ich habe Hunger, komm, lass uns etwas essen.“

13. Kapitel

Judy war für eine halbe Stunde eingeschlafen. Als sie ihre Augen öffnete, schaute sie direkt in Alex´ Gesicht, welches sie mit ihren Grübchen anlächelte. Es war also doch kein Traum, dachte Judy und musste unwillkürlich an die heiße Liebesnacht denken. Neben ihr lag noch immer diese bezaubernde, attraktive Frau.
„Na, gut geschlafen?“, neckte Alex.
„Leider nicht genug“, sagte Judy schläfrig und meinte damit, dass ihr heute noch eine anstrengende Spätschicht bevorstehen würde. Alex´ Hand streichelte unterdessen Judys Gesicht. Sanft glitten ihre Finger

von Judys Stirn beginnend über die Nasenspitze hinab zu ihrem Hals und schwebten zu den Brüsten. Dann begannen ihre Lippen, Judys Körper zu liebkosen. Judy schloss ihre Augen und bemerkte ihre Erregung, die von Neuem durch ihren Körper schoss. Erneut erlag sie ihren Liebesgefühlen, denn Alex hörte einfach nicht auf, sie zärtlich zu berühren. Sie suchte Alex´ Mund, dann küssten sich beide innig. Plötzlich wanderten Alex´ Lippen über ihren Körper, tief hinunter zu ihrem Venushügel. Sie verweilte dort, was Judy wie eine Ewigkeit vorkam. Vor Erregung stöhnte sie und ergriff Alex´ Kopf. Als Alex dann vorsichtig in sie eindrang, tanzten Judys Schmetterlinge Freudenfeste. Sie fühlte sich wie in einem Rausch, der nicht aufhören wollte, denn Alex setzte unaufhörlich ihre kreisenden Bewegungen fort. In ihr brachen Gefühle aus, die sie nie zuvor in solch einer Intensität mit einem anderen Partner erlebt hatte. Nach einer Weile blieb sie erschöpft und reglos liegen und eng an Alex angekuschelt schlief sie ein.
Als sie erwachte, war der Vormittag schon sehr fortgeschritten. Vorsichtig versuchte sie, sich aus ihrer Umarmung zu lösen, jedoch wurde Alex davon wach.
„Wohin gehst du?“
„Ich gehe jetzt duschen. Wir haben nicht mehr viel Zeit, denn in einer Stunde muss ich das Zimmer geräumt haben.“ Judy zwinkerte Alex auffordernd zu, ihr zu folgen und verschwand im Bad.
Alex erhob sich und ging zu ihrer Handtasche, um nach ihrem Handy zu sehen. Als sie es gerade in der Hand hatte, vibrierte es, ein Anruf von einem unbekannten Teilnehmer.
Nein, ich gehe jetzt nicht ran, ich will heute meine Ruhe vor unliebsamen Anrufern haben, spukte es sofort durch ihren Kopf.
Erst als das Signal verschwand, nahm sie wahr, dass sie bisher einunddreißig Anrufe in Abwesenheit hatte. Ein Schreck durchzuckte ihren Körper, sofort dachte sie an Diana.
Wenn schon? Das ist mir total egal und in diesem Moment sowieso.
Sie legte ihr Handy zurück und verdrängte den Gedanken, dass Diana nun umfassende Rechenschaft fordern würde. Im Augenblick war sie mit Judy zusammen, nur das zählte und sie wollte keine von den verbleibenden Minuten versäumen. Sie ging ins Bad und beobachtete Judy, die hinter einer milchfarbenen Glasscheibe duschte.

„Komm doch rein“, konnte sie plötzlich hören. Alex öffnete die Schiebetür und äugte schmunzelnd hinein.
„Wenn ich jetzt zu dir komme, dann sind wir nicht pünktlich aus dem Zimmer. Das ist dir doch wohl klar?“
Mit einem Augenzwinkern beugte sich Alex in die Dusche und gab Judy einen Kuss auf den Rücken. Judy jauchzte ein wenig und erwiderte lachend: „Bleib um Gottes willen draußen!“
Minuten später kam Judy heraus und Alex stand mit einem ausgebreiteten Badehandtuch vor ihr. „Na komm schon her, du kleine Wasserratte!“
Sie wickelte das Tuch um ihren Körper und beide sahen sich tief in die Augen, denn Abschiedsstimmung lag in der Luft. Augenblicklich setzten ihre Lippen zu einem leidenschaftlichen Kuss an, der nicht enden wollte.
Zehn Minuten später waren beide bereits angekleidet. Während Judy ihre Utensilien in die Reisetasche packte, glättete Alex das verwühlte Bett. Die bisherige Unbeschwertheit war nun in totale Traurigkeit umgeschlagen. Alex blickte zu Judy, konnte aber keine Worte fassen, um die plötzliche Stille aufzulockern.
Nun ist diese Nacht zu Ende und dieser hübsche Engel wird genauso schnell aus meinem Leben verschwinden, wie er gekommen ist. Gleich werden wir diese Tür durchqueren und uns auf der Straße verabschieden, um getrennte Wege zu gehen. Alex konnte diese Überlegungen nicht mehr verbergen, auf ihrem Gesicht waren längst die Grübchen verschwunden.
Auch Judy bemerkte, dass sich die Situation sichtbar gewandelt hatte. Sie schaute Alex an und bedauerte zutiefst, dass sie auseinander gehen mussten. Ihr Kennenlernen und gegenseitiges Lieben hatte sich in einer einzigartigen Vertrautheit und Zuneigung vollzogen, sodass Judys Herz heftig zu pochen anfing, als ob es mit ihr reden wollte. Du bist auf dem Weg, dich in diese Frau zu verlieben.
Jedoch ihre Schmetterlinge im Bauch, die sich einfach nicht beruhigen konnten, bewiesen ihr etwas anderes - zu spät, es ist schon passiert.
Schnell verdrängte Judy diese Gedanken und ordnete aufgeregt etwas in ihrer Reisetasche, was eigentlich auf dem richtigen Platz lag.
Nun fing auch noch ihr schlechtes Gewissen an, mit ihr zu reden. Das darf nicht sein. Auch wenn du dich aus unerklärlichen Gründen

so zu Alex hingezogen fühlst, es sollte doch nur ein One-Night-Stand werden. Du liebst Rita und mit ihr lebst du seit vier Jahren zusammen. Sie ging extra für dich in diese Klinik, um endlich euer Beziehungsproblem aus dem Weg zu räumen. Schlimm genug, dass du Rita für eine Nacht betrogen hast. Sei vernünftig! Ihr habt so vieles zusammen erlebt, das willst du doch nicht wegen eines heißen Abenteuers aufs Spiel setzen?
Judy war innerlich hin- und hergerissen und dennoch spürte sie, dass sie sich nicht Hals über Kopf von Alex trennen konnte. Unbedingt wollte sie es noch etwas hinauszögern und fragte daher: „Was hältst du davon, wenn wir gemeinsam frühstücken?"
Alex freute sich sofort. „Gern."
„Eigentlich wollte ich noch kurz zu Hause ran, aber nun werde ich direkt von hier aus zur Arbeit fahren."
„Wann fängt denn deine Arbeit an?", erkundigte sich Alex, die schon in Gedanken die verbleibende Zeit aufrechnete, als sie Judys Antwort vernahm.
„In drei Stunden."
Alex´ Herz hüpfte vor Freude. Wenn sie Glück hatte, so konnte sie wenigstens zwei davon mit Judy verbringen. Sie ging auf Judy zu, umarmte sie und drückte ihr einen Kuss auf den Mund.
Kurz darauf verließen beide die Pension und gingen in das Hotel, um den Schlüssel abzugeben. Gleich dort in der Nähe stand auch Judys Auto, ein alter roter Citroën, in dem sie ihre Reisetasche verstaute. Als Judy die Übernachtung bezahlte, erkundigte sie sich, ob es trotz der fortgeschrittenen Zeit noch eine Möglichkeit gäbe, ein Frühstück einzunehmen. Der Kellner ließ sich überreden, verwies aber auf den Biergarten, da er bereits die Räumlichkeiten für den Mittagstisch eindeckte. Minuten später standen zwei Frühstücksgedecke auf dem Tisch, dazu eine riesige Thermoskanne mit heißem Kaffee.
„Hast du denn keinen Hunger?", fragte Alex, da ihr Judy beim Essen tatenlos zusah.
„Ehrlich gestanden, so richtig nicht."
Alex schaute auf, ihre Blicke trafen sich und beide spürten erneut diese Mischung aus Knistern und Abschiedsgefühlen.
„Möchtest du wirklich nicht meine Telefonnummer haben?", unterbrach Alex diese plötzliche Stille.
„Nein."

„Es ist echt schade, wenn wir uns aus den Augen verlieren“, räumte Alex bedenkend ein. „Wir könnten uns ganz unverbindlich anrufen oder du besuchst mich mal in meiner Arbeit?“
„Du weißt, dass das nicht geht.“
Alex gab auf, weiterzufragen. Sie biss erneut von dem Brötchen ab und lächelte Judy zu, die nun anfing, eine Kleinigkeit zu frühstücken. Dabei erzählte Judy von der Disco, in der sie sich gestern Nacht getroffen hatten. Alex erfuhr, dass es einen schwul-lesbischen Verein gab, was sie bisher nicht wusste. Je mehr sie so plauderten, desto schneller kehrte ihre Vertrautheit zurück. Alex schöpfte neuen Mut und fragte letztmalig: „Nimm doch meine Telefonnummer, egal ob du mich anrufen wirst oder nicht. Nimm sie bitte einfach, ja?“
„Na gut, bitte schreibe sie mir auf“, ließ sich Judy endlich überreden und tat es mehr Alex zu Liebe, die sie so traurig anschaute. Eigentlich wollte sie diese überhaupt nicht besitzen, um gar nicht erst in Versuchung zu kommen. Nun war ihr klar, dass sie halt stark bleiben musste, um dem nicht zu erliegen.
Alex´ Lächeln mit den süßen Grübchen kam wieder zum Vorschein. Auf der Rückseite von einem alten Kassenbeleg schrieb sie ihre Geschäfts- und ihre Handynummer auf. Sichtbar erleichtert schob sie den Zettel Judy zu und hoffte, dass sie irgendwann davon Gebrauch machen würde.
„Wie kommst du nach Hause?“, fragte Judy neugierig und wollte mit ihrer Frage nicht nur ein neues Gespräch beginnen.
„Ich nehme den Zug, der fährt fast stündlich, so glaube ich.“
„Gern hätte ich dich mit dem Auto nach Hause gefahren, jedoch reicht die Zeit dafür nicht mehr aus. Ich werde dich aber noch zum Bahnhof bringen, wenn du es möchtest?“
Alex nickte zustimmend und war innerlich über jede Sekunde glücklich, die sie länger mit Judy verbringen konnte. Eine Weile später stiegen sie in Judys Auto, um dann in Richtung Bahnhof zu fahren. Dort angekommen stellte Judy ihren Motor ab und drehte sich zu dem Beifahrerplatz um. Alex schaute sie bereits mit traurigen Augen an.
„Wir müssen jetzt Abschied nehmen.“ Judys Magen drehte sich, als sich ihre Blicke trafen. Wie von selbst gesteuert, bewegten sie sich aufeinander zu und vereinten sich zum Kuss, der immer leidenschaft-

licher wurde. Keine der beiden wollte ihn von sich aus beenden. Dann gab Judy auf und brach diesen minutenlangen Kuss ab.
„Ich muss jetzt wirklich los, sonst komme ich zu spät zur Arbeit."
Alex stieg aus und ging um das Auto zur Fahrerseite. Judy kurbelte ihr Fenster runter und Alex beugte sich in den Fahrgastraum hinein. Ihre Hand streichelte Judys Wangen, ehe sie abschiedsvoll zu Judy sprach: „Schade, ich weiß genau, dass in diesem Moment meine Traumfrau an mir vorbeizieht."
Judy konnte keinen klaren Gedanken fassen. Das tolle Lächeln mit den zwei Grübchen, es war gestorben und sie war der Grund dafür. Nun hast du gleich zwei Frauen unglücklich gemacht, schoss es ihr durch den Kopf und dachte dabei an Rita, aber vor allem an Alex, die so traurig vor ihr stand. Automatisch griff sie nach Alex´ Gesicht und zog dieses an sich heran. Unbedingt musste sie Alex noch einmal küssen, nur dieses letzte Mal.
„Die Zeit drängt, ich muss jetzt los", erklärte Judy nach einer Weile und hoffte, dass Alex nichts erwidern würde.
„Ich wünsche dir alles Gute." Alex versuchte zu lächeln, als sie verzweifelt nach den Worten rang.
Judy hatte das Gefühl, als ob ihr Herz stehen blieb, sie hörte sich nur sagen. „Ich dir auch", als sie bereits im Unterbewusstsein ihr Auto startete und sich langsam entfernte.

14. Kapitel

Judy war bereits seit etlichen Minuten fort, jedoch Alex stand immer noch an der gleichen Stelle. Nervös rauchte sie eine Zigarette und Tränen rollten über ihre Wangen. Ihr war klar, dass sie in diesem Zustand nicht in den Bahnhof gehen wollte. Sie erinnerte sich an diese wahnsinnig berauschende Nacht, in der sie so glücklich war, und spürte nun den Schmerz, wieder allein zu sein. Endlich drehte sie sich langsam um, ging in den Bahnhof und kaufte sich eine Fahrkarte. Sie brauchte nicht lange warten, denn der Zug kam bald. Während der Fahrt schaute sie verträumt aus dem Fenster, sie konnte einfach nicht aufhören, an Judy zu denken. Ein leichtes Vibrieren aus ihrer Handtasche unterbrach ihre Erinnerungen. Ihr einziger Gedanke war Judy, die nun doch ihre Telefonnummer benutzen würde.

Schnell holte sie ihr Handy heraus und Enttäuschung breitete sich über ihr Gesicht aus, denn auf dem Display stand <<Diana ruft an>>. Das Signal erlosch und Alex konnte erkennen, dass sich mittlerweile vierzig Anrufe in Abwesenheit aufsummiert hatten.

Diana muss vor Wut toben, ging es ihr durch den Kopf, als auch schon wieder das Handy vibrierte. „Nummer einundvierzig“, sprach Alex leise vor sich hin und war sich sicher, dass sie vorerst nicht an ihr Handy gehen würde. Erneut schaute sie aus dem Fenster und verdrängte jegliche Vorstellung an Diana, sie träumte von Judy.

Kurze Zeit später schlenderte sie bereits durch die Straßen. Normalerweise brauchte sie vom Bahnhof bis zu ihrer Wohnung zwanzig Minuten, sie aber ließ sich ausgesprochen viel Zeit. Noch immer konnte sie keinen klaren Gedanken fassen und schon gar nicht darüber, was sie auf Dianas Fragen erwidern sollte. Sie wusste genau, dass sie einem Gespräch mit ihr nicht ausweichen konnte.

Zu Hause angekommen, ging Alex in die Küche, um sich einen starken Kaffee aufzubrühen, denn so allmählich setzte bei ihr die Müdigkeit ein. Dabei grübelte sie, wie sie den Nachmittag verbringen könnte und beschloss, zunächst zu baden. Aber zuvor rief sie Tobias und Philip an, die heute Abend wieder zu ihr kommen würden. Peter und Alex hatten sich geeinigt, dass die Kinder stets am Wochenende bei ihm und in der Woche bei Alex wohnen. In der Regel brachte Peter sie abends vorbei.

Plötzlich fiel ihr das Handy ein, das immer noch auf lautlos gestellt war. Sie holte es aus ihrer Handtasche und registrierte sechsundvierzig Anrufe in Abwesenheit.

Bestimmt sind die alle von Diana vermutete Alex. Dann fiel ihr aber die Unbekannte vom Inserat ein, der sie gestern so lustig auf das Band gesprochen hatte.

„Natürlich könnten einige Anrufe auch von ihr sein“, prognostizierte Alex laut. „Diana wird nicht nur toben, sie wird mittlerweile rasen vor Wut. Mit Sicherheit wird sie nicht aufgegeben, mir hinterher zu rufen?“

Alex stornierte die Lautlosfunktion in ihrem Handy und es dauerte nicht lange, als auch schon ein lautes Klingeln einsetzte. Am Klang der Melodie erkannte sie sofort, dass es Diana war. Nun gab es kein zurück mehr. Alex wusste, dass sie ohnehin irgendwann an das Ge-

schäftstelefon gehen musste und damit diese Anrufe endlich aufhörten, entschied sie sich für jetzt.
Mit einem kurzen – Hallo - begann Alex das Gespräch. Im ersten Moment schien Diana überrascht zu sein, die aber nach einer kleinen Verzögerung anfing, laut zu fluchen.
„Na endlich, wo hast du denn gesteckt? Ich wähle mir hier die Finger wund. Wieso gehst du nicht ran?“
Über diese Begrüßung zutiefst verärgert, erwiderte Alex mit bissigem Ton: „Wieso, ich bin weg gewesen …“
Diana fiel ihr schneidend ins Wort.
„Na du wirst doch wohl registriert haben, dass ich dich schon hundert Mal angerufen habe.“ Merkwürdigerweise hielt Diana auf einmal inne und wurde still. Aber der Schein trog, denn plötzlich hörte Alex sie durch den Hörer fauchen.
„Verdammte Scheiße! Zwei Stunden war ich allein zu Hause, um mit dir zu telefonieren. Ich habe Holger extra weggeschickt. Und du? Du gehst nicht ans Telefon. Eben ist Holger auf den Hof gefahren.“ Als ob sie Alex nun bestrafen wollte, fügte sie hinzu. „Ich kann jetzt nicht mehr mit dir weiterreden, ich rufe dich zurück.“
„Aufgelegt. Mit so einem kurzen Gespräch hätte ich nicht gerechnet. Da bin ich vorerst aus dem Schneider“, sprach Alex vergnügt vor sich hin. Aber sie hatte sich zu früh gefreut, denn Minuten später klingelte es erneut.
„Hallo.“
Diana schien ihren Faden nicht verloren zu haben, denn sie wiederholte sofort ihre letzte Frage im gleichen garstigen Tonfall.
„Sag jetzt bloß nicht, dass du nicht bemerkt hättest, dass ich dich unendliche Male angerufen habe.“
„Ich bin vorhin erst nach Hause gekommen“, erwiderte Alex innerlich kochend und log der Einfachheit halber weiter. „Das Handy hatte ich nicht mit.“
„Aber als du zu Hause warst, da werden dir meine Anrufe sicherlich nicht entgangen sein? Du hattest es nicht einmal nötig, dich zu melden.“ Diana tobte voller Entrüstung. Alex hatte ihre kleine Spitze sehr wohl wahrgenommen, da Diana die Worte - als du zu Hause warst - besonders sarkastisch betonte.
„Würdest du bitte mit mir in einem anderen Ton reden!“, gab Alex leicht aufgeregt zurück. „Außerdem darf ich dich darauf aufmerksam

machen, dass es mir verboten ist, dich zu einem Zeitpunkt anrufen, der nicht vorher abgesprochen war.“
Diana überhörte die letzten Sätze und fragte im schroffen Ton: „Wo bist du denn gewesen?“
„Ich war mit Silvi und Anne zusammen im Thalia“, antwortete Alex zurückhaltend.
„Ach mit denen“, sagte Diana in einer abfälligen Art. „Und so lange? Das glaubt dir doch kein Mensch!“
„Welches Recht nimmst du dir eigentlich heraus, mit mir so zu reden?“ Alex kochte innerlich vor Wut. „Ich habe keine Lust, mich mit dir zu streiten und dein Gekeife will ich auch nicht hören. Du warst diejenige, die nicht ihre Ehe aufgegeben hat, um zu mir zu ziehen. Ich habe dir eindeutig gesagt, dass ich keine weiteren zweieinhalb Jahre mehr auf dich warten werde. Du weißt nur zu gut, dass diese heimliche Versteckbeziehung bei mir jeglichen Wert verloren hat. Ich bin dir keine Rechenschaft schuldig.“
Diana änderte ihre Taktik und sprach in einem traurigen Ton.
„Du hast in der Disco eine Frau kennengelernt, nicht wahr?“
„Ich habe eine schöne Nacht in der Disco verbracht. Ich habe auch eine Frau kennengelernt, mit der ich oft getanzt habe. Nicht mehr und nicht weniger.“
Alex hatte nicht im Entferntesten Lust, Diana von der Liebesnacht zu erzählen - warum auch? Diana war diejenige, die mich jahrelang mit ihrem Mann betrogen hat.
„Ich werde morgen Abend zu dir kommen“, hörte sie plötzlich Diana sagen.
„Ich möchte nicht, dass du kommst“, reagierte Alex wie aus der Pistole geschossen.
„Du kannst es mir nicht verbieten. Ich werde trotzdem zu dir fahren. Wir werden miteinander reden, hörst du?“
Dianas Worte klangen auf einmal so lieb, genauso lieb, wie sie Alex schon immer herumbekommen hatte. Alex wiederholte ihre Worte erneut, aber Diana schien gar nicht zuzuhören.
„Ich werde aber da sein, Schatzi.“ Mit schnellerer Stimme sprach sie weiter. „Ich muss jetzt auflegen und melde mich später. Ich liebe dich.“
Diana hatte das Gespräch blitzartig beendet. Wie Alex sie kannte, würde Diana tatsächlich in der Tür stehen, obwohl sie es nicht

wollte. Diana setzte sich generell über alles hinweg und nie wusste sich Alex einen Rat, wie sie dem aus dem Wege gehen könnte. Zunächst beschloss Alex, kein weiteres Telefonat von Diana über sich ergehen zu lassen. Ihr Bedarf für heute war gedeckt. Sie wollte endlich baden und in Ruhe entspannen. Sie ging in das Bad und ließ sich heißes Wasser ein.

15. Kapitel

Judy musste sich beeilen, um pünktlich bei ihrer Arbeitskollegin anzukommen. Seit langer Zeit bestand eine Fahrgemeinschaft zwischen ihr und Elvira, die schon auf sie wartete. Gerade noch rechtzeitig traf sie ein, parkte ihr Auto und stieg in das von Elvira um. Die ungewöhnliche Schweigsamkeit von Judy machte Elvira stutzig.

„Was hast du? Du siehst ja aus, als ob du die ganze Nacht durchgemacht hättest“, fragte sie und fügte irritiert hinzu. „Sag mal, rauchst du neuerdings? Deine Sachen riechen aber widerlich.“

Judy hatte keine Lust auf Erklärungen.

„Sei nicht böse, ich bin sehr müde und will nur ein wenig meine Augen zumachen.“

Aber an Einschlafen war nicht zu denken. Mit geschlossenen Augen gingen ihr immer noch die Ereignisse der letzten Stunden durch den Kopf. Seit dem Abschied am Bahnhof wurde sie von wahnsinnigen Schuldgefühlen gepeinigt. Für sie stand fest, dass sie nicht nur Rita betrogen, sondern auch das süße Lächeln von Alex getötet hatte. Sie besaß jedoch keine Zeit, weiter darüber nachzudenken, denn Elvira stupste sie plötzlich kurz an.

„Aussteigen, wir sind jetzt da.“

Vollkommen übermüdet trat Judy ihren Dienst an und ihre Kolleginnen fragten erschrocken, ob sie krank wäre. Schrecklich sah sie aus und gern hätte sie sich freigenommen, aber bei dem ständigen Personalmangel und der vielen Arbeit wollte sie das nicht. Immer wieder redete sie sich ein, dass sie diesen Tag schon überstehen und sich gleich nach der Arbeit schlafen legen würde. In einer kurzen Arbeitspause warf sie einen Blick auf den Dienstplan und stellte fest, dass sie morgen frei hatte. Sie freute sich, denn damit hatte sie nicht gerechnet. In Gedanken sah sie sich nicht vor Mittag aufstehen, sie würde auf jeden Fall lange ausschlafen. Judy schöpfte neue Kraft, um diesen Arbeitstag trotz Übermüdung zu bewerkstelligen.

Es war kurz vor Feierabend, als Judy und Elvira Komapatienten lagerten. Nun sprach Elvira sie ohne Umschweife an.

„Hör mal, Judy, wir kennen uns doch. Mit dir ist etwas? Hast du Probleme?"

„Ich war gestern Abend tanzen", sagte Judy mit leiser Stimme. „Ich habe eine Frau in der Disco kennengelernt und mit ihr die ganze Nacht getanzt."

„Das ist doch schön. Wo ist also das Problem?"

„Ich habe auch mit ihr geschlafen. Heute Morgen gab sie mir ihre Telefonnummer. Elvira, was mache ich nur?"

„Lass das. Das bringt nichts. Du hast ihr doch nicht etwa deine Handynummer gegeben?", fragte Elvira nach kurzem Überlegen.

„Nein, das habe ich nicht", stammelte Judy ziemlich bedrückt. „Aber ich würde sie gern wieder sehen."

„Lass die Finger davon", riet Elvira und appellierte an Judys Vernunft. „Du hast dir soviel mit Rita aufgebaut, das Haus mit dem großen Grundstück. Du hast soviel Liebe und Arbeit hineingesteckt, damit ihr es mit den Kindern richtig schön habt. Das wirst du doch nicht aufgeben wollen?"

Elvira sah Judy an, die sich sofort angesprochen fühlte und mit dem Kopf schüttelte. Elvira hielt nicht inne und redete weiter auf Judy ein.

„Außerdem macht Rita gerade die Therapie, nur für dich. Das finde ich toll, denn ich selbst habe einen Alkoholiker in der Familie. Ihr zieht die Kinder zusammen groß und meistert den Alltag. Ich weiß, sie kontrolliert dich ziemlich heftig, aber das wird sich legen, wenn sie aus der Klinik kommt."

Elvira unterbrach sich, machte eine kleine Pause und fügte dann nachdrücklich hinzu.

„Hör auf mich, ich hatte auch schon eine Reihe von One-Night-Stands, aber daraus wird nie etwas. Ich rate dir total ab."

„Du hast recht, denn was du eben gesagt hast, geht mir auch immer wieder durch den Kopf. Schade, die Fremde ist eine so tolle Frau und dennoch, ich muss sie vergessen."

16. Kapitel

Alex saß verträumt in der Badewanne und genoss die Stille um sich herum. Unbewusst musste sie sich an all die nächtlichen Momente erinnern, die sie mit dem blonden Engel erlebt hatte. Immer wieder erschien das bildhübsche Gesicht von Judy vor ihren Augen.
Wie mag es ihr gerade gehen? Ob sie genauso an mich denkt?
Sie stellte sich Judy mit lächelnden Augen in weißer Dienstbekleidung vor, die vor Müdigkeit Patienten versorgte. Sie war Krankenschwester in einer Klinik, das hatte Judy gestern beiläufig in der Disco erwähnt. Alex hielt plötzlich inne, denn eine Idee schoss ihr durch den Kopf.
Hatte Judy nicht auch den Arbeitsort genannt? Als sie ihn gestern hörte, kannte sie diesen nicht. Alex erinnerte sich genau, dass dieser mit dem Buchstaben „L“ begann, der sich nur zehn Kilometer entfernt befinden soll. Sie schöpfte neue Hoffnung und dachte, dass es eine Möglichkeit geben musste, diesen Ort mit exaktem Verweis auf die Klinik in Erfahrung zu bringen. Nichts hielt Alex mehr in der Wanne. Flink kletterte sie heraus und trocknete sich eilig ab. Minuten später stand sie bekleidet vor ihrer Schrankwand im Wohnzimmer.
„Hier muss doch noch ein Straßenatlas liegen?“, sagte sie zu sich und kramte dabei aufgeregt im Schrank. Als sie diesen mit leuchtenden Augen fand, blätterte sie sofort die Seite mit der Großstadt auf und suchte wie ein Detektiv nach Orten, die sich im Umkreis von zwanzig Kilometer befanden. Plötzlich stieß Alex einen Pfiff aus, denn sie war fündig geworden.
„Der Ort Loben muss es sein!“
Alex war sich sicher, dass es ein kurzer einprägsamer Stadtname war. Um jeden Zweifel auszuräumen, schaute sie vorsichtshalber noch einmal den Umkreis von vierzig Kilometer durch. Sie hatte richtig Glück, denn es gab kaum Orte, die mit „L“ begannen.
Es muss somit die Kleinstadt Loben sein, die in der Tat nur knapp fünfzehn Kilometer entfernt liegt. Hoffentlich gibt es dort nicht gleich mehrere Kliniken, ging es ihr beängstigend durch den Kopf. Vor Aufregung hüpfte sie zum Schreibtisch und schaltete ihren

Computer ein. Während sich Windows hochfuhr, setzte sie mit einer neuen Suche fort und kramte in der CD-Ablage.
„Irgendwo hier muss es doch eine CD mit dem Telefonverzeichnis von Deutschland geben“, brummte sie vor sich hin und hielt endlich jene in der Hand, die sie nun in das Laufwerk legte. Voller Anspannung rief sie das Programm auf und tippte den Ort Loben ein. Überrascht stellte sie fest, dass es mehrere gleichnamige Städte gab, jedoch anhand der Postleitzahl fand sie sofort den gesuchten Ort. Über das Register Krankenhäuser selektierte sie nun die Vielzahl der Telefonnummern und zu ihrer Freude zeigte das Verzeichnis nur ein Krankenhaus an. Es war eine Reha-Klinik.
Judy arbeitet also in der Reha-Klinik in Loben und sie hat Spätdienst. Außer sich vor Glück machte ihr Herz Freudentänze, denn sie hatte bereits einen Plan.

17. Kapitel

Alex räumte ein wenig auf und kontrollierte vor allem den von Diana mit Anrufen übersäten Anrufbeantworter nach Geschäftsanfragen. Nun stand sie in der Küche und bereitete Essen vor, denn gleich würde Peter kommen, um die Kinder vorbeizubringen. Noch vor einer Stunde hatte sie telefonisch angefragt, welchen Essenswunsch sie hätten und beide gaben prompt Käsemakkaroni zur Antwort. Pünktlich trafen Philip und Tobias ein, die ihre Mutti überschwänglich begrüßten.
„Na Fischlein?“, so nannte Tobias seine Mutti stets liebevoll im Spaß. „Hast du ein schönes Wochenende gehabt?“, und umarmte Alex sogleich.
Beim Abendbrot erzählten beide von ihrem Wochenende. Während Philip fachsimpelnd und voller Begeisterung von seiner neuen PC-Software schwärmte, fing Tobias an, von seinem englischen Roman zu berichten, den er ausgelesen hatte. Nun war es an der Zeit, dass auch Alex einen Teil von ihrem Wochenende preisgeben musste.
„Ich muss nachher noch einmal wegfahren und weiß noch nicht, wann ich wiederkommen werde.“
Tobias schaute sie traurig an. „O wie schade, ich wollte mit dir etwas spielen.“

„Mir ist es egal. Ich treffe mich heute sowieso im Internet zum Chatten, du kannst fahren“, meinte Philip hingegen.
Alex rückte nun mit der Sprache heraus und versuchte, Tobias zu trösten.
„Ich würde gern mit dir spielen, aber ich habe gestern in der Disco eine Frau kennengelernt. Ich will sie heute überraschen.“
„Was Fischlein, du warst tanzen? Ist sie denn wenigstens hübscher als Diana?“, Tobias grinste sie an.
„Natürlich Tobi, wie ein Engelchen sieht sie aus.“ Alex musste über ihre eigenen Worte schmunzeln.
„Ok, dann bekommt das Fischlein frei. Aber wenn du wiederkommst, erzählen und kuscheln wir noch ein bisschen, ja?“
Alex nickte und freute sich, dass sie so verständnisvolle Söhne hatte. Eine Stunde später saß sie bereits im Auto und fuhr in Richtung Loben. Sie brauchte vierzig Minuten und hatte mit dieser Fahrzeit gerechnet. Pünktlich kurz vor zwanzig Uhr erreichte sie den großen Klinikparkplatz und fand glücklicherweise auch eine freie Stelle, von der sie den gesamten Haupteingang der Reha-Klinik beobachten konnte. Alex war sich bewusst, dass sie möglicherweise lange warten müsste, da sie Judys konkrete Arbeitszeit nicht kannte. Das war auch der Grund, warum sie so früh hinfuhr. Um keinen Preis der Welt wollte sie Judy verpassen, denn es war ihre einzige Chance, sie wieder zu sehen.
Am Haupteingang der Klinik setzte Bewegung ein. Gruppen von Frauen gingen hinein, andere kamen zugleich heraus.
Oh, ich lag wohl mit meiner Vermutung richtig. Es scheint allgemeiner Schichtwechsel zu sein. Jetzt bloß gut aufpassen. Konzentriert beobachtet Alex das Geschehen, jedoch so sehr sie sich auch anstrengte, sie konnte Judy nicht entdecken.
Dreißig Minuten später kehrte Ruhe am Haupttor ein. Alex hatte vor Aufregung bereits ihre dritte Zigarette geraucht. So langsam kamen in ihr Zweifel auf, ob sie überhaupt vor der richtigen Klinik stand, aber ihr war klar, dass sie trotzdem weiter verweilen und ausharren musste. Als die Abenddämmerung einsetzte, wurde es schlagartig dunkel. Alex nutzte die Gelegenheit, um aus dem Auto zu steigen und sich ungesehen die Beine zu vertreten. Bedächtig schritt sie den Parkplatz ab und schaute sowohl auf das Portal der Klinik, als auch

auf die parkenden Autos. Voller Schreck nahm sie wahr, dass sie keinen roten Citroën entdecken konnte.
Oh verflucht! Ich stehe vor der falschen Klinik. Wieso habe ich mich so geirrt? Alex spürte, wie es ihr eiskalt den Rücken herunterlief und ihr Körper erstarrte vor Schreck.
Noch ist nichts verloren. Ich werde hier warten und sehen, ob sie kommt, versuchte sie sich beruhigend einzureden.
Weitere dreißig Minuten später setzte erneut Bewegung vor der Klinik ein. Menschen, meist Frauen, gingen hinein oder kamen heraus.
Alex´ Magen drehte sich, wie würde Judy reagieren, wenn ich plötzlich vor ihr stehe?
Aber noch immer konnte sie Judy unter den vielen Frauen nicht entdecken.
Dann endlich, sie wollte fast schon aufgeben, da kamen zwei Frauen aus dem Portal. Alex´ Herz stand förmlich still.
Ihr erster Gedanke war - sie kommt und ich bin hier doch richtig - ihr Zweiter - sie ist aber nicht alleine.
Mit dieser Situation hatte sie nicht gerechnet, aber im Improvisieren war sie schon immer gut. Schnell sprang sie aus ihrem Wagen und lief Judy entgegen, die gerade in einem Gespräch mit ihrer Kollegin vertieft war. Erst in einer Entfernung von zehn Metern nahm sie Alex wahr, sie schien wie vom Blitz getroffen und flüsterte ihrer Kollegin aufgeregt etwas zu.
„Elvira, schau nur, das ist sie, von der ich dir erzählt habe."
Gut gelaunt ging Alex auf beide zu und sagte.
„Hallo Judy, schön dich zu sehen. Ich hatte zufällig hier in der Gegend zu tun und dachte, wir könnten einen Kaffee zusammen trinken und ein wenig plaudern. Du hast doch Zeit, nicht wahr?"
„Ich bin ohne Auto hier, wir machen Fahrgemeinschaft."
„Kein Problem. Ich fahre dich danach zu deinem Auto. Hast du Lust?", konterte Alex prompt.
Judy war sichtbar sprachlos und schaute verlegen Elvira an. Obwohl sie sich an die vielen Worte ihrer Kollegin erinnerte, sie konnte ihr Kribbeln im Bauch nicht ignorieren. Nach einer kurzen Pause nickte sie Alex zustimmend zu und verabschiedete sich nervös von Elvira. Als beide dann allein waren, sprach Alex sie an.

„Judy, du hast mir einen Tag versprochen, dieser ist noch nicht vorbei. Noch fehlt eine Stunde. Keine Angst, ich komme dir nicht zu nahe. Ich möchte nur mit dir einen Kaffee trinken. Ehrlich gestanden, ich habe dich vermisst."
Judy hatte ihren ersten Schreck überwunden und schlug ein Restaurant in der Nähe vor. Dort angekommen suchten sie sich einen gemütlichen Tisch aus und bestellten zwei Tassen Kaffee. Als Alex sich nach Judys Wohlbefinden erkundigte, erzählte sie bereitwillig von ihrem anstrengenden Tag, auch davon, dass sich die Kollegen schon lustig gemacht hätten, weil sie wie Falschgeld umhergelaufen sei. Alex musste unwillkürlich schmunzeln und erwiderte lustig.
„Wir hatten ja auch eine hinreißend anstrengende Nacht." Um die Zweideutigkeit ihrer Worte hervorzuheben, zwinkerte sie Judy froh gelaunt zu.
„Sag mal? Wie hast du mich eigentlich gefunden?", fragte Judy sich immer noch wundernd.
„Ach das? Das war ganz einfach. Du hast fast alles in der Disco ausgeplaudert."
„Kann nicht sein. Also erzähle bitte, wie konntest du mich finden?"
Nun umschrieb Alex in humorvollen Sätzen, welche detektivischen Anstrengungen sie unternommen hatte, um Judy zu überraschen. Bei ihren Erzählungen brachte die Kellnerin den Kaffee. Unbewusst hielt Alex inne und schwieg. Judy hingegen war in Gedanken versunken. Sie träumte vor sich hin und war fasziniert, dass Alex neben ihr saß. Plötzlich fiel ihr erneut das wunderschöne Lächeln mit den zwei Grübchen auf.
Diese Frau ist wirklich etwas Besonderes, ging es ihr erneut durch den Kopf. Jemand im Himmel spinnt wohl seine Fäden, um uns zwei zusammenzubringen.
Jenes Gefühl hatte sie bereits gestern in der Disco. Judy war sich sicher, dass das mehr als ein Zufall war. Und schon wieder spürte sie dieses Kribbeln ihrer Liebesgefühle, obwohl sie sich nicht berührten. Schon den ganzen Tag lang konnte sie die Nacht mit Alex nicht verdrängen und fühlte sich wie durch den Wind gedreht. Sie war nicht fähig, weder sich zu konzentrieren, noch aufzuhören, an Alex zu denken. Judy gestand sich ein, dass sie in Alex verliebt war und dass sie Alex auch in der Zukunft niemals vergessen könnte. Sie erinnerte

sich an Alex´ Worte, dass ihre Traumfrau an ihr vorbeiziehen würde. Wie Recht sie doch hatte, denn umgekehrt empfand sie es nun auch. Neben dir sitzt deine Traumfrau, und wenn du sie jetzt noch einmal gehen lässt, ist sie für immer aus deinem Leben verschwunden. Immer und ewig wirst du es bereuen, nicht versucht zu haben, sie näher kennen zulernen, kreiselte es durch Judys Kopf.
Die Kellnerin entfernte sich vom Tisch und Alex berichtete inzwischen von ihrer Selbstständigkeit und der Bierbrauerei. Sie bemerkte nicht, dass Judy ihr nur mit einem halben Ohr zuhörte und verträumt in ihr Gesicht sah.
„Es ist sagenhaft interessant und gern würde ich es dir zeigen“, schloss sie ihre Erzählungen ab, als Judy ihr plötzlich ihre volle Aufmerksamkeit wiederschenkte. Sie schaute Alex mit einem besonderen Lächeln an und begann zu reden.
„Ich habe heute erst im Dienstplan gesehen, dass ich morgen frei habe. Wenn du also willst, kannst du es mir morgen zeigen.“
Alex glaubte, sich verhört zu haben und ihr Herz setzte zu Freudensprüngen an.
„Ich freue mich riesig, wenn du kommst.“ Ein Superlächeln mit zwei Grübchen überrollte Judy und um diese Verabredung dingfest zu machen, fuhr sie fort. „Wann und wo wollen wir uns treffen?“
„Ich kenne nur das Kino in deinem Ort. Wenn du mich von dort abholen könntest, würde ich zehn Uhr vormittags vorschlagen.“
Obwohl Judy hundemüde war und gern lange ausgeschlafen hätte, gab sie mit Absicht einen so frühen Zeitpunkt an. Sie wollte nun soviel Zeit wie möglich mit Alex verbringen.
„Selbstverständlich hole ich dich ab.“ Alex strahlte vor Glück, was Judy nicht verborgen blieb. Ihre Blicke trafen sich und beide sahen sich verträumt in die Augen.
Eine Weile später fuhren sie in Elviras Dorf, wo Judys Auto stand. Trotz der neuen Situation blieb Alex ihrem Versprechen treu, Judy nicht zu nahe zu kommen. Daher machte sie keinerlei Anstalten, Judy küssen oder umarmen zu wollen. Sie sah Judy lediglich verliebt an und hielt zärtlich ihre Hand zum Abschied fest.
„Es war ein wunderschöner Tag mit dir und ich freue mich schon auf den Nächsten. Ich werde pünktlich vor dem Kino stehen. Schlaf schön und träume etwas Süßes.“

18. Kapitel

Diana hielt sich im Wohnzimmer auf, während Holger bereits zu Bett gegangen war. Sichtbar froh, sich von seiner sehr schlecht gelaunten Frau verkrümeln zu können, hatte er Dianas Worte - dann geh doch schon schlafen - dankbar angenommen.
Diana vergewisserte sich, dass keine Geräusche aus dem Obergeschoss zu vernehmen waren, dann erst fühlte sie sich sicher. Sie griff zum Telefon, um Alex anzurufen.
„Hallo, Schatzi, was machst du denn schönes?“, begann sie liebevoll zu reden, als sie Alex´ Stimme am anderen Ende hörte. Aber ihr Tonfall schwenkte urplötzlich um, denn sie konnte ihre Eifersucht nicht mehr kontrollieren.
„Was, um diese Zeit fährst du Auto? Wo warst du denn?“
Aber bereits nach einem kurzen Moment erwiderte sie besänftigend.
„Nein, nein, schon gut. Ich will dich ja gar nicht löchern.“
Schlagartig änderte Diana ihre Taktik. Mit sanfter zärtlicher Stimme säuselte sie in den Hörer. „Alex, es tut mir so leid, dass ich dich heute Nachmittag angeschrien habe. Ich war außer mir vor Angst. Ich hatte dich schon im Krankenhaus gesehen und wusste nicht, wie ich dich erreichen könnte. Das wirst du doch sicherlich verstehen?“
Diana hörte eine Weile zu und erwiderte schuldbewusst.
„Du hast ja recht, man spricht nicht so mit dem anderen. Es tut mir wirklich sagenhaft Leid, denn ich liebe dich ja so sehr“, zugleich setzte Diana eine bettelnde Stimme auf. „Bitte, bitte, verzeih mir!“
Diana hoffte darauf, dass sie Alex auf ihre altbewährte Weise herumbekommen würde, und fuhr daher ihr Gespräch mit fröhlicher Stimme fort.
„Ich habe heute alles geregelt. Meine Mutti wird meinen Sohn für eine Nacht zu sich nehmen. Ich komme morgen. Freust du dich schon?“
Dann plötzlich wurde sie nervös und begann laut zu keifen.
„Warum soll ich nicht kommen? Du willst mich echt morgen nicht sehen?“ Voller Verbitterung sprach sie weiter, „ich werde aber trotzdem zu dir fahren, denn ich will mich mit dir treffen. Das kannst du mir nicht verbieten. Außerdem habe ich bereits alles geregelt.“

Für einige Sekunde schwieg sie abwartend und dann wurden ihre Worte sehr bestimmend.
„Ich erwarte, dass du erscheinst und mit mir redest. Mit dir stimmt doch etwas nicht und ich habe ein Recht darauf, dass wir uns aussprechen.“
Plötzlich tobte Diana am Hörer.
„Was, du hast keine Zeit und wirst nicht da sein? Schämst du dich nicht, mir das anzutun? Bestimmt steckt diese Frau von der Disco dahinter. Komm schon, gib es zu!“
Nach einigen Schrecksekunden geriet Diana außer sich vor Wut.
„Das ist ja der Punkt, du kannst die Disconacht mit dieser Frau nicht vergessen. Das traust du dir, mir so leicht und locker am Telefon zu sagen!“ Betont enttäuscht setzte sie fort, um Alex ein schlechtes Gewissen einzureden, „Ist dir unsere Liebe nichts mehr Wert, dass du es mir nicht Auge in Auge sagen kannst?“
Diana glaubte, dass sie Alex an dem Punkt hatte, wo sie einem Treffen zustimmen würde. Schon viele Aussprachen hatten sie geführt, aber immer konnte sie Alex auf ihre Art überzeugen. Sie kannte sich und ihren Charme, wenn es darauf ankam. Jedoch Dianas Gesichtsausdruck wurde auf einmal überraschend finster.
„Wieso zum Teufel soll ich nicht kommen?“, fluchte sie. „Ich werde aber fahren, ob du willst oder nicht!“ Um nicht noch einen Korb zu bekommen, setzte sie urplötzlich dem Gespräch ein Ende und sprach mit zärtlicher Stimme. „Ich liebe dich, du süßer Schatz! Also, wir sehen uns morgen.“ Dann legte sie flink den Hörer auf.
Sie war sich ziemlich sicher, dass Alex sich schon aus reiner Höflichkeit dem Treffen stellen würde. Morgen würde sie Alex betören und ihr liebstes Gesicht aufsetzen. Sie würde auf Alex einreden und an ihre langjährige Beziehung und Liebe appellieren. Sie würde alles tun, damit Alex so schnell wie möglich diese Frau von der Disco vergessen würde. Langsam ging Diana die Treppen zum Schlafzimmer hoch und noch im Bett dachte sie, ich habe die besseren Karten.

19. Kapitel

Am darauf folgenden Tag klingelte der Wecker schon sehr früh, Alex erwachte sofort. Sie verhielt sich bewusst leise, denn Tobias,

der neben ihr lag, sollte sich ausschlafen. Als Alex gestern Nacht nach Hause kam, war er gleich in das große Doppelbett gehüpft. Er liebte es, mit seiner Mutti zu kuscheln und schlief dabei ein. Alex blickte zu Tobias, der wie ein Bär eingekuschelt im Bett lag. Vorsichtig nahm sie sich Garderobe aus dem Kleiderschrank und schlich sich aus dem Zimmer. Zunächst brühte sie sich einen starken Kaffee auf und ging sich dann im Bad kurz duschen. Eine Weile später saß sie in grüner Leinenhose und passend farbigem bauchfreien Top am Schreibtisch und schlürfte vom Kaffee. Noch war das Lieblingsparfüm von ihr im Raum wahrnehmbar, es wurde jedoch bald vom Rauch ihrer Zigarette verdrängt. Alex kontrollierte etwas in ihrem Terminkalender und schaute sichtbar zufrieden hoch. Alle anstehenden Geschäftsaufgaben waren abgearbeitet, davon hatte sie sich überzeugt. Montag und Dienstag waren stets Ruhetage, sofern keine Buchung einer Reisegruppe vorlag. Erst am Wochenende würden neue Veranstaltungen stattfinden, sie brauchte somit in den nächsten Tagen nicht arbeiten. Alex genoss diese kleine Pause, denn in den Monaten Mai bis Juli hatte sie rund um die Uhr gewirbelt, da in jener Zeit die Hölle los war, halt Hauptsaison.
Schnell noch stellte sie ihren Anrufbeantworter an und wusste aus Erfahrung heraus, dass kaum Geschäftsanrufe zu erwarten waren. Vor allem wollte sie auf Nummer sichern gehen, dass sie nicht von Diana belästigt wurde. Garantiert würde sie anrufen, nachdem sie das gestrige Telefonat so schnell beendet hatte. Unwillkürlich musste sie grinsen, da sie sich die hektischen Ausreden und Ausflüchte von Diana vorstellte, denn, so glaubte sie, vermutlich stand Holger neben ihr. Plötzlich wurde ihr gegenwärtig, dass es Diana nicht interessierte, ob ihr heutiger Besuch erwünscht war. Schon immer ignorierte Diana Alex´ Worte. Es hatte somit keinen Zweck, Alex musste auch ihr Handy auf lautlos stellen, um sich vor Diana abzuschirmen. Sie fühlte sich zu dieser taktischen Maßnahme gezwungen und hoffte, dass Diana nicht in das Ungewisse fahren würde, sofern Alex nicht telefonisch erreichbar wäre. Sichtlich entspannt zündete sich Alex nun eine zweite Zigarette an und sah auf die Uhr. Nur noch wenige Minuten, dann würde sie aus dem Haus gehen, aber in Gedanken war sie bereits mit Judy zusammen.
Pünktlich fuhr sie am Kino vor. Judy erwartete sie nicht nur fröhlich gelaunt, sondern sexy gekleidet zugleich. Alex´ Augen strahlten vor

Freude, sie lief auf Judy zu und begrüßte sie mit einem Kuss auf die Wange.
„Schön, dass du gekommen bist. Chic siehst du aus."
Judy nahm dieses Kompliment mit einem Lächeln entgegen. Ihre Stimme, die von ihrer eigenen Aufregung ablenken sollte, klang bewusst weich.
„Na, Alex, du wolltest mich doch heute in die Künste edler Hopfengetränke einweihen. Ich bin schon ganz neugierig."
„Gern. Steig in mein Auto ein, wir fahren direkt dorthin."
Sie fuhren los und hatten kurz darauf ihr Ziel erreicht. Gemeinsam gingen sie die Treppen hinab, die in das Schlossgewölbe führte, und unterhielten sich über belanglose Themen. Dort angekommen erklärte und zeigte Alex alles. Während Judy äußerlich aufmerksam zuhörte, konnte sie der Versuchung nur schwer widerstehen, Alex zu berühren. Genau in diesem Moment sah Alex sie mit ihren grünen, vor Freude strahlenden Augen an. Judy hatte das Gefühl, dass Alex ihre Gedanken lesen könnte. Daher fragte sie ablenkend und interessiert zugleich.
„Wie viel Reisegruppen kommen täglich zu dir?"
Alex konzentrierte sich auf Judys Frage. „Das ist saisonabhängig. Zwei bis drei Gruppen können es schon sein."
Mit blassem Gesicht hörte Judy zu, aber sie schien verändert und rang nach Luft.
„Es riecht ein wenig muffig hier. Dass du hier arbeiten kannst? Ich glaube, mir ist schlecht."
„Komm, lass uns schnell an die frische Luft gehen", sagte Alex besorgt und schloss eilig das schmiedeeiserne Eingangstor zu.
Im Freien erholte sich Judy schnell und schmunzelte bald schon Alex zärtlich an.
„Du wolltest mir auch deine Stadt zeigen. Nur zu!"
Alex nickte zustimmend und war sichtbar froh, dass es Judy besser ging. Hastig überlegte sie, womit sie ihren Stadtrundgang beginnen könnte, als plötzlich Judy ihre Hand nahm und diese festhielt. Alex spürte das Weiche ihrer Hand. Ihr war, als nehme sie das Pulsieren des warmen Blutes in Judys Adern wahr. Geborgenheit und Schreck durchfuhren sie zugleich.

Alex, du bist bekannt durch deine Arbeit, ging es ihr für Sekunden durch den Kopf. Nun outest du dich offiziell mit einer hübschen Frau, die mit dir eigentlich nur eine Nacht zusammen sein wollte.
In der Vergangenheit hatte sie sich gewünscht, dass Diana öffentlich zu ihr stehen, mit ihr Hand in Hand durch die Straßen gehen würde, jedoch Diana lehnte das stets ab. Alex dachte nicht mehr weiter nach, sondern hielt Judys Hand ganz fest. Mit sanfter und zärtlicher Stimme sagte sie: „Lass uns in Richtung Marktplatz gehen.“ Das Gefühl der Zuneigung und Zusammengehörigkeit hatte gesiegt.
Beide gingen glücklich durch die Straßen des Stadtzentrums und schauten gelegentlich in Boutiquen hinein. Sie hatten nur Augen für sich und bemerkten nicht, dass ihnen hier und da jemand hinterherschaute.
„Ich wohne gleich um die Ecke“, sagte Alex verlegen und fügte scherzend hinzu. „Hast du nicht Lust, dir meine berühmte Briefmarkensammlung anzusehen?“
Judy lachte. „Natürlich gerne, wenn du einen Kaffee spendierst.“
Sie gingen in den Treppeneingang hinein und vor der Wohnungstür angelangt, nahm Alex Judy fest in die Arme, setzte zum Kuss an, der von Judy mit inniger Leidenschaft erwidert wurde.
„Ich bin so glücklich, dass du da bist“, flüsterte Alex ihr ins Ohr.
„Ich habe dich vermisst, gleich von der ersten Minute an, als ich dich allein am Bahnhof gelassen hatte“, gestand Judy und küsste Alex in wilder Leidenschaft.
„Komm, lass uns in die Wohnung gehen“, hauchte nun Alex total erregt und schloss die Eingangstür auf.
„Nun ein kleiner Rundgang durch meine Wohnung.“ Mit einem Anflug sexueller Erregung verwies Alex hastig auf die sichtbaren Türen.
„Hier rechts ist die Küche, gleich hier geht es zum Bad, geradeaus ist das Kinderzimmer.“
Dann gingen sie durch die offen stehende Wohnzimmertür.
„Das nun ist mein großes Wohnzimmer.“ Jedoch hatte Judy kaum Zeit, einen flüchtigen Blick hineinzuwerfen, als Alex sie erneut zur nächsten Tür dirigierte.
„Hier das Schönste, mein Schlafzimmer. Möchtest du?“
Diese Frage war sehr zweideutig, aber Judy war klar, was Alex mit dieser Frage im eigentlichen Sinne meinte. Sie nickte mit dem Kopf

und hatte dabei ein bezauberndes Lächeln an Alex gesendet. Alex fieberte vor Begehren und öffnete eilig die Schlafzimmertür. Mit Schrecken stellte sie fest, dass sie Tobias vergessen hatte, der noch friedlich auf der einen Hälfte des Doppelbettes schlief. Beide schauten sich nun verwundert an und mussten herzlich lachen.
„Ja Judy, das ist mein Sohn Tobias, die Überraschung sozusagen“, feixte Alex schmunzelnd.
„Lass ihn weiterschlafen“, flüsterte Judy ihr zu, aber Alex wollte nicht in das Wohnzimmer gehen und redete auf Tobias mit beharrlicher Stimme ein.
„Tobias, komm steh auf. Ich brauche das Bett.“
Judy grunzte vor Lachen, zum einen wegen der Situation und zum anderen wegen der Direktheit von Alex. „Das kannst du doch nicht machen. Lass ihn doch.“
Alex ließ sich nicht beirren und wiederholte von Neuem.
„Tobi, komm, du musst in dein Bett gehen. Komm, steh auf.“
Nun endlich wurde Tobias munter und hörte aufs Wort. Schlaftrunken watschelte er in Begleitung seiner Mutti ins Kinderzimmer. Alex deckte ihn in seinem Bett zu und gab ihm ein Küsschen auf die Wange, dann eilte sie hinaus. Judy hatte bereits die Betten ein wenig aufgeschüttelt, als Alex hereinkam und hinter sich die Schlafzimmertür abschloss.
„Oh, nun wird es gefährlich“, scherzte sie und fragte ironisch, „wann gibt es den Kaffee?“
„Den gibt es danach“, säuselte Alex, denn sie stand bereits hautnah vor Judy und berührte sanft ihr Gesicht.
Die weiteren Stunden verbrachten beide im Bett. Sie küssten und umarmten sich. Sie umschlangen sich heftig und pressten ihre Körper fest aneinander, vor allem liebten sie sich genauso zärtlich, wie in ihrer ersten Nacht. Irgendwann sagte Alex leise: „Du bist mir so vertraut. Es kommt mir vor, als ob wir uns schon lange kennen würden.“
„Mir geht es ähnlich.“
„Wie lange kannst du bleiben?“, fragte Alex bedrückt, denn sie war in Sorge, dass Judy irgendwann gehen könnte.
„Den ganzen Tag lang, wenn du willst.“ Judy sah sie verliebt an, ihre Beine waren wie Butter und die vielen Schmetterlinge bestürmten ihren Bauch. Sie genoss das enge Ankuscheln. Alex streichelte ihr

Haar und augenblicklich schlief sie ein. Alex hingegen döste noch fünf Minuten glücklich vor sich hin, bis auch sie die Müdigkeit ermahnte.
Erst am frühen Nachmittag wachten beide auf, immer noch eng umschlungen. Kurze Zeit später verließen sie das Schlafzimmer, wobei Alex Judy bei der Hand nahm und sie ins Kinderzimmer hineinzog. Mit strahlenden Augen sprach sie: „Hier stelle ich dir meine zwei Sprösslinge vor, meinen ganzen Stolz!"
Philip und Tobias erhoben sich schüchtern und gingen Judy entgegen.
„Hallo, ich bin Judith", hörten sie die Fremde sagen.
Während Philip locker und aufgeschlossen Judy die Hand reichte, tat es Tobias etwas verhaltener. Da beide keine Anstalten machten, sich selbst vorzustellen, übernahm es Alex. Dann wendete sie sich ihren zwei Jungs zu.
„Ihr wisst, ich habe euch gestern Abend von Judy erzählt, das ist sie nun. Judy wird uns hoffentlich öfter besuchen." Alex drehte sich unvermittelt zu Judy um und zwinkerte ihr zu. Erneut richtet sie die Worte an die Kinder.
„Sagt mal, habt ihr euch schon etwas zu essen gemacht?"
Philip und Tobias schüttelten schlagartig den Kopf und einer der beiden fügte ein „Ne" hinzu. Beiden war klar, gleich würde es etwas Schönes zu essen geben. Überschwänglich vor Glück sprach Alex alle an.
„Na ihr drei Hübschen, was haltet ihr davon, wenn ich euch zum Döner einlade?"
Philip und Tobias stimmten erfreut zu. „Bitte mit viel Schafskäse und Knoblauchsoße, ja Mutti?"
Judy sah Alex fragend an. „Ist denn ein Dönerstand in der Nähe?"
„Ja, gleich um die Ecke."
Zehn Minuten später kamen beide mit einer prall gefüllten Plastiktüte zurück, in der sich vier Döner befanden.
„Wollt ihr mit uns essen?", fragte Alex ihre Kinder, die diese Frage verneinten, was Alex fast schon vermutet hatte.
„Kein Problem", erwiderte sie mit lustigem Unterton, denn ihr lag es fern, ihre Kinder zu bedrängen. Sie stupste Judy an, ihr in die Küche zu folgen. Dort breitete Alex auf vier Tellern die Döner aus und holte Gabeln aus der Schublade. Judy indessen goss in vier Gläser Cola

ein. Nachdem die Kinder mit dem gewünschten Essen versorgt waren, gingen sie in das Wohnzimmer. Genüsslich aßen sie, als Judy auf einmal zufrieden sagte: „Hast du gewusst, dass ich Döner für mein Leben gern esse?“
Alex bluffte des Spaßes wegen, um Judy zu irritieren.
„Na klar, du warst in der Disco das reinste Plappermäulchen!“
Judy war perplex. „Wann habe ich dir das erzählt? Ich kann mich nicht daran erinnern.“
Alex lachte sie herzlich an. Sie hob die rechte Hand und deutete einen Kuss an, den sie symbolisch zu Judy hinübersandte. Dann sprach sie weiter: „Noch Lust auf etwas Schönes?“
Judy war erneut verwirrt und dachte, dass Alex von einer Fortsetzung im Schlafzimmer sprach. Trotzdem fragte sie ungläubig.
„Was meinst du mit Schönem?“
Erst jetzt hatte Alex die Zweideutigkeit ihrer Frage bemerkt und entgegnete verlegen.
„Ich wollte dich zur Ostsee entführen.“ Mit liebevoll zärtlicher Stimme wiederholte sie ihre Frage. „Noch Lust auf einen Spaziergang entlang am Wasser?“
Judy pfiff spontan vor Begeisterung. „Natürlich habe ich Lust“, erwiderte sie mehr als hastig, in Sorge, Alex könnte sich ihr Angebot überlegen.

20. Kapitel

Am späten Nachmittag gingen Alex und Judy Hand in Hand entlang am Ufer des Strandes. Von Zeit zu Zeit blieben beide verträumt stehen und sahen sich tief in die Augen, ehe sie sich eng umschlungen küssten.
„Du genießt es, hier spazieren zu gehen, nicht wahr?“, fragte Alex gezielt nach einer Weile.
„Sogar sehr“, entgegnete Judy. „Rita ist mit mir in all den Jahren selten spazieren gewesen. Wenn ich sie mal überzeugen konnte, dann sind wir oft nur die gleiche Straße im Dorf auf und ab gegangen. Das war für mich recht langweilig.“

„Das verstehe ich nicht." Die Antwort war für Alex unbegreiflich. „Es gibt doch immer schöne Ecken, wo man hinfahren kann. Wieso seit ihr nicht Mal aus euerm Nest herausgekommen?"
Judy schwieg für einen Moment, sie musste nachdenken.
„Sie hatte immer und ewig Angst vor allen neuen Sachen. Angst vor der Arbeit, Angst vor der Dunkelheit, Angst vor fremden Menschen. Vor allem hatte sie Angst, dass ich eine andere Frau kennenlernen könnte, was ja nun passiert ist." Judy lächelte, aber dieses Lächeln hatte etwas Trauriges an sich.
„Du fühlst dich ihr gegenüber ziemlich schlecht. Große Schuldgefühle?"
„Irgendwie schon." Nach einer kleinen Denkpause fügte Judy hinzu. „Vier gemeinsame Jahre des Zusammenlebens, das verbindet. Andererseits haben sich in dieser Zeit so viele Dinge ereignet, die ich nicht mehr tolerieren kann."
Judy hielt inne. „Erst in den Stunden, wo wir zwei zusammen sind, wird mir richtig bewusst, wie schön das Leben auch mit Kleinigkeiten sein kann. Ich hatte es fast vergessen, mich nicht mehr erinnert und mich mit dem Bisherigen total zufriedengegeben."
„Was vermisst du am Meisten?", fragte Alex vorsichtig nach.
„Tanzen, verreisen, vor allem Freunde", entgegnete Judy blitzschnell.
Alex drückte sie an sich, küsste sie zärtlich auf den Mund, dann setzten sie ihren Spaziergang entlang des Strandes fort und lauschten den Wellen. Nach einer Weile hatten sie jenen Teil des Strandes erreicht, an dem sich hinter ihnen die Steilküste erhob.
„Komm, wir setzen uns ein bisschen in die Sonne!", forderte Alex Judy auf.
„Warum nicht?"
Beide stampften durch den Sand und nahmen an einer geschützten sonnigen Stelle Platz. Sie blickten auf die Meeresbucht, genossen die Aussicht und küssten sich unentwegt. Fast eine Stunde lang vereinigten sich ihre Lippen in feuriger Leidenschaft, jedoch es kam ihnen wie eine Viertelstunde vor. Irgendwann fragte Alex plötzlich mit matter Stimme: „Ich bin neugierig auf dich und würde gern mehr aus deinem Leben erfahren."
Judy schaute aufgeschlossen in ihr Gesicht. „Frag mich."

„Wann und wie hast du eigentlich gemerkt, dass du anders denkst und fühlst, als die meisten Frauen? Das interessiert mich am Meisten.“

„Oh, das ist eine lange Geschichte. Willst du sie wirklich hören?“

„Ich platze vor Spannung. Es interessiert mich alles von dir.“ Alex setzte sich so hin, dass sie Judy gegenüber saß und in ihre Augen blicken konnte. Mit einem Schmunzeln gab sie ihr einen Kuss auf den Mund, dann scherzte sie: „Lass keine der schönen Stellen aus.“

Judy streckte ihre Hand entgegen, die Alex zärtlich festhielt und mit sanfter Stimme fing sie zu erzählen an.

„Ich weiß zwar nicht, womit ich beginnen soll, aber ich erinnere mich der vielen Nachtschichten in meiner Heimatstadt und mir war mal wieder kalt. Du musst wissen, solange ich denken kann, habe ich in den kalten Jahreszeiten gefroren. Dann stand ich an der Heizung, um mich aufzuwärmen und betrachtete grübelnd die dunkle, kalte Natur. Wie es dann so ist, denkt man an Gott und die Welt, zum Beispiel an meine Tochter Jacki, die gerade in der dritten Klasse war und alles mit Bravour meisterte. Oft dachte ich auch darüber nach, ob ich eigentlich mit meinem Freund Mathias glücklich bin, dem Vater von Jacki, mit dem ich bereits seit 13 Jahren unverheiratet zusammengelebt hatte. Als ich ihn in jungen Jahren kennenlernte, waren alle anderen Mädchen vor Neid erblasst, denn er war sehr attraktiv. Aber er hatte seine Laster, eines davon war der Suff, was mich mit der Zeit zunehmend störte. Im Urlaub versackte er in den Hotelbars und unternahm nichts mit uns. Irgendwann nahm ich ihn nicht mehr in den Urlaub mit und fuhr allein mit Jacki. Dabei blieb es auch und ich bereiste die Welt. Er hingegen konzentrierte sich auf Angeln, Jagen, vor allem auf Kneipenbesuche, bei denen ich ihm hinterher rief, er solle gleich bei seinen Eltern schlafen. Alle seine Kumpels beneideten ihn für diese Freiheiten und er war mächtig stolz darauf. Außerdem hatte ich viel Zeit für mich, denn er arbeitete auswärts und daher war ich oft allein. Diese nutzte ich zum Bücherlesen. Eines Tages stieß ich auf ein ganz besonderes Buch, welches <<Gegen den Strom>> hieß und sich als ein Roman über zwei sich liebende Frauen herausstellte. Der Buchname allein sprach mich sofort an, denn früher wurde stets zu mir gesagt, ich sei anders, als alle anderen. Aber niemand konnte mir erklären, warum. Ich selbst wusste es auch nicht. Ich las dieses Buch in einer Nachtschicht. Es fesselte mich derart, dass ich nicht aufhören konnte, darüber nachzudenken. Nach drei Tagen wurde mir bewusst, dass es genau das war, was mir immer unbewusst durch den Kopf ging."

Judys Stimme erhob sich urplötzlich.

„Ich wollte wissen, wie die Liebe zu Frauen ist."

Sie holte tief Luft und schwieg.

„Wie ging es weiter?", fragte Alex gespannt.

Judy verzog amüsiert ihr Gesicht.

„Immer wieder stellte ich mir eine Frage. Wie stelle ich es an, dass ich eine Frau kennenlernen kann? Das war vor allem besonders schwierig, da ich aus einer Kleinstadt komme. Eine Annonce, so dachte ich damals siegessicher und kramte alle Zeitungen hervor, die ich zu Hause oder im Krankenhaus finden konnte. Voller Enttäuschung stellte ich fest, dass in unserem Provinzblatt unter der Rubrik <<Sie sucht Sie>> wenig zu finden war. Ich entschloss mich, selbst ein Inserat aufzugeben und war bei dem Gedanken auch schon an die ersten Hürden angelangt. Wie vermeide ich es, dass Mathias die Post in die Finger bekommt? Noch schwieriger war es mit meinem Papa, der den gleichen Anfangsbuchstaben im Vornamen hat. Wir wohnten einst alle im gleichen Hauseingang. Mit Grauen stellte ich mir vor, wie mein Papa meine Frauenbriefe in den Händen hielt, nur weil die Postfrau aufgrund der gleichen Adresse die Post in den falschen Briefkasten steckte. Irgendwann erinnerte ich mich an eine Mitteilung in der Zeitung, in der es hieß, dass Postfächer wieder zu vergeben sind. Ich wusste sofort, dass nur das die Lösung meines Problems sein konnte."

Alex blickte Judy viel fragend an.

„Ja und weiter? Hast du ein Postfach einrichten können und inseriert?"

„Ja, beides habe ich getan", fuhr Judy gelassen fort. „Irgendwann war es dann soweit und ich hielt vier Briefe in den Händen. Stolz fuhr ich im tiefsten Winter mit dem Fahrrad in meinen Garten. Ich wollte ungestört sein und bemerkte die eisige Kälte nicht, denn zum ersten Mal war mir richtig heiß, so aufregend war das alles."

Judy machte mit Absicht eine Pause, um ihrer Lebensgeschichte einen geheimnisvollen Kick zu geben, vor allem aber, um Alex´ Neugier ins Grenzenlose zu steigern. Es funktionierte, Alex explodierte fast vor Spannung und erahnte, dass gewiss eine lustige Story folgen würde.

„Und? Du hattest bestimmt tolle Dates mit all den unbekannten Frauen?“

Judy schmunzelte und ihre Stimme klang heiter.

„Ich öffnete zunächst den Brief, der die schönste Handschrift hatte und dessen Briefpapier ziemlich anspruchsvoll aussah. Wie sich aber beim Lesen sofort herausstellte, war es ein Mann, der mir beflissen schrieb, ich sollte es noch einmal mit einem Mann versuchen.“

Beide sahen sich lachend an, dann setzte Judy fort.

„Die anderen drei Briefe waren von Frauen. Eine davon wohnte ganz in meiner Nähe. Da aus dem Brief ihre Telefonnummer hervorging, verabredete ich mich und fuhr drei Tage später mit dem Zug zu ihr. Ich war aufgeregt, kaufte Blumen, hatte mich total in Schale geschmissen und trug meine grüne Lederjacke als Erkennungszeichen. Der Zug rollte im Bahnhof ein. Kein Mensch, außer mir, stieg aus, andererseits war auch niemand da, um mich abzuholen. Mich beschlich der Verdacht, dass ich mächtig reingelegt wurde. Ich entschied mich, kurz in die Stadt gehen, um dann mit dem nächsten Zug zurückzufahren. Mit meinen Blumen in der Hand durchquerte ich die Bahnhofshalle, wo eine Frau stand, die den Fahrplan emsig studierte. Graue Haare, pummelig, Brille und nicht besonders weiblich, registrierte ich. Nur schnell weg von hier, schoss es mir sofort durch den Kopf. Zuerst warf ich die Blumen in den Papierkorb und lief dann im zügigen Tempo an der Frau vorbei, die immer noch auf den Plan schaute. Als ich mich vom Bahnhof entfernte, jubelte ich innerlich, dass ich es nun geschafft hatte.“

Judy hielt wieder kurz inne und schaute Alex belustigend an.

„Aha, du hast dich vor dem Date gedrückt. Sie war wohl nicht dein Typ?“, feixte Alex.

„Nein, das war sie in der Tat nicht“, pflichtete Judy ihr bei. „Aber hör hin, es kam ganz anders. Als ich triumphierte, weil ich mich unbemerkt an ihr vorbeischleichen konnte, da tippte mir jemand auf die Schulter. Nach Luft ringend, sagte eine Frauenstimme - grüne Lederjacke, dann bist du Judy, nicht wahr?

Schüchtern und überrascht nickte ich. Sie lud mich in ihre Wohnung zum Kaffee ein und ließ keinen Zweifel aufkommen, dass ich ihr sympathisch war. Ich hingegen lief wie ein begossener Pudel mit,

denn ich hatte mir die Frau, die ich lieben könnte, anders vorgestellt. Jene Frau war nett und aufgeregt zugleich. Sie gab sich große Mühe, unterhaltsam zu sein und ihre Art zu erzählen, gefiel mir sehr. Irgendwann stand diese kräftige Frau auf, ging hinter meinen Sessel und wollte mir ein Foto erklären. Unverhofft spürte ich plötzlich einen Kuss im Nacken, der mich eiskalt und heiß zugleich durchfuhr. Mir wurde sofort bewusst, dass ich Frauen begehre."
Judy pausierte erneut und Alex sah ihr ungeduldig in die Augen.
„Klingt richtig spannend. Gab es ein Happy End? Sprichst du von Rita?"
„Nein, weder das eine noch das andere. Jene Frau hatte sich mit rauer Stimme entschuldigt, ich konnte nicht anders, als ich deinen Hals mit dem kurzen Haar sah. Du gefällst mir sehr. Wir erzählten noch eine ganze Weile. Sie bot mir an, bei ihr zu übernachten oder sich erneut mit mir zu treffen. Ich lehnte beides ab. Sie begleitete mich noch zum Bahnhof und seitdem habe ich sie nie wieder gesehen."
„Du kannst toll erzählen." Alex beugte sich zu Judy hinüber und küsste sie zärtlich auf den Mund. „Was war mit dem dritten und vierten Brief?"
„Dem dritten Brief bin ich nicht nachgegangen. Jene Frau hatte mir ein Foto mitgeschickt. Sowohl ihr Aussehen als auch die Wahl ihrer Worte hatten mich wenig beeindruckt."
Judy senkte ihre Stimme, deren Klang sich plötzlich veränderte.
„Aber der vierte Brief, übrigens von Rita, machte mich neugierig. Rita hatte eine interessante Schrift, fast das gleiche Alter und ebenfalls eine Tochter. Sie stellte sich als lernende Physiotherapeuten vor, was optimal mit dem Beruf einer Krankenschwester harmoniert. Einziger Haken war, sie wohnte über einhundertfünfzig Kilometer von mir entfernt. Aber die Abenteuerlust siegte und wir verabredeten uns für das darauf folgende Wochenende. Bis zu jenem Besuch telefonierten wir ständig und stellten schon im Vorfeld viele Gemeinsamkeiten fest. Daher freute ich mich auf dieses Treffen, sodass es mir egal war, wie diese Frauenbekanntschaft, also Rita aussehen könnte. Diesmal hielt Jacki die Blumen, und als wir aus dem Zug ausstiegen, kam sie uns entgegen. Sie war sehr klein von Wuchs und ausgesprochen schlank. Mit ihrem Männerhaarschnitt wirkte sie wie ein Junge von sechzehn Jahren, obwohl sie bereits neunundzwanzig

war. Ich habe mit Jacki das Wochenende bei ihr verbracht und bin eine Woche später zu ihr gezogen.“
„Was, so schnell hast du dein Leben geändert, das war möglich?“ Alex schaute Judy verdutzt an.
„Warum denn nicht?“, erwiderte Judy nüchtern und blinzelte Alex zu. „Ich habe die Arbeit gekündigt, meine Habseligkeiten gepackt, mir ein altes Auto gekauft und mit meinen Eltern von dem bevorstehenden Wohnungswechsel geredet. Mathias schrieb ich einen Brief und hinterließ diesem die Wohnung mit dem gesamten Inventar. Ihn traf es sicher am Schlimmsten, denn er ahnte von nichts. Ich habe von einer zur anderen Minute mein Leben ändern können, weil ich fortan mit einer Frau zusammenleben wollte. Das liegt mittlerweile mehr als vier Jahre zurück.“
Judy beendete ihre kleine Lebensgeschichte endgültig und Alex hatte voller Anspannung aufmerksam bis zum Schluss zugehört. Dann steckte sie sich eine Zigarette an und lächelte Judy zu.
„Wenn du das so erzählst, dann klingt alles sehr abenteuerlich, ähnlich wie bei mir.“ Fast witzelnd fügte sie hinzu, „ich habe über das Internet meine ersten Erfahrungen gemacht und eine dieser Erfahrungen ist mir heute noch anhängig.“
Bei diesen Worten musste Alex unwillkürlich an Diana denken. Sie wird doch nicht so verrückt sein und zu mir hochgefahren kommen?, schoss es ihr wie vom Blitz getroffen durch den Kopf.
Nervös schaute sie auf ihre Uhr, dann kramte sie in ihrer Handtasche und holte das auf lautlos gestellte Handy heraus. Ein Hinweis für den Erhalt einer SMS und x-fache Anrufe waren auf dem Display deutlich sichtbar. Alex öffnete die SMS und erblickte die Bescherung.
<<bin um zwei losgefahren, Ankunft sicher gegen sieben, erwarte dich und freue mich, ily Diana>>
„Ist etwas passiert, Alex?“, erkundigte sich Judy, die sofort den Stimmungswechsel in ihrem Gesicht bemerkt hatte. „Etwas Geschäftliches?“
„Ja, nein.“ Alex war total verstört und stammelte. „Also Geschäftliches nicht, passiert aber schon. Es ist Diana, sie ist unterwegs zu mir. Ich habe ihr gestern tausend Mal erklärt, dass ihr Besuch unerwünscht ist.“

In diesem Moment fing Alex´ Handy an zu vibrieren, ein Anruf von zu Hause. Das konnte nur Tobias sein. Schnell nahm sie den Anruf entgegen und blickte besorgt zu Judy hinüber.
„Mutti, wo bist du?“, meldete sich Tobias am anderen Ende, dessen Stimme sich überschlug, „Komm schnell nach Hause. Vor unserer Wohnung steht Diana. Sie sagt, dass sie in die Wohnung will. Ich habe nicht geöffnet und nun klingelt sie wie eine Verrückte weiter.“
„Mach dir keine Sorgen“, erwiderte Alex beschwichtigend. „Du sollst ihr auch nicht öffnen. Lass also Diana nicht in die Wohnung. Ich werde kommen, aber es dauert ein wenig, denn ich bin mit Judy am Strand. Ich beeile mich. Alles klar?“
„Ja, Mutti.“ Tobias schien sich zu beruhigen. „Beeile dich trotzdem, denn sie macht hier Klingelterror.“
Alex legte ihr Handy zur Seite und schaute Judy mit traurigen Augen an.
„Ich werde wohl nach Hause müssen. Dabei wollte ich heute nur mit dir zusammen sein und nun dieser Schlamassel. Bereits gestern Nachmittag, als ich noch nicht wusste, ob wir uns jemals wieder sehen werden, hatte ich den Besuch von Diana abgelehnt. Sie ahnte, dass etwas mit mir nicht stimmt und ich gab zu, dass ich dich in der Disco kennengelernt habe.“
„Ich kann sie verstehen “, sagte Judy zu Alex´ Erstaunen. „Sie will Klarheit und vor allem dich. Du wirst dich dem Gespräch stellen müssen.“
„Klarheit schön und gut. Seit Wochen habe ich mir den Mund fusslig geredet und erklärt, dass diese Beziehung für mich wertlos geworden ist. Mein Fehler war nur, dass ich mich nicht richtig von ihr trennen konnte. Sie klingelte mir hinterher und immer wieder ließ ich mich zu langen, emotionalen Telefonaten hinreißen.“ Alex verschlug es für einen Moment die Sprache, sie sammelte sich und schaute Judy erwartungsvoll in die Augen. „Sehen wir uns wieder?“
Judy beugte sich vor. „Wenn du es möchtest? Ja.“
„Ich möchte und wie ich möchte“, stieß Alex hervor. Sie küsste Judy und urplötzlich waren beide in Leidenschaft umschlungen und hörten von Neuem das Meer im Schwall ihrer Küsse rauschen.
„Ich glaube, du musst jetzt los“, verwies Judy vorsichtig nach einer geraumen Weile.

„Nur keine Hektik. Wir gehen jetzt zum Parkplatz, dann werde ich dich zu deinem Auto fahren und das alles machen wir in Ruhe." Alex schien sichtbar gelassen zu sein, was Judy etwas bewunderte und daher nochmals vorsichtig nachhakte.
„Sie wird stink sauer sein, dass du nicht da bist?"
„Ich hatte sie nicht gebeten, zu kommen. Ich kann nur hoffen, dass sie wieder zurückgefahren ist, wenn ich zu Hause ankomme. Aber diesen Gefallen wird sie mir nicht erfüllen und so muss sie halt auf mich warten."
Alex blieb stehen, nahm Judys Hände und schaute sie mit offenen Augen an. „Verzeih, es muss hart für dich klingen. Aber seit gestern bin ich mir absolut sicher, dass ich diese Art der Beziehung keinen Tag länger ertragen kann." Dann sagte sie mit Nachdruck. „Ich will dich kennenlernen, ich habe dich sehr lieb."
Judy schaute sie unverwandt an und wollte gerade etwas erwidern, als Alex´ Handy mit leisem Ton vibrierte. Es war Diana, die erneut mit Beharrlichkeit anrief. Alex´ schlechtes Gewissen schien zu siegen.
„Judy? Eigentlich wollte ich nicht in deiner Gegenwart telefonieren. Stört es dich sehr, wenn ich das Gespräch annehme?"
Kaum, dass Alex ihre Worte ausgesprochen hatte, wurden ihr bewusst, wie töricht ihre Frage war. Schon aus reiner Höflichkeit würde Judy nicht Nein sagen. Judy aber nickte zustimmend mit dem Kopf und meinte es ehrlich, denn in Gedanken stellte sie sich einen ähnlichen Disput mit Rita vor.
„Das stört mich nicht, geh ran."
Alex nahm das Telefonat an und vernahm Dianas eisige Stimme.
„Sag mal, wo steckst denn du? Ich sitze hier im Auto vor deinem Haus. Deine Jungs lassen mich nicht in die Wohnung. Wo bist du?"
„Ich bin auswärts und das wird auch noch eine Weile dauern."
„Hast du meine SMS nicht bekommen?", fragte Diana verärgert.
„Die habe ich erst vorhin gesehen", sagte Alex ohne lügen zu müssen, dann ging sie zur Offensive über. „Warum bist du gekommen, obwohl ich gesagt hatte, dass ich das nicht will und auch keine Zeit habe?"
„Müssen wir das am Telefon besprechen?", gab Diana friedlich zurück. „Ich bin nun hier und warte auf dich. Also, wann wirst du da sein?"

„Es wird mindestens eine halbe Stunde dauern, wenn nicht sogar etwas länger.“ Alex war sichtbar resigniert. Bei dem Gedanken, sich mit Diana treffen zu müssen, lief ihr schon jetzt ein eiskalter Schauer den Rücken herunter.
Dianas Stimme hingegen jubilierte vor Freude.
„In Ordnung, Schatzi, ich bin hier und warte auf dich. Könntest du deinen Kindern Bescheid sagen, dass sie mich derweil in die Wohnung lassen, ja?“
Bei den Worten - in die Wohnung lassen - durchzuckte es Alex und unnachgiebig erwiderte sie. „Nein, Diana, du wirst schon draußen warten müssen.“
„Danke für die nette Geste“, entgegnete Diana ironisch und gereizt zugleich. „Also, beeil dich, bis gleich.“
Aus taktischen Gründen beendete sie eilig das Gespräch, denn sie hatte Angst, dass es sich Alex anders überlegen könnte. Stocksauer saß sie nun in ihrem sportlich ausgelegtem VW Golf und kochte förmlich vor Wut. Dass Alex sie nicht erwarten würde, nie im Leben hätte sie damit gerechnet. Stets tanzte Alex nach ihrer Pfeife und nahm sich für sie frei. Niemals musste sie lange auf sie warten und nun ließ sie Alex hier hängen.
Es muss schon ziemlich ernst sein, dachte Diana verbissen. Aber andererseits hätte sie sich auch total verleugnen lassen können und wäre einfach nicht gekommen.
Diana wusste nicht, was sie von dieser neuen Situation halten sollte, deutete es dennoch als ein gutes Zeichen. Alex will mich bestimmt auf die Probe stellen, schwirrte es ihr immer wieder durch den Kopf. Es ist bestimmt eine Probe, weil ich nicht zu ihr gezogen bin, weil ich mich nicht von Holger trennen konnte. Plötzlich will sie mich nicht mehr sehen. Ist ihr Geständnis von der anderen Frau nun Taktik oder Realität?
Diana saß in Gedanken versunken im Auto und grübelte in ihrer Wut. Eines wusste sie aber genau, nie würde sie Alex aus ihrem Leben freigeben.

21. Kapitel

Alex und Judy saßen im Auto und schauten sich fragend an.

„Wann sehe ich dich morgen?“, durchbrach Alex die Stille und küsste Judy dabei auf den Mund.
„Ich habe Frühdienst, danach könnten wir uns treffen“, erwiderte Judy mit warmer Stimme.
„Wieder vor dem Kino?“ Alex´ Augen strahlten vor Freude.
Plötzlich wurde Judy aktiv und küsste Alex leidenschaftlich, ehe sie nach Luft ringend flüsterte. „Ja, vor dem Kino.“
Die Rückfahrt dauerte zwanzig Minuten, als sie endlich vor dem Kino eintrafen.
„Ich mag mich nicht von dir trennen. Es tut mir echt Leid, dass ich dich nun verlassen muss“, gestand Alex nach einer kurzen Pause und gab Judy einen Kuss, dem ein Zweiter und ein Dritter folgte.
„Was hältst du davon? Wir sehen uns morgen Nachmittag und setzen dann fort, womit wir heute geendet haben, ja?“, verkündete Alex gut gelaunt.
Judy grinste sie neckend an und verstand sofort, dass Alex vor allem die vielen Küsse und Umarmungen meinte. Viele weitere Minuten vergingen, ehe sich beide den endgültig letzten Kuss gaben. Judy stieg in ihr Auto ein und fuhr langsam an, während Alex ihr hinterher sah, bis sie den Parkplatz verließ.
Was Alex nicht ahnen konnte, Judy fuhr nicht auf dem direkten Weg nach Hause. Ihr verblieben noch zwei Stunden Zeit, da sie Ritas Tochter erzählt hatte, dass sie Spätdienst hätte. Es war eine Notlüge gewesen, um sie nicht zu beunruhigen und deshalb wollte sie auch nicht vorzeitig zu Hause erscheinen. Judy kam die Idee, Essen zu gehen. Sie aß eine Kleinigkeit, obwohl sie kaum Hunger verspürte. Unentwegt musste sie über Alex, über ihre angeschlagene Beziehung zu Rita, vor allem aber über Dianas Ankunft nachdenken. Die Zeit verging schleppend, bis es irgendwann endlich so weit war, dass sie ihre Heimfahrt antreten konnte.

22. Kapitel

Als Alex sich von Judy getrennt hatte, fuhr sie direkt zu ihrer Wohnung und parkte in der gleichen Straße, wo sie bereits von Weitem Dianas Auto stehen sah. Am liebsten wäre sie weitergefahren, aber aus dieser Nummer kam sie nun nicht mehr raus.

Gleich musste sie sich diesem unangenehmen Gespräch stellen und wusste immer noch nicht, wie sie überhaupt die Unterhaltung mit Diana beginnen sollte. Sie verspürte ohnehin wenig Lust, große Erklärungen oder gar Rechenschaft abzugeben. Das Wichtigste ihrer eigenartigen Beziehung hatte sie bereits nach dem verpatzten Umzug angesprochen. Diana sollte einfach bleiben, wo sie sich wohler fühlte und Alex in Ruhe lassen.

Langsam ging sie auf den Golf zu und wusste genau, dass sie solch eine Beziehung wie bisher nicht mehr führen wollte.

Diana hatte Alex bereits im Rückspiegel ihres Autos wahrgenommen. Trotzdem täuschte sie Überraschung vor, als es an ihrer Beifahrertür klopfte.

„Hallo, Diana."

Alex hatte ihre Begrüßung kaum ausgesprochen, als Diana sie auch schon anfauchte.

„Das wird ja auch Zeit. Ich dachte, du verarschst mich! Ich wollte eben nach Hause fahren."

Alex lag schon eine passende Antwort auf der Zunge, aber sie wusste zu genau, dass das nur Show war. Diana hätte auch noch länger gewartet. Sie versuchte sich zusammenzureißen, es gelang ihr aber schlecht. In ungerührtem Tonfall entgegnete sie.

„Wenn du mit hoch in die Wohnung kommst, dann trinken wir einen Kaffee zusammen. Aber wenn du lieber zurückfahren willst, ich halte dich nicht auf."

Diana kurbelte mit grimmigem Gesicht die Fensterscheiben hoch, nahm ihre Tasche und stieg aus. Alex stand noch immer auf der Beifahrerseite und schaute ihr mit gemischten Gefühlen zu. Als Diana auf sie zukam und ihr einen Kuss auf den Mund geben wollte, ging Alex einen Schritt zurück. „Grüß dich, Diana", und reichte ihr die Hand entgegen.

Diana hingegen schien das nicht zu stören, sichtbar besser gelaunt sprach sie: „Schön, dass du nun da bist. Ich hatte mich so gefreut, dich heute zu sehen. Komm, lass uns zu dir in die Wohnung gehen."

Vor der Wohnungstür angelangt, setzte Diana mit einer festen Umarmung ein. Erneut wollte sie zu einem Kuss ansetzen, aber Alex wehrte ab.

„Bitte lass das, Diana."

Als Alex die Tür aufschloss, kam ihr Tobias sofort entgegen, der lauthals rief. „Mutti, Mutti, ist die Klingeltante weg?“ Er konnte nicht sehen, dass Diana noch vor der Eingangstür stand, die in diesem Moment eintrat. Eine Antwort hatte sich erübrigt. Tobias verstand die Welt nicht mehr, dass sich seine Mutti an einem Tag gleich mit zwei Frauen traf.
„Hallo“, sagte er kurz und verzog sich leicht verlegen in sein Kinderzimmer.
„Nimm schon mal im Wohnzimmer Platz. Ich bin gleich wieder zurück.“ Richtete Alex ihre Worte an Diana und ging in das Kinderzimmer, um ihren Söhnen kurz die Situation zu erklären. Dann verschwand sie in der Küche und kam mit zwei frisch aufgebrühten Tassen Kaffee zurück. Diana hatte es sich inzwischen auf dem dunkelblauen Zweisitzer bequem gemacht und schaute sich im Zimmer um.
„Schön hast du es hier. Es gefällt mir immer wieder, wie toll du dich eingerichtet hast“, sagte sie mit überschwänglicher Stimme, als Alex das Wohnzimmer betrat.
Alex reagierte nicht. Sie wollte dieses Thema nicht erörtern, welches wie ein Giftstachel in ihrer Seele schmerzte. Viel zu groß war ihre Wohnung und viel zu viel Geld hatte sie für das Einrichten ausgegeben und letztendlich hatte sich die geplante Wohngemeinschaft mit Diana als eine Luftblase erwiesen.
„Warum bist du gekommen?“, fragte Alex nun sehr direkt, was anscheinend Diana etwas verbluffte, da sie eine Weile schwieg.
„Ich wollte dich sehen. Du warst so anders am Telefon. Ich wollte dich sehen und wissen, wie es dir geht.“
„Nun ja, soll ich ehrlich sein? Mir geht es besser als je zuvor“, versicherte Alex. „Ich habe mich von meiner Traurigkeit befreit und werde fortan auf meine Weise leben.“
Alex´ Stimme klang plötzlich fest und überzeugt. „Vielleicht wirke ich deshalb etwas verändert für dich, weil es ein Leben ohne dich sein wird.“
„Du willst, dass ich für immer und ewig verschwinde?“, fragte Diana entrüstet.
„Ja, das will ich!“, antwortete Alex mit aufgeregter Stimme. „Jede lebt ihr eigenes Leben.“

Alarmiert horchte Diana auf, denn mit solch direkten Worten hatte sie nicht gerechnet.
„Ich kann ja verstehen, dass du einsam bist, da ich nicht bei dir sein kann. Warum aber willst du unsere langjährige Beziehung so spontan beenden?“
Alex wirkte geistesabwesend und Diana bemerkte, dass ihre Worte nicht zu ihr durchgedrungen waren. Besorgt redete sie weiter auf Alex ein.
„Alex, ich weiß, dass ich vieles falsch gemacht habe, aber ich liebe dich so sehr und du liebst mich auch.“ Dianas Stimme klang voller Schuldgefühle. „Du bist enttäuscht und hast dir ein anderes Leben mit mir vorgestellt. Wir werden das auch hinbekommen, glaube es mir. Wir haben eine gemeinsame Zukunft, ich spüre es.“
„Welche Zukunft? Mir fehlt jegliche Vorstellung, wie diese aussehen sollte. Ich spreche schon seit Wochen davon.“ Alex war ziemlich verbittert und sah Diana unversöhnlich an.
„Dass ich nicht zu dir gezogen bin, das war eine Entscheidung für mein Kind. Ich konnte es nicht aus der gewohnten Umgebung herausreißen. Ich habe mich im Interesse meines Kindes so entscheiden müssen.“ Diana gelang es, ihre Stimme überzeugend klingen zu lassen, aber ihre Worte zeigten keine Wirkung. Alex war verletzt und verärgert.
„Komm, mach mir nichts vor! Mir klingen heute noch die Ohren, als du mir Ende Juni mit heulender Stimme gestanden hast, dass du deinen Mann in gleicher Weise liebst wie mich.“
„Ich war absolut überfordert, denn mein Sohn jammerte ununterbrochen, er wollte seine Freunde nicht verlieren. Holger brach in bittere Tränen aus, als ich sagte, dass ich gehen werde. Er appellierte an unsere Ehe und Erinnerungen an alte Zeiten kamen hoch. Es war ein Blackout. Ich wusste nicht mehr, was richtig ist.“ Diana kam Alex plötzlich sehr nahe. „Schatzi, du weißt doch, ich liebe nur dich!“
Alex wehrte ihre Nähe ab und sprach mit ruhiger konsequenter Stimme.
„Verzeih, aber ich kann nicht mehr. Ich kann auch nicht vergessen, was in den letzten Jahren passiert ist. Immer hast du unsere Beziehung verleugnet. Nie hast du zu mir gestanden und dement-

sprechend hast du mich auch behandelt, damit keiner dein kleines Geheimnis erfährt."
„Ja, ich weiß", antwortete Diana reumütig. „Es ging damals nicht anders. Außerdem war ich noch nicht so weit, mich zu outen und alles aufzugeben."
„Wenn du damit andeuten willst, dass du nun bereit bist, aus dem Kleiderschrank zu klettern, das glaube ich dir nicht!", konterte Alex betont ironisch.
Dianas Gesicht hellte sich auf und Begeisterung lag in ihrer Stimme.
„Genau das meine ich. Ich werde alles verändern und habe bereits einiges geregelt. Ich werde jetzt immer für eine Woche zu dir kommen, um mit dir zusammenzuleben. Meine Eltern wissen inzwischen von uns Bescheid, denn ich habe alles gebeichtet."
Alex blickte erstaunt auf, aber Diana redete gleich weiter.
„Meine Eltern werden eine Woche lang meinen Sohn betreuen, sie haben zugestimmt. Du weißt, ab nächsten Montag beginne ich damit, denn das hatten wir ohnehin schon längst geplant."
Alex schwieg für einen kurzen Moment, aber dann entgegnete sie entrüstet.
„Tolle Idee! Die anderen drei Wochen gehst du wieder in die Arme deines Mannes zurück. Nein, so einen Kuhhandel will ich nicht."
„Nein, das werde ich nicht." Diana gab sich Mühe, ihre Stimme so sanft und überzeugend wie möglich klingen zu lassen. „Als ich dich nicht erreichen konnte, da habe ich viel nachgedacht. Ich will dich! Daher habe ich beschlossen, dass ich mir eine eigene Wohnung suchen werde. Du kannst mich dann anrufen und besuchen, wann immer du willst."
Mit so einer unerwarteten Kehrtwendung hatte Alex nicht gerechnet. Ungläubig starrte sie Diana an. „Du tröstest mich von einer zur nächsten Sache. Immer wolltest du die Dinge ändern und immer waren es Luftnummern. Ich habe den Glauben an dich verloren."
„Diesmal nicht, ich schwöre es!" Diana flehte Alex an, sie war dem Weinen nahe. „Dann war es doch kein Bluff von dir, oder?
Alex starrte sie verständnislos an.
„Wovon redest du?"
„Du warst tatsächlich am Wochenende auf dieser Disco, nicht wahr?"
„Na klar, aber das habe ich dir doch am Telefon gesagt."

Schluchzend sprach Diana weiter.
„Ich glaubte, es sei ein Schwindel, um mich wachzurütteln, ein Bluff, mich zum Nachdenken zu bewegen.“
Alex blieb stumm, sie wusste nichts zu erwidern.
„Dann hast du wirklich eine andere Frau kennengelernt?“
Alex nickte und schaute immer noch schweigend Diana an, die inzwischen herzzerreißend weinte.
„Ist sie hübscher?“, kam prompt die Frage, aber Alex schwieg wie unbeteiligt.
„Sag schon, ist sie hübscher?“, nervte sie unerbittlich weiter.
Alex ahnte, worauf sie hinauswollte. Zu oft hatte sie ähnliche Situationen erlebt und naiv darauf geantwortet. Ihr war klar, dass Diana auch jetzt rasend vor Eifersucht war.
„Entschuldige, aber darauf antworte ich nicht“, wich sie ihrer Frage aus.
Diana gab nicht auf und wollte es genau wissen.
„Sicher habt ihr euch geküsst?“
Alex fühlte sich wie überrumpelt. Vor lauter Schuldgefühle wandte sie ihren Blick von Diana ab und nickte mit dem Kopf. Diana sah sie verschreckt an, fuchtelte mit ihren Händen vor ihrem Gesicht umher und heulte umso schmerzerfüllter. Nun war Alex total überfordert. Noch nie konnte sie weinenden Menschen widerstehen, ohne tiefes Mitleid zu empfinden. Diana, die sonst so Harte und teilweise Gefühlskalte, weinte bitterlich. Das hatte sie zuvor noch nie gesehen.
„Bitte, hör auf zu weinen“, forderte Alex sie auf und berührte sanft mit der Hand ihre Schultern. „Beruhige dich bitte.“
Alex´ Worte zeigten keine Wirkung, denn Dianas Tränen flossen minutenlang in Strömen. Dann schlug plötzlich ihr Weinen in bitterliches Flehen um.
„Du hast sie sicher wieder gesehen. Bitte gib unsere Liebe nicht wegen dieser Frau auf, die du kaum kennst. Lass sie, bitte verspreche es mir.“
„Es tut mir Leid, dass es dich so trifft, aber ich gebe keine Versprechen mehr ab. Ich will ein anderes Leben“, sagte Alex heiser.
„Ich werde alles ändern und es dir am Montag beweisen!“ Diana ergriff Alex´ Hand und presste sie auf ihre Wangen, auf denen erneut Tränen rollten.

Alex saß vor Mitleid handlungsunfähig da und konnte nichts erwidern. Sie wusste nicht, wie sie darauf reagieren sollte, und zog es vor, zu schweigen. Aber Diana gab nicht auf und redete tränenüberströmt weiter auf sie ein. Alex hörte nur noch mit einem halben Ohr hin, denn Diana wiederholte sich nun.
Sie war von ihren Gefühlsausbrüchen überwältigt und bisher der Meinung gewesen, dass ihr Diana nie eine Träne hinterher weinen würde. Sie hatte sich anscheinend getäuscht, denn seit einer halben Stunde weinte Diana herzzerreißend. Alex war nicht imstande, nur einen einzigen klaren Gedanken zu fassen.
Sie dachte an Judy, mit der sie heute einen wunderschönen Tag verbrachte. Sie hatten sich innig geliebt, geküsst und gelacht. Zwischen ihnen stimmte die Chemie, es war, als ob sie sich schon lange kennen würden. Diese Vertrautheit faszinierte Alex. Judy schien die Frau zu sein, nach der sie sich immer gesehnt hatte. Aber noch gestern wollte Judy mit ihr nur für eine Nacht zusammen sein. Mit Mühe konnte Alex sie überzeugen, ihre Telefonnummer anzunehmen. Wenn sie nicht gestern überraschend vor Judys Klinik gestanden hätte, Judy hätte sie gewiss nicht angerufen, dessen war sich Alex ziemlich sicher. Immerhin ging es bei Judy um eine vierjährige Beziehung, die man nicht gleich wegen einer unbekannten Frau aufgibt, auch wenn sie einem noch so toll gefällt. Auch wenn sich Judy für eine neue Verabredung entschied, was hieße das schon. Die Besuchersperre in der Klinik wäre bald aufgehoben und ihre Freundin würde Judy sehen wollen. Spätestens dann käme Judy ins Schwanken und die Wahrscheinlichkeit war groß, dass sie bei ihrer Freundin blieb.
Alex wurde aus ihren Gedanken gerissen. Diana umarmte sie und sah Alex mit ihren tiefroten Augen fragend an.
„Hörst du mir eigentlich zu? Ich sagte, ich liebe dich und möchte mit dir zusammen sein. Wir werden eine tolle Zeit haben.“ Sie küsste Alex oberflächlich auf die Wange und merkte, dass sie nun ihre uneingeschränkte Aufmerksamkeit zurückerlangt hatte. „Es wird alles anders werden als je zuvor. Es ist meine Schuld, dass du diese andere Frau getroffen hast, ich werde dich nie mehr alleine lassen. In meiner neuen Wohnung kannst du mich besuchen, wann immer du willst.“
Nochmals küsste Diana flüchtig Alex´ Mund und sah sie dabei erwartungsvoll an. Sie war sich sehr sicher, dass Alex nicht ablehnen würde. Alex nickte wie hypnotisiert mehrfach mit dem Kopf.

„Das heißt bestimmt, dass ich dich am Montag besuchen darf, nicht wahr?“ Dianas Augen strahlten plötzlich.
„Ja, ok. Ich hatte es dir ja vor Wochen versprochen“, sagte Alex, die noch immer mit sich verwirrt war. „Sei aber nicht enttäuscht, ich brauche Zeit zum Nachdenken. Momentan weiß ich nicht, was ich denken soll. Deine Idee klingt sehr verlockend und vor einem Jahr hätte mein Herz Freudensprünge getan. Heute weiß ich überhaupt nicht, ob ich eine solche Fernbeziehung noch will, ganz zu schweigen davon, wie das dauerhaft funktionieren soll.“
Alex schwieg für einige Sekunden und sprach dann mit erschöpfter Stimme weiter.
„Du hast mir schon so vieles versprochen. Ich brauche Zeit.“
Diana bedrängte sie nicht weiter, denn sie glaubte, dass sie Alex schon halb überzeugt hatte. Schon immer war es ihr gelungen, Alex mit körperlicher Nähe zu beeinflussen oder indem sie eine kleine Neuheit in die Beziehung einbrachte. Sie hoffte und baute darauf.
„Ich habe fürchterliche Kopfschmerzen, hast du eine Tablette für mich?“, fragte Diana auf einmal mit schmerzerfülltem Gesicht.
Alex erhob sich und suchte nach einem Schmerzmittel, während Diana ins Schlafzimmer ging und sich auf das Bett legte. Nach einer Weile kam Alex mit einem Glas Wasser und einer Aspirin herein.
„Ach, hier hast du dich versteckt.“
„Ich muss mich ein wenig ausstrecken.“ Jammernd nahm Diana die Tablette ein. „Die Schmerzen sind riesig. Leg dich zu mir und lass uns ein wenig ausruhen, denn ich muss ja gleich wieder zurückfahren.“
Alex zögerte für einen Moment und überlegte, ob das angebracht wäre. Andererseits hatte sie vorerst Ruhe vor unangenehmen Gesprächen und die Hoffnung, dass Diana ohnehin bald fahren würde. Sie ging das Risiko ein. Diana kuschelte sich an und schien in Minutenschnelle eingeschlafen zu sein. Obwohl sie tief und ruhig atmete, Diana schlief nicht. Unentwegt dachte sie über den Werdegang ihrer Beziehung mit Alex nach.

Als ich das erste Mal auf Alex im Chat traf, da war es nur Neugier, gepaart mit der Faszination, einer Frau intim nahe zu sein, was immer schon ein unerfüllter Wunsch von mir war. Von daher gefielen mir diese Treffen in den Hotels oder versteckt im Wald. Ich

besaß eine Fernbeziehung, die weit genug weg von mir wohnte und keine Gefahr darstellte. So konnte ich neben meinem gewohnten Familienflair Woche für Woche unentdeckt erotische Stunden verleben. Mehr wollte ich eigentlich nie, bis ich anfing, mich in Alex zu verlieben. Aber zu diesem Zeitpunkt war Alex bereits unzufrieden, denn sie wünschte sich eine Zukunft mit mir. Das passte natürlich nicht in meine Vorstellungen, nie hätte ich ernsthaft über familiäre Veränderungen oder gar ein Outen nachgedacht. Aber es gelang mir, Alex mit Kleinigkeiten zu beruhigen, die ich ihr in Aussicht stellte. Es war sogar richtig einfach, sie um den Finger zu wickeln. Wie schön ich ihre Liebe über das Telefon steuern und kontrollieren konnte. Alex kam stets zu mir und hielt sich an das Versprechen, mich niemals familiär bloßzustellen. Jedoch nach anderthalb Jahren wurde sie absolut ungeduldig und ich musste unbedingt etwas verändern, um Alex nicht zu verlieren. Damals kam mir die Idee mit dem Arbeiten in ihrer Firma. Nur mit viel Mühe und Überredungskünste konnte ich Holger davon überzeugen, dass das alles wegen der familiären Geldprobleme wäre. Alex hingegen bedrängte ich, dass ich dann Holger nach jedem Wochenende verdientes Geld vorweisen müsste. Glücklichweise waren beide mit meinem Vorschlag einverstanden und so fuhr ich von Freitagabend bis Sonntagmittag zu ihr und verbrachte tolle, unbeschwerte Wochenenden.
Alex finanzierte mir stets das notwendige Alibi. Alles lief gut und funktionierte so schön, bis sie nach Monaten Stress machte und mir vorwarf, dass ich total egoistisch sei. Keinen Pfennig würde sie mehr geben. Alex hatte sich plötzlich verändert und legte keinen Wert mehr auf eine Fernbeziehung, die nur auf ein paar Stunden hinauslief. Ich aber wollte meine Familie und Geliebte behalten, obendrein sollte niemand von meinem lesbischen Geheimnis erfahren. So überredete ich sie, in Geduld zu verweilen, bis das Schuljahr von Patrick beendet wäre und versprach, danach mit ihm zu ihr zu ziehen. Zuerst war es eine Idee für die Lösung meines Problems, denn ich hatte damit mehr als ein halbes Jahr gewonnen. Dann aber freundete ich mich sogar mit diesem Gedanken an, es Ernst zu meinen. Besaß ich doch eine Frau, die mich liebte, die anscheinend gut verdiente und mir damit vieles bieten würde. Aber es fehlte mir die Kraft, mich von Holger zu trennen. Letztendlich bin ich nicht zu Alex gezogen, obwohl ich in der Tat auf gepackten Koffern saß. Nun aber bin ich bei

Alex, die mir keinen Glauben mehr schenken will, zu oft habe sie enttäuscht. Noch weiß ich nicht, ob ich das Versprechen, was ich ihr eben in Verzweiflung gab, jemals wahr machen werde. Aber eines weiß ich genau, ich bin zu allem entschlossen, denn auf keinen Fall will ich Alex an diese Frau verlieren.

23. Kapitel

Judy war unentwegt in Sorge, was bereits schon in der Nacht einsetzte, denn es fiel ihr schwer einzuschlafen. So sehr sie auch versuchte, nur an die schönen Momente mit Alex zu denken, diese wurden sofort von ein und demselben Gedanken verdrängt - Diana war gekommen, die um Alex kämpfen würde. Erst jetzt, als ihr Feierabend nahte, wurde sie innerlich optimistischer und aufgeregter zugleich. Bald würde sich erweisen, ob ihre Zweifel unberechtigt waren, die ihr so zugesetzt hatten. Sie freute sich schon auf das Wiedersehen und ihre Schmetterlinge im Bauch fingen an, erneut große Purzelbäume zu schlagen. Ein unheimliches Gefühl der Vorfreude und der Verliebtheit breitete sich aus. Augenblicklich war sie sich ziemlich sicher, dass Alex am Treffpunkt auf sie warten würde. Mit den gleichen Gefühlen fuhr sie eine Stunde später Alex entgegen.
Wie Judy gehofft hatte, Alex stand bereits freudestrahlend auf dem Kinoparkplatz, obwohl es zehn Minuten vor dem vereinbarten Treff war. Das kann nur ein gutes Zeichen sein, schlussfolgerte Judy und parkte hastig ein. Sie hatte recht, denn Alex kam ihr mit schnellen Schritten entgegen und umarmte sie.
„Schön, dass du da bist. Ich habe dich schon vermisst." Ihre Stimme klang entspannt und freundlich. „Die Zeit bis zu unserem Wiedersehen wollte einfach nicht vergehen."
Ehe Judy etwas erwidern konnte, fuhr sie fort.
„Na, dein Tag war sicherlich anstrengender, als meiner. Sicher willst du ein wenig abschalten, oder?"
Für Judy blieb nur Zeit für ein Kopfnicken, denn hastig sprach sie weiter.
„Hast du Lust auf eine erneute Entführung an den gestrigen Strand? Aber diesmal lassen wir uns durch niemanden stören. Wie gefällt dir

das?“, dabei schaute sie Judy mit einem zauberhaften Lächeln an, das zugleich verriet, dass Kuscheleinheiten garantiert inbegriffen waren. Nun erst merkte Judy, dass ihr innerlich ein großer Stein vom Herzen fiel. Alex schien dieselbe wie vom Vortag zu sein und nichts deutete auf eine Veränderung hin. Sie war sichtbar erleichtert und kicherte zustimmend.
„Gern, das ist die wunderbarste Idee nach einem so anstrengenden Arbeitstag.“
Beide fuhren zum gleichen Strand, nur diesmal hatte Alex vorsorglich Bettlaken mitgenommen, um sich sonnen zu können. Sie gingen am Strand bis zur Steilküste entlang und suchten sich dort ein ruhiges Fleckchen. Dann nahmen sie sich viel Zeit, um zu erzählen und zu schmusen. Irgendwann in den späten Nachmittagsstunden sagte Judy: „Es tut mir leid, aber heute muss ich etwas eher nach Hause.“
„O, wie schade!“
„Geht nicht anders, denn heute kommt Kathi, also Ritas Tochter von den Großeltern zurück. Ich muss halbwegs pünktlich zu Hause sein, denn ich habe es Rita und ihren Eltern versprochen“, erklärte Judy bestimmt.
Alex war es recht, auch sie hatte ihre Söhne heute kaum zu Gesicht bekommen. Das aber kannten Tobias und Philip mittlerweile, da sie oft in den Nachmittags- und Abendstunden arbeiten musste. Für beide war es schon zur Gewohnheit geworden und deshalb waren sie für ihr Alter sehr selbstständig.
Alex fuhr Judy zu ihrem Auto, aber erst beim Verabschieden kam sie auf den Punkt.
„Sehen wir uns morgen wieder?“
„Ja, gern“, reagierte Judy sofort. „Ich habe Spätdienst und so könnten wir uns vormittags sehen.“
„Gleiche Zeit am Kino, so wie gestern?“ Alex´ Stimme überschlug sich beim Fragen.
Judy nickte zustimmend den Kopf, dann umarmte sie Alex und küsste sie leidenschaftlich.

24. Kapitel

Rita hatte sich unter einen Vorwand auf ihr Zimmer verkrümelt, während sich die anderen im Park aufhielten. Endlich hatte sie Freizeit, nachdem zwei dieser Therapiesitzungen beendet waren. Sie ging zum Kleiderschrank, holte ihr Handy aus der Reisetasche und schaltete es an. Normalerweise waren während der dreiwöchigen Kontaktsperre Handys strikt verboten. Das war auch der Grund, warum sich Rita heimlich in ihr Zimmer schlich. Sie hatte sich von vornherein nicht an das Verbot gehalten. Als sie ihre Tasche für den Kuraufenthalt packte, diskutierten Judy und sie sehr intensiv darüber. Aber Rita bestand darauf, wenigstens mit dem Handy in Kontakt zu bleiben. Seitdem schickten sie sich ein bis zwei Nachrichten täglich. Rita hatte bereits ihre PIN eingegeben. Das Handy war nun empfangsbereit und auf lautlos gestellt. Erfahrungsgemäß brauchte sie nur drei Minuten warten, dann würde sie die gesendete SMS von Judy erhalten. Voller Ungeduld starrte sie auf das Display, aber nichts passierte. Genauso war es schon am Sonntag und am gestrigen Montag, obwohl sie Judy immer wieder sehnsuchtsvolle Kurzmitteilungen schrieb. Seit drei Tagen meldete sich Judy einfach nicht zurück. Das war für sie unerklärlich und auch der Grund, warum sie sich bereits bei ihrer Tochter Kathi nach Judy erkundigt hatte. Heute Morgen kam Kathis Antwort, dass Judy immer Spätdienst hätte und selten zu Hause wäre.

Vor Ungeduld und Ängsten hielt es Rita nicht mehr aus. Sie wählte Judy an und wollte Klarheit. Nach einem kurzen Moment gab sie auf, denn Judys Handy war aus. In diesem Moment war Rita total entsetzt und sauer auf diese Klinik, die sie hier einsperrte und ihrer Freiheiten beraubte. Aber ihr Groll war auch auf Judy gerichtet, die sich seit Tagen nicht meldete. Die Kontaktsperre wiederum ließ es nicht zu, dass sie sich auf normalem Weg erkundigen konnte. Mit ihrem Handy lief sie Gefahr, erwischt zu werden und sicherlich würde man es ihr für unbestimmte Zeit wegnehmen. Außerdem hatte sie vormittags immer diese Gruppentherapien, genau dann, wenn Judy freihatte. Zu dem Zeitpunkt, wo sie heimlich das Handy nutzen könnte, schien Judy zu arbeiten. Ihr Handy war dann generell abgestellt.

„Welch ein Teufelskreis!“, sprach Rita laut vor sich hin. Sie war ratlos und wurde zunehmend nervöser. Dann brach sie ab, versteckte ihr Telefon und ging in den Park zurück. Dort nahm sie einsam auf einer Parkbank Platz und starrte in Gedanken versunken auf den See. Sie bemerkte nicht, wie schön sich die Sonne im See spiegelte, sie dachte nur an Judy.
Warum zum Teufel meldet sich Judy nicht? Sie musste sich eingestehen, dass Judy selten ihr Handy eingeschaltet hatte. Judy benutze es nicht oft, lediglich dann, wenn sie es zum Telefonieren brauchte oder mit dem Auto unterwegs war. Rita wusste genau, dass Judy nicht die Frau war, die ihr Handy rund um die Uhr mit sich trug. Dennoch suchte sie nach Erklärungen, denn beide waren sich doch einig gewesen, täglich den Kontakt zu halten.
Warum also hat sich Judy nicht gemeldet? Und im gleichen Moment beschlich Rita eine Vorahnung, dass Judy mit Absicht nicht reagierte. Je intensiver sie darüber nachdachte, umso mehr verstärkte sich ihr Verdacht, der nun für sie zum Albtraum wurde. Für sie stand fest, dass Judy jemanden kennengelernt hatte. Nun hielt es Rita keine Minute länger in dieser Klinik aus. Egal, was passieren könnte, morgen würde sie dafür sorgen, dass sie Kontakt zu Judy bekäme.

25. Kapitel

Zu Hause angekommen freuten sich Tobias und Philip sehr, ihre Mutti so früh zu sehen. Sie hatten sich bereits etwas zu essen gemacht und genossen nun ihre Gegenwart. Zunächst redete Tobias ohne Pause von seinen heutigen Ereignissen. Aber auch Philip ergriff hin und wieder das Wort, um von seinen Neuigkeiten zu berichten, die sich ausschließlich auf den Computer bezogen. Aber in einem Punkt waren sich beide ziemlich einig.
„Du, Mutti, nachher beginnt ein toller Actionfilm, den gab es vor Kurzem im Kino. Der ist wirklich geil. Wollen wir uns den zusammen ansehen?“
Alex freute sich und hatte nichts dagegen einzuwenden. Nach einer Weile wurde es sich vor dem Fernseher gemütlich gemacht, reichlich Knabbergebäck, aber auch Alex´ Lieblingswein standen auf dem

Tisch. Als alle in den Film vertieft waren, setzte ein unverhofftes Klingeln von Alex´ Handy ein.
„Lass es klingeln!“, raunte Tobias. „Bestimmt ist es Diana wieder, die stört nur.“
Alex schaute auf das Display, das einen unbekannten Anrufer anzeigte. Im Glauben, dass es Judy wäre, nahm sie das Gespräch an.
„Hallo Alex!“, klang es durch den Hörer.
Tobias hatte recht, es war Diana. Sie ging nun ins Schlafzimmer, um ihre Söhne beim Film nicht zu stören.
„Ja, Diana, was liegt an?“ Alex klang kühl.
„Ich dachte, es würde dich interessieren, ob ich heute Morgen gut zu Hause angekommen bin“, kam es von ihr zurück, ohne sich von Alex´ eisigem Ton abschrecken zu lassen.
„Und? Bist du?“, knurrte Alex.
„Ja, natürlich, obwohl ich ziemlich müde war. Ich habe es sogar geschafft, meinen Sohn zur Schule zu bringen.“ Diana schien sichtlich stolz auf sich zu sein.
„Das freut mich für dich“, gab Alex nun mit trockener Stimme zurück, die zugleich ein wenig ironisch klang. Sie wollte sich auf keinen Fall in ein tieferes Gespräch verwickeln lassen und blieb daher sehr allgemein. Aber in Gedanken vermutete sie, dass Dianas Abwesenheit garantiert von keinem bemerkt worden war. Wie auch, denn ihr Holger arbeitete stets auswärts und ihren Eltern hatte sie bestimmt ein Märchen aufgebunden. Ohnehin konnte Alex das Gespräch vom Vorabend nicht vergessen. Je länger sie darüber grübelte, umso schwerer fiel es ihr, Dianas Worten Glauben zu schenken, vor allem, dass sie ihren Eltern alles gebeichtet hätte. Diana zog immer Ausreden und Notlügen der Wahrheit vor.
„Du bist ja schon wieder so unnahbar. Nun komm schon, sei nicht so!“, entgegnete Diana, um Alex versöhnlicher zu stimmen. „Ich wollte mich doch nur bei dir melden.“
Dann setzte eine Pause ein, als ob sie mit einer Gegenreaktion gerechnet hätte, die aber von Alex nicht eintraf. So übernahm sie erneut das Gespräch und log.
„Ich habe heute schon die Zeitungen gewälzt. Gut was?“
Nun erst wurde Alex aus ihren Gedanken gerissen.
„Zeitung? Was? Wofür?“, stutzte sie.

„Na, du weißt doch. Das was ich dir gestern Nacht erzählt habe. Ich bin auf der Suche nach einer eigenen Wohnung.“ Diana log, ohne rot zu werden. „Für uns, mein Schatz!“
„Und?“ Alex war fassungslos.
„Zwei bis drei Angebote scheinen interessant zu sein.“ Diana wollte nicht zu sehr ins Detail gehen. Was in diesem Moment zählte, Alex sollte spüren, dass sie es ernst meinte. Damit würde sie Zeit für sich gewinnen, Zeit, die gegen diese andere Frau lief.
Alex war nun völlig aufgeschreckt.
„Diana, ich habe dir gestern nichts versprochen. Das, was du vorhast, ist allein deine Entscheidung. Du kannst sie nicht von mir abhängig machen.“
Diana schien am anderen Ende entrüstet zu sein.
„Du bist gut! Wie soll ich dich denn sonst überzeugen, dass du mir sehr wichtig bist. Das alles mache ich nur für dich!“, dann log sie unverschämt weiter. „Außerdem habe ich schon längst bei zwei der Inserate angerufen. Ich erwarte den Rückruf, wann ich mir die Wohnungen ansehen kann. Bei einer sicherlich schon morgen.“
Alex schwammen die Sinne. Kaum zu glauben, dass Diana in der kurzen Zeit so aktiv war. Für Sekunden war sie unfähig, etwas zu erwidern. Diana nutzte diese Stille für sich aus.
„Ich liebe dich so sehr, mein Schatz. Leider muss ich jetzt Schluss machen, denn Patrick ruft andauernd nach mir.“
Natürlich war auch das erfunden. Sie saß allein in ihrer Wohnstube und hatte Angst, dass Alex ihre Fassung wiedererlangen könnte, um unverhofft ein unangenehmes Thema anzusprechen. Daher hielt sie es für angebracht, das Gespräch an dieser Stelle zu beenden.
„Also tschüss, mein Schatz und vergiss nicht, ich liebe dich!“
Alex, total überrumpelt, besaß keine Gelegenheit mehr, darauf zu antworten. Das Telefonat war bereits beendet.
Diana hingegen saß sichtbar mit sich zufrieden in ihrem Sessel und lehnte sich bequem zurück. Sie glaubte zu wissen, dass dieses Gespräch garantiert einen super Eindruck bei Alex hinterlassen hätte, denn zu genau hatte sie Alex´ Verstörtheit bemerkt.
Nun wird Alex unentwegt über meine Entschlossenheit nachdenken und mit ein bisschen Glück zu meinen Gunsten bewerten. Wer auch immer diese andere Frau sein mag, ich kenne Alex viel besser und weiß, wie man sie beeinflussen kann. Nur gut, dass ich gestern bei

ihr war, schätzte sie ein. Außerdem gibt es ja noch meine Karte versteckt im Ärmel, aber die werde ich erst morgen ausspielen.
Diana hatte recht mit ihrer Vermutung, Alex ging verstört und nachdenklich ins Wohnzimmer zurück.
„Da kommst du ja endlich“, begrüßte sie Tobias sofort. „Du hast die besten Stellen vom Film verpasst. Das war eben so spannend.“
„Pst!“, raunte Philip, „ihr stört!“
Alex setzte sich wieder zu ihren Kindern und sah angespannt auf den Fernseher, jedoch den Film nahm sie nur noch oberflächlich wahr. Wie Diana gehofft hatte, ging ihr das Telefonat nicht aus dem Sinn. Wann nur endlich habe ich meine Ruhe und werde nicht immer von einem ins andere Extrem gerissen? Auf einmal ist Diana überaktiv und sucht derart schnell neuen Wohnraum. Schreck und Überraschung saßen ihr immer noch in den Gliedern. Inzwischen stellte sie ihre Worte nicht mehr in Frage, sie kannte Diana in jener Hinsicht zu genau.
Das war Diana, so war sie stets bisher. Nur dann, wenn es für sie eine wichtige Sache gab, um die sie richtig kämpfen musste, dann wusste sie zu handeln. In der Regel ging sie aber einen Schritt nach vorn und eine Weile später gleich zwei zurück.
Auch das erlebte Alex zur Genüge, zu oft war ihr das passiert, denn bei Diana war nichts von langem Halt. Sollte sich ihre Einstellung plötzlich geändert haben, wo sie noch vor sechs Wochen den geplanten Umzug über den Haufen geworfen hatte?
Im Moment jedoch hatte Alex den Eindruck, dass sie die Geprellte war, die eine viel zu große Mietwohnung besaß. Sie hatte nicht von Diana verlangt, es ebenso für sie zu tun. Dennoch fühlte sie sich mit dieser neuen Situation überrumpelt. Gern würde sie Diana Glauben schenken, aber zu sehr kamen in ihr Zweifel hoch, dass sich alles irgendwann als eine Luftblase erweisen könnte. Obwohl Alex Sternkreiszeichen keinerlei Bedeutung beimaß, für sie war Diana in der Tat ein Zwilling, der zwei verschiedene Gesichter zeigte, die ständig wechselten. Sie aber wünschte sich Ruhe und Geborgenheit, vor allem eine harmonische Beziehung. Jene Tage, die sie nun mit Judy verbringen konnte, entsprachen total ihren Vorstellungen.
Judy scheint anders zu sein. Aber immer noch macht sie Geheimnisse um ihre Person und verschweigt mir ihre Telefonnummer. Ich bin total darauf angewiesen, dass sie zu den verabredeten Treffen

erscheint. Was wäre, wenn sich Judy von einem zum anderen Tag ihr Kommen überlegt? Irgendwann wird Judys Partnerin garantiert ihren Einfluss gelten machen, denn vier gemeinsame Jahre haben mehr Gewicht in der Waagschale als drei Tage.
Alex war sich bewusst, dass sie nicht zu enttäuscht sein darf, wenn sich ihre neue Bekanntschaft möglicherweise als eine Kurzepisode herausstellen sollte.
Ob Judy morgen zu dem Treffen kommen wird? Dieser Gedanke ließ ihr keine Ruhe mehr.

26. Kapitel

Rita saß mit den anderen Patienten im Speisesaal. Ihr Hunger hielt sich in Grenzen, nur zögerlich biss sie von dem Brötchen ab. Sie war müde, total erschöpft und ihre Augen waren immer noch rot vom Weinen. Dass ihre Tischnachbarn fröhlich plauderten, nahm sie kaum wahr, auch nicht, wie ihre Zimmerkollegin begeistert von der Vielfalt des Frühstücks schwärmte. Rita starrte abwechselnd auf die Uhr oder an den anderen vorbei in Richtung Fenster. Sie fühlte sich eingesperrt und war geistesabwesend.
Endlich bemerkten ihre Tischgefährten, dass mit ihr etwas nicht stimmen konnte. Besorgt fragte ihre Zimmerkollegin.
„Sag mal, was ist mit dir los? Du bist so anders? Du wirst doch nicht krank werden?"
„Mir geht es heute nicht so gut", seufzte Rita. „Lasst euch nicht stören, frühstückt bitte einfach weiter."
Jedoch im Innersten ihres Herzens spukte nur ein Gedanke. Warum nur habe ich bisher keine Nachricht von Judy erhalten?
Rita stand nun auf und räumte ihr Frühstücksgedeck ab, welches sie noch nicht einmal zur Hälfte aufgegessen hatte.
„Ich gehe schon auf das Zimmer", verabschiedete sie sich und wusste, dass sie dort ungestört wäre, da ihre Zimmerkollegin erfahrungsgemäß lange aß.
Im Zimmer probierte sie sofort, Judy telefonisch zu erreichen, erneut erfolglos. Rita stand den Tränen nahe. Es war ihr inzwischen egal, ob jemand unverhofft die Tür öffnen würde. Sie fasste einen Entschluss und wählte das Handy ihrer Tochter an.

„Hallo Mutti“, sagte Kathi mit verschlafener Stimme.
Rita übernahm sofort das Gespräch.
„Hör zu, Kathi, du weißt, es ist verboten, hier zu telefonieren. Ich kann daher nicht lange reden. Bitte hol Judy, denn ich muss dringend mit ihr sprechen.“
Kathi tapste barfuß durch das Haus und suchte nach Judy.
„Mutti, tut mir leid, aber sie muss das Haus schon verlassen haben. Ihr Auto ist auch nicht mehr da.“
„Scheiße!“, stieß Rita hervor und dem Entsetzen in ihrem Gesicht folgte Wut. Nur mit Mühe konnte sie sich fassen und fragte weiter: „Weißt du, welche Schicht sie heute haben könnte?“
„Wenn ich mich nicht verhört habe, so hat sie von Spätdienst gesprochen“, entgegnete Kathi verdrossen, die nun beunruhigt weiterredete. „Ist etwas passiert, Mutti? Soll ich etwas ausrichten?“
Rita verneinte und verabschiedete sich, jedoch ihre Angst wuchs nun ins Unermessliche. Wo in aller Welt ist Judy?
Ab jetzt würde sie keine Sekunde mehr zögern, sie wollte absolute Klarheit, was mit ihrer Partnerin los ist. Mit entschlossenen Schritten ging sie aus dem Zimmer hinaus, geradewegs in Richtung des Büros vom Chefarzt.

27. Kapitel

Als Alex mit ihrem Auto auf dem Kinoparkplatz vorfuhr, wartete Judy bereits auf sie. Judy trug ein bauchfreies orangefarbenes Top, dazu eine hellblaue Jeans, deren Knie eingerissen waren. Ihre braune Haut strahlte durch den eingerissenen Stoff hervor. Sie sah einfach verführerisch aus. In den Händen hielt sie einen Blumenstrauß, es waren Dahlien.
„Für dich, Alex!“, begrüßte sie sie und hielt ihr die Blumen hin. Dabei gab sie ihr einen Kuss auf die Wange.
„Das ist aber lieb von dir. Danke.“ Alex war die Überraschung anzusehen.
„Ich habe heute eine tolle Idee“, fuhr Judy mit Begeisterung fort und sah Alex fröhlich an.
„Klingt gut. Was ist es denn?“, witzelte Alex zurück.

„Bei einem unserer Spaziergänge habe ich festgestellt, dass es am Marktplatz ein Café gibt, das ein Frühstücksbüfett anbietet. Dazu möchte ich dich einladen. Oder hast du schon gegessen?“
Alex schüttelte verneinend den Kopf.
Zu fuß und in aller Gemütlichkeit gingen sie Hand in Hand zum Marktcafé. Dort angekommen suchten sie sich einen idyllischen Tisch im Freien aus. Alex legte ihre Blumen auf den Tisch und lächelte Judy verträumt an.
„Die Blumen sind wunderschön. Danke nochmals. Ich kann mich kaum daran erinnern, wann ich das letzte Mal Blumen geschenkt bekommen habe.“
„Na, dann muss es ja ziemlich lange her sein“, scherzte Judy zurück. „Aber sie sind doch nichts Besonderes, nur aus meinem Garten. Ich habe so viele davon und sie blühen derzeit so schön.“
Judy wurde unterbrochen, denn die Kellnerin stand am Tisch und fragte burschikos: „Na, meine Damen, was soll es sein?“
„Das Frühstücksbuffet“, entgegnete Judy und blickte fragend zu Alex hinüber. „Du nimmst sicher auch Kaffee, oder?“
Alex nickte zustimmend, mit dem Blick zurück zur Kellnerin gewandt sprach Judy weiter.
„Dann bitte zwei Mal mit Kaffee.“
Die Kellnerin wiederum rasselte ihren Einheitsspruch runter.
„Wenn sie möchten, können sie sich gern am Buffet bedienen, es ist drinnen aufgebaut. Den Kaffee bringe ich ihnen gleich.“
„Danke“, sagten beide fast zeitgleich und mussten darüber herzhaft lachen.
„Wie kamst du auf die Idee zum Frühstücken?“, wollte Alex plötzlich wissen.
„Ganz normal, nur so. Von Zeit zu Zeit gönne ich mir das, schließlich arbeite ich auch hart dafür“, scherzte Judy zurück.
„Wenn ich an meine Ehejahre zurückdenke“, fing Alex an zu erzählen, „da gab es das nie. Nur im Urlaub wurde Geld für Gaststätten ausgegeben. Zu Hause angekommen sind wir das ganz Jahr lang nicht mehr ausgegangen. Jetzt, wo ich von Peter getrennt lebe, erscheint mir das immer noch ungewohnt.“
Judy schaute Alex mit überraschten Augen an.
„Was? Ihr seid niemals zum Essen ausgegangen?“
Alex schmunzelte verliebt und schüttelte den Kopf.

„Nie."
„Na ja, oft leiste ich mir diesen Luxus auch nicht, weil ich ein Steinbock bin."
Alex´ Augen zeigten Überraschung. „Steinbock?"
„Ja, ich bin im Januar geboren, also ein Steinbock und Steinböcke sind bekannt für ihre Sparsamkeit."
Nun fing Alex an, aus vollem Herzen zu lachen. Ihre Grübchen kamen voll zur Geltung, was Judy sehr gefiel.
„Lachst du mich an oder aus?", ulkte sie.
„Natürlich an." Alex lachte immer noch. „Nein, ich musste spontan an den Sparsamkeitsfimmel meiner Mutti denken. Sie ist auch ein Steinbock. Ich dachte immer, dass einer der Gründe die damaligen schlechten Zeiten gewesen wären."
„Man sagt, dass Steinböcke sehr gut mit Geld umgehen und haushalten können. Für mich jedenfalls trifft es zu", erklärte Judy und erkundigte sich zugleich. „Welches Sternkreiszeichen bist du?"
„Ich? Ich bin ein Stier. Aber welche Bedeutung sich dahinter verbirgt, entzieht sich meiner Kenntnis. Weißt du es?"
„Da bin ich im Moment auch überfragt", entgegnete Judy prompt. „Zu Hause besitze ich nur ein Buch über Steinböcke. Aber eines weiß ich genau, Steinböcke harmonieren sehr gut mit Stieren."
Judy zog ihre Augenbraue hoch und zwinkerte Alex frech an, sodass diese nicht wusste, ob sie es als Spaß oder Ernst auffassen sollte. Inzwischen kam die Kellnerin zurück und brachte zwei Kaffeegedecke, dazu eine mittelgroße Thermoskanne. Während Alex gleich zur Kanne griff, um einzuschenken, dachte Judy, dass der Moment jetzt ideal wäre.
„Warte Alex", sagte sie plötzlich. „Bevor wir zum Buffet gehen, möchte ich dir etwas schenken."
Alex sah sie verblufft mit großen Augen an.
„Ja? Was denn?"
Judy machte es spannend, denn sie lächelte Alex verliebt an. Dann stand sie auf, fummelte sekundenlang mit ihrer Hand in der Hosentasche ihrer engen Jeans und zog etwas hervor, was genau in ihre Hand passte. Sich wieder setzend, sprach sie zu Alex.
„Reich mir deine Hand." Was Alex ohne zu zögern tat.
Nun lüftete sie ihr Geheimnis, öffnete ihre Hand und ein kleiner, aus Holz geschnitzter Elefant kam zum Vorschein.

„Für dich, Alex! Es ist ein Glückssymbol." Judy schaute in das erfreute Gesicht von Alex.
„Habe ich selbst geschnitzt."
Alex war mehr als erstaunt und daher schossen ihre Worte nur so heraus.
„Der sieht aber süß aus. Danke dir. Du hast aber Talent. Ich bin echt erstaunt, dass du so hervorragend schnitzen kannst." Alex sah sich den Holzelefanten genauer an. „Wie echt, einfach Klasse. Du steckst voller Überraschungen."
„Mag wohl sein", grinste Judy zurück. „Ich freue mich, wenn er dir gefällt. Komm, lass uns zum Buffet gehen."
Alex stellte ihr Geschenk vorsichtig auf den Tisch und folgte Judy ins Café. Sie strahlte förmlich vor Glück. Judy registrierte diese Freude und bezog es auf ihr Geschenk. Aber es war weit aus mehr für sie, eine Mischung von allem, dem Blumenstrauß, dem Frühstücksbuffet, dem geschnitzten Geschenk und der Anwesenheit von Judy, die so süß und sexy aussah. Vor allem hatte sie den Eindruck, dass Judy genauso glücklich war.
In aller Ruhe frühstückten sie und beobachten dabei die am Marktplatz vorbeiziehenden Menschen. Plötzlich flüsterte Judy ihr zu.
„Hast du eben die Frau mit dem roten T-Shirt gesehen?"
„Ja. Was ist mit ihr?", erkundigte sich Alex.
„Sie könnte eine von uns sein."
„Ja meinst du? Woran willst du es erkennen?" Alex wurde nun neugierig, während Judy immer noch der Frau hinterherschaute.
„Ich glaube, dass man das durchaus sehen kann."
„Ich habe kein Auge dafür", erwiderte Alex.
Judy drehte sich zu ihr um und erklärte.
„Hast du nicht die sehr kurzen Haare bemerkt? Ihr Gesicht sah auch etwas herb aus. Aber am Besten war es an ihrem Gang erkennbar und der Geste, wie sie sich eben ihre Zigarette angezündet hat."
„Ehrlich gesagt, ich habe gar nicht im Detail darauf geachtet", gestand Alex. „Auf mich machte sie nur einen burschikosen Eindruck. Aber wie gesagt, ich habe keinen Blick dafür. Das war auch der Grund, warum es mir so schwer fiel, andere Frauen kennenzulernen. Alle Frauen sahen für mich irgendwie immer gleich aus. Nie hätte ich mich getraut, nur eine auf blinden Verdacht anzusprechen.

Deshalb habe ich die sichere Variante bevorzugt, wie Zeitungsinserate oder Internet."

Minutenlang schauten beide nun weiteren, an sich vorbeigehenden Frauen nach. Irgendwann unterbrach Judy dieses Treiben. „Ich müsste nachher langsam los. Leider habe ich heute nicht ganz so viel Zeit."

„Schade, es ist gerade so schön." Alex sah auf ihre Uhr, es waren noch nicht einmal zwei Stunden vergangen.

„Das finde ich auch. Aber ich habe heute Spätdienst und muss vorher meine Arbeitskollegin abholen. Du weißt, wir machen Fahrgemeinschaft." Da Alex schwieg, fuhr Judy zögerlich fort. „Außerdem habe ich noch eine wichtige Besorgung im Vorfeld zu erledigen."

„Sehen wir uns morgen?", erkundigte sich Alex.

„Sicher, aber ich weiß noch nicht genau, wann es möglich ist. Generell habe ich Frühdienst und somit wäre es erst ab dem frühen Nachmittag möglich. Aber wahrscheinlich muss ich im Anschluss noch einen wichtigen Termin wahrnehmen. Wie sieht es bei dir abends aus?" Judy sah Alex fragend an.

„Geht nicht, denn morgen wird eine Reisegruppe kommen, ich muss arbeiten." Alex wurde nun leicht nervös, da sich beide nicht einigen konnten. „Soll ich danach zu dir kommen?"

„Das ist mir zu spät", kommentierte Judy.

Alex setzte zu einem neuen Versuch an. „Gib mir doch deine Telefonnummer und wir stimmen uns morgen ab, wann und wo für dich die beste Zeit ist. Sollte es sich morgen nicht einrichten lassen, so könnten wir am Telefon ein wenig schnattern."

Bei dem Wort – Telefonnummer - zuckte Judy innerlich zusammen. So sehr sie Alex auch mochte, aber im Moment wollte sie diese noch nicht preisgeben.

„Nicht böse sein, aber vorerst langt es, wenn ich deine Telefonnummer habe. Meine Idee wäre, sofern du Zeit hast, dass wir uns nach meinem Dienstschluss vor der Reha-Klinik in Loben treffen? Bis dahin weiß ich mehr, inwieweit ich terminlich gebunden bin."

Judy betrachtete das nachdenkliche Gesicht von Alex und aufgeregt fragte sie. „Kommst du?"

Alex nickte zustimmend und ehe sie sich versah, hatte es Judy plötzlich eilig. Diskret winkte sie die Kellnerin heran, um zu bezahlen. Dann ging es mit schnelleren Schritten, jedoch eng umarmt, zurück

zu ihrem Auto. Dort angekommen forderte Judy Alex auf, sich mit hineinzusetzen. Für einen kurzen Augenblick war Alex am Überlegen, ob nun etwas unverhofft Negatives kommen könnte. Judy aber schmunzelte und schnalzte mit ihrer Zunge.
„Komm, wir haben uns heute noch gar nicht geküsst."
Wieder vernahm Alex die schnalzenden Geräusche. Dem konnte sie nicht widerstehen und gehorsam kletterte sie auf den Beifahrersitz.
„Du wirst mich doch nicht ohne einen leidenschaftlichen Kuss zurückfahren lassen?", hauchte Judy ihr ins Ohr, sodass Alex sofort Gänsehaut bekam. Ihre Grübchen grinsten, als auch ein intensiver, nicht endender Kuss einsetzte. Irgendwann unterbrach Judy die Abschiedszeremonie. Alex stieg nun aus und schickte Judy symbolisch viele Handküsschen, bis ihr Auto an der nächsten Kreuzung verschwand. Dann jedoch schlug ihre Unbeschwertheit in Traurigkeit um. Sie konnte sich nicht erklären, warum das auf einmal passierte, hatte sie doch zwei wunderschöne Stunden mit Judy verbracht. Sie blickte zu ihren Händen hinunter, in denen sie die Geschenke hielt. Eigentlich gab es keinen Anlass zum Traurigsein.
Alex steckte sich eine Zigarette an und überlegte, warum ihre Gefühle kopfstanden. Die Blumen, der Elefant, das schöne Frühstück, all das konnte sie positiv aber auch negativ deuten. Immer noch lag ein Schleier um Judys Person und ihrer Telefonnummer, die sie nicht herausgeben wollte. Bisher hatte Judy stets freiwillig Dinge angesprochen, auch solche, die gar nicht erklärungsbedürftig waren. Es war schon sehr auffällig, dass sie sehr allgemein von einem Termin sprach, den sie jetzt erledigen müsste. Im Grunde konnte sie nur mit Mühe ein erneutes Treffen fixieren. Ihr schoss das Blut durch den Kopf, sodass sie nicht mehr objektiv denken konnte.
Es war ja zu erwarten, dass es Störungen geben würde und nur eine Frage der Zeit, dass Rita ihren Einfluss geltend macht. Judy hat anscheinend neben ihrer Arbeit nicht mehr die Zeit, um lange Treffen mit mir koordinieren zu können.
Alex´ Gedanken wurden immer grauer, je mehr sie darüber nachdachte. Noch vor drei Tagen bestand Judy auf einen One-Night-Stand. Immer noch nicht waren ihre Absichten erkennbar, obwohl sie sich bereits mehrfach getroffen hatten. Dass sie ihre Telefonnummer nicht besaß, bewertete Alex als schlechtes Zeichen. Wenn sie Pech hätte, könnte es mit Judy eine Kurzbeziehung werden, die am Ende

genauso schmerzhaft werden würde, so wie sie es schon von Diana kannte.
Plötzlich war Alex entsetzt, welche Streiche ihre Gedanken mit ihr spielten, die mehr negatives als positives hineininterpretierten. Mit besorgtem Gesicht zog sie heimwärts, obwohl es eigentlich ein wunderschöner Tag war.

28. Kapitel

Alex´ Sorgen waren total unberechtigt, aber woher sollte sie das wissen, wenn Judy so geheimnisvoll tat. Judy wollte einfach nur Veränderungen in ihrem Leben schaffen, wovon Alex vorerst nichts erfahren sollte. Als sie sich von ihr verabschiedete, fuhr sie direkt in die Kleinstadt Branskow, um sich eine Wohnung anzusehen.
Seit zwei Tagen konnte sie Alex´ Worte nicht mehr vergessen.
„Wenn dir deine Eltern Jacki wegnehmen möchten und meinen, dass sie besser bei ihnen aufgehoben wäre, dann lass dir das nicht gefallen. Du musst um deine Tochter kämpfen."
Von da an war sie sich im Klaren, dass sie Veränderungen ganz unabhängig von Alex treffen musste. Rita kam einfach mit Jacki nicht klar. All die Jahre hinweg hatte sie Jacki zurückgesetzt und schlecht behandelt. Jacki hatte nie ein Zeichen gegeben, dass sie total unglücklich war. Erst vor fünf Monaten kam alles zutage, als Jacki versuchte, sich ihre Pulsader aufzuschneiden. Es war direkt im Schulunterricht, mit einer Rasierklinge, wenn gleich nicht so tief. Die Lehrerin hatte nichts davon mitbekommen, erst als die Schüler aufgeregt schrien. Judy wurde sofort von der Arbeit gerufen und nahm in den weiteren Wochen so etliche Termine bei Ärzten und Psychologen wahr. Jacki wurde für ein Vierteljahr in eine Klinik eingewiesen. Judy selbst setzte sofort im Einvernehmen mit ihrem Arbeitgeber ihre Arbeitszeit auf sechs Stunden zurück, um mehr Zeit für ihre Tochter zu. Damals saß ihr der Schreck so sehr in den Gliedern, denn sie hatte die tiefen Spannungen zwischen Jacki und Rita oft nicht mitbekommen. Wie auch? Sie musste in drei Schichten arbeiten, verdiente das Geld für die Familie und war folglich selten zu Hause. Erst in den gemeinsamen Therapien erfuhr sie von Ereignissen, die sie Rita niemals zugetraut hätte. Für Judy stand fest, dass

Rita krankhaft eifersüchtig war, selbst auf Jacki. Tag für Tag redete sie auf Rita ein, warum sie Jacki so schlecht behandelt hätte. Sie warf ihr vor, dass all ihre Ängste in ihrer Alkoholsucht begründet liegen. Damit wurde ein weiteres Problem aufgeworfen und fortan wollte sie Ritas Trinkerei nicht mehr hinnehmen.
Viel schlimmer war aber der Stress mit ihren Eltern, als diese vom Aufschneiden der Pulsader erfuhren. Sie bedrängten Judy per Telefon und mit Briefen.
Du willst Jacki wohl ins Grab bringen? Eine Mutter bekommt doch mit, wenn es der Tochter schlecht geht? Nie bist du zu Hause, hagelte es nur so von Vorwürfen.
Judy selbst war der Meinung, dass die Kritik ihrer Eltern auch mit einem anderen Vorwurf verbunden war, da sie vor drei Jahren dem normalen Familienleben mit Mathias entsagt hatte. Aber das sprachen ihre Eltern nie offen aus. Wochenlang forderten sie, dass sie Jacki zu sich nehmen wollen, zurück in ihre einst gewohnte Umgebung. Aber Judy lehnte das strikt ab. Es war ohnehin die Frage, inwieweit ihre Eltern derzeit Jacki beeinflussen würden, denn schließlich hielt sie sich während der Ferien bei ihnen auf.
Alex hatte recht mit ihrem Rat. Ich muss um meine Tochter kämpfen. Nun werde ich handeln, selbst auf die Gefahr, dass Alex in Dianas Arme zurückkehrt. Ich brauche eine eigene Wohnung, um mit Jacki ein neues Leben zu beginnen, um mich überhaupt mit Alex treffen zu können. Diese Gedanken ließen ihr seit zwei Tagen keine Ruhe mehr. Konsequent suchte sie nach einer Lösung und durchstöberte Zeitungen nach Wohnungsinseraten. Sie wurde auch fündig und rief sofort bei den angegebenen Telefonnummern an. Von alledem hatte sie Alex wissentlich nichts erzählt, denn ihre Entscheidung war unabhängig von ihrem Kennenlernen. Judy ahnte nicht im Entferntesten, dass sie damit Alex total irritiert hatte. Sie saß zufrieden in ihrem Auto und fuhr dem Wohnungsbesichtigungstermin entgegen.

29. Kapitel

„Nun beruhigen Sie sich doch erst einmal, Frau Lorenz“, sprach der Chefarzt zu Rita. „Vielleicht ist es ja gar nicht so schlimm, wie Sie annehmen.“

„Ich kann mich aber nicht beruhigen. Ich will Gewissheit, was mit meiner Partnerin passiert ist.“

„Aber Sie wissen doch selbst aus unseren gemeinsamen Therapien, dass Sie von Natur aus ängstlich veranlagt sind. Sie haben Ihre Ängste bisher grundsätzlich überbewertet und stets das Schlimmste befürchtet. Diese und da sind wir uns doch einig, waren nicht gerade dienlich für Ihre Partnerschaft.“ Er hielt inne und erhoffte eine positive Reaktion von Rita.

„Sie mögen ja grundsätzlich recht haben, Herr Doktor, aber ich fühle, nein, ich weiß es, da muss etwas passiert sein!“, entgegnete Rita sehr bestimmt.

„Frau Lorenz, ich kann Ihnen in dieser Phase Ihrer Therapie keinen Ausgang geben. Sie wussten von vornherein, dass Sie einer dreiwöchigen Kontaktsperre ausgesetzt sind“, antwortete nun der Chefarzt fast lehrerhaft. „Sie wollen doch den Erfolg dieser Entziehungskur, oder?“

„Wenn ich nicht weiß, was mit Judy los ist, dann ist mir alles egal. Ich versuche sie nun seit vier Tagen telefonisch zu erreichen, aber sie meldet sich nicht.“ Rita war höchst verzweifelt.

Nun endlich schien er zu erkennen, wie seelisch angeschlagen Rita war. Er runzelte die Stirn. „Ach, Sie haben sich über das Verbot hinweggesetzt und ein Handy eingeschleust? Sie wissen, dass das nicht in Ordnung war“; er setzte zu einer Pause an und überlegte.

Rita geriet in Rage und ging zur Offensive über.

„Wenn Sie mir keinen Ausgang geben, breche ich die Therapie sofort ab!“

Besorgt schaute er Rita an.

„Sie kennen natürlich Ihre Partnerin besser, das gebe ich zu. Aber ihr Nichtreagieren kann viele Gründe haben, die sich meistens als simpel und nicht außergewöhnlich herausstellen. Das sich Ihre Freundin strikt an die verordnete Kontaktsperre hält, schließen Sie aus?“

„Ja. Sie hatte sich bisher immer täglich gemeldet“, schoss es aus Ritas Mund.

„Vielleicht genießt sie nur ihren persönlichen Freiraum intensiver und macht nun Dinge, die mit ihnen zusammen unmöglich waren. Aus meiner Sicht nichts Bedenkliches. Im Gegenteil, freuen Sie sich. Wenn Sie entlassen werden, ist Ihre Partnerin absolut ausgeglichen."
„Genießt ihren persönlichen Freiraum", wiederholte Rita die Worte des Arztes, jedoch sehr ironisch. „Das ist es ja, was mich hier so zermürbt. Ich spüre es förmlich, sie hat eine andere Frau kennengelernt."
„Nun kommen aber Ihre Ängste wieder durch, Frau Lorenz!", versuchte sie er zu besänftigen.
Rita schien das überhört zu haben, ihre Stimme klang nun drohend.
„Machen Sie nun was? Oder ich breche die Zelte hier sofort ab."
Der Chefarzt war nicht aus der Ruhe zu bringen. Mit sanfter Stimme redete er auf Rita ein.
„Na, meine Dame, Sie sind aber ein hartnäckiger und schwieriger Fall." Er lächelte sie an und pausierte in der Hoffnung, dass er Rita zu einem Lächeln umstimmen könnte.
Rita sah ihn erwartungsvoll an.
„Nun noch einmal in Ruhe, Frau Lorenz, es muss doch einen Kompromiss geben. Sie kennen doch meinen Spruch aus der Therapie, dass das ganze Leben letztendlich aus Kompromissen besteht." Er redete betont langsam. „Also versuchen wir einen gemeinsamen Nenner zu finden, ja?"
„Wie soll dieser Kompromiss aussehen, Herr Doktor?" Ritas Stimme verriet Neugier.
„Zunächst geben Sie den Gedanken auf, hier so Knall und Fall Ihre Zelte abzubrechen. Das will ich nicht mehr hören."
Nach einer kurzen Überlegung sah er sie mit sanften Augen an und informierte sie weiter.
„Ich erlaube Ihnen, heute ein offizielles Telefonat zu führen, von Klinik zu Klinik sozusagen. Ihre Freundin arbeitet doch in einer Klinik, nicht wahr?"
Rita nickte bejahend mit dem Kopf und versicherte zugleich.
„Sie hat Spätdienst, Herr Doktor."
„Haben Sie die Telefonnummer von der Station?"
„Ja."
„Gut. Dann bringen Sie mir diese. In zehn Minuten sehen wir uns wieder, hier in meinem Büro."

Die letzten Worte des Chefarztes klangen wie eine Anweisung. Er hatte sie bewusst so gewählt, denn Rita begehrte nicht mehr auf. Willig, dieser Anordnung Folge zu leisten, verließ sie hastig das Zimmer. Zehn Minuten später klopfte sie pünktlich an der Tür. Sie ahnte nicht, was dieser nun vorhatte und ließ sich überraschen.
„Das ging ja schnell", redete er sanft auf Rita ein. „Setzen Sie sich wieder."
Rita gehorchte und schwieg.
„Also, ich werde jetzt in der Klinik anrufen und mich nach dem heutigen Schichtplan Ihrer Freundin erkundigen. Sofern sie bereits Dienst hat, werde ich die Kollegen bitten, sie ausnahmsweise Mal an das Telefon zu holen. Dann können Sie kurz mit ihr sprechen. Sollte Ihre Partnerin spät arbeiten, so treffen wir uns Punkt fünf hier an gleicher Stelle wieder. Ist das ok?" Seine Worte wirkten sehr energisch und bestimmend. Rita nickte eifrig.
Der Chefarzt war erleichtert, da er Rita beruhigen konnte, sogar mehr als er erwartet hatte. Dann verkündete er weiter.
„Wenn sich Ihre Vorahnung als begründet erweisen sollte, so erlaube ich Ihnen, dass Ihre Freundin Sie besuchen darf. Die Kontaktsperre würde ich aufheben. Ich spiele auch mit dem Gedanken, Ihnen dann am Sonntag Ausgang zu gewähren." Er sah Rita bewusst lange an, um in ihrem Gesicht lesen zu können. Rita schwieg aber immer noch.
„Bedingung für alles ist, dass Sie die Therapie nicht aufgeben. Haben wir uns verstanden?" Beendete er seine Ausführungen.
„Ja, einverstanden", bestätigte nun Rita kräftig.
„Sehen Sie, das ist die richtige Einstellung", vermittelte der Chefarzt und griff zum Hörer. „Wie heißt Ihre Freundin?"
„Judith König." Ritas Stimme überschlug sich förmlich.
Nun wählte er Judys Station an und stellte sich mit offizieller Bezeichnung seines Ranges und des Krankenhauses vor. Das Gespräch war kurz, denn am anderen Ende wurde ihm bestätigt, was Rita bereits erwähnte.
„Also", so setzte er kurze Zeit darauf fort, „Ihre Freundin hat heute Spätdienst. Wir sehen uns folglich nachmittags wieder. Bis dahin will ich Sie normal wie immer in den Therapiestunden sehen."
Rita nickte mit dem Kopf und verabschiedete sich. „Danke, Herr Doktor."

Sie war sichtbar zufrieden, denn mit dieser unverhofften Hilfe hatte sie nicht gerechnet. Sie sah schon das vor Schreck erstarrte Gesicht von Judy vor ihren Augen, wenn diese von offizieller Seite an das Telefon geordert würde. Das hatte Gewicht, wenn der Chefarzt persönlich anruft. Es war ein Druckmittel, das garantiert in ihr starke Schuldgefühle entfachen würde. Außerdem wäre es für Judy vor ihren Kollegen peinlich.
Irgendwie hatte ihr der Chefarzt neue Hoffnung gemacht. Sie wollte nicht mehr glauben, dass Judy ihren persönlichen Freiraum derart überzogen hatte. Sie wünschte sich, dass sich die Anwesenheit einer anderen Frau als Hirngespinst erweist. Sicherlich gab es schlichtere Gründe für ihr Verhalten, die sie übersehen hatte. Bis heute Nachmittag musste sie sich in Geduld üben, aber dann würde sich alles aufklären. Rita war der festen Meinung, dass sie schon am Tonfall von Judys Stimme heraushören würde, ob ihre Ängste berechtigt waren.

30. Kapitel

Alex ging nach ihrer Verabschiedung von Judy direkt in die Schlossbrauerei. Sie hatte noch einige Vorbereitungen für ihre kommenden Veranstaltungen zu treffen. Anfänglich war sie durch ihre Arbeit abgelenkt, zumal zwei Telefonate eingingen. Zwei Vereine wollten auf Reisen gehen und hatten sich unverbindlich nach den Führungen erkundigt. Dann füllte sie die Biervorräte für den Verkauf auf. Als sie alles abgearbeitet hatte, schritt sie vorsichtshalber die Räumlichkeiten ab, um sich zu überzeugen, nichts übersehen zu haben. Diese Art der Vorbereitung war wichtig, denn sie wollte so viel Freizeit wie möglich mit Judy verbringen.
Automatisch musste Alex an Judy denken. Am Tresen stand ihr aus Holz geschnitzter Elefant, der sie zu beobachten schien. Sie musste nun lachen und zwinkerte dem kleinen Glückbringer zu. Zugleich war sie in Gedanken versunken und sah Judy vor sich. Ihr war, als nähme sie noch den Geschmack von ihren Küssen auf den Lippen wahr, ein traumhaft süßer und lieblicher zugleich. Alex spürte genau, dass sie Judy über alle Maße begehrte, vor allem ihre Nähe, ihre Zärtlichkeiten, die ganze Harmonie, die Judy ausstrahlte.

Trotzdem fiel ihr es schwer, ihre Empfindungen für Diana zu ignorieren, die sie sich im Grunde nicht mehr erklären konnte. Zu oft hatte Diana sie enttäuscht, aber dennoch bisher nicht die Kraft aufgebracht, sich mit aller Konsequenz von ihr zu lösen.
Was ist es nur, was mich dazu treibt, auf die Telefonate von ihr einzugehen, obwohl mein Verstand sagt, lass es klingeln? Ist es die Befürchtung, dass Judy unser gemeinsames Kennenlernen nur auf vier, fünf Tage, vielleicht eine Woche beschränkt und dass ich dann total einsam wäre?
Alex wusste genau, wie schwierig es war, dem Druck des Partners in der jetzigen Situation zu widerstehen. Sie ahnte es förmlich, dass mit der gleichen Intensität, wie Diana sie bedrängte, auch bei Judys Partnerin zu rechnen wäre.
Wenn ich selbst schon Probleme habe, die vielen Versprechen von Diana richtig einzuordnen, wie ist es dann um Judys Kraft bestellt, grübelte sie.
In ihr kamen Ängste und Zweifel auf, dass Judy doch in die Arme von Rita zurückkehren könnte. Sie hatte diese bisher gut verdrängen können, aber je mehr sie darüber nachdachte, umso mehr verstärkten sich diese. Ihr war auch klar, dass sich die Zeit nicht unbegrenzt nach hinten hinausschieben ließ. Irgendwann wäre sie gezwungen, sich eindeutig zu positionieren.
Alex wurde aus ihren Gedanken gerüttelt, das Telefon klingelte, automatisch rückte sie Papier und Kuli zurecht. Aber bei den ersten Tönen erkannte sie sofort, dass Diana in der Leitung war.
„Na, Schatzi, wie geht es dir? Wo bist du? Was machst du?“, erschallte es wie aus der Pistole geschossen. Alex war über die Fröhlichkeit in Dianas Stimme sichtbar erstaunt.
„Was du nicht alles wissen willst?“, lenkte sie scherzend ab, da sie wenig Lust verspürte, auf diese Fragen einzugehen.
„Du weißt doch, an unserem heutigen besonderen Tag müssen wir uns sehen“, jauchzte Diana euphorisch in den Hörer.
Alex erschrak sich bei dem Gedanken, dass Diana zu ihr unterwegs sein könnte.
„Wieso heute sehen?“, stotterte sie. „Welch besonderer Tag?“
„Aber Alex, das wirst du doch nicht vergessen haben?“ Diana hob die Stimme und machte wissentlich eine längere Pause. „Na? Komm schon, wir haben heute den 23.August. Schon vergessen?“

„Ja, und?“ Alex konnte mit diesem Hinweis nichts anfangen.
„Ach Schatzi, heute auf den Tag genau sind wir zweieinhalb Jahre zusammen. Alle halbe Jahre haben wir bisher den Dreiundzwanzigsten als einen Höhepunkt gewürdigt“, hob Diana besonders feierlich hervor.
Nun sprach Alex ihre Befürchtungen offen aus.
„Bist du etwa zu mir unterwegs?“
„Noch nicht ganz, aber bald“, konterte Diana gut gelaunt.
„Wie darf ich das verstehen?“, erkundigte sich Alex. Sie hatte ihren Schreck noch nicht überwunden und war sich auch nicht im Klaren, ob sie Diana überhaupt sehen wollte. Ihr Gefühl sagte sofort nein.
Diana sprach unverwandt weiter.
„Wir haben uns bisher an jedem Jubiläum getroffen, erinnere dich. Stets war es dein Wunsch.“ Sie hielt inne, lauernd auf eine Gegenreaktion von Alex.
„Das stimmt schon, aber heute habe ich es vergessen und auch nicht eingeplant.“ Alex wollte vorsichtig absagen. „Außerdem hast du in den Tagen zuvor nie derartiges erwähnt.“
„Ein Jubiläum muss man doch nicht erwähnen, das weiß man von alleine und ist selbstverständlich“, erklärte Diana strikt und plauderte in stolzem Ton weiter. „Ich jedenfalls habe es eingeplant. Wenn du mir nicht auf halbem Wege entgegen kommst, so fahre ich gleich durch zu dir. Also, wie einigen wir uns?“
Alex überlegte. Wie es schien, war Diana entschlossen, sie bluffte nicht. Immer hatten sie auf ihr Drängen hin alle halbes Jahr gefeiert. Würde sie ihr jetzt vorgaukeln, dass sie noch eine Abendveranstaltung hätte, dann würde Diana sicherlich in den späten Abendstunden hier auftauchen. Alex schaute auf ihre Uhr. Zeit, um die ganze Strecke durchzufahren, war ausreichend vorhanden. Sie wollte aber ihren Besuch nicht bei sich zu Hause haben. Irgendwie musste sie herausfinden, wie ernst Diana dieses Jubiläum nahm.
„Du kommst doch am Montag, dann holen wir es nach und gehen schön Essen. Ich lade dich dazu ein.“ Alex´ Stimme klang unbeteiligt, um von ihrem Vorhaben abzulenken.
„Deine Einladung zum Essen nehme ich herzlich gern an.“ Diana ließ sich bewusst viel Zeit zum Weiterreden und Alex war schon im Glauben, sie von dieser Fahrt abgebracht zu haben. Doch dann be-

endete sie ihren Satz. „Aber das ändert nichts an der Tatsache, dass ich dich heute sehen möchte. Also wann und wo?“
Alex begann zu schwitzen und spürte Schweißperlen, die auf ihrer Stirn hervortraten. Uneinig mit sich, wie sie dem entgehen könnte, stammelte sie.
„Diana, mir ist heute nicht nach Autofahren.“
Aber kaum, dass Alex ihren Satz beendet hatte, ertönte es am anderen Ende prompt.
„Kein Problem, dann komme ich direkt zu dir. Spätestens um Mitternacht werde ich da sein.“
Was Alex weder wusste noch ahnte, an dieser Stelle bluffte Diana gewaltig, denn insgeheim wünschte sie sich ein Treffen auf halber Strecke. Alex sollte aber ihre Energie, ihre Leidenschaft und Beharrlichkeit spüren, vor allem ihre Liebe zu ihr.
Alex hingegen grübelte und konnte dennoch keine Lösung finden. Der Gedanke, Diana heute wieder in ihrer Wohnung zu haben, war schrecklich. Möglicherweise hatte sie auch keine Lust, am nächsten Tag abzureisen. Zuzutrauen war ihr derzeit alles. Diana vermittelte den Eindruck, dass sie in der jetzigen Situation alles tun würde, um Alex zurückzugewinnen.
Damit wäre das Treffen mit Judy in Gefahr, schoss es ihr plötzlich wie vom Blitz getroffen durch den Kopf. Auf keinen Fall wollte sie das Rendezvous verpassen, zumal sie keine weiteren Informationen von Judy besaß. Sie konnte weder das Treffen mit Judy absagen, noch einen neuen Zeitpunkt vereinbaren. Judy war wichtiger. Eine solche Situation durfte sie nicht zu lassen.
Inzwischen drängelte Diana voller Ungeduld am anderen Ende.
„Alex, bist du noch da?“
„Ja“, sagte Alex hastig. „Ich bin am Überlegen.“
Das war für Diana das Zeichen, dass Alex in ihrem Sinne beeinflussbar war.
„Warum treffen wir uns nicht auf halber Strecke? Ich komme dir knapp dreihundert Kilometer entgegen und du den Rest. Klingt doch gut, oder?“
Alex war innerlich zerrissen, denn eigentlich wollte sie nur Ruhe vor Diana haben. Sie hätte sich ihre Aktivitäten und Versprechungen zu einem viel früheren Zeitpunkt gewünscht. Aber all das half ihr im Moment nicht weiter, sie musste sich entscheiden. Obwohl ihr Ge-

wissen absolut dagegen war, entschied sie sich für das Treffen auf halber Strecke. So schlimm würde es schon nicht werden, hoffte sie. Außerdem stand es in ihrer Macht, rechtzeitig zum Wiedersehen mit Judy zurück zu sein.
„Nun gut, Diana, ich werde kommen!", antwortete sie mit kräftiger Stimme. Um aber eventuelle Risiken auszuschließen, setzte sie mit einer Notlüge fort. „Aber viel Zeit habe ich nicht, da ich morgen arbeiten muss."
Diana war sichtlich zufrieden. Sie selbst hatte auf solch einen Kompromiss gehofft, damit auch sie rechtzeitig zu Hause wäre. Wie gut sie doch Alex kannte. Schon wieder war es ihr gelungen, sie um den Finger zu wickeln. Ihr Gesicht hellte sich augenblicklich auf und amüsiert sprach sie vor sich hin.
„Wie recht ich doch hatte. Schon im Vorfeld ahnte ich, dass mein Trumpf, versteckt im Ärmel, funktionieren würde!"

31. Kapitel

Seit drei Stunden befand sich Judy in der Arbeit und lagerte zusammen mit Babsi Patienten. Sie waren gerade bei einem Neuen angelangt, als die Stationsschwester in der Tür erschien. Ihr Blick war streng und aufgeregt.
„Schwester Judy, sie sollen sofort in die Stationszentrale kommen!"
Aufgeschreckt und verwirrt blickte Judy sie an. „Ist etwas passiert?"
„Sie haben ein Telefonat von der Klinik Neustadt am See", erklärte diese eindringlich.
Alarmiert horchte Judy auf und wurde nun sichtlich nervös. Hitze stieg in ihr auf, denn in der Klinik Neustadt am See hielt sich Rita auf. Schnell lief sie den Flur zur Stationszentrale hinunter und spürte ein unangenehmes Kribbeln im Bauch. Ebenso hastig griff sie zum Telefonhörer und mehr fragend sprach sie: „Ja? Judith König hier!"
Der Chefarzt stellte sich vor und fuhr dann mit den Worten fort: „Ihre kleine Freundin bereitet uns ein wenig Probleme, da Sie sich beide über die Kontaktsperre hinweggesetzt haben. Sie ist nun besorgt und stark beängstigt, dass etwas bei Ihnen oder generell in Ihrer Beziehung vorgefallen sei."

Der Chefarzt hielt nun bewusst inne und hoffte auf eine Reaktion. Für Sekunden war Judy überfordert und überlegte, was sie erwidern könnte. Aber dann kam sie direkt mit der Wahrheit heraus.
„In gewisser Weise ist schon etwas passiert. Jetzt, wo ich alleine war und viel Zeit zum Nachdenken hatte, ist mir einiges klarer und bewusster geworden. Kurz und gut, ich stelle meine derzeitige Beziehung zu Rita absolut in Frage und werde ausziehen."
Judy wollte weiterreden, aber der Chefarzt unterbrach sie sofort.
„Diese Auskunft reicht mir persönlich fürs Erste. Sie wissen aber, dass das die ganze Therapie gefährdet. Es ist Ihre Entscheidung, die ich verstehen kann. Aber ich habe hier Frau Lorenz neben mir sitzen, die Sie dringend sprechen möchte. Im Sinne der Therapie bitte ich Sie, mit ihr zu reden, wenn möglich sogar hier vor Ort. Sie haben ab sofort Besuchserlaubnis."
Der Chefarzt wartete Judys Antwort nicht mehr ab, sondern übergab den Hörer an Rita.
„Hallo, Judy, ich bin es." Rita schien total aufgeregt, ihre Stimme überschlug sich beim Sprechen. „Was ist nur los mit dir? Warum hast du dich nicht gemeldet? Seit Tagen versuche ich, dich zu erreichen?"
„Ich habe Zeit zum Nachdenken gebraucht", erklärte Judy. Innerlich hatte sie den ersten Schreck überwunden, war dennoch sehr nervös. Sie wusste, dass sie nun für klare Verhältnisse sorgen musste.
„Über was hast du denn nachgedacht, dass du keine Zeit mehr erübrigen konntest, mir zu schreiben?", wollte Rita nun wissen.
„Über uns und unsere Beziehung."
Rita gab sich mit dieser Antwort nicht zufrieden. Sie ahnte mehr und sprach es direkt an.
„Du hast in meiner Abwesenheit jemanden kennengelernt, sei ehrlich!"
Judy war über ihre Vorahnung erstaunt, denn das konnte sie nicht wissen. Mit ruhigen Worten versuchte sie, zu antworten. „Das möchte ich nicht am Telefon besprechen. Ich werde zu dir kommen, um es zu erklären."
Rita ließ sich nicht abwimmeln. „Ich will die Wahrheit wissen. Ich will wissen, was mit dir los ist. Es gibt eine andere Frau, oder?"

„Hör bitte zu, ich möchte das mit dir persönlich klären. Bitte, nicht hier am Telefon." In der Hoffnung, dass sie von der Arbeit freibekäme, versprach sie. „Ich komme jetzt zu dir, ok?"
„Gut, ich erwarte dich", entgegnet Rita resigniert und ahnte dabei das Schlimmste, aber mit einem kleinen Hoffnungsschimmer fügte sie hinzu. „Vergiss während deiner Autofahrt nicht, dass ich dich wahnsinnig liebe."
Sie wollte Judys Antwort nicht mehr abwarten und beendete das Gespräch. Ehe Judy mitbekam, dass das Telefonat abgebrochen war, vergingen einige Sekunden. Sie fühlte sich wie im Schock. Nie im Leben hätte sie mit einer solchen Situation gerechnet. Ihr schwanden regelrecht die Sinne, sie fühlte sich schlecht und war nur noch von dem Gedanken getragen, so schnell wie möglich in diese Klinik zu fahren.
Judy ging sowohl zur Stationsschwester als auch zum Chefarzt der Station und bat um die Erlaubnis, kurz die Klinik verlassen zu dürfen. Ein absoluter Notfall erklärte sie beschwörend, was man ihrem Gesicht sofort ansah. Sie erhielt frei und versprach, nicht länger als zwei Stunden von der Arbeit fernzubleiben. Hastig und total unkonzentriert fuhr sie in Richtung Klinik. Die Suche nach Ritas Zimmer bereitete ihr einige Mühe, doch dann klopfte sie endlich an ihre Tür. Rita saß heulend am Tisch, als sie Judys Ankunft wahrnahm. Sie war allein im Zimmer, sprang sofort auf und fiel Judy um den Hals.
„Ich liebe dich. Ich liebe dich so sehr", schluchzte sie unter Tränen und ohne eine Reaktion von Judy abzuwarten, stieß sie verzweifelt hervor. „Bitte, verlass mich nicht!"
Judy nahm alle ihre Kräfte zusammen, denn so sehr es ihr auch schwer fiel, aus Zeitgründen musste sie ihre Entscheidung mit kurzen Worten erklären.

32. Kapitel

Alex war pünktlich, als sie am verabredeten, abgelegenen Parkplatz der Autobahn eintraf. Knapp zwei Stunden hatte sie für diese Fahrt gebraucht. Sie sah sich um, konnte aber Dianas Auto nicht erkennen. Die Abenddämmerung setzte bereits ein und es wurde schnell

dunkel. Nur wenige Fahrzeuge befanden sich auf dem Parkplatz. Als Diana zwanzig Minuten später eintraf, waren auch die Letzten weggefahren. Ihr Gesicht strahlte, als sie Alex sah. Mit schnellen Bewegungen hüpfte sie aus ihrem Auto, um Alex zu begrüßen. Eine kräftige Umarmung setzte ein, der sich Alex nicht entziehen konnte. Ehe sie sich versah, setzte ihr Diana einen Kuss auf den Mund und jauchzte.
„Toll, dass du da bist." Mit diesen Worten fiel sie ihr erneut um den Hals.
Nun fühlte sich Alex total bedrängt und zog es vor, aus dem Auto auszusteigen.
„Ich muss mir mal die Beine vertreten", gab sie vor.
Aber Diana ließ sich nicht irritieren. Mit der Tatsache, dass Alex erschienen war, fühlte sie sich bereits als Gewinnerin. Kein Zweifel, Alex würde ihr gehören. Um ihrem Vorhaben den richtigen Kick zu geben, lief sie schnell zu ihrem Auto und zauberte eine rote Rose sowie eine Flasche Sekt hervor.
„Lass uns feiern, Schatzi." Ehe sich Alex versah, hatte sie die Rose in der Hand und Diana öffnete bereits die Sektflasche.
„Zweieinhalb Jahre an der Seite von mir, die waren bestimmt nicht einfach", sprach Diana respektvoll. „Aber ab jetzt ändert sich alles und darauf trinken wir."
Sie überreichte einen gefüllten Plastikbecher, aber Alex verhielt sich abwartend und trank nicht. Diana verstand das Zögern sofort und rief ihr animierend zu.
„Nun komm schon, das bisschen Alkohol oder wolltest du gleich wieder zurückfahren?"
Alex ließ sich überreden und darauf hatte Diana nur gelauert. Es war ihr Plan, denn sie wollte mit ihr die Nacht verbringen, genauso wie früher, versteckt im Wald, auf abgelegenen Parkplätzen. Diana erinnerte sich augenblicklich der damaligen Zeiten, die sie als so geil empfand. Unwillkürlich schaute sie in den hinteren Teil von Alex´ Auto.
„O wie schade. Du hast ja gar nicht die Kuschelwiese aufgebaut."
„Mir war nicht danach, mit dem Bettzeug durch die Stadt zu wandern", gab Alex mehr scherzend als Antwort, obwohl es pure Absicht war, denn sie hatte nicht vor, an alte Zeiten anzuknüpfen. „Ich dachte, wir reden." Sie stockte und wusste selbst nicht genau,

wie dieser Abend verlaufen könnte. Im Innersten verfluchte sie ihre Unentschlossenheit.
Was in aller Welt mach ich hier? Diana muss ja denken, dass alles nun in Ordnung wäre. Die Gefahr ihrer körperlichen Nähe ist enorm. Schon immer war ich dem verfallen gewesen.
Diana umarmte sie plötzlich und ihre Hände umfassten ihre Hüften. So, wie Alex es eben noch geahnt hatte, ihr Körper zuckte wie elektrisiert zusammen.
„Ach komm, Alex, lass uns die Sitze herunterklappen, so wie früher“, bettelte Diana liebevoll.
„Es ist viel zu hart“, widersprach Alex bewegungslos.
„Das glaube ich nicht. Ich werde dir einfach helfen.“ Diana ließ Alex aus der Umklammerung frei. Ohne eine Erlaubnis abzuwarten, war sie eifrig dabei, die Hintersitze umzuklappen.
„Aus einem Kombi eine Liegewiese zu zaubern, das hat was“, scherzte sie dabei.
Alex half nun mehr schlecht als recht mit, denn Diana hatte bereits die Strandbettlaken und die Wolldecke gefunden.
„Nun komm schon hineingekrochen“, rief ihr Diana Minuten später zu.
Mit einem Gefühl des Unwohlseins kletterte Alex in ihr Auto. Diana saß mitten auf der Kuschelwiese und hielt die Sektbecher bereit, natürlich neu gefüllt.
„Auf unsere Zukunft! Ich habe dir so viel zu berichten“, jubelte sie freudestrahlend. Dabei umfasste ihre rechte Hand Alex´ Hals. Langsam zog sie sie an sich heran, bis ihre Gesichter eng aneinander waren, dann flüsterte sie ihr zärtlich ins Ohr.
„Alex, es sind tolle Neuigkeiten, für dich und mich.“
„Welche?“, hörte sich Alex erwidern.
„Ich habe eine Wohnung“, log sie. „Du hast mir von Anfang an nicht geglaubt, aber ich mache mich frei. Frei nur für dich! Ich liebe dich. Bitte, zweifele nicht an mir.“
Kaum, dass sie den Satz beendet hatte, versuchte sie, Alex zu küssen, spürte aber Gegenwehr.
„Alex, wir beide gehören zusammen, für immer und ewig. Du bist meine erste Frau, ich die deine. Die erste Liebe ist für ewig, nichts kann sie ersetzen. Ich habe mich gerade befreit von den familiären

Zwängen. Bald werde ich umgezogen sein. Wir können uns sehen, wann immer du willst."

Erneut versuchte Diana, sie zu küssen. Alex schien sich nicht mehr zu wehren. Diana spürte sofort, dass sie so gut wie gewonnen hatte. Nun würde sie Alex mit ihren Liebeskünsten überzeugen. Das hatte bisher immer funktioniert und genau wusste sie, wie sie es anstellen musste.

Sie küsste Alex leidenschaftlich und wie erhofft, fing Alex an, ihren Kuss zu erwidern. Wie in Trance schmolz sie dahin und hatte bald ihre Vorsätze vergessen. Selbst ihre innere Stimme versagte, um sie an Judy zu erinnern.

Alex verfiel Dianas Liebesspielen total und schon bald lag sie entblößt und laut stöhnend auf der Kuschelwiese.

33. Kapitel

Seit Stunden war Alex bereits zu Hause, aber immer noch saß sie grübelnd und untätig im Wohnzimmer. Sie suchte nach einer Erklärung, warum sie dem Drängen von Diana nachgegeben hatte. So sehr sie auch überlegte, sie fand keine vernünftige Entschuldigung dafür. Sie hatte ganz schlicht und einfach ihre neue Beziehung betrogen. Statt Probleme zu lösen, hatte sie neue geschaffen.

Aufgeschreckt durch das Klingeln des Telefons eilte sie hin, es war Diana. Alex kam aus dem Staunen nicht heraus.

Seit Tagen hatte Diana einen erstaunlich großen Freiraum, sich zu melden. Ob sie all diese Versprechen wirklich ernst meint, schwankte sie für Sekunden. Aber gezeichnet von den jahrelangen schlechten Erfahrungen, die ihr widerfahren waren, konnte sie ihre Zweifel nicht über Bord werfen. Ohnehin war ihr heute Morgen aufgefallen, dass es Diana ziemlich eilig hatte, nach Hause zu kommen. Das bestärkte in ihr den Verdacht, dass Diana in ihrem gestrigen Gespräch hoch gepokert hatte. Demnach hatte sie überhaupt nicht die Zeit besessen, um problemlos von Thüringen zu ihrer Wohnung hin- und zurückzufahren. Mit dieser Vermutung hatte sie nicht nur wahnsinnige Schuldgefühle gegenüber Judy, sie fühlte sich zugleich von Diana betrogen und überrumpelt. Aber, wie immer, hatte sie sich nicht dagegen gewehrt und war selbst Schuld an dieser Misere.

Nun wurde Alex aus ihren Gedanken herausgerissen, denn zum dritten Mal war Dianas Rufen zu hören.
„Hallo, Alex, hörst du mich? Bist du am Apparat?“
„Ja“, sagte sie immer noch geistesabwesend.
„Die Nacht mit dir war so toll“, fing Diana nun zu schwärmen an. „So wie immer, der Sex mit dir ist der blanke Wahnsinn. Ich liebe dich!“
Alex hatte weder Lust, über erotische Qualitäten zu sprechen, als auch an die gestrige Nacht erinnert zu werden. Ihre Schuldgefühle saßen viel zu tief.
„Ich bin müde, Diana, viel Zeit habe ich auch nicht.“ Um das Thema in eine andere Richtung zu lenken, fügte sie hinzu: „Mich würde vielmehr interessieren, wie deine Neuigkeiten im Detail aussehen? Darüber haben wir gestern Nacht überhaupt nicht gesprochen.“
„Was meinst du im Speziellen?“, fragte Diana leicht irritiert, da sie mit dieser Frage nicht gerechnet hatte.
„Wie stellst du dir unsere gemeinsame Zukunft vor?“, erkundigte sich Alex sehr direkt und bestimmend.
„Das ist ganz einfach.“ Diana versuchte, eine Antwort zu finden. „Mit der neuen Wohnung kannst du mich besuchen, wann immer du willst.“
Dianas, vor Schreck herunter gerasselte Satz hörte sich wie eine abgedroschene Floskel an.
„Hast du nun diese Wohnung?“ Alex wollte Details wissen.
„Es ist eine Zweiraumwohnung“, erwiderte Diana ausweichend.
„Ja, und? Hast du dem Vermieter schon zugesagt und den Mietvertrag unterschrieben?“ Sie löcherte Diana mit Absicht, denn nun wollte sie Klarheit.
Diana zierte sich etwas.
„Mietvertrag? Nein“, gab sie zögerlich zu. „Den kann ich erst in zwei bis drei Wochen unterschreiben. Es muss noch einiges in der Wohnung repariert werden, da etliches nicht ganz in Ordnung war. Aber dann kann ich einziehen.“
Alex hatte das Gefühl, dass Diana in Notlügen Ausflucht suchte.
„Das dauert also noch?“, fragte sie mit einem leicht zweifelnden Ton.
„Genau.“ Diana wurden diese Fragen zu unangenehm, geschickt versuchte sie abzulenken. „Das ist alles halb so wild. Zunächst be-

suche ich dich ja für fünf Tage und dann sind wir rund um die Uhr zusammen. Vielleicht kann ich ja den Mietvertrag eher unterzeichnen. Ich werde mich drum kümmern."
Alex gab sich nicht zufrieden.
„Wie viel Miete musst du zahlen?"
An dieser Stelle war Diana gezwungen, zu improvisieren. Ihr Haus war schon seit Jahren Eigentum. Sie hatte keine Vorstellung mehr, wie hoch eine Miete im Moment sein könnte.
„Dreihundert Euro", prognostizierte sie nun.
„Warm oder kalt?" Alex wollte nicht aufhören, zu fragen.
„Warm natürlich", konterte Diana, die den ausgedachten Mietpreis inzwischen als günstig empfand.
„Erkläre mir bitte, wie du diese Wohnung finanzieren willst?", bohrte Alex weiter.
„Holger muss Unterhalt zahlen, ganz einfach. Außerdem gebe ich ja das Haus auf, da steht mir auch mein Anteil zu."
Diana war es über, Rede und Antwort zu stehen. Sie wollte unbedingt das Thema beenden.
„Mach dir wegen mir keine Sorgen. Du wirst schon sehen, dass ich alles geregelt bekomme."
Alex war sichtbar unzufrieden. Ein Gefühl in ihrem Bauch bestärkte sie, endlich ihre Zweifel offen und direkt auszusprechen.
„Weißt du, Diana, mir kommt es vor, als ob du mich hinhalten willst. Im Grunde hast du noch gar nichts geregelt. Wer weiß, ob diese Wohnung überhaupt existiert? Ich habe arge Bedenken. Kann es sein, dass du mich an der Nase herumführst, nur weil du von der anderen Frau erfahren hast?"
Diana glaubte, sich verhört zu haben. Nach ihrem Erfolg der letzten Nacht war sie fest der Meinung, dass Alex diese Frau vergessen hätte. Sie täuschte nun volle Empörung vor, wie Alex so etwas von ihr denken könnte. Um dem ganzen ein Ende zu setzen, sprach sie.
„Ich werde dich schon überzeugen. Ich werde versuchen, Fotos von der Wohnung mitzubringen. Du bist und bleibst eine Zweiflerin." Sie holte Luft zum Weiterreden. „Aber nun muss ich meinen Sohn von der Schule abholen. Ich melde mich. Tschüss, Schatzi."
Abrupt beendete sie das Gespräch. Das war ein Fehler, denn Alex hatte genau darauf geachtet, wie lange dieses Telefonat dauerte, keine fünf Minuten. Sie war sichtbar verärgert, dass Diana grundsätzlich Unangenehmes abblockte. Erfahrungsgemäß wusste

sätzlich Unangenehmes abblockte. Erfahrungsgemäß wusste sie, dass es dann einen Haken gab. So, wie es aussah, waren Dianas Neuigkeiten nur ein Ablenkungsmanöver. Für Alex erweckte das Ganze den Eindruck, dass Diana in ihrem Stolz verletzt war. Sie würde stets etwas Neues unternehmen, um Alex nur für sich zu besitzen. Alex spürte es förmlich, dass alle ihre Versprechen sich irgendwann in Schall und Rauch auflösen. Nichts würde sich bewahrheiten, wie schon so oft.
Nun fand Alex ihren inneren Frieden wieder, wenn gleich sie noch tiefe Schuldgefühle wegen der gestrigen Nacht hatte. Keinen Gedanken wollte sie mehr an Diana verschwenden, die anscheinend ein Fuchs im Vortäuschen falscher Tatsachen war.

34. Kapitel

Judy stand am Eingangsportal ihrer Klinik und brauchte nicht lange warten, denn schon bald fuhr Alex mit ihrem Auto vor. Mit freudigen Schritten lief sie Alex entgegen, die wiederum hastig aus ihrem Auto hüpfte.
„Tut mir leid, aber mit so viel Verkehr auf dieser kleinen Landstraße hatte ich nicht gerechnet.“ Dann begrüßten sie sich mit einer kurzen Umarmung.
„Komm, lass uns zu jenem Hotel fahren und einen Kaffee trinken“, sprach Judy und sah Alex verliebt in die Augen.
Alex spürte, dass sie aufgeregt war. „Wird doch nichts passiert sein?“
„Oh doch und all die Neuigkeiten möchte ich dir erzählen. Nur leider habe ich heute nicht so viel Zeit. Den Grund dafür berichte ich dir auch gleich.“
Im Hotel nahmen sie auf der Terrasse Platz, um das Glitzern der Nachmittagssonne im See zu beobachten. Nicht ohne Grund hieß das Hotel „Loben am See“. Die Kellnerin trat begrüßend an den Tisch und erkannte ihre zwei Gäste sofort wieder.
„Zwei Kaffee, bitte“, bestellte Judy.
Als diese den Kaffee servierte, rückte Judy mit ihren Neuigkeiten voller Freude heraus.

„Also, ich habe mir eine eigene Wohnung gesucht und heute wird die Wohnungsübergabe stattfinden. Das ist auch der Grund, warum ich nicht so viel Zeit habe.“ Judy strahlte Alex unvermittelt an, wobei sich Alex´ Freude in Grenzen hielt. Für einen Moment wusste sie nicht, was sie sagen sollte. Alles kam ihr so bekannt vor. Erst vor etlichen Stunden hatte sie ähnliche Worte aus dem Mund von Diana gehört. Unbehagen breitete sich in ihren Bauch aus. Trotzdem versuchte sie, Judy liebevoll anzulächeln, ehe sie erwiderte.
„Du bist aber schnell mit deinen Entschlüssen.“
Judy schien den Stimmungswechsel von Alex nicht bemerkt zu haben und setzte in ihren Ausführungen fort.
„Vor einigen Tagen habe ich die regionalen Zeitungen durchstöbert. Du hast mich dazu ermuntert, etwas für mich und Jacki zu tun, dass ich um sie kämpfen muss. Mir ist klar geworden, dass sich das Wohl von Jacki nicht verbessern wird, wenn ich weiterhin mit Rita zusammen lebe. Gestern, als wir unser Frühstück aus Zeitgründen eher beenden mussten, da war ich bei einer Wohnungsbesichtigung. Die Wohnung ist einfach Klasse. Ich habe sofort zugesagt. In zwei Stunden bekomme ich nun die Schlüssel. Ich bin so glücklich, dass alles so schnell geklappt hat.“
Alex hatte aufmerksam zugehört. So wie Judy ihr das berichtete, wirkte die Situation plötzlich anders. Sie verstand ihr anfängliches Unbehagen nicht. Zwei Frauen, die ihr nahe standen, sich um sie bemühten, sind auf Wohnungssuche. Es war irgendwie schon komisch, dachte Alex und musste innerlich schmunzeln. Jedoch während die eine ihr etwas vormachte, hatte sie bei Judy ein sicheres Gefühl.
„Klingt toll, Judy. Ich freue mich für dich.“ Sie lächelte und ergänzte scherzend. „Dann gibt es sicherlich bald eine Einweihungsfeier?“
„Ja, die wird es geben, mit dir und Jacki. Aber zuvor werde ich mir einige Möbel kaufen müssen.“
„Warum? Du bist doch sicher in dem Haus gut eingerichtet? Oder gehört dir nichts davon?“, erkundigte sich Alex.
„Natürlich ist einiges davon mein Eigentum, denn vieles wurde von meinem Geld gekauft. Aber ich werde nur wenig mitnehmen, lediglich meine persönlichen Sachen. Halt das Wichtigste. Ich will mich neu einrichten.“

„Na, dann mache dich schon mal auf eine schöne Summe gefasst. Ich habe mich erst vor sechs Wochen total neu eingerichtet und ganz schön bluten müssen“, verwies Alex auf ihren gesammelten Erfahrungsschatz.
„Ich weiß, das wird teuer.“ Judy runzelte dabei die Stirn. „Momentan bin ich auch nicht mehr so flüssig. Deshalb habe ich im Anschluss nach der Wohnungsübergabe einen Termin bei der Bank, um ein Darlehen von zweitausend DM aufzunehmen.“
„Vielleicht brauchst du gar nicht so viel Geld, wenn du deine Wohnung vorerst schlicht ausstattest?“ Alex kannte sich über das Preisniveau in Möbelhäusern gut aus.
„Da kommen mehrere Dinge zusammen“, sprach Judy mit besorgter Stimme bereitwillig weiter. „In den nächsten drei Monaten geht die doppelte Miete weg, das heißt für die neue Wohnung und die Hälfte für das Haus. Außerdem bezahle ich nachher drei Monatsraten als Kaution. Ich habe alles im Vorfeld durchkalkuliert. Ich werde dieses Darlehen brauchen.“
Alex sah Judy bewundernd an, da sie ganz anders an solche Probleme heranging. Judy suchte nach echten Lösungen, um Veränderungen zu schaffen. Erneut spürte Alex Unbehagen. In gewisser Weise fühlte sie sich schuldig, da Judy sicherlich auch für sie ihre Lebensumstände änderte. Obwohl sie gemessen an den schlechten Erfahrungen mit Diana niemals mehr Geld schenken oder verborgen wollte, erwiderte sie.
„Judy, wenn du meine Hilfe annimmst, so würde ich dir diese Summe gern ausleihen, zinslos natürlich.“
Alex konnte kaum ihren Satz beenden, als Judy schon verneinte.
„Nein, Alex, das will ich nicht. Kein Geld von dir, das würde ich nie annehmen. Aber trotzdem danke für die Unterstützung.“
Nun war Alex erst recht perplex und bewunderte das Selbstvertrauen von Judy.
„Trotzdem, wenn irgendetwas sein sollte, wo ich helfen kann, dann sagst du mir es doch?“, wendete sie mit einem Lächeln ein.
Judy schmunzelte und ihre grünen Augen funkelten im Sonnenlicht. Ohne Worte nickte sie bejahend mit dem Kopf. Ihre Geste wirkte so lustig, sodass Alex unwillkürlich sagen musste: „Du siehst einfach süß aus und sexy obendrein.“

„Ach ja? Und dabei musst du mich so angrinsen?“, scherzte Judy zurück. „Wer weiß, was du eben gedacht hast?“
Sie hatte nicht ganz Unrecht, denn Alex hatte sie unbewusst mit sehnsuchtsvollen Augen angesehen.
„Na? Habe ich recht, Alex?“, hänselte Judy.
„Ich weiß gar nicht, was du meinst? Ich sehe vor mir einen lieben Engel, den ich sehr mag und im Tiefsten meines Herzens begehre.“
„Ich auch“, gestand Judy. „Ich möchte diesem Engel mit den süßen Grübchen so gern nahe sein.“
Ihre Augen begegneten sich nun schweigend. Beide verstanden diese zärtlichen Blicke. Alex legte automatisch ihre Hand über den Tisch, um Judys zu ergreifen und zu streicheln. Dann unterbrach sie die Stille.
„Ich weiß ja nicht, wie viel Zeit dir noch verbleibt, aber ich möchte dich so gerne küssen.“
„Ich dich auch“, erwiderte Judy, was sehr verträumt klang. Sie formte ihren Mund zu einem angedeuteten Kuss, den sie symbolisch zu Alex sendete.
„Kennst du hier in der Gegend ein ruhiges Plätzchen, wo wir ungestört sind?“, erkundigte sich Alex.
„Mir fällt nur der riesige Parkplatz vom Supermarkt ein.“ Judy schaute Alex in Sorge an, da sie nicht wusste, ob ihr solch ein Standort gefallen würde. Sie konnte nicht ahnen, dass Alex solche Situationen längst vertraut waren, denn sie hatte nichts einzuwenden. Dort angekommen parkten sie an einer abgelegenen Stelle ein. Es war ohnehin kaum Betrieb, denn nur wenige Autos standen auf dem Parkplatz. Alex schloss ihr Auto ab und stieg auf die Beifahrerseite von Judys Wagen ein. Dann fielen sie sich sofort in die Arme und dem folgten lang anhaltende Küsse. Alex, die ganz offensichtlich mehr Erfahrungen besaß, fing an, Judys Bluse aus der Jeans zu ziehen. Vorsichtig und sanft streichelte sie die weiche Haut. Das allein reichte schon aus, Judy zu erregen, denn Alex konnte einen leichten Seufzer vernehmen. Sich immer noch küssend, bewegten sich Alex´ Hände etwas tiefer, knöpften die Jeans auf und streichelten Judys Bauch. Trotz der für Judy ungewohnten Situation im Auto, ihr Körper zuckte zusammen, als Alex sich noch tiefer verirrte. Erst als Alex sich überzeugt hatte, dass keine ungebetenen Besucher sie belauschten, drang sie zärtlich in Judy ein. Ganz un-

bewusst krallten sich Judys Hände in ihrem Rücken fest und leises Stöhnen erklang im Auto.

35. Kapitel

Alex befand sich in der Küche, um den Abwasch zu erledigen. Eben noch hatte sie mit den Kindern zu Abend gegessen und extra etwas Besonderes gekocht. Ihr Tag selbst verlief bisher relativ ruhig ab. Nachdem sie ihre Vormittagsveranstaltungen durchgeführt hatte, kamen nur wenige Besucher während der Öffnungszeiten. Alex hatte die Zeit genutzt, um ihre große Abendveranstaltung für den nächsten Tag vorzubereiten. Am Nachmittag blieb sie zu Hause und verbrachte die Zeit in Gesellschaft ihrer Kinder. Bald würde Peter kommen, um diese abzuholen. Schließlich war es Freitag und die Kinder würden das Wochenende mit ihm verbringen. Sie hatte sich bereits an diesen Rhythmus gewöhnt. Aber dieses Wochenende war anders als sonst, denn diesmal würde sie nicht alleine und wegen Diana weinend in der Wohnung sitzen. Erstaunlicher Weise hatte sie heute kein Lebenszeichen von Diana vernommen. Diese ließ Alex unerwartet in Ruhe, was Alex zwar überraschte, aber nicht störte. Im Gegenteil, es war ihr sogar recht, denn sie fand dadurch ihre Ruhe wieder. Insgeheim hatte sie sich bereits einen Reim auf Dianas Stille gemacht. Einerseits stieß sie Diana gestern mit ihren Vermutungen unverhofft vor den Kopf, schließlich war Diana derart direktes von ihr nicht gewöhnt. Andererseits glaubte Alex zu wissen, dass das Wochenende von Diana nicht anders ablaufen würde als die Woche zuvor. Holger war sicherlich wie immer seit gestern Abend von seiner Auswärtstätigkeit zurückgekehrt. Garantiert spielte Diana ihm das Familienglück vor. Sie hatte somit keine Zeit und Gelegenheit anzurufen, um sich nicht bei ihm zu verraten, begründete Alex ihre Mutmaßung. Aber das war ihr nun total egal, sie ärgerte sich noch nicht einmal darüber. Es bestärkte sie nur darin, dass sie seit gestern Nachmittag auf dem richtigen Weg war. Seit sieben Tagen kannte sie Judy und vieles hatte sich bisher ereignet und verändert. Judy besaß nun ihre eigene Wohnung und hatte sich endgültig von ihrer Beziehung losgesagt. Alex zweifelte ihre Worte nicht an, obwohl sie immer noch nicht die Telefonnummer von Judy kannte. Sie schenkte

Judy uneingeschränkten Glauben, weil sie diese Beziehung mit ihr absolut wollte. Alex´ Herz hatte sich seit gestern von Diana getrennt, nur Diana wusste noch nichts davon.

36. Kapitel

Judy hatte ihren Spätdienst beendet und stand zusammen mit ihren Kolleginnen im Umkleidungsraum. Immer wieder war ein lautes Geschnatter zu hören, jedoch sie zog sich unbeteiligt um. Als alle gemeinsam das Eingangsportal der Klinik verließen, stand Alex wartend davor. Judy steuerte sofort auf sie zu und gab ihr einen Kuss auf die Wange. Ihre Arbeitskolleginnen waren ziemlich überrascht, jene unbekannte Frau zu sehen, die nun Judy abholte. Mit heimlichen Blicken beobachteten sie die Begrüßungszeremonie und dachten sich ihren Teil. Alex grüßte der Frauengruppe freundlich zu, was im gleichen Moment auch ein Verabschieden war. Die Frauen gingen weiter, jedoch zuvor wünschten sie einen schönen Abend und schmunzelten Judy auf kecke Art an. Judy verstand die Geste gleich.
„Ab morgen wird es auf der Station einen besonderen Gesprächsstoff geben, nämlich dich“, scherzte sie leise zu Alex und ergriff ihre Hand.
„Was fangen wir mit dem schönen Abend an?“, fragte Alex neugierig.
„Ich habe schon eine Idee. Eine Überraschung sozusagen.“
Alex schaute sie mit großen leuchtenden Augen an, aber Judy sprach gleich weiter.
„Ungefähr fünf Kilometer von hier entfernt ist ein kleiner idyllischer See, dahin möchte ich dich entführen.“
Es bedurfte keiner großen Überredungskünste, denn Alex war sofort einverstanden und nickte bejahend.
Zwanzig Minuten später gingen beide eng umschlungen in Richtung See. Unterwegs kamen ihnen Leute entgegen, die jedoch keine Notiz von dem Frauenpaar nahmen. Von Zeit zu Zeit blieben Alex und Judy stehen und schenkten sich Küsse, die nie enden wollte. Am See angekommen, setzten sie sich auf eine Parkbank, die unmittelbar am Ufer stand. Einige Badegäste planschten noch im Wasser. Man

konnte sie zwar nicht sehen, aber ihr fröhliches Treiben war weit zu hören.
Alex nahm Judys Hand und streichelte sie liebevoll.
„Es ist schön hier", sprach sie entzückt und lehnte ihren Kopf an Judys Schultern.
Gern hätte sie Judy erneut geküsst, aber Judy zeigte mit ihrem Zeigefinger in Richtung der Badegäste. „Hab einen kleinen Moment Geduld."
Eine Viertelstunde später waren sie allein am See. Mittlerweile war die Abenddämmerung in absolute Dunkelheit umgeschlagen. Nur das Zirpen der Grillen war noch zu hören. Jedoch in den weiteren Minuten wurde jenes Zirpen von dem Schnalzen der Küsse und den leisen Seufzern von Judy übertönt. Alex hatte sie schon längst verführt.

37. Kapitel

Alex wirbelte im Gewölbe der Schlossbrauerei, da sie die große Reisegesellschaft in wenigen Stunden erwartete. Fröhlich und gelassen tänzelte sie umher, denn für sie konnte die Zeit gar nicht schnell genug vergehen. Der Grund dafür war Judys Kommen, beide hatten sich hier im Gewölbe verabredet. Sie brauchte nur noch diese eine Veranstaltung beenden, dann würde sie Judy wieder sehen. Aber bis dahin waren es noch fünf Stunden. Dennoch, die Vorfreude auf Judy hielt sie froh gelaunt in Trapp.
Obwohl Alex bisher jeden Gedanken an Diana gut verdrängen konnte, dennoch kam sie ihr in den Sinn. Auch heute war es erstaunlich ruhig. Bisher hatte Diana nicht einmal ansatzweise versucht, sie anzurufen. Lediglich drei Kurzmitteilungen erreichten sie. Eine davon kam gestern spät in der Nacht, die anderen heute.
In der ersten SMS teilte Diana ihren Unmut und ihre Empörung mit, da Alex derart schlecht von ihr denken würde, obwohl sie sich nur für sie familiär freimachen würde.
Die zwei heutigen Kurzmitteilungen beschrieben, dass Diana wegen einem starken Migräneanfall den ganzen Tag schon im Bett läge, sie jedoch immer an Alex dächte. Der Grund dafür wäre ein Ehekrach,

den sie ihretwegen mit Holger hatte. Aber nichts in aller Welt würde sie davon abbringen, am Montag für fünf Tage zu ihr zu kommen.
Alex hatte bisher auf diese Mitteilungen nicht reagiert, noch sah sie es gelassen. Für sie waren diese SMS nur ein Vorwand, dass Diana wissentlich keine Zeit hatte. Sie glaubte weder an eine Migräne noch an einen Ehestreit. Mit Sicherheit tat Diana voll auf Familie und ihr ging es gut. Alex spürte es, dass sich Diana vollkommen sicher fühlte. Nie im Leben würde sie damit rechnen, dass Alex sie telefonisch belästigen könnte. Andererseits war sie sich sehr wohl im Klaren, dass sie Diana von der neuen Situation in Kenntnis setzen musste. Morgen, dachte sie für sich. Mit Absicht wollte sie den Zeitpunkt hinauszögern, denn zu genau wusste sie, dass Diana sie sonst unnötig bedrängen würde.
Alex´ Veranstaltung war fortgeschritten und ging dem Ende entgegen. Voller Elan und Leidenschaft sprach sie zu ihren Gästen und erzählte ihnen von den Vorzügen und Geschmacksnuancen ihrer Biersorten. Sie besaß eine tolle Art, ihre Verkostungen interessant zu gestalten. Wie so oft waren auch heute ihre Gäste feuchtfröhlich drauf und schnatterten erheitert miteinander. Ein gutes Zeichen, denn sicherlich würde sich das Biersortiment im Anschluss gut verkaufen lassen. Obwohl sich Alex freute, dass ihr auch diese Veranstaltung wieder gut gelungen war, überwog in diesem Moment die Vorfreude auf das Wiedersehen mit Judy.
Eine Weile später kam Judy durch die schmiedeeiserne Eingangstür. Alex sah sie sofort und automatisch spürte sie das Kribbeln im Bauch. Freudestrahlend lief sie ihr entgegen und umarmte sie.
„Schön, dass du da bist. Ich habe dich schon erwartet“, begrüßte sie Judy. „Die Veranstaltung ist auch gleich vorbei und dann können wir uns dem Wochenende widmen.“
Kurz darauf verabschiedete sie sich von ihren Gästen, die sich erheitert von ihren Plätzen erhoben und zum Ausgang gingen. Viele von ihnen blieben am Tresen stehen und kauften einige der köstlichen Biersorten. Sie hatte nun alle Hände voll zu tun, um den Verkauf zügig abzuwickeln. Als die letzten Gäste gegangen waren, verriegelte sie die Eingangstür und zählte ihre Tageseinnahmen. Judy half währenddessen, die Gläser von den Tischen zu räumen. Dann endlich verließen beide das Gewölbe der Schlossbrauerei.
Als sie ins Freie traten, fragte Judy ironisch.

„Was machen wir nun mit dem angefangenen Abend?“, dabei hob sie ihre Augenbrauen hoch und grinste Alex so eigenartig an.
Alex musste schmunzeln. Bisher hatte nur sie solche zweideutigen Fragen gestellt. Aus Judys Mund hörte es sich plötzlich ziemlich lustig an. Beide sahen sich in die Augen und verfielen nun in schallendes Gelächter.
„Du bist Klasse, Judy“, grunzte Alex immer noch vor Lachen, dann ging sie auf ihre Frage ein.
„Ich hätte Lust auf einen Spaziergang. Es war heute ein so schöner Sommertag. Bisher konnte ich ihn nicht genießen, da ich arbeiten musste. Frische Abendluft würde mir gut tun.“
Alex bemerkte nicht, dass Judy bereits genickt hatte, ohne dass überhaupt überzeugende Worte notwendig gewesen wären.
„Gegen einen romantischen Abendspaziergang habe ich in keiner Weise etwas einzuwenden.“
Ein glückliches Lächeln machte sich nun in Alex´ Gesicht breit. Judy entdeckte sofort die süßen Grübchen, die nun besonders intensiv zum Vorschein kamen. Nichts hielt sie nun davon ab, Alex fest in die Arme zu nehmen und ein langer Kuss folgte dieser Umarmung. Hand in Hand gingen sie sichtbar vergnügt durch die Straßen der Altstadt bis hin zum Hafen. Viele Urlauber waren gleichfalls auf den Straßen unterwegs, aber Alex und Judy nahmen nichts von ihrer Umgebung wahr. Zu sehr waren sie mit sich selbst beschäftigt. Alex berichtete von ihrem Arbeitstag und von einigen Episoden, die sie mit ihren Gästen erlebt hatte. Von Zeit zu Zeit blieben sie kurz stehen und umarmten sich. Dabei sahen sie sich tief in die Augen. Gern hätten sie sich geküsst, vermieden es aber auf den bewegten Straßen.
„Ich habe heute sturmfreie Bude! Wir können es uns gemütlich machen!“, scherzte Alex, als sie eine Stunde später ihre Wohnung betraten.
Sie nahm Judy an der Hand, die ihr bereitwillig ins Wohnzimmer folgte. Inzwischen kannte sie Alex ein wenig und ihr gefielen die kleinen zweideutigen Späße. Ein heftiger Kuss folgte und noch nach Atem suchend, fragte Alex: „Was kann ich dir zu trinken anbieten? Vielleicht ein Gläschen Bier?“
Judy nickte zustimmend, dabei setzte sie sich auf die Couch, um es sich gemütlich zu machen.

„Ich eile“, konnte sie nur noch vernehmen, als sie Alex bereits aus dem Wohnzimmer verschwinden sah. Kurz darauf kam Alex mit den Getränken und Knabbergebäck zurück. Sie stellte alles auf dem Clubtisch ab und zündete mehrere Kerzen im Raum an.
„Nun fehlt nur noch etwas Musik“, erklärte Judy scherzend.
Es war Gedankenübertragung, denn Alex hatte bereits die Fernbedienung von der Stereoanlage in der Hand, und als sie das Radioprogramm aktivierte, wurde gerade ein toller Lovesong gespielt.
„Wow!“, stieß Judy nun einen Seufzer aus. „Bei dir ist es aber ziemlich romantisch.“
Mehr konnte sie nicht mehr sagen, denn Alex hatte sich bereits neben ihr auf die Couch gesetzt und sie zu einem Kuss verführt, der sich als sehr intensiv und leidenschaftlich entpuppte. Dann prostete Alex ihr zu.
„Auf unsere erste Woche!“
Das Klirren der Gläser lag noch in der Luft, als Alex Judy liebevoll gestand.
„Jede Sekunde mit dir ist wunderschön!“
„Für mich auch“, versicherte Judy.
„Du weißt, ich möchte mit dir zusammen sein, süßes Engelchen“, bekräftigte Alex und ihre Stimme klang fest.
„Und Diana?“, fragte Judy fast zögerlich, denn sie wusste genau, dass diese in zwei Tagen kommen würde.
„Diana bedeutet mir gar nichts, glaube mir. Ich will dich Judy, und nicht zurück zu ihr.“ Gepeinigt von Schuldgefühlen blickte sie in Judys Augen. „Ich werde klare Fronten schaffen und eindeutig mit Diana reden.“
Judy unterbrach Alex´ Rede und legte einfach ihren Zeigefinger auf ihren Mund. Alex verstand die Geste und schwieg.
„Du hast es mir doch schon erklärt“, überbrückte Judy die Stille im Raum und sprach verständnisvoll weiter. „Ich verstehe das. Außerdem habe ich in meiner Beziehung auch noch einiges zu klären. Ich werde umziehen und muss in der nächsten Woche so etliches regeln. Ich habe somit voll mit mir selbst zu tun.“
Alex war sichtbar mit sich unzufrieden, trotzdem aber froh, dass Judy nun dieses Gesprächsthema abbrach. Im Grunde war es überhaupt nicht erklärbar, warum sie sich auf diesen Kuhhandel mit Diana eingelassen hatte. Natürlich musste es Judy stören, wenn sich

die Ex für fünf Tage zu Besuch aufdrängte. In Gedanken versunken, hörte sie ihre innere Stimme sprechen.
Wie dumm bist du eigentlich? Du hast deine Traumfrau gefunden und spielst mit dem Feuer. Warum hast du immer noch nicht den Besuch von Diana abgesagt?
Alex hörte sich in Gedanken antworten. Ja, du hast recht. Gleich morgen kläre ich alles.
Dann endlich nahm Alex ihre Umgebung wieder wahr. Sie spürte, wie sich Judys Körper immer enger an sie schmiegte. Sie verdrängte all ihr Unbehagen und kuschelte sich ebenfalls an. Beide küssten und streichelten sich zärtlich. Im Hintergrund spielte die Musik, die irgendwann in Alex eine Idee erweckte.
„Komm, lass uns tanzen!“
Judy nahm ein langsames romantisches Lied wahr, welches gerade im Radio erklang.
„Tolle Idee!“, flink stand sie auf und reichte Alex ihre Hände, um sie hochzuziehen.
Barfuß und zugleich eng umschlungen, tanzten beide im Wohnzimmer. Sie hatten Glück, denn ein Schmusetitel nach dem anderen folgte. Im Rhythmus der langsamen Musik liebkosten sie sich.
Irgendwann begannen Judys frechen Finger, an der Kleidung von Alex zu fummeln. Langsam knöpfte sie die Jeans auf. Minuten später fiel diese zu Boden und vorsichtig schlüpfte Alex mit ihren Beinen heraus. Die Schmusemusik und das heimliche Knistern im Raum inspirierten Alex, das Gleiche zu tun. Erotische Leidenschaft entfachte und im Rhythmus der Songs fiel ein Kleidungsstück nach dem anderen zu Boden. Nach einer Weile tanzten beide entblößt, jedoch eng umschlungen und tauschten sich liebevolle Küsse aus. Plötzlich war ein leises Stöhnen von Alex zu vernehmen, denn Judys Finger tänzelte um ihren Venushügel.
„Ich habe dich lieb“, hauchte Judy ihr ins Ohr und ihre Hände liebkosten sie weiter.
Sie spürte die feuchte Erregung von Alex und mit betörender Sicherheit streichelte sie weiter. Alex atmete heftig, ihre Hände verwühlten Judys Haare. „Du machst mich verrückt!“, flüsterte sie wie hypnotisiert.
Dann drang Judy zärtlich in sie ein. Alex wiederholte ihre Worte erneut.

„Du machst mich verrückt, Wahnsinn! Es ist so schön mit dir.“
Plötzlich ließ Judy von Alex ab, stellte sich umarmend hinter Alex und dicht an ihr Ohr gebeugt flüsterte sie.
„Ich möchte dich ins Schlafzimmer entführen.“
In tanzender Weise dirigierte sie Alex in das benachbarte Schlafzimmer. Dort angekommen, setzte eine leidenschaftliche Liebesnacht ein.
Als am nächsten Morgen der Wecker klingelte, lagen beide immer noch eng umschlungen beieinander. Es schien, als ob sie sich in der Nacht nicht bewegt hätten. Sanft streichelte Alex Judys Haut.
„Engelchen, wir müssen aufstehen“, hörte Judy noch halb im Schlaf Alex sprechen.
Eine halbe Stunde später saßen sie bereits vor einem frisch aufgebrühten Kaffee.
„Tut mir Leid, wenn für dich die Nacht so kurz war“, sprach Alex zu Judy, die schlaftrunken vor ihrem Kaffee saß, jedoch liebevoll schmunzelte.
„Ich habe heute keinen Dienst. Da wird es schon gehen.“
Jetzt erst wurde Alex bewusst, dass sie sich noch gar nicht neu verabredet hatten und hastig fragte sie. „Sag mal, sehen wir uns heute noch?“
Gebannt sah sie Judy an, die gerade vom Kaffee trank, dann sprach sie hastig weiter. „Am Nachmittag sind meine zwei Veranstaltungen zu Ende.“
Judy setzte ihre Tasse mit einer kleinen Verzögerung ab. „Heute Nachmittag wird es nicht möglich sein.“ Ehrlich gestand sie ein, dass sie die Besuchserlaubnis in der Klinik wahrnehmen wollte. „Ich habe es Rita versprochen, dass ich heute vorbeikommen werde. Tut mir leid.“
Alex hörte ihr angespannt zu. Sie ahnte, dass Judy ohnehin gleich weitersprechen würde, was auch geschah.
„Aber am Abend besuche ich dich, wenn du es möchtest.“
Alex´ Freude war groß und instinktiv brach es aus ihr heraus.
„Natürlich möchte ich mich mit dir treffen.“
Als eine Weile später Alex zu ihrer Arbeit aufbrach, nahmen beide mit einem langen, liebevollen Kuss Abschied.
„Bis heute Abend, Engelchen!“, rief Alex ihr nach und konnte nicht ahnen, dass sich das nicht bewahrheiten würde.

38. Kapitel

Alex hatte ihre erste Veranstaltung bereits durchgeführt, nun war sie mitten in den Vorbereitungen für die Nächste, als Silvi pünktlich erschien. Wie schon so oft sollte sie aushelfen, denn eine Reisegruppenstärke von mehr als vierzig Personen konnte Alex nicht allein bewältigen. Silvi begrüßte sie und begann zu hänseln.
„Na? Du hast aber dicke schwarze Augenränder. Hast wohl in der Nacht einen drauf gemacht?“
Silvi grinste amüsiert, als Alex sie erstaunt ansah.
„Hmm“, räusperte sie sich, was Silvi als Ja verstand, als gleich Alex augenzwinkernd ergänzte. „Na klar, was denkst du denn?“
Nun kicherte Alex laut und Silvi bemerkte sofort, dass Alex bei guter Laune war.
„Immer noch so verliebt wie vor einer Woche?“, stichelte Silvi lustig weiter.
„Ich bin über beide Ohren verliebt“, gestand Alex. „Judy tut mir so gut. Mit ihr zusammen ist alles anders, so wie ich es mir immer erträumt habe.“
„Und Diana?“, erkundigte sich Silvi. „Lässt sie dich in Ruhe?“
Alex´ Gesicht wurde finster und mit Zögern gestand sie.
„Nein. Diana hat mich unentwegt bedrängt und angerufen. Sie telefonierte mir regelrecht hinterher.“ Mit einem Anflug von Ironie fügte sie hinzu. „Plötzlich hat Diana viel Zeit und Leidenschaft, sich um mich zu bemühen.“
Silvi blieb stumm, was Alex zum Anlass nahm, weiterzureden.
„Sie weiß, dass ich eine andere Frau kennengelernt habe und dennoch lässt sie mich nicht in Ruhe. Immer wieder flehte sie mich an, nicht unsere zweieinhalbjährige Beziehung aufzugeben.“
„Du wirst doch nicht nachgeben?“, stieß Silvi mit eisiger Stimme heftig hervor, obwohl ihr klar war, dass das allein Alex´ Entscheidung war.
„Nein, um Gottes willen!“, antwortete Alex sofort. „Aber wenn sie aufhören würde, mich zu bedrängen, wäre alles viel einfacher. Sie weigert sich, die neue Situation zu akzeptieren.“
Alex machte eine kleine Pause und nur zögerlich fuhr sie fort.

„Du weißt schon, ich lasse mich viel zu schnell zu irgendwelchen Sachen überreden, wenn man es geschickt anstellt. Mein Problem ist, dass ich einfach nicht Nein sagen kann."
„Es ist doch etwas passiert?", fragte Silvi ungeduldig. Sie hörte sofort heraus, dass Alex eine konkrete Angelegenheit meinte. Nun brachen die Worte aus Alex ungebremst heraus.
„Ich könnte mir in den Hintern beißen! Kaum, dass ich eine neue Beziehung angefangen habe, da unterlaufen mir Fehler." Sie machte eine kleine Pause und hob nun bedeutungsvoll die Stimme. „Fakt ist, Diana will morgen kommen."
„Sag ihr sofort ab!", sagte Silvi kurzerhand. „Wer zwingt dich, etwas zu tun, was du nicht willst?"
„Ich habe schon am Wochenanfang versucht, alles abzublocken, mehrfach sogar. Ihr Kommen hatten wir einst vor einem Monat geplant. Sie bestand immer noch darauf und erklärte, dass sie alles familiär geregelt hätte, vor allem die Versorgung ihres Sohnes bei ihren Eltern. Sie flehte mich an, dass es nun zu spät sei."
„Na und?", Silvi starrte sie verständnislos an.
„Außerdem sprach sie davon, dass sie mir beweisen wolle, wie sehr sie sich geändert hätte und dass alles anders werden würde. Eine eigene Wohnung hätte sie nun auch, um sich für mich freizumachen."
„Hey, Alex, du glaubst ihr doch nicht!", entgegnete Silvi schroff.
Alex musste nicht lange überlegen und gestand sofort.
„Nein. Seit zwei Tagen bin ich mir sogar ziemlich sicher, dass vieles von dem, was sie mir erzählte, Lügenmärchen sind, nur um mich zu halten. Ich will gar nicht mehr wissen, ob sie sich jemals ändern könnte. Ich habe jeden Glauben verloren, dass es mit ihr irgendeine harmonische und ehrliche Zukunft geben könnte."
„Das wirst du ihr doch hoffentlich gesagt haben?"
„Eigentlich oft, mal versteckt in Worten, mal sehr direkt. Aber sie ließ sich nicht beirren und redete mir Schuldgefühle ein. Vor allem betonte sie, dass sie kommen wird, so oder so. Mir selbst ist es unbegreiflich, aber in der Endkonsequenz habe ich mich übertölpeln lassen und kein klares nein bezüglich ihres Besuches ausgesprochen."
„Das kann man nachholen", konterte Silvi.

„Ja. Gleich nachher werde ich diesen Besuch endgültig absagen, denn seit zwei Tagen bin ich mir absolut sicher, für wen mein Herz schlägt."
Silvi zog die Augenbrauen hoch und sah Alex verständnislos an.
„Also, wenn du mich fragen würdest, dann kann ich dir nur einen guten Ratschlag geben. Mach endlich was! An Judys Stelle wäre ich mit dieser, anscheinend noch ungeklärten Situation total unzufrieden und skeptisch obendrein. Würde nur einmal Diana hier auftauchen, ich würde dir nie mehr glauben!"
Silvi drehte sich um und winkte mit der Hand. Alex verstand die Geste und ihr war klar, dass das Gespräch beendet war. Ohnehin mussten sie sich beeilen, denn die nächste Reisegruppe war bald zu erwarten.
Die nächsten zwei Stunden liefen reibungslos ab. Die Gäste verließen wie gewohnt feuchtfröhlich das Gewölbe, auch der Verkauf war unerwartet hoch und Alex sichtbar zufrieden. Erst als Silvi sich verabschiedete, gingen ihr wieder Silvis harte Worte durch den Kopf. Wie recht sie doch hatte. Alex´ Gedanken waren nur noch auf das Absagen des geplanten Besuches ausgerichtet. Es zwingt mich wirklich keiner, Dinge zu tun, die ich nicht will. Eines weiß ich genau, dieser Besuch gehört dazu!
In den nächsten fünf Minuten überlegte Alex, wie sie es am Besten anstellen könnte, um Diana abzusagen. Einerseits hätte sie einfach nur zum Hörer greifen brauchen, um Diana in ihrer Wohnung anzurufen, ganz egal, ob ihr Holger versehentlich an den Apparat gehen würde. Alex lehnte diese Idee sofort ab, denn bisher hatte sie sich stets daran gehalten, dort nicht unangemeldet anzurufen. Dieses Versprechen wollte sie auch jetzt nicht brechen.
Sie wählte eine andere Variante, griff zu ihrem Handy und fing an, eine SMS zu schreiben. Alex hatte keine Zweifel, ihre Kurzmitteilung würde Diana auf jeden Fall rechtzeitig erreichen. Sie rechnete sogar mit einer relativ schnellen Resonanz, vielleicht sogar in der nächsten Stunde. Mit Sicherheit würde Diana reagieren und einen Zeitpunkt finden, sie telefonisch unter Druck zu setzen. Alex konzentrierte sich und tippte mit den Fingern flink über die Tastatur. Als sie die Schlossbrauerei verließ, startete sie den Sendevorgang und überzeugte sich, ob die Information - Kurzmitteilung versendet - im Display erschien.

„Geschafft! Mal sehen, was nun passiert?“, stieß sie dann mit einem Seufzer der Erleichterung aus.

39. Kapitel

Seit zwei Stunden befand sich Judy in ihrer Wohnung. Sie war total übermüdet, was ihr schon bei der Autofahrt große Schwierigkeiten bereitete. Obwohl sie sich lange mit kaltem Wasser geduscht hatte, diese anhaltende Müdigkeit wollte nicht vergehen. In ihren Erinnerungen war sie bei Alex und der heißen Nacht. Sie spürte ihre Schmetterlinge im Bauch und freute sich auf das abendliche Treffen. Gedankenversunken übermannte sie erneut die Schlaftrunkenheit und ihr Kopf kippte plötzlich leicht nach vorne weg. Sekundenschlaf hatte sie überrascht, aber an Ausschlafen war gar nicht zu denken. Sie beschloss, sich nochmals zu duschen, aber diesmal besonders kalt.

Eine halbe Stunde später saß sie in ihrem Auto und fuhr in Richtung Klinik, zu Rita. Je näher sie der Klinik kam, umso mehr Unbehagen breitete sich in ihrer Magengegend aus. Rita hatte ihr eine SMS geschrieben, die sie bereits gestern erhielt. Nach dem Disput vom Mittwoch hatte sie es wahr gemacht und nicht nur eine offizielle Besuchserlaubnis, sondern gleich einen Tag Ausgang bei den Ärzten erzwungen.

Sie muss überzeugend gewesen sein, sicherlich hat sie mit dem Abbruch der Entziehungskur gedroht, schätzte Judy nüchtern ein.

Pünktlich fuhr sie vor die Klinik vor und parkte. Die Suche nach dem Zimmer war nun kinderleicht, denn den Weg kannte sie bereits. Während des Gehens kamen augenblicklich die Erinnerungen vom letzten Mal hoch.

Ich will mich nicht streiten, redete sie sich immer wieder ein und hoffte, dass es kein Tränenmeer gäbe.

Sie klopfte an der Tür, Rita öffnete, jedoch in ihrem Gesicht war keine Spur von Traurigkeit zu sehen. Im Gegenteil, sie lächelte Judy an, so als ob nichts gewesen wäre. Judy war es recht, sie wollte den Nachmittag so harmonisch wie möglich verbringen.

Die Autofahrt verlief ruhig, eher schweigsam saßen sie im Auto. Judy traute sich nicht das Thema Klinik anzusprechen, aber als Rita

urplötzlich nach belanglosen Sachen von Judys Arbeit fragte, berichtete sie freiwillig und ziemlich ausführlich von den letzten Tagen in der Reha-Klinik. Das überbrückte gut die Zeit. Als sie ihr gemeinsames Haus betraten, beschlich beide die Vorahnung, dass nun gleich die Rede auf ihre gemeinsame Beziehung kommen würde. Um etwas Zeit zu gewinnen, lief Judy schnell in die Küche und brühte zwei Tassen Kaffee auf. Rita hingegen sah sich im Haus um, nahm dann im Sessel Platz und wartete auf Judys Rückkehr.
„Du hast mit dem Umbau noch nicht begonnen", stellte sie fest, als Judy das Wohnzimmer betrat.
Unwirsch über diese Äußerung erwiderte Judy gereizt: „Warum sollte ich etwas in deiner Abwesenheit umbauen?"
Nun erst wurde Rita bewusst, dass sie mit einer unglücklichen Bemerkung begonnen hatte. Aufgeregt stammelte sie.
„Nun ja? Bevor ich in die Klinik ging, hatten wir es doch beschlossen."
Judy zögerte, als ob sie ihre Worte abwäge. Ihre innere Stimme erinnerte sie, dass sie sich nicht streiten wollte, dennoch protestierte sie laut.
„Verzeih, dass ich dir widerspreche. Aber für meine Begriffe hast du den Umbau entschieden." Judy schnappte nach Luft.
„Wahrscheinlich, damit ich während deiner Abwesenheit in meiner Freizeit so richtig beschäftigt bin." Diesen Nachsatz konnte sie sich nicht verkneifen.
Rita flippte aus und reagierte sarkastisch.
„Ich weiß schon, du warst anderwärtig beschäftigt."
Judy ließ sich durch Ritas Worte nicht aus der Ruhe bringen.
„Lass uns bitte nicht streiten!", besänftigte sie und sprach nun das Thema direkt an. „Hör zu, Rita, ich habe mir eine eigene Wohnung gesucht. Ich werde mit Jacki ausziehen."
„Warum nur?", unterbrach sie Rita bissig. „Das alles nur für diese andere Frau?"
Judy wählte ihre Worte sehr genau.
„Du irrst dich, ich mache es für Jacki und für mich."
Rita schien die Antwort überhört zu haben und wiederholte ihre Frage erneut.
„Warum nur, Judy?"

„Das habe ich dir schon am Mittwoch erklärt. Muss ich es wirklich noch einmal wiederholen?", sprach Judy nun leicht aufgeregt.
„Ja", erwiderte Rita sehr direkt.
„Es tut mir wirklich leid, dass die ganze Sache unter diesen Umständen passiert." Judy stockte. „Ich meine, dass du dich in diesem Moment in der Klinik befindest. Das ist eine schwierige Situation sowohl für dich als auch für mich."
„Ja sicher, sehr rücksichtsvoll von dir", entgegnete Rita.
Judy war am Überlegen, ob diese Antwort zweideutig gemeint war. Sie ärgerte sich schon ein wenig, beschloss aber, einfach weiterzureden.
„In unseren gemeinsamen Jahren haben wir viele schöne Dinge erlebt, zusammen die Kinder groß gezogen. Wir haben uns dieses Haus ausgebaut und schön eingerichtet. Was ich zunehmend als negativ empfunden habe, ist die Tatsache, dass vieles auf meinen Schultern ausgetragen wurde. Mit meinem verdienten Geld wurde das meiste davon ermöglicht."
Rita unterbrach sie einfach und wehleidig schaute sie Judy mit großen Augen an.
„Aber ich kann doch nichts dafür, dass ich ewig arbeitslos bin. Meine Arbeitslosenhilfe war halt nicht hoch."
„Sei mir nicht böse, aber deine Bemühungen, dir Arbeit zu suchen, mit Verlaub, die waren für meine Verhältnisse gleich Null." Judy sah Rita verständnislos an und meinte. „Für mich hast du den Eindruck erweckt, als ob du keine Lust auf Arbeit hast. Selbst deine Umschulung hast du kurz vor dem Abschluss geschmissen."
„Aber du weißt doch, dass ich mir kurz vor dem Examen die Hand so schlimm gebrochen hatte. Sie tut mir heute noch weh", log Rita nun. „Die Tätigkeit eines Physiotherapeuten hätte ich niemals mit dieser Hand ausüben können."
„Rita, das ist eine Ausrede. Das Examen hättest du nachholen können. Du hast noch nicht mal ausprobiert, ob du Massagen mit deiner Hand durchführen kannst. Das ist eine Ausrede pur, nur um nicht arbeiten zu müssen."
„Nun hack doch nicht so auf mir rum!" Rita war angespannt und ihr Tonfall klang dumpf. Sie rückte näher an Judy heran, als ob das dem Gespräch einen besseren Verlauf geben könnte. „Bevor ich in die

Klinik ging, waren wir uns doch einig, dass ich mir danach Arbeit suchen werde."
Judy fiel Rita schneidend ins Wort.
„Nein, das stimmt nicht ganz. Dein Vorschlag war, erst einmal richtig Urlaub zusammen machen und dann Arbeit suchen."
„Wenn es wegen der Arbeit und dem wenigen Geld ist, ich verspreche dir, dass ich mich sofort um neue Arbeit bemühen werde. Die Klinik hat mir angeboten, mich dabei zu unterstützen. Also, alles wird gut und anders werden."
„Nein, da hat sich noch vieles mehr angestaut", erwiderte Judy unbeeindruckt. „Du hast getrunken."
Judy wollte weiterreden, aber Rita unterbrach sie prompt.
„Dafür mache ich jetzt die Entziehungskur. Auch wenn es auf dein Drängen hin geschah, ich bin jetzt festen Willens, nie mehr Alkohol anzurühren, glaube mir."
In Judy kam der Verdacht auf, dass sich Rita auf dieses Gespräch gut vorbereitet hatte. Sicherlich wurde sie von dem Psychiater beraten, damit sie neuen Lebensmut schöpft.
Trotzdem war sie verärgert, dass Rita sie einfach mitten im Satz unterbrach.
„Lass mich bitte ausreden. Ich sagte, dass sich viel angestaut hat, daher in Kurzform. Für mich bist du egoistisch und derart besitzergreifend. Wir gehen nicht aus und unternehmen kaum etwas. Freunde sind für dich ein Fremdwort. Vor allem habe ich das Gefühl gehabt, dass du mich kontrollierst und krankhaft eifersüchtig bist."
Judy hielt inne und holte tief Luft.
Rita kam Judy ganz nahe und umfasste ihre Hand.
„Du hast sicherlich recht. Aber kannst du dir nicht vorstellen, dass ich mich total ändern könnte? Die Therapie bekommt mir so gut. Alle meine Ängste sind wie weggeflogen. Ich fühle mich nicht nur anders, ich bin anders geworden."
Judy zögerte mit ihrer Antwort und wählte ihre Worte vorsichtig.
„Tut mir leid. Nein, das kann ich nicht. Innerhalb von zwei Wochen verändert man sich nicht. Ich will es auch nicht darauf ankommen lassen, ob du es in einem halben Jahr schaffen könntest. Mein Entschluss steht fest. Ich ziehe mit Jacki aus."
Rita drehte plötzlich den Spieß um und erwiderte.

„Das sind jetzt Ausreden deinerseits, nur Ausflüchte, weil du so rücksichtslos unsere langjährige Beziehung aufs Spiel setzt.“
Judy konnte nicht glauben, was sie eben gehört hatte.
„Was bitte?“
„Reine Ausflüchte, Entschuldigungen, Schuldgefühle, da du mich in dieser Situation hängen lässt“, keifte Rita stark erregt. „Alles nur wegen dieser neuen Frau?“
Judy schwieg. Sie blickte Rita finster und streitlustig an. Aber das konnte Rita nicht irritieren, unbeeindruckt sprach sie weiter.
„Ich verstehe dich zu gut, wenn du sagst, dass es mit mir in der Vergangenheit nicht so berauschend war. Du hast nun diese andere Frau kennengelernt. Ein Seitensprung, na und? Ich verzeihe dir. Es wird meine Liebe zu dir nicht schmälern.“
Judy sammelte sich, schwieg aber immer noch, was Rita als positives Signal deutete. Aber sie irrte sich, denn Judy sprach mit energischem Ton.
„Nein, Rita, ich will nicht mehr. Ich habe jahrelang auf dich Rücksicht nehmen müssen. Nun bin ich egoistisch und will mein eigenes Leben. Ich werde ausziehen. Du wirst mich nicht umstimmen.“
Jetzt nun verlor Rita total die Fassung und bekam einen Heulkrampf. Sie warf sich Judy um den Hals und flehte.
„Judy, gib uns noch eine neue Chance. Ich liebe dich doch. Bitte überlege es dir noch einmal. Das kann doch nicht das Ende unserer Beziehung sein? Es war doch trotz alledem schön mit uns.“
Judy schüttelte nur den Kopf als Zeichen eines Neins. Aber Rita hörte nicht auf, zu drängen.
„Bitte nicht, ich flehe dich an.“
Inzwischen kämpfte Judy bereits mit sich, denn es tat ihr weh, Ritas Schmerz zu sehen. Aber sie wollte und konnte nicht nachgeben.
„Nein, Rita, versteh doch, mein Entschluss steht fest. So schlimm es auch für dich klingen mag, ich ziehe aus.“
Rita wirkte nun wie ein Häufchen Unglück.
„Bitte, beruhige dich“, versuchte Judy sie zu trösten. „Wir bleiben Freundinnen und ich helfe dir, soweit ich kann.“
„Ich will aber nicht nur mit dir befreundet sein. Ich will, dass es mit unserer Beziehung besser wird als je zuvor. Ich habe mich doch geändert“, protestierte Rita trotzig.

„Es wird nie mehr wie früher sein, versteh es doch bitte endlich.“ Judy war schon leicht genervt, da Rita wieder von vorn anfing.
Das schien Rita zu bemerken, denn sie sagte nichts mehr und schluchzte unter bitteren Tränen vor sich hin. Innerlich jedoch schöpfte sie Kraft und nutzte die Ruhe, um nachzudenken. Dann unterbrach sie die Stille.
„Dann erfülle mir bitte einen letzten Wunsch.“
„Welchen?“, fragte Judy und ihre Stimme schien nachgiebiger.
„Schlaf noch einmal mit mir“, erwiderte Rita prompt.
Judy glaubte, sich verhört zu haben.
„Warum? Was sollte das bringen?“, erklang Judys überraschte Stimme.
„Ganz einfach, ich möchte dich ein letztes Mal lieben, deine Nähe spüren, so wie früher.“
Judy wusste sich keinen Rat. Sie schaute Rita schweigend an, als diese plötzlich ihre Arme um Judys Hals warf und ihr einen Kuss auf den Mund gab.
„Bitte, Judy, das kannst du mir nicht abschlagen.“ Mit flehendem Blick küsste sie erneut Judys Mund und Judy ließ es gewähren.
Nun spürte Rita ihre Chance, sie küsste leidenschaftlich weiter und durchstreifte Judys Haare. Genau wusste sie, dass das Judy immer erregt hatte. Jedoch Judy spürte nichts, zu groß war der Konflikt zwischen dem, was sie wollte und dem, was sie nun tat. Ehe sie weiter nachdenken konnte, forderte Rita sie auf, ihr ins Schlafzimmer zu folgen. Rita umfasste ihre Hände, um sie vom Sessel hochzuziehen. Judy war in ihren Gedanken fassungslos. Sie erhob sich automatisch und konnte sich nicht dagegen wehren. Wie unter Schock folgte sie Rita. Dort angekommen, zog Rita sie auf das Bett, küsste und streichelte sie. Nun endlich war ein wenig Gegenwehr von Judy zu spüren. Sie trennte sich von Ritas Lippen und sprach.
„Du weißt, nur ein letztes Mal.“ Wobei sie sich beim Klang ihrer eigenen Worte heftig erschrak. All das kam ihr so bekannt vor, denn ähnlich Worte hatte sie vor Tagen auch zu Alex gesagt. Sie erinnerte sich - nur für eine Nacht - so waren einst ihre Worte.
Judy schloss ihre Augen und ihre Gedanken schweiften in jene, mit Alex verbrachte Nacht.
Sie bemerkte dabei gar nicht, dass sie den Kuss von Rita leidenschaftlicher erwiderte. Rita spürte das sofort und freute sich. Sie

dachte, es sei ihretwegen. Schnell setzte sie ihr Bestreben fort, Judy für sich zu gewinnen. Mit ihren Händen glitt sie unter das T-Shirt und streichelte sanft Judys Haut. Als sie den Hosenbund öffnete, wurde Judy bewusst, dass Rita neben ihr lag, bemüht, sie ein letztes Mal zu verführen. Aber Judy verspürte wenig Erregung. Ihr einziger Gedanke war, das so schnell wie möglich über sich ergehen zu lassen. Daher unterbrach sie Ritas und bot an, sich selbst auszuziehen. Rita hingegen war hoch erfreut und zog sich selbst flink aus. Was dann folgte, war eine einseitige Verführung, wobei sich Rita viel Mühe gab. Judy ließ es geschehen und lag inaktiv im Bett.
Rita könnte anstellen, was sie wollte, ihre Liebeszuwendungen könnten nie so schön sein, wie die von Alex, waren ihre einzigen Gedanken.
Eine halbe Stunde später duschte sich Judy. Ihre Schmetterlinge im Bauch, die sich für Alex tummelten, konnten ihr Unbehagen im Magen nicht verdrängen, denn eben hatte sie mit Rita geschlafen. Im Nachhinein war ihr klar, dass sie einen äußerst schlechten Tausch gemacht hatte, nur um ihre endgültige Ruhe vor Rita zu haben. Noch einmal würde ihr das nicht passieren. Judy ließ sich ausgesprochen viel Zeit im Bad, Zeit, die sie für sich allein haben wollte. Sie wusste, dass sie noch einige Stunden mit Rita verbringen müsste, ehe diese zurück in ihre Klinik ging. Als Judy das Wohnzimmer betrat, hatte Rita bereits zwei Kaffee vorbereitet und erwartete sie mit einem riesigen Lächeln.
„Du siehst wunderschön aus. Komm, setzt dich zu mir."
Judy nahm Platz und trank von dem Kaffee. Sie hoffte auf die Wirkung des Koffeins, da sie immer noch so müde war. Dann fragte sie ganz unverbindlich.
„Wie hast du dir den Rest des Nachmittags vorgestellt?"
Rita schien nicht hingehört zu haben und sprach verträumt.
„Das eben, es war so schön. Können wir das nicht wiederholen?"
„Wir waren uns vorhin einig, dass es das letzte Mal war", sagte Judy bestürzt.
„Verstehe mich nicht falsch", erklärte Rita verständnisvoll. „Ich akzeptiere, dass du ausziehen willst. In Ordnung, Judy, mach es! Mich stört es auch nicht, wenn du nun mit dieser Frau zusammen bist. Aber könnten wir uns dennoch gelegentlich treffen?"
Judy kam aus dem Staunen nicht mehr heraus.

„Warum sollten wir uns treffen?", wollte sie wissen.
„Um uns körperlich nahe zu sein", entgegnete Rita nüchtern. „Ich könnte damit leben."
„Aber ich nicht", erwiderte Judy sehr empört.
„Wieso nicht?" Rita hörte nicht auf zu fragen.
„Ganz einfach, weil ich nicht zweigleisig fahre!" Judys Empörung schlug nun in Verärgerung über. „Hör zu, Rita, wenn du normale Hilfe brauchst, bin ich für dich da, aber nur bei wichtigen Dingen."
Rita gab aber nicht auf, mehr keifend rief sie durch den Raum.
„Du wirst schon sehen, auch bei deiner neuen Bekannten setzt bald Alltag ein. Ich kann mir nicht vorstellen, dass sie total anders sein soll. Ich kenne all diese lesbischen Frauen zur Genüge. Sie sind gut im Bett, aber für eine Beziehung taugen sie nichts."
Diese Aussage bezog Rita aus ihrem Erfahrungsschatz, den sie aus ihren vorherigen Beziehungen gesammelt hatte. Das war auch einer der Gründe, warum sich Rita so krankhaft eifersüchtig verhielt. Judy erhob ihren Kopf und sprach immer noch leicht verärgert.
„Ich möchte selbst diese Erfahrungen sammeln, wenn dem so ist."
„Judy glaube mir, es wird so kommen. Ich war für dich die erste Frau. Du kennst die anderen Frauen nicht. Ich bin so wie du. Ich lege viel Wert auf eine dauerhafte Beziehung. Aber die anderen sind absolut flatterhaft, so wie Bäumchen wechsle dich, was wir früher als Kinder spielten. Sie benutzen dich, zerstören Beziehungen und lassen dich dennoch fallen. Das willst du doch gar nicht! Diesen Frauen stört es noch nicht einmal, wenn sie mit einer anderen ins Bett steigen. Warum sollten wir uns also nicht gelegentlich weiter körperlich nahe sein?" Rita senkte ihre Stimme, holte Luft und setzte fort.
„Schließlich haben wir uns geliebt und lieben uns immer noch. Das kann man doch nicht von einem zum anderen Tag ändern."
Judy hörte sich Ritas Wortschwall geduldig an, dann erwiderte sie energisch.
„Du wirst mich nicht umstimmen können. Wir werden uns weder gelegentlich treffen noch werde ich mit dir schlafen. Es war das letzte Mal!"
„Judy", sprach Rita nun mit weinerlichem Ton, „ich werde auf dich warten. Irgendwann wirst du sehen, dass ich recht habe. Auch wenn du dich jetzt gegen mich entscheidest, ich bin für dich da und weiß, dass du zu mir zurückkehren wirst."

Judy zögerte und gab darauf keine Antwort.
„Wenn es so weit sein sollte, wirst du doch darüber nachdenken, oder?“ Ritas Gesicht hatte einen flehenden Ausdruck. Judy nickte Rita zuliebe mit dem Kopf.
Für Judy war damit die Diskussion beendet, denn nun wollte sie wichtige Fragen ihrer Trennung im Detail klären. Rita trafen jene Worte völlig unvorbereitet. Sie hatte gehofft, Judy für sich gewinnen zu können und bisher darüber nicht nachgedacht. Judy schlug einen gemeinsamen Spaziergang im Freien vor, um in Ruhe und in allen Einzelheiten abzustimmen. Als sie vom Spazierengehen zurückkamen, waren die wichtigsten Dinge besprochen.
Am Abend fuhr Judy Rita wieder zur Klinik zurück. Jedoch die Autofahrt bereitete ihr arge Probleme, zu groß war ihre Müdigkeit. Sie konnte sich kaum konzentrieren und vor ihren Augen erschien alles total verschwommen. Nur mit Mühe erreichte sie die Klinik. Eigentlich wollte sie gleich weiter zu Alex, aber sie kam nicht weit. Immer wieder fielen ihr die Augen zu, zu gefährlich war es, weiterzufahren. Daher entschloss sie sich, auf dem leeren Parkplatz eines Supermarktes zu parken. Sie stellte ihren Sitz tiefer, riegelte das Auto von innen ab und versuchte zu schlafen.
Die nächste halbe Stunde döste sie vor sich hin, aber trotz ihrer enormen Müdigkeit, gelang es Judy nicht, Ruhe zu finden. Ihre Gedanken waren bei Alex, die sicherlich schon auf ihre Ankunft wartete. Irgendwann schlief sie ein. Als sie erwachte, stellte sie erschrocken fest, dass es bereits halb zehn war. Immer noch fühlte sie sich unausgeruht und brach deshalb die Weiterfahrt zu Alex ab. Bei sich zu Hause angekommen, ging sie sofort in ihr Schlafzimmer. Erst als sie im Bett lag, fiel ihr Alex wieder ein, die vielleicht immer noch mit ihrem Kommen rechnete. Judy griff zu ihrem Handy und schrieb eine SMS, die sie sogleich auch versendete. Dann stellte sie ihr Handy ab und wollte nur noch schlafen.

40. Kapitel

Als Alex am nächsten Morgen erwachte, setzten sofort ihre Ängste und Vorahnungen ein. Nach wie vor ging ihr Judys SMS durch den Kopf, die sie schon unendliche Male gelesen hatte. Dennoch griff sie

erneut zu ihrem Handy und klickte sich durch das Menü, um diese aufzurufen, die sie immer noch nicht richtig deuten konnte.
<< Ich konnte nicht mehr kommen, tut mir Leid, ich war zu müde, wünsche dir nun viel Spaß mit Diana, liebe Grüße Judy >>
Je öfter sie diese Mitteilung las, desto mehr bewertete sie jene als einen Abschied. Alex bemerkte, wie ihr bei diesem Gedanken immer heißer wurde, sie begann, vor Angst zu schwitzen.
Warum zum Teufel habe ich den Besuch von Diana nicht gleich und viel entschiedener abgeblockt? Viel zu lange war ich schwankend und unentschieden. Diana jedenfalls lässt sich nicht beirren. Trotz meiner Absage kommt sie und wird mich nun ein letztes Mal bedrängen. Was mag Judy nur von dieser Situation halten? Keine Frage, aus ihrer Sicht sieht es aus, als ob ich zweigleisig fahre.
Ihre Gedanken schweiften ab und unwillkürlich musste sie sich an das gestrige Telefonat mit Diana erinnern. Es hatte keine zwei Stunden gedauert, als Diana auch schon auf ihre Kurzmitteilung reagierte. Alex erklärte ihr, dass sich ein Besuch erübrigen würde, da sie sich nun definitiv für das Ende ihrer gemeinsamen Beziehung entschieden hätte. Aber Diana bestand auf ihr Kommen und meinte empört.
„Du willst mir doch nicht am Telefon eine Abfuhr erteilen? Bitte, sei höflich genug und sage es mir persönlich. Ich will eine letzte Aussprache und ich werde zu dir fahren."
Diana saß garantiert schon in ihrem Auto, da sie meinte, dass mit ihrer Ankunft vormittags zu rechnen wäre. Alex schaute auf ihre Uhr, noch war es früh am Morgen, trotzdem musste sie sich beeilen, wenn sie vor Dianas Ankunft zu Judy fahren wollte. Zehn Minuten später schloss sie bereits die Wohnungstür ab und ging mit hastigen Schritten in Richtung ihres Autos.
Auf dem kürzesten Weg fuhr sie in das Dorf, in welchem Judy wohnen würde. Judy war zwar der Meinung, dass Alex das nicht wissen könnte, aber sie hatte einfach zu viel von sich erzählt. Alex ihrerseits merkte sich die vielen Details. Schon vor Tagen war sie im Telefonbuch fündig geworden, als sie nach der Festnetznummer von Judy suchte. Im Grunde war es ziemlich einfach, denn das Dorf umfasste nur dreißig Einträge und der Name Rita erschien nur einmal. Damit kannte Alex die Straße und Hausnummer. Damals war es nur

Neugier, da Judy ihre Handynummer nicht preisgab, jedoch heute wäre es für den Notfall, falls sie nicht erreichbar wäre.
Alex war sich im Augenblick noch nicht im Klaren, wie sie das erhoffte Treffen mit Judy anstellen würde. Für sie war der persönliche Kontakt, das Gespräch von Angesicht zu Angesicht das Wichtigste. Deshalb saß sie nun so früh am Morgen im Auto und fuhr zu ihr. Sie wollte Judy in die Augen sehen, um in diesen zu lesen. Ihr nochmals versichern, dass sie die Verbindung zu Diana abbricht. Erfragen, wann sie sich das nächste Mal wieder sehen. Eigentlich wolle Alex nur ein kleines Zeichen der Hoffnung, dass Judys SMS kein Abschied war.
Alex bog von der Bundesstraße ab, es waren nur noch zwei Kilometer. Als das Dorf zu sehen war, kamen in ihr Hitzewallungen auf, sie wurde zunehmend nervöser. In ihrem Kopf hatte sie es sich so einfach vorgestellt. Es gab nur eine Straße, also musste sie nur auf die Hausnummern oder auf Judys parkendes Auto achten. Langsam fuhr sie den Dorfweg ab, aber weder am ausnummerierten Haus oder in der Nähe war ihr Auto zu sehen.
Alex hielt an, griff zu ihrem Telefon, aber das Handy von Judy war abgestellt.
„Ok, dann ist der Notfall eingetreten“, sprach Alex vor sich hin. „Egal, nun probiere ich es mit dem Festnetz.“
Sekunden später war Alex die Enttäuschung anzusehen, denn auch hier nahm keiner ab. Damit hatte sie überhaupt nicht gerechnet, zumal sie wusste, dass Judy dienstfrei hatte. Judy schläft vielleicht noch und hört das Klingeln nicht, nur so konnte sie sich das erklären. Sie fuhr in Richtung Dorfausgang, um an einer passenden Stelle zu parken. Dort angekommen, wartete sie zehn Minuten, die ihr wie eine Ewigkeit vorkamen. Sie wählte erneut Handy und Festnetz an, aber wiederum lag die gleiche Situation vor. Judy war nicht erreichbar. Alex wollte nicht aufgeben und wartete ungeduldig weiter, jedoch die zeitlichen Abstände, in denen sie Judy anwählte, wurden immer kürzer. Irgendwann gab sie auf, denn mittlerweile war mehr als eine Stunde vergangen. Sie hatte es eilig, schließlich musste sie pünktlich zu den Öffnungszeiten der Schlossbrauerei erscheinen. Plötzlich war ein Dröhnen vom Beifahrersitz zu vernehmen. Total erschrocken, ergriff sie ihr klingelndes Handy.

„Hallo Schatzi!“, knirscht es durch den Hörer. „Nur noch zwei Stunden, dann bin ich bei dir.“
Alex erkannte Dianas Stimme sofort und ein - ach du - rutschte ihr heraus.
„Warum ein ach du?“, tönte es ziemlich herausfordernd am anderen Ende. „Mit wem hast du denn gerechnet?“
„Mit einem Geschäftsanruf“, log Alex und in der Hoffnung, dass sich Dianas Ankunft etwas verzögern könnte, ergänzte sie. „Nimm dir Zeit und fahr vorsichtig!“
„Wo kann ich dich nachher antreffen?“, fragte Diana unbeeindruckt weiter.
„Ich muss arbeiten.“ Damit erübrigte sich das Wo.
Diana registrierte die Wortkargheit von Alex sehr wohl und zog es vor, das Telefonat so kurz wie möglich zu halten.
„Also, dann in deiner Schlossbrauerei. Ich freue mich, dich zu sehen.“
„Tschüss“, hörte Alex sich sagen, als das Gespräch auch schon beendet war.
Zwei Stunden noch. Hoffentlich kann ich bis dahin Judy erreichen, schoss es Alex abermals durch den Kopf. Am Abzweig zur Bundesstraße erwachte in ihr ein letzter Funke der Hoffnung.
Hatte Judy nicht von ihrer neuen Wohnung in dem benachbarten Branskow erzählt? Möglicherweise habe ich sie verpasst und sie renoviert gerade ihre neue Wohnung. Alex’ Gesicht hellte sich auf. Kurz entschlossen bog sie statt rechts nach links ab und wählte den längeren Rückweg. Langsam fuhr sie die Hauptstraße in Branskow entlang und achtete auf die parkenden Autos.
„Es wäre zu schön gewesen“, sprach sie leise vor sich hin, hatte sich aber längst damit abgefunden, auch hier keinen Erfolg zu haben. Nun fuhr sie endgültig heimwärts.

41. Kapitel

Judy war bereits früh aufgestanden und fuhr zu ihren Eltern, um Jacki abzuholen. Alex gegenüber hatte sie nichts erwähnt, da diese ohnehin mit ihrem Besuch von Diana gebunden war. Außerdem wollte sie am Abend wieder zurück sein, um mit Jacki zusammen

weitere Dinge des Umzuges zu regeln. Wie üblich war ihr Handy abgestellt. Somit konnte sie nicht wissen, dass Alex sie unentwegt anrief.
Während des Fahrens betrachtete Judy die Landschaft, aber dann schweiften ihre Gedanken ab. Ihr gingen die Ereignisse der letzten Woche immer wieder durch den Kopf. Sie hatte sich vom ersten Augenblick an in Alex verliebt hatte. Obwohl sie Alex erst seit einer Woche kannte, ihr Gefühl sagte, dass sie die Partnerin sein könnte, die sie sich schon immer erträumt hatte. Alex war einfach ganz anders als Rita, viel spontaner und unternehmungslustig, sie stand mit Herz und Seele mitten im aktiven Leben. Bei den Gedanken an die erlebten erotischen Momente setzte ihr Kribbeln im Bauch ein, jenes Zeichen, dass sie schon seit Tagen spürte und das ihr total neu war. Sie brauchte nur an Alex denken und war sofort erotisch erregt, so etwas hatte sie bisher noch nie erlebt.
Dann plötzlich machte sich Unbehagen in ihrer Magengegend breit. Krampfhaft versuchte sie, jeden weiteren Gedanken daran zu verdrängen, aber die Ankunft von Diana ließ sie nervös und unsicher werden. Naiv und ohne Hintergedanken verstand sie anfänglich Alex´ Situation, wahrscheinlich deshalb, weil sie selbst noch so etliches in ihrer Beziehung zu regeln hatte. Aber über einen Punkt kam sie immer noch nicht hinweg.
Warum ließ Alex es zu, dass Diana fünf Tage bei ihr in der Wohnung bleiben durfte? Um sich auszusprechen oder um sich zu verabschieden, dazu braucht man nicht so viel Zeit?
Je länger sie darüber nachdachte, umso mehr Ängste und Sorgen erwachten in ihr. Automatisch erschien in ihren Erinnerungen das weinende und flehende Gesicht von Rita. Nur schwer gelang es ihr gestern, ihr Mitleid im Zaume zu halten und blieb in ihrem Vorsatz konsequent, sich von Rita zu trennen. Aber dennoch ließ sie sich zu diesem, letzten Liebesspiel mit Rita erweichen. Warum sie das tat, das konnte sie sich bis heute nicht erklären. Vielleicht war es die Vorahnung, dass sie, nachdem sie Alex kennengelernt hatte, Rita nicht mehr so lieben könnte wie vorher. Ihre Gefühle zumindest hatten das bestätigt.
„Komisch", dachte Judy laut vor sich hin. „Trotz der erotischen Nähe und der vielen zärtlichen Bemühungen, ich habe nichts mehr für Rita empfunden. Sie hat in unserer Beziehung einfach zu viel zerstört."

Vieles war vorgefallen, auch dass Rita eine Pegeltrinkerin war. Mit Nachdruck drängte sie auf eine Entziehungskur. Jetzt, als Rita diese für sie antrat, da löste sie diese Beziehung auf. Das war für Rita sicherlich kaum verständlich und nachvollziehbar. Für einen kurzen Moment dachte Judy über diesen Widerspruch nach und in Gedanken versunken, sprach sie laut.
„Alex war nur der Anlass, dass ich so spontan meine Beziehung zu Rita in Frage gestellt habe. Aber auch ohne Alex wäre das irgendwann passiert. Zu sehr haben die Zweifel an mir genagt, ob sich Rita jemals dauerhaft ändern könnte."
Judy spürte ihren inneren Frieden und war der Überzeugung, dass ihre Entscheidung richtig war. Um keinen Preis der Welt wollte sie so weiterleben wie zuvor, selbst auf die Gefahr hin, dass Alex zu Diana zurückkehren könnte.
Nun nahm Judy bewusster ihre Umgebung wahr. In der Ferne sah sie bereits ihren Heimatort, als plötzlich ein dröhnendes Geräusch ihre Vorfreude unterbrach. Das Getöse wurde immer heftiger und sie hatte den Eindruck, als ob sie in einem Traktor säße. An einem passenden Seitenstreifen hielt sie an, stieg aus und ahnte schon die Ursache - na klar, der Auspuff. Bei näherem Betrachten bemerkte sie, dass dieser abgerissen war. Judy stellte den Motor ab, zog ihr Handy aus dem Rucksack und schaltete es an. Noch ehe sie die Nummer von ihren Eltern wählen konnte, tickerte das Handy mehrfach. Es waren vier SMS, wie sich herausstellte, alle von Alex. Hastig überflog Judy diese und innerlich jubelnd, sagte sie erfreut:
„Toll, Alex hat den Besuch abgesagt und schafft nun endlich klare Fronten."
Dann wählte sie ihre Eltern an. „Hallo Papa, ich bin fast da, aber der Auspuff ist defekt."
Nach einer kurzen Pause sprach sie weiter. „Gut, dann hole ich dich ab und wir fahren zusammen in die Werkstatt. Danke, bis gleich."

42. Kapitel

Alex war bereits im Gewölbe der Schlossbrauerei. Immer wieder schaute sie auf die Uhr, aber die Zeit wollte nicht vergehen.

„Eigentlich hätte Diana längst schon da sein müssen. Sicherlich würde sie gleich erscheinen und nichts, aber auch nichts ist geklärt“, jammerte sie laut vor sich hin.
Nervös griff sie zum Telefon und wählte Judys Nummer, aber ihr Handy war nach wie vor abgeschaltet.
„So ein Scheibenkleister!“, fluchte Alex und war sichtbar durcheinander.
Nach einer halben Stunde des ungeduldigen Wartens entschloss sie sich, hinaus auf die Straße zu gehen. Es musste eine Eingebung gewesen sein, denn im gleichen Moment erblickte sie einen grünen Golf. Am Kennzeichen erkannte sie sofort, dass es Diana war. Zu Alex´ Überraschung bog diese nicht auf den Parkplatz ab, sondern setzte ihre Fahrt in Richtung Marktplatz fort.
Komisch, grübelte Alex und erkannte sofort ihre letzte Chance, Judy anzurufen. Mit schnellen Schritten entfernte sie sich in die entgegengesetzte Richtung und hielt nach einigen Metern inne. Dann zog sie ihr Handy hervor und beobachtete gleichzeitig mit nervösen Blicken die Straße. Sekunden später hellte sich ihr Gesicht vor Freude auf.
„Endlich hat sie ihr Handy eingeschaltet“, seufzte sie erleichtert.
Nach fünf Klingeltönen, die ihr wie eine Ewigkeit vorkamen, nahm Judy das Gespräch an.
„Hallo?“, ertönte ihre Stimme.
„Ich bin es, Alex. Schön, dass ich dich erreiche. Ich muss dich unbedingt sprechen.“ Alex´ Stimme verharrte für einen Augenblick.
„Was ist passiert?“, fragte Judy.
„Deine SMS von gestern“, stotterte Alex. „Hast du meine gelesen?“
„Ja“, erwiderte Judy monoton.
„Es ist nämlich so.“ Alex musste sich vor Aufregung sammeln. „Als du gestern Abend nicht gekommen bist und dann mich deine Nachricht erreichte, da habe ich mit dem Schlimmsten gerechnet.“ Alex suchte fieberhaft nach Worten. „Ich habe dir so vieles zu sagen.“
„Was denn?“, entgegnete Judy, aber Alex überhörte ihre Frage und fuhr fort.
„Ich habe versucht, dich gleich anzurufen, aber dein Handy war abgestellt. Ich dachte nur noch, dass du mich nie mehr wieder sehen möchtest. Deine Nachricht klang so nach Abschied.“
„Ich war zu müde, einfach fix und fertig. Ich bin beim Autofahren fast eingeschlafen“, tönte es sanfter. „Tut mir leid.“

„Hast du meine SMS gelesen?“, fragte Alex hektisch von Neuem, aber ohne abzuwarten, sprach sie hastig weiter. „Diana bleibt nur bis morgen früh. Ich habe ihr gestern abgesagt, aber sie ließ sich nicht beirren und bestand auf ein letztes Gespräch. Glaube mir, nach dieser allerletzten Unterredung ist der Spuk vorbei. Ich möchte dich unbedingt morgen sehen.“
Sie hielt den Hörer ganz fest an ihr Ohr, um Judys Antwort deutlich verstehen zu können. Judy hatte längst Alex´ Aufregung wahrgenommen. Innerlich freute sie sich über diesen Anruf, wollte sich aber äußerlich nicht zu viel anmerken lassen. Ihr Papa stand neben ihr, und obwohl er ein wenig schwerhörig war, so sollte er nicht gleich alles mitbekommen. Daher war sie in der Wahl ihrer Worte vorsichtig. Ihre Eltern würden noch früh genug von dem Ende ihrer Beziehung zu Rita erfahren.
„Natürlich können wir uns morgen sehen.“
„Sag mir, wann?“, setzte Alex ohne Verzögerung nach.
„Nachmittags bei mir. Sagen wir ab vier Uhr, ja?“ Vernahm Alex, wobei ihr Gesicht zu einem einzigen Strahlen ansetzte.
„Ja. Ich freue mich so auf dich.“
Judy unterbrach Alex. „Du, ich muss aufhören. Ich bin hier in einer Werkstatt, mein Auto ist defekt. Also bis morgen, ja?“
„Bis morgen. Küsschen.“ Alex war sichtbar erleichtert. Schnellen Schrittes ging sie zurück in das Gewölbe. Ihre vorherige Panik war nun in Zufriedenheit umgeschlagen. Endlich hatte sie Judy sprechen und sich erneut verabreden können. Das Wichtigste, was ihr auf dem Herzen lag, war gesagt. Ab jetzt wusste Judy genau über ihre Absichten Bescheid, Judy sollte sich nicht um sie sorgen oder bangen. Sie hatte ihr vermittelt, dass sie fortan klare Fronten in ihrer neuen Beziehung schafft, eine Beziehung ohne Diana.
Nach einer Weile schaute Alex auf die Uhr, erstaunlicherweise ließ sich Diana viel Zeit.
Eigenartig, wo sie wohl stecken mag, wunderte sie sich, denn sie war sich ganz sicher, vorhin ihr Auto erkannt zu haben. Alex spürte plötzlich Unbehagen im Magen und starke Abneigung überkam sie wegen dieses letzten Treffens. Diana bat gestern um ein abschließendes Gespräch und wollte sich mit einer Trennung am Telefon nicht zufrieden geben. Ansatzweise drohte sie sogar, dass sie auf jeden Fall zu ihr kommen werde und sofern Alex nicht da sei, sie

diese zu finden wisse. Vorausschauend erahnte Alex, dass sie sicher tausend Erklärungen abgeben musste. Diana würde mehr als ein Warum zum Schlussstrich fordern. Wenn sie Pech hätte, dann würde erneut die Leier von der neuen Wohnung und dem familiären Freimachen einsetzen. Auf all das hatte sie keinen Bock mehr.
Alex hörte auf einmal die Eingangstür ins Schloss fallen. Sekunden später erschien Diana am schmiedeeisernen Tor sichtbar froh gelaunt. Als sie näher eintrat, konnte Alex erkennen, dass sie im Arm einen riesigen Strauß langstieliger roter Rosen trug.
„Für dich, mein Schatz“, sagte sie reuevoll und dennoch gut gelaunt.
Für einen Moment überlegte Alex, wie sie reagieren sollte, aber Diana überreichte ihr den Strauß, sodass sie zögerlich zugriff.
„Warum machst du das?“, fragte Alex irritiert. „Ich will das nicht, obwohl die Rosen wunderschön sind.“
„Für dich, Alex. Es sind genau zweiundvierzig Rosen, genauso viele, wie du alt bist“, erklärte Diana voller Stolz und schaute dabei Alex liebevoll an.
„Diana, nimm die Rosen wieder zurück. Ich möchte diese Blumen nicht“, sagte nun Alex resolut. „Dein Strauß wird mich nicht umstimmen.“
„Ich habe ihn aber extra für dich gekauft. Mir ist es egal, von welcher Seite du es betrachtest. Nimm ihn bitte.“ Diana war sichtbar enttäuscht, dass ihre Überraschung so wenig Wirkung zeigte.
„Wie immer neigst du zu Übertreibungen.“ Alex sah Diana mehr als ernst an. „Ich habe noch nicht einmal eine Vase, um diese wirklich wunderschönen Rosen unterzubringen.“
Diana wiederholte sich und entgegnete leicht resigniert.
„Die sind für dich. Mach damit, was immer du willst!“ Ihre gute Laune löste sich plötzlich in Luft auf. Diana entschloss sich für Zurückhaltung und sagte nun gar nichts. Sekunden verstrichen wie endlose Minuten, dann endlich setzte Alex ein.
„Nun gut, ich nehme die Rosen an. Danke.“
Da Diana immer noch nicht reagierte, beschloss Alex, den Tagesablauf in ihrem Sinne in die Hand zu nehmen.
„Du hast eine klärende Aussprache gewünscht. Ich würde vorschlagen, diese in meiner Wohnung zu führen.“ Alex´ Worte klangen sehr sachlich. „Also lass uns hier die Zelte abbrechen, ehe noch unerwünschte Besucher erscheinen.“

Diana gab ein bejahendes Kopfnicken von sich, noch immer blieb sie stumm, da sie nichts falsch machen wollte. Erst auf dem Weg, als Alex sich mehr beiläufig nach ihrer langen Autofahrt erkundigte, fand sie ihre Sprache wieder. Als sie an einem Blumenladen vorbeikamen, begann sie zu berichten, wie schwer es für sie war, zweiundvierzig Rosen zu besorgen. Stolz betonte sie, dass sie extra drei Geschäfte aufsuchen musste. Alex hingegen war sich nicht im Klaren, ob Diana sie nun wieder beeindrucken wollte, und schwieg dazu.
In der Wohnung angekommen, sichtete Alex ihren Hausstand nach einer Vase für die Rosen. Unwillkürlich musste sie an Dianas übertriebene Art denken, bestimmte Dinge mit Großzügigkeit wieder gutmachen zu wollen.
Die Rosen müssen ein Vermögen gekostet haben, kalkulierte sie in Gedanken.
Endlich fand sie eine Lösung für das Problem. Sie opferte das gusseiserne Blumengestell, indem sich gerade die riesige Palme befand, tauschte diese mit einem großen Wassereimer aus und stellte die Blumen hinein. Dann ließ sie einen letzten Blick auf die Rosen schweifen, die nun im Gestell einen besseren Halt hatten. Es war eine Pracht, sie anzusehen, aber Alex konnte sich nicht an ihren Anblick erfreuen.
Als beide dann auf der Couch Platz nahmen, kam Alex sofort auf den Punkt, denn sie hatte keine Lust, mit Diana Small Talk zu führen.
„So, Diana, ich schlage vor, dass wir nun das von dir gewünschte Gespräch führen.“
Diana war ziemlich überrascht über das forsche Vorgehen.
„Du bist aber ausgesprochen kühl heute. Mir kommt es so vor, als ob ich dir nie etwas bedeutet hätte. Alex, das kann doch nicht sein?“ Dianas Worte waren heftig und laut.
Unbeeindruckt von ihren Worten wollte sich Alex nicht von ihrer unnahbaren Art abbringen lassen, es war ihr Schutzschild. Unbedingt musste sie diese Unterhaltung durchstehen, welche ihr die erhoffte, endgültige Trennung von Diana bringen würde.
„Ich möchte reinen Tisch machen. Sicherlich bedeutest du mir etwas. Noch vor zwei Monaten wollte ich mit dir zusammenwohnen. Aber du hast mir die Augen geöffnet. Vielleicht gut so, denn das hat uns beiden viel Ärger erspart. Ab jetzt möchte ich mein eigenes Leben führen. Das müsste auch für dich verständlich sein.“

Diana hörte aufmerksam zu. Ihr Gesichtsausdruck vermittelte Verständnis, aber ihr Innerstes war fassungslos. Noch wollte sie nicht kampflos aufgeben, sie war es gewohnt, zu siegen.
„Aber Alex, ich habe doch angedeutet, dass ich meine Lebensumstände ändern werde. Das Vorhaben mit der eigenen Wohnung ist Realität. Du kannst jetzt nicht aufgeben, ohne dich überhaupt überzeugt zu haben, dass ich die Wahrheit spreche."
„Doch, Diana, das kann ich", entgegnete Alex selbstbewusst. „Ich kann es, weil ich es leid bin, auf dich zu warten. Du hattest zweiundeinhalb Jahre Zeit, dein Leben zu ordnen."
„Aber noch vor ein paar Tagen hast du mir Glauben geschenkt. Du hast mich sogar in meinem Vorhaben bestärkt, es gleich und sofort zu tun. Was meinst du, welchen Ärger ich zu Hause hatte." Diana log nun das Blaue vom Himmel herunter, nur um ihre Haut zu retten. „Holger ist ausgeflippt und wir haben uns heftig gestritten, da ich Unterhalt und die Scheidung einfordern möchte. Meine Eltern, die schauen mich nur noch schräg an."
Diana hielt in ihrem Lügenmeer inne, dann richtete sie ihren Blick direkt in Alex´ Augen und sprach flehend weiter. „Das ist alles an diesem Wochenende passiert und nur für dich!"
Diana hatte zwar nicht vorgehabt, sich gleich in solche Lügen zu verstricken, aber momentan war ihr jedes Mittel recht. Sie wollte nicht nur Zeit gewinnen, sondern, dass Alex diese fremde Frau aufgibt. Erst viel später würde Alex bemerken, dass sich ein Großteil ihrer Märchen nicht bewahrheiten würde. Diese Fremde, die sich von einem zum anderen Tag in ihr Leben eingeschlichen hatte, sie sollte Alex auch nicht besitzen.
Alex hatte aufmerksam zugehört und blieb ruhig dabei, die von Diana herbeiersehnten Schuldgefühle erreichten sie nicht.
„Wenn es wahr ist, was du gerade erzählst, dann wäre das noch vor einem halben Jahr der richtige Weg gewesen. Deine Veränderungen kommen viel zu spät."
„Mehr hast du darauf nicht zu erwidern, Alex? Ich betone noch einmal, dass du mich bestärkt hast, das alles zu tun." Diana drückte auf die Mitleidstour, noch wollte sie nicht klein beigeben.
„Nein, mehr nicht", empörte sich Alex und ihr Ton war nun eisig. „Von Anfang an habe ich eine Fernbeziehung auf Dauer infrage ge-

stellte und das war bereits vor dem Zeitpunkt, als du nicht zu mir gezogen bist.“
Diana blickte erstaunt hoch, denn sie merkte genau, wie Alex´ Stimmung schlagartig umschlug. Alex jedoch sprach ohne Unterbrechung weiter.
„Du musst dir doch im Klaren sein, dass das, was du vorschlägst, letztendlich nicht im Sinne meiner Vorstellungen sein kann. Dieses Hin- und Hergefahre, was ich fast zwei Jahre einseitig hinter mir habe, es steht mir bis hier.“ Alex hob ihren Zeigefinger und deutete damit auf ihre Unterlippe.
Diana war den Tränen nahe.
„Du hast doch vorhin selbst gesagt, dass ich dir etwas bedeute. Dann gib uns zwei noch nicht auf. Wir hatten doch so viele schöne Momente. Es kann doch nicht alles nur schlecht gewesen sein?“ Die ersten Tränen purzelten über ihre Wangen und ihre Augen flehten Alex an. Obwohl Alex innerlich betroffen war, sie wusste genau, dass sie heute nicht nachgeben durfte.
„Ich habe mich entschieden. Es bringt uns nicht weiter, wenn ich immer hin- und herschwanke, dir Hoffnung geben würde. Letztendlich verletze ich dich damit auch. Ich will mein eigenes Leben und zwar ein Leben ohne dich und deine Lügen.“
In Diana kam erneut ein Hoffnungsfunke auf.
„Alex, wenn ich erst einmal die Wohnung habe, getrennt und irgendwann geschieden von Holger lebe, dann ergibt sich auch das andere. Sicherlich werden wir dann zusammenziehen können.“
Alex hatte es geahnt, dass Diana nicht aufgeben würde. Aber nichts in aller Welt konnte sie nun von ihrem Entschluss abbringen. Sie wollte nicht mehr warten, bangen und hoffen. Was sie jetzt wollte, hieß Judy. Sie überlegte, was sie erwidern sollte, um nicht zu grob, dafür jedoch sehr direkt zu werden.
„Ich möchte mich nicht mit dir streiten, aber mir scheint der Wahrheitsgehalt einiger deiner Worte sehr zweifelhaft. Ich glaube dir in einigen Dingen nicht, vor allem darin nicht, dass du dich innerhalb von einer Woche aus deinen familiären Zwängen befreit hast, was dir in zweieinhalb Jahren nicht annähernd gelungen ist. Meiner Meinung nach sind es Wunschvorstellungen von dir. Wenn du denkst, mich damit halten zu können, das wird nicht funktionieren. Egal ob du mir etwas vormachst oder auch nicht. Ab jetzt lebe ich mein Leben.“

Aufgeschreckt durch Alex´ Worte sah Diana sie flehend an, aber Alex blieb unverändert gefühlskalt.
„Gib mich frei. Es wird keine gemeinsame Zukunft für uns geben. Ich möchte, dass wir das heute vernünftig und ohne Streit beenden."
Alex holte tief Luft. Nun hatte sie das Notwendigste gesagt und hoffte, dass es bei Diana eindeutig angekommen war.
Minutenlange Stille lag im Raum, noch immer äußerte sich Diana nicht. Sie schien zu überlegen, abzuwägen und sich schließlich geschlagen zu geben.
„Alex, deine Worte sind hart für mich. Auch wenn du es nicht willst, sie verletzen mich." Diana sah sie schuldvoll an. „Zu schade, dass ich dir nie beweisen kann, dass alle meine Vorstellungen und Handlungen wahr waren. Ich habe mich für dich familiär gestritten und auseinander gesetzt. Ich wollte alles ändern. Sei es drum, egal. Wenn du sagst, dass du nicht mehr glücklich mit mir bist, dann gebe ich dich frei. Ich möchte aus tiefsten Herzen, dass es dir gut geht."
Dianas Einstellung hatte sich total gewandelt, sie lächelte Alex an. Alex war sichtbar überrascht und froh zugleich, dass Diana endlich Verständnis aufbrachte, sich beiderseitig in Vernunft zu trennen. Ein Stein fiel Alex vom Herzen und mit freundlicher Stimme erwiderte sie.
„Ich finde es toll, dass du mit mir diese Sache im Guten beendest." Sie ging auf Diana zu, gab ihr einen flüchtigen Kuss auf die Wange und sagte. „Danke."
„Ich finde es auch gut, dass wir ohne Zank auseinander gehen. Eigentlich ein gutes Zeichen dafür, dass wir uns gegenseitig noch immer viel bedeuten. Lass uns daher die letzten gemeinsamen Stunden in Ruhe und Frieden verbringen. Morgen Vormittag nehme ich meine Sachen und ziehe endgültig heimwärts."
„Ach ja und im Speziellen heißt das?", wollte es Alex sehr genau wissen, ehe sie irgendetwas zustimmte, das sich wieder als Falle erweisen könnte.
Diana hatte klare Vorstellungen, die sie nun ansprach und sich wie eine lange Wunschliste anhörte.
„Ich möchte gern zum Strand, mich baden und sonnen. Gern würde ich mit dir auch einen Spaziergang durch die Stadt machen, bis zum Hafen. Mir gefällt deine Stadt so sehr, ich werde sie vermissen. In

der Bar New Orleans war ich auch noch nie. Ich lade dich zu einem Cocktail ein."
Alex überlegte, die Vorschläge klangen akzeptable, denn auf keinen Fall wollte sie mit Diana in ihrer Wohnung bleiben. Im Freien, so war sie sich sicher, würde sich Diana vernünftig verhalten. Noch immer hatte sie die Befürchtung, dass Streitgespräche aufkommen könnten. Außerdem hoffte sie, dass bei all den vorgeschlagenen Aktivitäten die Zeit schnell verginge, denn sie wollte das Buch, welches Diana hieß, nun endgültig zuschlagen.

43. Kapitel

Am späten Nachmittag betrat Alex zusammen mit Diana ihre Wohnung. Alex´ Kinder wunderten sich, warum ihre Mutti nun wieder mit Diana erschien. Es war ihnen anzumerken, dass sie Diana nicht sonderlich mochten. Alex bereitete für alle vier Abendessen vor, aber als sie gemeinsam im Wohnzimmer aßen, ging es recht schweigsam zu.
Mittlerweile empfand Alex die Gesamtsituation unerträglich und daher sprach sie, nachdem die Kinder in ihr Zimmer gegangen waren, ihren Unmut aus.
„Warum bist du heute Abend nicht zurückgefahren?"
Diana wunderte sich über den unerwarteten Stimmungswechsel.
„Du weißt doch, dass es eine Mammuttour ist, wenn ich beide Strecken auf einmal fahren soll. Es sind fast tausend Kilometer."
„Verzeih, aber früher hast du auf mich keine Rücksicht genommen, als ich ewig zu dir unterwegs war", ließ Alex leise verlauten.
„Ich weiß, es war dumm von mir und ich bin froh, dass dir nie etwas passiert ist", räumte Diana ein. „Aber das war auch eine andere Situation."
„Wieso eine andere Situation?", fragte Alex verwundert.
„Damals haben wir uns getroffen, um uns zu lieben, wir waren glücklich. Heute schickst du mich mit dem Wissen nach Hause, dass es kein weiteres Wiedersehen gibt." Diana machte eine Pause und sah Alex vorwurfsvoll an. „Noch immer bin ich über diese Trennung innerlich erschüttert. Mir geht so vieles durch den Kopf. Eigentlich

könnte ich heulen, so elend fühle ich mich. Da erwartest du, dass ich heute nach Hause fahren soll?“
Alex überlegte und in Gedanken hatte sie ihre Antwort parat, denn ihrer Ansicht nach hätte Diana sie im umgekehrten Fall heimwärts geschickt. Aber im Moment wollte sie keinen Disput mit ihr führen.
„Hörst du? Ich verlange von dir, dass du morgen früh fährst“, sagte Alex nachhaltig, wobei ihre Stimme kräftig war.
„Ja doch, ja doch! Das habe ich dir doch versprochen!“, raunte Diana sichtbar schlecht gelaunt zurück. „Du kannst es wohl kaum erwarten, mich so schnell wie möglich los zu werden?“
Nun hatte Alex ihre Auseinandersetzung, die sie eben noch vermeiden wollte. Sie entschied sich, diese Anspielung einfach zu überhören und schwieg. Aber Dianas Zorn verging nicht.
„Da habe ich dir wohl den gemeinsamen Abend mit deiner Neuen verpatzt, was?“, brüllte sie hasserfüllt. „Was hat sie eigentlich, was ich nicht habe, dass du mich so vor den Kopf stößt?“
Alex mochte nicht auf den Gefühlsausbruch von Diana eingehen, sie hatte all diese Diskussionen ziemlich satt und sprach besänftigend auf sie ein.
„Diana, beruhige dich bitte und werde nicht ausfallend.“
„Du kannst es mir ruhig sagen, Alex! Nimm kein Blatt vor dem Mund“, schrie Diana ironisch in den Raum. „Sie muss ja ein heißer Feger im Bett sein, wenn du dich in den paar Tagen so von ihr einwickeln lässt.“
„Hör endlich auf, ich kann das nicht mehr ertragen!“ Jetzt wurde Alex im Tonfall lauter, der Wut verriet.
Diana stand unverhofft von ihrem Stuhl auf und warf sich vor Alex auf die Knie.
„Sag, Alex, war ich nicht gut genug im Bett? Gibt es etwas, was dich noch zufriedener stellen würde und ich es nur nicht weiß?“ Diana blickte ihr hoffnungsvoll in die Augen und ihre Hände ergriffen die von Alex. Mehr seufzend sprach sie weiter. „Du weißt, ich mache jede Art von Sex mit dir, was immer du dir wünschen würdest. Bitte schicke mich nicht weg.“
Alex konnte nicht glauben, was sie eben gehört hatte. Mit Empörung stieß sie hervor.

„Lass es, du hast anscheinend überhaupt nichts von dem verstanden, was ich mir wünsche. Wie kannst du nur glauben, dass ich meinen Entschluss vom Sex abhängig mache.“
„Für mich sieht es derzeit so aus, ohne dich verletzen zu wollen. Aber irgendwann wirst du bemerken, dass diese Neue nichts für dich ist. Dann werde ich für dich da sein, da ich auf dich warten werde.“
Dianas Worte klangen verheißungsvoll, sie wollte, dass Alex ihr absoluten Glauben schenkt. Deshalb ließ sie sich das Gespräch nicht aus der Hand nehmen und sprach beschwörend weiter. „Alex, ich warte auf dich, wie lange es auch dauern wird. Auch wenn du dich in die Arme dieser anderen Frau begibst, ich werde es überwinden, da ich weiß, dass du zu mir zurückkehren wirst.“
Für Alex erschienen Dianas Worte fast theatralisch. Oft hatte sie solche Szenen in Filmen gesehen, kaum zu glauben, dass sie so etwas nun selbst erlebte.
„Ich glaube nicht, dass es notwendig ist, auf mich zu hoffen“, entgegnete Alex frostig.
Diana schien sichtlich zu resignieren. Ihre Worte und Taktiken, mit denen sie früher Alex stets beeinflussen konnte, prallten von ihr ab. Sie fand keine Erklärung, warum das plötzlich so war.
„Dann lass uns bitte noch eine letzte Nacht zusammen verbringen. Ich möchte dich ein letztes Mal lieben.“ Diana sah Alex fast wehleidig an.
„Ich wüsste nicht, wofür das gut sein sollte. Es verletzt dich, also hör auf damit“, widersprach Alex energisch.
„Mir bedeutet aber diese eine Nacht so viel. Schenke sie mir, was ist schon dabei? Schließlich waren wir auch am Mittwoch zusammen, obwohl du bereits deine neue Beziehung hattest. Bitte!“
Diana flehte sie an, aber Alex blieb stur. Sie wollte das nicht mehr und lehnte ihre Bitte entschieden ab.
„Dann lass mich an deiner Seite schlafen. Bitte, es wird nichts passieren. Ich will einfach nur mit dir zusammen einschlafen.“ Tränen rollten über Dianas Wangen, die Alex nicht übersehen konnte.
„Gut, aber du lässt mich in Ruhe, damit wir uns recht verstehen“, gab Alex klein bei, denn sie wollte diese unendlichen Diskussionen vom Tisch haben.

Aber nichts von dem traf ein. Kaum lagen sie im Bett, fing Diana an, sie zu berühren. Sie streichelte Alex sanft und immer wieder flehte sie, ihr diese eine, letzte Nacht zu schenken. Alex ahnte nun, dass Diana keine Ruhe geben würde. Sie verfluchte sich, da sie Diana nicht des Bettes verwies. Auch wollte sie keine nächtlichen Dispute führen und ließ daher die Berührungen von Diana unbeteiligt über sich ergehen, ohne nur irgendetwas zu fühlen. Alles kam ihr wie in einem Albtraum vor. Kein Stöhnen, kein Seufzer war von ihr zu hören. Sie hoffte, dass Diana bald aufgeben würde.

44. Kapitel

Diana war früh erwacht und starrte zur Zimmerdecke empor. Während Alex noch schlief, überlegte und grübelte sie unentwegt. Sehr wohl hatte sie in der Nacht bemerkt, dass sie Alex nicht mehr wie früher erregen konnte. Ihr allerletzter Trumpf hatte somit auch versagt. Sie konnte nicht verstehen, warum Alex plötzlich so kühl war, denn bisher war es ihr stets gelungen, sie umzustimmen. Panik stieg in ihr hoch. Immer noch nicht wollte sie es wahrhaben, dass sie heute von Alex scheiden sollte. Sie hasste diese andere Frau, die Alex so verändert hatte.
Warum kann ich Alex nicht um den Finger wickeln, so wie es mir sonst stets gelungen war? Warum diesmal nicht? Diana sah sehr nachdenklich aus. Alex ahnt anscheinend rein gar nichts. Ich bin nicht mit dem Vorsatz gekommen, mich trennen zu wollen. Alles habe ich zu Hause geregelt, um von Montag bis Freitag bei ihr zu bleiben. Holger arbeitete auswärts und bekommt von alledem nichts mit. Nur meine Eltern wissen von dem Geheimnis, dass ich ein paar Tage Urlaub an der Küste verbringen möchte. Schon allein der Aufwand, den ich betrieben habe, um meine Eltern von diesem Ausflug zu überzeugen. Ich kann und will gar nicht zurück.
Diana fühlte sich plötzlich in ihrem Stolz verletzt. Noch hatte sie überhaupt nicht vor, das Feld freiwillig zu räumen, denn schließlich lag ihre Reisetasche wartend im Auto.

45. Kapitel

Stunden später befanden sich Alex und Diana im Gewölbe der Schlossbrauerei. Alex war sichtbar schlecht gelaunt, denn Diana hatte das Aufstehen durch einen angeblichen Migräneanfall unendlich verzögert. Auf ihr Drängen hin versprach Diana, sich gleich zu verabschieden. Jedoch unter dem Vorwand, sich noch einige Flaschen Bier kaufen zu wollen, war sie einfach mit in Alex´ Arbeitsstätte gegangen.
Alex selbst konnte nur mit Mühe ihre Räumlichkeiten pünktlich öffnen, denn Gäste standen bereits vor der Tür, denen sie nun ihre volle Aufmerksamkeit widmen musste. Für Diana blieb keine Zeit mehr. Schnell griff sie nach einem Zehner-Jubiläumspack und schenkte ihn Diana.
„Du, ich muss jetzt arbeiten. Ich wünsche dir eine gute Heimfahrt und natürlich alles Gute für dich.“ Dann wandte sie sich von Diana ab und ging zu ihren wartenden Gästen.
Als Alex mit den Gästen zur Führung verschwand, da wusste Diana genau, dass das ihre Gelegenheit war. Schnellen Schrittes ging sie an den Tresenschrank, der unverschlossen war und eine Reihe von Spirituosen und Weinsorten enthielt. Sie zog eine gekühlte Flasche Sekt hervor. In Gedanken war sie bei Alex, in Hass gegen ihre Neue und Dianas Innerstes fing an zu rebellieren. Nein, noch gehe ich nicht!
Sie öffnete die Sektflasche und setzte sie an ihren Mund. Mit kräftigen Zügen, Schluck für Schluck verschlang sie den sprudelnden Wein. Als Alex etliche Minuten später zurückkam, sah sie schon von Weitem die Bescherung. Diana stand schwankend am Tresen und laut war ihr Schimpfen zu hören. Alex war fassungslos. Besorgt ging sie zu ihr und bat sie, leise zu sein. Aber Diana scherte sich nicht darum. Erst mit besänftigenden Worten gelang es ihr, Diana zu ermuntern, in den hinteren Wirtschaftsräumen auf sie zu warten. Diana folgte ihr anstandslos, wenngleich sehr torkelnd. Das war ein riesiger Fehler, den Alex nicht vorhersehen konnte, denn in den Wirtschaftsräumen war ein kleiner Vorrat an Whisky und Weinbrand gelagert. Während Alex mehr schlecht als recht ihre Veranstaltung zu Ende führte, vergriff sich Diana an einer Whiskyflasche. Als Alex die Wirtschaftsräume betrat, konnte sie nicht glauben, was sie da sah.

Diana saß an einem Tisch, auf der die geöffnete Flasche stand. Jedoch beim näheren Hinsehen traf Alex ein eisiger Schreck, denn Diana schlitzte sich mit einem scharfen Brotmesser am linken Handgelenk, Blut rann bereits an ihrem Arm herunter.
„Diana!“, kreischte Alex voller Angst. „Leg sofort das Messer weg!“ Diana drehte ihren Kopf in Richtung Alex und grinste sie nur an. Voller Verzweiflung schrie Alex erneut auf und ging auf Diana zu.
„Pack bitte das Messer zur Seite. Sei vernünftig, du verletzt dich sonst noch mehr. Bitte, gib es mir!“ Alex versuchte, Diana das Messer wegzunehmen. Aber so sehr sie sich auch bemühte, Diana ließ sich das nicht gefallen. Ein Gerangel um das Messer setzte ein, was gefährlich aussah. Sekunden später siegte Alex. Diana sah sie wütend an und lallend sprach sie.
„Glaub jetzt bloß nicht, dass du gewonnen hast. Garantiert finde ich ein weiteres Messer.“
Alex überhörte ihr angetrunkenes Gerede und sprach beschwörend auf sie ein.
„Bitte, zeig mir deine Hand, ich möchte mir deine Wunde ansehen.“ Taumelnd und mit ihren blutigen Händen herumfuchtelnd lehnte Diana ab. Daher ergriff Alex in einem geeigneten Moment spontan ihr Handgelenk, um nachzusehen. Diana schrie vor Schmerz auf und stieß Alex kräftig von sich weg.
„Nun bist du doch frei. Warum scherst du dich nicht zu deiner neuen Ische. Geh weg von mir und lass mich in Ruhe“, keifte sie erbost.
Alex erstarrte vor Schreck. „Bitte, dann lass uns in meine Wohnung gehen. Hier kannst du nicht bleiben.“ Aber Diana reagierte nicht, Alex` Worte schienen sie nicht zu erreichen.
„Diana, ich flehe dich an, komm jetzt mit.“
Diana machte keine Anstalten, das Gewölbe verlassen zu wollen. Alex` Versuche, sich ihr zu nähern, schlugen ebenfalls fehl. Nur Gekeife und Beschimpfungen waren lauthals von Diana zu hören.
Inzwischen kam der Kellermeister, der gewöhnlich nach Ende der Öffnungszeiten seiner Arbeit nachging. Aufgeschreckt von dem ungewohnten Geschrei, lief er in die Wirtschaftsräume, um nachzusehen. Alex war es sichtbar peinlich, als er herein kam. Sie versuchte, ihm die Situation mit kurzen Worten zu erklären. Erst durch die Anwesenheit des Kellermeisters, der nun gleichfalls auf Diana beschwichtigend einredete, ließ sich Diana überreden.

Minuten später torkelte Diana von einer zur anderen Bürgersteigseite, obwohl Alex sie nach Leibeskräften festhielt. Aber selbst auf der Straße ließ Diana sich nicht abhalten, Alex lallend anzufauchen.
„Alex, du wirfst mich jetzt weg, wie ein Stück Papier. Dass du dich nicht schämst!“
Alex entgegnete nichts. Sie ließ alles über sich ergehen, innerlich froh, dass Diana ihr nun widerstandslos folgte.
„Du hast mich betrogen!“, brüllte Diana erneut laut vor sich hin. „Nie werde ich es überwinden, dass du mich gegen diese neue Schnepfe ausgetauscht hast.“
Nun plötzlich hielt Diana inne. Sie löste sich aus ihrer Umklammerung und fuchtelte wild mit ihren Armen herum.
„Was willst du noch hier! Geh doch zu der anderen, die anscheinend so geil im Bett ist. Es muss dir ja einen riesigen Spaß bereiten, wenn du zusehen kannst, wie ich leide.“ Diana setzte nun zu einem lauten Schrei an und erhob demonstrativ ihre verletzte Hand. „Ich werde mir noch mehr antun und du bist Schuld.“
Menschen blieben auf der Straße stehen und Alex spürte förmlich die vielen Blicke, die diesem ungewöhnlichen Schauspiel nachsahen.
Endlich erreichten sie Alex` Wohnung. Tobias war bereits zu Hause und hatte sich schon über das Poltern an der Eingangstür gewundert. Total erschrocken sah er, wie seine Mutti Diana in die Wohnung hievte. In der Küche angekommen, sackte Diana auf einen Stuhl und schimpfte mit betrunkener Stimme weiter.
„Schau an, da ist ja unser Tobi. Weißt du eigentlich, wie mies mich deine, so liebe Mama behandelt?“
„Diana, ich bitte dich, lass Tobias in Ruhe“, fiel ihr Alex sofort ins Wort, was Diana aber in keiner Weise störte, denn sie vollendete nun ihre Beschimpfung.
„Ein süßer geiler Frauenarsch scheint ihr mehr Wert zu sein, als eine langjährige Beziehung. Sie tritt unsere Liebe mit Füßen und serviert mich auf so schändliche Weise ab.“
Auf einmal wendete Diana ihren Blick von Tobias ab und ihre kränkenden Worte schlugen in Weinen um. Fast wie ein Kind sprach sie wehleidig. „Alex, ich flehe dich an, verlass mich nicht. Das kannst du doch nicht machen.“
Alex platzte der Kragen. Sie konnte Dianas Gejammer nicht mehr ertragen.

„Nun reiß dich aber mal zusammen!“, forderte sie Diana mit energischem Tonfall auf.
Für einen Moment zweifelte sie schon, ob Diana überhaupt ihre Worte in diesem angetrunkenen Zustand wahrnimmt. Aber sie hatte sich geirrt, denn Diana keifte nun laut.
„Du bist diejenige, die sich zusammenreißen muss. Du willst mich verlassen, ja? Na komm, dann hau doch endlich ab!“
Dann sprang sie unerwartet von ihrem Stuhl auf, griff laut kreischend zu dem Messerblock und zog eines der Messer heraus. „Ohne dich ergibt alles für mich keinen Sinn.“
Im gleichen Moment wie sie sprach, schnitt sie sich erneut in ihre klaffende Wunde. Alex sah schon in Gedanken das Blut spritzen. Sie war handlungsunfähig und total überfordert. Eine solche Situation war ihr noch nie zuvor im Leben widerfahren.
In der Wohnung war plötzlich ein lauter geballter Schrei zu hören. Tobias, der sich eben noch aus der Küche entfernen wollte, sah noch, wie seine Mutti schreiend zu Boden stürzte.
Wie im Schock stammelte Alex. „Das kann doch alles nicht wahr sein.“
Noch wusste Tobias nicht, was passiert war und lief schnell zu seiner Mutti, um ihr zu helfen. Alex saß wie in Trance auf dem Fußboden und zeigte mit der Hand in Richtung Küche. Dann erst sah Tobias die Bescherung. Diana stand taumelnd am Ende der Küche und hatte immer noch das Messer in ihrer Wunde. Tobias konnte genau erkennen, wie Blut am Handgelenk herunterlief. Diana hingegen grinste beide an und lallte vor sich hin.
„Ihr habt mir wohl nicht geglaubt, aber ich werde es wahr machen.
Tobias schüttelte heftig an den Schultern seiner Mutti und endlich kam Alex zu sich. Sofort begriff sie, dass sie handeln musste, um noch größeres Unheil zu vermeiden. Sie erhob sich und gab Tobias mit leisen Worten Anweisungen. Dann näherte sie sich Diana und begann besänftigend auf sie einzureden.
„Beruhige dich bitte. Sei vernünftig und gib mir das Messer.“
Aber noch immer hatte Diana das scharfe Messer inmitten ihrer Wunde platziert. Erneut sprach Alex mit den gleichen Worten auf sie ein, jedoch jeder Versuch an die Vernunft von Diana zu appellieren, schlug fehl. Nun entschloss sich Alex zu einer List.

„Hör zu, Diana, es tut mir so unendlich leid. Ich habe nicht mit so einer heftigen Liebe von dir gerechnet. Unserer gemeinsamen Zukunft wegen, bitte, leg das Messer endlich zur Seite.“
Es schien, dass Alex´ Worte endlich Diana erreichten, langsam nahm sie es aus der Wunde. Alex ergriff sofort ihre Hand und entzog ihr das Messer, Diana wehrte sich nicht. Vorsichtig bugsierte Alex sie auf einen Stuhl und gab Tobias mit der Hand ein Zeichen.
Der wusste gleich Bescheid und entfernte den Messerblock. Alex jedoch stand wie eine Wand vor Diana, jederzeit vorbereitet, dass sie empor springen könnte. Erneut gab sie Anweisungen und Tobias entfernte augenblicklich alle Scheren oder sonstige Instrumente aus Bad und Küche. Er versteckte sie im Schlafzimmer, was auch der Grund war, dass er im Anschluss das Schlafzimmer verriegeln musste. Dann zog er von allen Türen die Schlüssel ab, denn Alex hatte die Befürchtung, dass sich Diana von innen einschließen könnte.
Irgendwann nahm Diana das Treiben wahr und versuchte es mit Gegenwehr.
„Lass mich, ich will aufstehen“, forderte Diana.
Alex versuchte sie festzuhalten, was ihr aber nicht optimal gelang und nur mit Mühe konnte sie Diana in Schach halten.
„Deine Wunde muss behandelt werden“, erklärte Alex besorgt.
Immer noch nicht konnte sie das Ausmaß der neuen Verletzung erkennen, aber sie bemerkte, dass ihre Kleidung bereits stark mit Blut verschmiert war. Alles kam ihr wie im Albtraum vor. In ihrer Not fiel ihr Judy ein, die Krankenschwester war und die bestimmt einen Rat wusste. Tobias holte das Handy und sah dem weiteren Treiben von der Küchentür aus zu, jederzeit in Bereitschaft, seiner Mutti zu helfen.
Als Diana registrierte, dass Alex telefonieren wollte, versuchte sie mit allen Kräften, das zu unterbinden.
„Wen willst du denn anrufen, hey?“, kreischte sie. „Ein Date mit deiner Ische?“
„Ich werde jetzt Hilfe holen!“, erwiderte Alex im Affekt.
„Hilfe? Kommt gar nicht in Frage. Leg das Handy weg!“, sprach Diana fordernd.
Ein heftiges Gerangel um das Handy setzte nun ein. Alex wehrte sich, aber immer wieder schupste Diana sie umher, bis das Handy zu

Boden fiel. Aber selbst am Boden gab Diana ihren Kampf nicht auf. Sie zehrte an Alex´ Arme, sodass diese das Handy nicht an ihr Ohr führen konnte. Während Diana vor Wut laut keifte, schrie Alex laut.
„Hör endlich auf, dich mit mir herumzuprügeln. Ob du willst oder nicht, ich werde jetzt Hilfe holen."
Tobias hingegen stand wie zu einer Säule erstarrt an der Küchentür, er war total verwirrt und wusste nicht, wie er helfen sollte.
Während des ganzen Gefechts klingelte bereits Judys Handy am anderen Ende und Jacki lief sofort hin. Sie konnte nur Geschrei vernehmen. Schnell rief sie Judy.
„Mutti, komm schnell her, dein Telefon. Da hat jemand geschrien, ich glaube es ist eine Frau."
Judy ging an den Hörer, aber auch sie vernahm nur ein Brüllen. Dann endlich konnte sie Alex´ Stimme heraushören und war ernsthaft besorgt.
Alex hatte inzwischen die Gewalt über ihr Handy zurückerobert.
„Tobias, bitte hilf mir, Diana festzuhalten."
Noch immer wehrte sich Diana nach Leibeskräften, war aber nun handlungsunfähig. Erst jetzt konnte Alex halbwegs ein Telefonat mit Judy führen. Mit kurzen Worten erklärte sie, was vorgefallen war und wollte wissen, wie sie mit der Verletzung verfahren soll.
„Kannst du mir näher erläutern, wie die Art des Schnittes und wie tief sie ist?", erkundigte sich Judy.
„Sie hat sich quer übers Handgelenk verletzt, eine mindestens drei Zentimeter lange und einen halben Zentimeter tiefe Wunde. Sie klafft fürchterlich auseinander", erklärte Alex mehr als aufgeregt.
„Dann ist es nicht die Pulsader. Dennoch, so wie du berichtest, ist die Wunde heftig. Ich empfehle dir, sofort eine Notaufnahme aufzusuchen, damit die Verletzung versorgt und genäht wird", stellte Judy erleichtert fest.
Diana indessen hatte das Gespräch mit Judy wahrgenommen und beschimpfte Alex in übelster Weise.
„Ach, dein fein Liebchen. So sieht also deine Hilfe aus. Ihr wollt mich wohl zusammen auf die Straße setzen? Wann kommt sie denn, damit du sie mal vorführen kannst? Bin schon ganz gespannt auf deinen heißen Feger."
Alex war verzweifelt. Sie hatte eine stark angetrunkene Frau in ihrer Wohnung, die sich nach Leibeskräften wehrte. Mit Grauen dachte

sie, dass sie nun Diana stundenlang kontrollieren müsste, damit sie die Situation halbwegs im Griff hätte.
Diana fing erneut an zu schreien. „Verdammt noch mal, lasst mich endlich los!“
„Nur, wenn du versprichst, mit deiner Gegenwehr aufzuhören“, versuchte Alex sie zu beruhigen.
„Ich denk ja gar nicht dran“, hallte es erbost.
Erst nach fünfzehn Minuten gab Diana auf und wimmerte nur noch vor sich hin. Alex und Tobias ließen nun von ihr ab, jedoch in der Erwartungshaltung, dass ein neuer Wutausbruch einsetzen könnte. Diana aber döste vor sich hin, der Alkohol und die vielen Kraftanstrengungen hatten sie überrumpelt und nach wenigen Minuten schlief sie fest ein. Alex nutze die Gelegenheit, um die Wunde zu begutachten und zu versorgen. Erst jetzt konnte sie die Tiefe der Schnittwunde real wahrnehmen. Ihr war klar, dass sie unbedingt mit Diana eine Ambulanz aufsuchen musste, aber vorerst schlief diese ihren Rausch aus.
Sie überlegte und rief erneut Judy an. Ausführlich berichtete sie von dem, was sich zugetragen hatte. Sie bangte um ihr Treffen und hoffte auf Judys Verständnis, die sofort tröstend erklärte.
„Du musst jetzt bei Diana bleiben. Unser Wiedersehen können wir jederzeit nachholen. Also mach dir keine Sorgen. Ich habe dich sehr lieb.“
So ein Mist aber auch! Nur wegen dieses Theaters von Diana kann ich heute Judy nicht sehen, dachte Alex, als sie das Gespräch mit Judy beendet hatte. Sie wollte sich nicht mit dieser Situation zufrieden geben. Sie grübelte einen Moment und dann fielen ihr Silvi und Anne ein, die sie doch um Hilfe bitten könnte.
Vielleicht würden beide auf Diana aufpassen, schoss es ihr durch den Kopf und sogleich rief sie Silvi an, die auch abnahm. Während Alex versuchte, ihr die vorgefallene Situation zu erklären, hörte sie bereits am anderen Ende ein Brummen. Als Alex dann ihre Bitte aussprach, verhielt sich Silvi sofort ablehnend.
„Ich kann dir nicht helfen. Du musst mir schon verzeihen, wenn ich deinen Wunsch abweise, aber mit Diana verbringe ich keine einzige Minute zusammen in deiner Wohnung.“
„Warum nicht?“, fragte Alex enttäuscht.

„Erinnere dich bitte, wie oft hat sie hasserfüllt und eifersüchtig von mir gesprochen", entgegnete Silvi. „Auch ich habe Angst vor ihren körperlichen Wutausbrüchen. Wenn nicht dir, aber mir wird sie bestimmt etwas antun."
„Ich möchte dich wirklich nicht überreden, aber kannst du mich wenigstens mit Anne in den Abendstunden besuchen, um gemeinsam Diana zur Abreise zu bekehren?"
Silvi überlegte für einen kurzen Moment und sagte letztendlich zu.
„Na gut, Alex, für dich, weil du in Not bist."
„Danke", sagte Alex und freute sich auf die Hilfe.
Die nächsten zwei Stunden verbrachte Alex bewachend bei Diana. Aus Angst, dass sie in ihrer Abwesenheit erneut etwas anstellen könnte, wich sie keinen Meter von ihrer Seite. Sie nutzte die Zeit zum Nachdenken und fühlte sich total elend. Noch nie in ihrem Leben war sie in solch ein Szenario verwickelt gewesen. Doch nun saß sie mitten drin.
Endlich kam Diana zu sich und sah sich um. Es schien, als ob sie Minuten brauchte, um sich an das Geschehene zu erinnern. Alex reichte ihr ein Glas Mineralwasser und sprach beruhigend auf sie ein.
„Wir müssen dringend eine Ambulanz aufsuchen."
Zunächst lehnte Diana ab, aber Minuten später stimmte sie dem Vorhaben zu.
Eine halbe Stunde später gingen sie in Richtung Notambulanz. Immer noch hatte Diana eine kräftige Alkoholfahne, sie taumelte und ihre Worte waren lallend. Zum Erstaunen von Alex folgte sie ihr bereitwillig, was jedoch nur von kurzer Dauer war, denn Diana hielt stur wie ein Esel vor einer Apotheke an.
„In diesem Zustand gehe ich nicht in eine Ambulanz", tat Diana kund. „Bitte kauf mir etwas in der Apotheke. Ich werde solange hier draußen auf dich warten."
Alex war sowohl gereizt als auch genervt und versuchte, Diana zum Weitergehen zu bewegen.
„Bitte, mach jetzt kein Theater. Natürlich werden wir eine Ambulanz aufsuchen, so wie du es mir versprochen hast."
„Kommt nicht in Frage", lehnte Diana strikt ab.
Alex war sich unschlüssig, ob sie es wagen konnte, Diana allein vor der Apotheke zu lassen. Die Situation war zu verfahren und schon wieder hatte sie das Gefühl, überfordert zu sein.

Warum habe ich Tobias nicht als Unterstützung mitgenommen, der könnte mir jetzt helfen. Im gleichen Moment wie Alex das dachte, verwarf sie diesen Gedanken. Was denke ich da? Es hat schon gereicht, was er bisher erlebte. Viel zu viel habe ich ihm zugemutet.
Je mehr sie grübelte, umso bewusster wurde ihr, dass sie gar nicht in der Lage war, hundertprozentig auf Diana aufzupassen. Sie musste das Risiko eingehen, selbst auf die Gefahr hin, dass Diana weglaufen könnte.
Alex ließ Diana nun an der Hauswand lehnend zurück, um Jod und Heftpflaster zu kaufen. Sie hatte es eilig, was der Verkäuferin nicht entging. In Gedanken rechnete sie bereits damit, dass sie möglicherweise die benachbarten Wohnblocks nach Diana absuchen müsste. Als sie aus der Apotheke trat, saß ihr der Schreck tief in den Gliedern. Diana war tatsächlich nicht mehr da. Hastig blickte sie sich zu allen Seiten um und erst Sekunden später nahm sie Diana auf den Treppen eines benachbarten Hauseinganges wahr.
Der weitere Nachmittag verlief ohne größere Vorkommnisse. Diana ruhte auf der Couch im Wohnzimmer und Alex saß ihr schweigend gegenüber. Erst jetzt wurde ihr so richtig bewusst, dass Diana gar nicht die Absicht hatte, freiwillig heimzufahren. Ihr Anfall in der Schlossbrauerei sprach Bände.
Indem sich Diana sinnlos betrank und Gewalt an sich selbst ausübte, war ich ja förmlich gezwungen, sie nicht vor die Tür zu setzen. Wer weiß, was ihr noch einfällt, wenn sie halbwegs bei Verstand ist? Alex erschrak bei diesem Gedanken. Keinen Tag länger wollte sie Diana bei sich beherbergen. Sie suchte nach neuen Lösungen und da fiel ihr Dianas Freund Bernd ein. Sie kannte ihn von einstigen Besuchen bei Diana und besaß auch irgendwo seine Handynummer. Verbissen suchte sie danach und fand diese. Als er abnahm, erklärte sie ihm die fatale Situation und beschwor ihn, auf Diana einzureden. Urplötzlich stand Diana neben ihr und wollte jedes Wort mithören. Fast schien es schon, als ob ein erneutes Gerangel um das Handy einsetzen würde. Etliche Sekunden später übergab Alex ihr Handy an Diana. Sie sprach nun mit Bernd, mal mehr oder weniger laut. Anhand des Gesagten konnte Alex den Gesprächsablauf halbwegs erahnen. Teilweise jammerte Diana, dann beschimpfte sie Alex, dann wiederum pflichtete sie Bernd bei, zum Schluss weinte sie wehleidig.

Erst nach einer Viertelstunde legte sie geknickt das Handy zur Seite und zog sich auf die Couch zurück.
„Holt dich Bernd nun ab?“, wollte Alex nach einer Weile wissen.
„Du kannst es wohl kaum erwarten, was? Du wirst mich schon früh genug loswerden“, keifte Diana sichtbar gereizt.
Alex zog es vor, zu schweigen. Sie hoffte, dass Silvi und Anne bald kämen, von denen Diana noch nichts ahnte.
Eine Stunde später, als es endlich an Alex´ Eingangstür klingelte, da schien Diana relativ ausgenüchtert zu sein. Erstaunt blickte sie auf, als Silvi und Anne das Wohnzimmer betraten. Kaum, dass sie die beiden sah, rief sie Alex empörend zu.
„Ach, jetzt brauchst du auch noch Verstärkung! Was habt ihr vor?“
Diesmal hatte Diana ausnahmsweise recht, denn was nun folgte, war in der Tat ein Attentat, welches hieß, drei gegen einen.
„Gib Alex endlich frei! Sie will nicht mehr mit dir zusammen sein“, sagte Anne.
„Es macht doch keinen Sinn, wenn du Alex unnötig das Leben schwer machst“, setzte Silvi sofort ein.
„Ich möchte, dass du morgen für immer nach Hause fährst“, fügte Alex nun hinzu.
„Das ist gemein von euch, dass ihr alle Drei auf mir herumhackt“, entgegnete Diana gekränkt. „Verdammt noch mal, lasst mich einfach in Ruhe!“
Die Drei, vor allem aber Silvi hörten nicht auf, auf sie einzureden. Nun ging Diana in die Offensive.
„Silvi, du blöde Kuh, sei bloß still! Du hast mich noch nie gemocht.“ Rasend vor Wut fügte sie hinzu. „Eine hinterhältige Hexe bist du, stets hast du feige hinter meinem Rücken bei Alex gehetzt.“
Silvi hatte es satt, sich solche Beschimpfungen anhören zu müssen. Ehe sich Diana versah, prallte auch schon ein Geschoss von Vorwürfen auf sie herab.
„Es wird mal Zeit, dass du dir an die eigene Nase fasst. Für mich bist du eine ausgekochte Egoistin, die stets nur auf ihr Wohl bedacht ist. Eine regelrechte Schmarotzerin, die es sich nur auf Alex´ Kosten gut gehen lässt. Ich bezweifele, dass du in der Lage bist, überhaupt reale Gefühle zu empfinden. Im Grunde hat es dich doch nie interessiert, wie es Alex ging.“

Diana schnappte nach Luft, sie wollte etwas erwidern, suchte aber nach den passenden Worten, als Silvi gezielt auf den Punkt kam.
„Diana, du kannst nicht etwas besitzen, was du längst schon verloren hast.“ Silvi sah Diana triumphierend an und ironisch fügte sie hinzu. „Egal, welche Show du hier abziehst, Alex wird nie wieder zu dir zurückkehren.“
Diana wollte von alledem nichts mehr hören, sie drehte sich zu Alex um und mehr schluchzend sprach sie.
„Alex, ich liebe dich so sehr. Diese Liebe werde ich niemals aufgeben können.“
Erneut versuchten alle Drei ihr begreiflich zu machen, dass die Beziehung zu Ende sei. Ein Meer von Disputen folgte, ehe Diana eine Stunde später resigniert klein beigab.
„Seid ihr endlich fertig? Ich habe die Nase voll von euerm Gequassel. Morgen werde ich abreisen!“ Sie schaute in die Runde und fügte ironisch hinzu. „Liebend gern würde ich gleich und sofort diesen Dreierklan verlassen, wenn ich schon Autofahren könnte.“
Sie legte sich nun auf die Couch und mit grimmigem Gesicht zog sie sich die Zudecke über ihren Kopf, ehe sie weitersprach. „Wisst ihr was? Eure Gesichter, alle Drei, ich kann sie nicht mehr sehen.“
Es war kurz vor Mitternacht, als Alex sich entschloss, sich auch schlafen zu legen. Zuvor kontrollierte sie die Wohnung. Sie überzeugte sich, dass sich kein weiteres Messer, kein Alkohol und keine Tabletten im Haus offen befanden. Erst als sie ganz sicher war, dass sie nichts übersehen hatte, verriegelte sie zufrieden die Schlafzimmertür von innen. Im Doppelbett wartete Tobias auf sie. Sie kuschelte sich an und umarmte ihn. Ab jetzt war es ihr egal, was immer auch passieren könnte. Selbst wenn Diana nachts davonlaufen würde, sie würde diese Wohnung nicht mehr für sie öffnen. Endlich war dieser Spuk vorbei, der für sie ein Albtraum war. Sie lag in ihrem Bett und genoss die Stille.

46. Kapitel

Der Wecker klingelte, das Zeichen, dass Tobias zur Schule musste. Alex rüttelte ihn kräftig, da er gewöhnlich gleich wieder einschlief. Dann erst wurde ihr bewusst, dass sie sich im Schlafzimmer ver-

riegelt hatte und eine böse Überraschung eventuell auf sie warten könnte.
Vorsichtig schloss sie die Tür auf und äugte hinaus, aber alles schien ruhig zu sein. Mit schnellen Schritten lief sie zur Wohnzimmertür und blickte hindurch. Ihre Befürchtungen waren unbegründet, denn Diana lag schlafend auf der Couch.
Nun jagte sie Tobias endgültig aus dem Bett und gab ihm dabei ein Zeichen, möglichst leise zu sein. Sie selbst brauchte ihren morgendlichen Kaffee. Während das Wasser zu sprudeln begann, zündete sie sich eine Zigarette an. Sie dachte an Judy und daran, dass sie Judy unbedingt heute sehen wollte. Nichts in aller Welt würde sie davon abbringen, noch einmal das Treffen zu verschieben. Dann wanderten ihre Gedanken zu Diana, die sich noch immer in ihrer Wohnung befand. Zweifel und Ängste kamen in ihr auf, ob Diana wirklich anstandslos zurückfahren würde. Die Ereignisse des gestrigen Tages saßen zu tief, ab jetzt würde sie Diana keinen Augenblick aus den Augen lassen.
Tobias kam mit seinen verschlafenen Augen aus dem Bad und zog sich an. Eine halbe Stunde später war er schulbereit und verabschiedete sich. Jetzt war Alex allein mit Diana und hoffte, dass diese bald aufstehen würde. Als sich nach zwei Stunden immer noch nichts rührte, hielt sie nichts mehr davon ab, Diana zu wecken. Sie brauchte Diana nicht lange ansprechen, denn wie es aussah, war sie bereits schon munter.
„Guten Morgen“, begrüßte Alex sie, bemüht, so natürlich wie möglich zu sein.
Diana schaute sie an und geplagt von Schuldgefühlen sagte sie.
„Es tut mir so leid, was gestern vorgefallen ist. Ich war nicht ich selbst. Es muss für dich schrecklich gewesen sein. Verzeih mir bitte.“
„Schon gut“, entgegnete Alex nachsichtig. „Es ist fast vergessen, wenn du akzeptierst, dass unsere Trennung endgültig ist. Ich möchte, dass du dich so schnell wie möglich fertig machst und nach Hause fährst.“
„Du weißt, dass mir diese Trennung immer noch schwer fällt, aber ich werde dir heute keine weiteren Probleme bereiten.“ Diana blickte in Alex´ Augen, in denen sie lesen konnte, wie sehr das Geschehene Alex getroffen hatte.

„Kann ich dennoch bei dir duschen?“, fragte sie und Alex nickte zustimmend.
Fünf Minuten später setzte plötzlich ein lautes Rufen im Bad ein. Angsterfüllt glaubte Alex, dass schon wieder etwas vorgefallen wäre, aber Diana stand umhüllt mit dem Badehandtuch und brauchte ihre Hilfe.
„Könntest du mir bitte den Verband wechseln, es nässelt schon mächtig.“
Alex öffnete vorsichtig die klebende Bandage. Als die immer noch stark klaffende Wunde zum Vorschein kam, erschrak sich Diana mächtig, jedoch Alex entgegnete leise.
„Ein Wahnsinn, was du gestern angestellt hast. Du musst unbedingt zum Arzt. Ich glaube nicht, dass die Wunde ohne ärztliche Versorgung verheilt. Es wird eine wulstige Narbe geben.“
Diana nickte zwar bejahend, war sich aber nicht im Klaren, ob sie es wirklich tun würde.
Alex indessen sprühte Jodspray auf die Verletzung und versuchte mit Heftpflaster diese zusammenzuziehen. Trotz aller Bemühungen, die Wunde klaffte immer noch, sie war einfach zu lang und zu tief.
„Geh bitte zu einer Ambulanz“, redete Alex erneut Diana ins Gewissen, aber sie lenkte sofort ab.
„Sag mal, hast du Unterwäsche für mich, vielleicht auch ein T-Shirt und eine Jeans? Meine Sachen sind derart blutverschmiert, dass ich mich nicht traue, so auf die Straße zu gehen.“
Alex holte aus dem Schlafzimmer passende Kleidungsstücke heraus. Sie beeilte sich, in der Hoffnung, dass Diana nun bald aufbrechen würde. Diana hingegen zog sich langsam an und ließ sich ausgesprochen viel Zeit beim Zusammensuchen ihrer Habseligkeiten. Dann endlich schien sie fertig zu sein. Aber noch immer konnte sie keinen Abschied nehmen.
„Ich werde jetzt wohl gehen müssen“, sprach sie zu Alex mit traurigen Augen. „Vielleicht könntest du mich zum Auto begleiten?“
Diana war sich nicht schlüssig, ob Alex überhaupt noch einen gemeinsamen Schritt mit ihr vor die Tür setzen würde. Alex jedoch stimmte sofort zu, denn sie wollte sich persönlich davon überzeugen, dass Diana tatsächlich in ihr Auto stieg. Langsam gingen sie die Straße entlang, die zu dem zentralen Parkplatz der Altstadt führte,

wo Dianas Auto abgestellt war. Als sie an einem Fotoladen vorbei kamen, fing Diana an, Alex einen letzten Gefallen abzuringen.
„Wäre es zu viel verlangt, wenn ich dich um ein Abschiedsfoto bitte?“
Alex sah Diana verwundert an, denn diese Frage schien ihr absurd.
„Das Foto bedeutet mir wirklich viel“, drängelte Diana, bis sich Alex schließlich überreden ließ.
Als der Fotograf den zwei Frauen die Aufnahme zur Begutachtung zeigte, dachte er sicherlich, dass das zwei Freundinnen wären, die sich gut verstehen. Jedoch der Schein täuschte, es war ein Abschiedsfoto, auf dem sich Alex bemüht hatte, möglichst freundlich zu wirken.
Endlich erreichten sie Dianas Auto. Diana rückte ihre Sachen zurecht, um sich fahrbereit zu machen. Alex beobachtete sie erwartungsvoll. In Gedanken sah sie Diana bereits abfahren und hoffte, dass sich dieser Moment nicht zu sehr hinauszögern würde. Diana aber hatte Geduld. Immer wieder schaute sie beim Ordnen ihrer Dinge traurig zu Alex hoch. Dann endlich stieg sie aus dem Auto aus, um sich endgültig zu verabschieden.
„Nun denn, wir müssen uns jetzt wohl trennen“, sagte sie und ihre Stimme klang heiser.
„Ja, Diana, das müssen wir.“ Auch Alex´ Worte kamen plötzlich stockend. Sie bemerkte, dass in ihr Gefühle der Sentimentalität hochstiegen, womit sie nie gerechnet hätte. Bloß keine Traurigkeit an den Tag legen, dachte sie innerlich verwirrt und verstand es selbst nicht, warum Wehmut in ihr aufkam. Sie umarmte Diana und sprach ehrlichen Herzens.
„Ich wünsche dir alles Gute. Vergiss nicht zum Arzt zu gehen, sonst hast du eine bleibende Erinnerung.“
Alex sah Diana in die Augen. Ihr entging nicht, dass diese leicht wässrig waren.
„Dir auch alles Gute“, entgegnete Diana schwerfällig, dann setzte sie sich in ihr Auto, winkte Alex zu und fuhr vom Parkplatz.
Minutenlang verharrte Alex rauchend auf dem Parkplatz. Sie konnte es immer noch nicht glauben, dass sie nun frei war, frei von unvorhergesehenen Ereignissen, frei von belästigenden Anrufen, frei, um einzig und allein für Judy da zu sein.

47. Kapitel

Froh gelaunt saß Alex in ihrem Auto und fuhr zu Judy. Bewusst nahm sie die vorbeirauschenden Wälder wahr, die ihr mittlerweile vertraut waren. Seit fünf Tagen pendelte sie zwischen ihrem zu Hause und der dreißig Kilometer entfernten Kleinstadt Branskow, in der Judy nun wohnte. Unwillkürlich musste sie an den Augenblick denken, als sie zum ersten Mal Judys Wohnung betrat. Es war ein schlicht eingerichtetes Zimmer im Dachgeschoss, das sie sofort an ihre Studentenzeit erinnerte. Selbst durch die schrägen Wände wirkte es optisch groß. In einer der Schrägen lagen Kleidungsstücke ordentlich auf dem Teppich gestapelt, eine Notlösung wegen des fehlenden Kleiderschrankes. In der anderen standen die Stereoanlage mit den riesigen Lautsprecherboxen sowie der Fernseher. In einer weiteren Dachnische erblickte Alex ein altes Holzbett. Mitten im Raum befanden sich zwei Matratzen, die als Sitzgelegenheit dienten, daneben ein Glastisch. Drei Grünpflanzen ließen das Flair gemütlich wirken. Alex war von dieser Wohnung sofort angetan. Voller Wiedersehensfreude fiel ihr Judy um den Hals, jedoch Küsse blieben aus. Der ganze Umzugsstress hatte Judy eine herbe Überraschung bereitet. Ihre Oberlippe war heftig angeschwollen und von Herpes gezeichnet. Sie schämte sich wegen ihres Aussehens, aber es störte Alex keineswegs. Sie liebten sich auch ohne Küsse, obwohl es absolut ungewohnt war. Seitdem waren nun fünf Tage vergangen und inzwischen kannte sie Judy bereits drei Wochen, die ihr wie eine Ewigkeit vorkamen.
Bei dem Gedanken, was vor fünf Tagen passiert war, musste Alex automatisch auch an Diana denken, die sich schweren Herzens von ihr getrennt hatte, wenn gleich mit viel Tumult und Wirbel. Die Ruhe vor Diana kam ihr wie eine Erlösung vor und sie fühlte sich frei von allen Lasten. Erst heute Vormittag wurden alle Erinnerungen erneut wachgerufen, als sie dieses Kuvert aus dem Briefkasten zog, ein Brief von Diana.

48. Kapitel

Judy nahm den Brief in die Hand. Während Alex hinter ihr stand, um diesen ein drittes Mal zu überfliegen, begann sie zu lesen.

Liebe Alex,
ich kann dir alles, was passiert ist und künftig passieren wird, verzeihen, ohne Wenn und Aber. Ich denke einfach, dass es erst so kommen musste. Du hast über zwei Jahre um mich gekämpft und du hast soviel wegen mir weinen müssen. Aber nun werde ich um dich kämpfen, denn das kann ich nämlich auch. Du bedeutest mir einfach viel zu viel. Wenn du bereit bist, stehe ich zu dir und werde auf dich warten. Unsere Zukunft wird traumhaft sein, glaube mir, auch ich bin zu sehr viel Liebe fähig. Diese werde ich dir für den Rest meines Lebens geben, wenn du es möchtest.
Ich habe mir sehr viele Gedanken gemacht, wie unsere Zukunft aussehen könnte. Ich würde zu dir ziehen und dort Patrick in die Schule geben. Wir teilen uns die Miete. Ich werde dir helfen, was immer zu tun ist. Du gibst mir deine Liebe und ich dir meine. Es wird immer genügend Liebe da sein. Ich werde in Thüringen alles vorbereiten, um bereit zu sein für dich. Wir erleben dann unseren Traum.
Wie schon gesagt, ich warte auf dich. Mein Leben ist momentan ein einziger Chaoshaufen, aber ich werde ihn ordnen, das ist versprochen. Ich werde für klare Verhältnisse sorgen.
Ich denke an unsere Zeiten und weiß, dass in unserer Beziehung so ziemlich viel falsch gelaufen ist. Ich kann es leider nicht mehr rückgängig machen. Ich kann dir nur versprechen, dass alles, was wir tun werden, aus reiner Liebe geschieht. Du bist immer noch meine Traumfrau und ich vermisse dich wahnsinnig. Du bist alles, was ich jemals in meinem bisherigen Leben gesucht habe und es wäre falsch, kampflos aufzugeben.
Ich bin immer noch ein Teil deines Herzens, das weißt du, wenn du genau hinsiehst. Lass uns den innigen Kontakt halten und lass uns wieder sehen. Vielleicht nicht die nächste Woche, aber dann die übernächste. Die Chance, uns zu behalten, ist sehr wichtig. Deshalb müssen wir uns sehen. Was bei dem Treffen passiert, werden wir sehen. Du brauchst dir keine Gedanken zu machen, dass ich Judy

jemals davon erzählen werde. Du fährst auch nicht zweigleisig. Wir versuchen nur, uns über unsere Gefühle im Klaren zu werden.
Du kannst mich haben, auch später, denn meine Liebe ist stark. Wir werden Frau und Frau und zugleich die besten Freundinnen sein. Du bist die tollste Frau auf dieser, so komplizierten und schweren Welt. Ich bin froh, dich getroffen zu haben.
Ich weiß, du hast dich in diese andere Frau verliebt, aber du weißt, dass zwischen uns viel mehr ist. Es stehen über zweieinhalb Jahre dahinter. Wenn du nicht so viele Gefühle für mich hättest, dann wären wir vom ersten Tag an, als du sie kennengelernt hast, nicht mehr zusammen gewesen. Ich bedeute dir also viel und du bist nur zwischen deinen Gefühlen hin- und hergerissen.
Ich liebe dich, Alex. Du denkst, es ist zu viel vorgefallen. Du hast recht, das ist es. Aber gerade deshalb haben wir die größten Chancen, bis ans Ende aller Tage glücklich zu werden. Wir werden uns im Alltag immer umeinander bemühen. Unsere Liebe wird für die Ewigkeit sein. Wir werden uns aneinander festhalten. Ich möchte für dich in guten und in schlechten Zeiten da sein. Unser Leben könnte wahnsinnig sein. Ich gebe mich dir ganz hin, denn unsere Berührungen sind wie Elektrizität.
Ich weiß, was ich will und ich will dich, nur dich. Also gib uns die Chance, die wir beide verdient haben. Ich liebe dich. Lass dich noch einmal auf mich ein und du wirst es dein ganzes Leben lang nicht bereuen.
Es tut mir Leid, denn eigentlich bin ich für solche Briefe nicht gemacht. Aber es ist meine Art, dir meine Gefühle zu zeigen, einen großen Teil jedenfalls. Denke nach! Du hast alle Zeit der Welt.
Deine Diana

Judy legte den Brief zur Seite, den sie aufmerksam gelesen hatte. Alex hingegen umfasste Judys Hüften und fragte: „Was hältst du davon?“
Judy drehte sich in ihrer Umarmung um, gab Alex einen Kuss, ehe sie antwortete.
„Ein ausgesprochen lieber Brief. Sie will dich zurückhaben und kämpft immer noch.“
„Glaubst du, dass sie unverhofft vor der Tür stehen könnte, um mich erneut zu bedrängen?“ Mit angsterfülltem Blick schaute Alex Judy

an. „Mir stehen jetzt noch die Haare zu Berge, wenn ich daran denke, was sie für ein Theater mit mir veranstaltet hat.“
Judy lächelte aufmunternd. „Ich glaube nicht, dass es so schlimm werden könnte. Ich schätze, du wirst dich auf Telefonate einstellen müssen.“
Alex malte sich schon in Gedanken aus, dass ihr Geschäftstelefon von Anrufen bombardiert wird. Aber selbst, wenn Diana unerwartet am Telefon wäre, könnte ich dem Gespräch ein schnelles Ende bereiten, grübelte sie. Die bisherige Ruhe vor Diana hatte in ihr die Hoffnung erweckt, dass sie nie wieder etwas von ihr hören würde.
„Ich habe keine Lust auf ein Gespräch mit ihr“, brummte Alex grimmig vor sich hin. „Ob ich sofort auflegen sollte?“
Sie schaute Judy fragend an und wollte einen Rat.
„Alex, du bist viel zu höflich, um einfach auflegen zu können. Wenn du weißt, dass sie es ist und nicht sprechen möchtest, so lass es klingeln. Wenn du sie aber unverhofft am Hörer hast, dann konzentriere dich auf das Notwendigste. Du kannst ja immer noch vortäuschen, dass du gerade stark beschäftigt bist.“
Judy machte bei ihrem letzten Satz eine ironische Handbewegung auf sich selbst. Alex verstand sofort. „Stark beschäftigt mit dir? Das ist gut, dann legt sie garantiert sofort auf.“
Nun mussten beide schallend lachen und Alex´ Nervosität wegen des Briefes verzog sich schnell.

49. Kapitel

Am Folgetag bemerkte Alex, dass auf dem Fußboden eine Reihe von Büchern aufgestapelt war. Neugierig bückte sie sich, um diese näher zu betrachten.
„Meine Bibliothek an Frauenliteratur“, sagte Judy stolz, die Alex von Weitem beobachtet hatte.
„Dann scheinst du mehr Bücher zu besitzen als ich“, sprach Alex bewundernd und zog dabei einige heraus. „Das hier habe ich auch und diese zwei hier vorne ebenfalls.“ Alex zeigte dabei mit dem Finger auf jene Bücher. „Aber die Restlichen kenne ich nicht. Dafür habe ich andere, die ich bei dir nicht entdecken kann.“

„Na, dann ergänzt sich unsere Sammlung doch hervorragend“, scherzte Judy vergnügt zurück.
Alex starrte wie gebannt auf ein Spezielles, zog es aus dem Stapel und musste plötzlich grinsen. „Also dieses kenne ich auch noch nicht, aber der Titel klingt verheißungsvoll.“
„Welches hast du in der Hand?“, erkundigte sich Judy, die nicht verstand, warum Alex sie so derart frech ansah.
„Schöner kommen.“ Alex grunzte vor Lachen und fügte ironisch hinzu. „Vielleicht kann ich ja noch etwas lernen?“
„Du bist schon perfekt und machst mich ohnehin ziemlich verrückt“, ulkte Judy zurück. „Außerdem glaube ich nicht, dass dir alle Varianten gefallen, die in diesem Buch aufgezeigt werden.“
Voller Neugier nahm es Alex in die Hand und blätterte wahllos durch.
„Ob ich es mir mal ausborgen kann?“, fragte sie nach einer Weile.
„Warum nicht? Ich wusste gar nicht, dass du eine Ader für außergewöhnliche Spielchen hast. Das werde ich mir merken.“
„Ach was, das täuscht. Bei einigen Fotos, die ich eben gesehen habe, kann ich mir überhaupt nicht vorstellen, dass das jeder Frau gefallen könnte. Mir jedenfalls nicht. Trotzdem würde ich es mir gern genauer ansehen.“
„Nimm es mit“, erwiderte Judy, schmunzelte frech und sah sich in Gedanken schon eine Idee ausführen.
Als Alex wieder bei sich zu Hause angekommen war, wollte sie vor dem Einschlafen noch ein wenig in dem neuen Buch lesen, kam aber nicht weit, denn die Müdigkeit übermannte sie. Vorsorglich legte sie die Lektüre in die oberste Schublade ihres Nachtschränkchens, wo es dann über Wochen hinweg in Vergessenheit geriet.

50. Kapitel

Judy saß in ihrem Auto und fuhr in die Großstadt. Sie hatte ihren freien Tag als Waschtag erklärt und daher befanden sich zwei große Plastikbehälter mit schmutziger Wäsche im Kofferraum. Sie liebte das Flair eines Waschsalons, zumal sie momentan kein Geld zum Kauf einer eigene Waschmaschine besaß. Schon im Vorfeld erkundigte sie sich bei ihren Kolleginnen, wohin sie am besten fahren

könnte. Diese empfahlen ihr das Waschcenter im Einkaufspark „Magaretenschlösschen“.
Dort angekommen lud sie ihre überfüllten Waschtröge aus und bald war alles zum Waschen nebst Trockenvorgang vorbereitet. Jetzt verblieben ihr zwei Stunden Freizeit, die sie nutzte, um in den benachbarten Geschäften zu bummeln. Zunächst schaute sie in das Möbelhaus, denn immer noch fehlten ihr tausend Kleinigkeiten für die Wohnung. Dann schlenderte sie weiter und kam an einen Laden vorbei, der ihre Neugier weckte. Langsam näherte sie sich und äugte vorsichtig durch die Tür. Ihre Vorahnung bestätigte sich, es war ein Erotikshop. Bisher hatte sie derartige Geschäfte nicht oft gesehen und so entschloss sie sich für eine Stippvisite. Mit gelassenen Schritten schaute sie sich um, bis ihre Augen am Stand mit den Fesseln haften blieben. Unwillkürlich musste sie sich an Alex erinnern, die vor Tagen höchst interessiert in ihrem Buch „Schöner kommen“ wälzte. Automatisch nahm sie ein Paar in die Hand und probierte ihre Funktionstüchtigkeit aus. Mehr aus Jux kam ihr die Idee, dass sie Alex beim nächsten Mal fesseln könnte. Diese Vorstellung reizte Judy.
Mit einem peinlichen Gefühl im Bauch reichte sie der Verkäuferin das Geld zum Bezahlen hin.
„Danke für Ihren Einkauf. Ich wünsche Ihnen noch ein schönes Wochenende“, sagte die Verkäuferin mit angenehmer Stimme, jedoch spaßigen Unterton, sodass Judy irritiert nachdachte - Schönes Wochenende? Das kann ich jetzt fast zweideutig verstehen.
Die Verkäuferin hatte mit ihrer versteckten Anspielung tatsächlich recht. Das Wochenende entpuppte sich als ausgesprochen schön. Zuerst aßen Alex und Judy ein wenig zu Abend, gingen dann im Dunkeln der Kleinstadtstraßen spazieren und kehrten weit nach Mitternacht heim. Dann schaute Judy nach Jacki, die bereits tief und fest schlief.
„Wir können es uns jetzt gemütlich machen.“ Sichtbar zufrieden stand Judy vor ihrer Stereoanlage, um einen Sender mit Schmusemusik einzustellen.
Alex nickte zustimmend und erwartete Judy auf der am Fußboden liegenden Matratze. Nun wusste Judy, dass der Zeitpunkt für ihren kleinen Spaß gekommen war.

„Ich habe eine Überraschung für dich“, platzte sie aus reiner Vorfreude heraus.
Alex schaute in ihre strahlenden Augen und Neugier wurde in ihr wach, „ach ja? Na, dann lass mal sehen.“
Judy ließ sich nicht lange bitten und eilte zu ihrem operativen Kleiderschrank. An der Wand, wo ihre Kleidungsstücke aufgestapelt lagen, griff sie in eine Plastiktüte und fischte die Handschellen heraus. Noch konnte Alex nicht erkennen, um welche Überraschung es sich handelte, denn Judy hielt sie versteckt hinter ihrem Rücken.
„Mach deine Augen zu und reich mir deine Hände.“
Alex gehorchte ihr aufs Wort. Langsam streckte sie mit geschlossenen Augen ihre Arme vor sich aus. Dabei öffnete sie ihre Handflächen, im Glauben, dass ihr Judy etwas hineingeben würde. Aber ehe sie sich versah, fühlte sie etwas Kaltes, was sich plötzlich um ihre Handgelenke schloss. Sie wollte gerade mit den Augen blinzeln, um das ungewohnte Gefühl zu deuten, als Judy sie aufforderte.
„Mach deine Augen wieder auf.“
Alex tat, wie ihr befohlen und sah die Handfesseln, aber auch, wie Judy sie derart frech angrinste.
„So, mein Schatz, ab jetzt bist du mein. Ich kann mit dir machen, was immer ich will.“
Judy schaute Alex verliebt an und setzte ihre Vorhersage gleich in die Tat um. Sie berührte zärtlich Alex´ Gesicht und küsste sie.
„Na, gefällt es dir?“, witzelte sie Minuten später.
Alex musste lachen und scherzend sprach sie.
„Wenn das jetzt eine heiße Nacht werden soll, so hättest du mich vorher ausziehen müssen.“
„Natürlich möchte ich mit dir eine solche erleben, aber das mit den Handschellen war eher als Spaß gemeint. Mal sehen, ob mein Liebling kitzlig ist?“ Judy griff in Alex´ Hüften und zwickte sie leicht. Alex war mehr als kitzlig und fing nun an, vor Lachen zu kreischen. Das lustige Treiben ging eine kleine Weile so weiter, bis Judy dem ein Ende setzte.
„Komm, ich lass dich nun wieder frei. Mein kleiner Spaß ist gelungen.“
Dabei rieb sie sich schadenfroh die Hände, grinste schelmisch, ehe sie die Schlüssel aus ihrer Hosentasche zog, um die Fesseln zu lösen.

Noch ahnte sie nicht, dass Alex bald den Spieß umdrehen würde. Irgendwann, als beide entblößt und küssend auf der Matratze lagen, ergriff Alex die Initiative.
„Warte Engelchen, ich werde mich jetzt rächen“, flüsterte sie leise in Judys Ohr. Sie küsste Judys Mund, ehe sie beschwörend weitersprach. „Wehr dich nicht, denn meine Rache wird nun süß sein.“ Dabei hielt sie die Schlüssel der Handschellen in der Hand und warf sie lässig hinter sich in den Raum. Judy hörte nur ein leises Poltern, als auch Alex schon ihre Arme vorsichtig über ihren Kopf nach oben bewegte, um ihr die Handschellen anzulegen. Judy schien nicht zu bemerken, dass diese gleichzeitig um den Fuß des Bettgestelles angekettet waren. Erst Sekunden später nahm sie wahr, dass sie ihre Arme nicht mehr bewegen konnte. Sie wehrte sich nicht, sondern genoss den Moment, hilflos ausgeliefert zu sein, der in ihr sofort erotische Gefühle freisetzte. Alex spürte es förmlich, wie Judy bei ihren Küssen und Streicheleinheiten bebte.
Etliche Minuten später befand sich Judy in einem verträumten und erschöpften Zustand. Alex streichelte ihr Haar. Glücklich und mit leuchtenden Augen sah Judy sie an und flüsterte verliebt. „Es war wirklich eine heiße Nacht.“
Nun erst nahm sie wahr, dass sie sich nach wie vor in der starren Fesselung befand.
„Ob du mich erlösen könntest?“, raunte Judy und deutete mit einem Blick nach oben auf die Handschellen.
Alex nickte eifrig und freute sich innerlich auf diesen Augenblick, auf den sie bereits gewartet hatte.
„Weißt du, wo die Schlüssel sind?“, fragte sie und blickte dabei suchend in den Raum.
Noch schenkte Judy dem keine Bedeutung. Erst als Alex immer noch hilflos im Zimmer herumblickte und meinte, dass sie die Schlüssel nicht finden könne, wurde Judy leicht nervös.
„Du hast sie doch vorhin hinter dich geworfen“, erklärte sie aufgeregt. „Bitte schau dich weiter um.“
Alex hatte Mühe, ihr Grinsen zu unterdrücken, zu genau wusste sie, wo die Schlüssel lagen. Aber noch sollte Judy ein bisschen zappeln.
„Judy, das gibt es doch gar nicht, aber ich kann diese verdammten Schlüssel nicht finden.“
Judy stieß einen lauten Seufzer aus.

„Such bitte, sie müssen doch da sein."
Alex schritt erneut den Raum ab und hob dabei achselzuckend die Schulter. Nun war es an der Zeit, ihrem kleinen Scherz ein Ende zu setzen. Mit einem Schmunzeln drehte sie sich in Richtung Judy.
„Sag mal, hast du eine Säge, damit wir das Bettbein zerlegen können? Oder wir müssen jetzt den Schlüsseldienst kommen lassen?"

51. Kapitel

Das Telefon klingelte und Alex erkannte sofort die Nummer im Display, es war Diana. Total irritiert überlegte sie, ob sie das Gespräch annehmen sollte. Noch vor etlichen Tagen hatte sie mit einem Anruf gerechnet, aber nichts passierte. Sie freute sich, dass Diana sie in Ruhe ließ, und hatte daher jenen Brief fast schon vergessen.
Aber nun klingelte es zum sechsten Mal, sie musste sich entscheiden. Einen Moment zögerte sie dennoch, ehe sie abnahm.
„Brinker, Veranstaltungsservice", stellte sich Alex förmlich vor.
„Hallo Alex, ich bin es, Diana", erklang ihre Stimme schüchtern.
„Hallo Diana", erwiderte Alex verhalten und wollte auf keinen Fall den Gesprächsverlauf übernehmen.
„Ich wollte mich erkundigen, wie es dir geht."
„Mir geht es gut", antwortete Alex reserviert.
Sie wollte weder angeben noch übertreiben. Sie war unendlich verliebt und überglücklich und verspürte wenig Lust, sich hierzu detailliert zu äußern. Diana jedoch erwiderte nichts, sodass sich Alex nun aus reiner Höflichkeit nach ihrem Wohl erkundigte.
„Und dir? Wie geht es dir?"
Darauf schien Diana gewartet zu haben.
„Mir geht es eher bescheiden", fing sie an zu klagen. „Ich muss immer an dich denken, du fehlst mir so."
Alex blieb stumm. Ihr lag es fern, in alten Wunden herumzustochern. Das bemerkte Diana und fragte daher.
„Hast du meinen Brief erhalten?"
„Ja."
Diana wurde sichtbar nervös, wollte sie doch in Erfahrung bringen, was Alex von ihrem Brief hielt.

„Alex, verzeih, aber du bist sehr kühl am Telefon. Ich habe dich die ganze Zeit in Frieden gelassen, weder telefoniert noch dich bedrängt. Es besteht kein Grund, mir gegenüber so kurz angebunden zu sein."
Alex war nahe dran zu sagen, dass sie diese Ruhe geradezu genossen hätte, biss sich aber schnell auf die Zunge.
„Ja, ich habe deinen Brief erhalten", sprach sie zögerlich. „Was willst du darauf hören? Du kennst doch meine Entscheidung."
„Ich dachte, dass du deine Meinung vielleicht geändert hast. Inzwischen sind so viele Tage vergangen." Diana stockte und ihre Stimme klang traurig. „Mein Brief konnte dich anscheinend nicht überzeugen?"
„Nein", sagte Alex trocken.
„Ich möchte dich so gerne wieder sehen", gestand Diana und schnell verbesserte sie sich, „hab bitte nur keine Angst jetzt. Ich will dich einfach nur sehen und mit dir sprechen wie zwei gute Freundinnen. Außerdem habe ich Anziehsachen von dir, die ich dir zurückgeben möchte."
Alex überlegte, worauf es Diana jetzt wieder angelegt haben könnte. Sie war mehr als skeptisch und verschwendete keinen Gedanken damit, dem je zuzustimmen.
„Nein Diana. Ich werde mich mit dir nicht treffen. Meine Kleidung kannst du mir bitte zuschicken."
„Warum können wir uns nicht wieder sehen? Ich habe dir doch geschrieben, warum es für uns beide wichtig ist", fragte Diana unnachgiebig. „Du kannst dich auf mich verlassen, Judy wird niemals davon erfahren."
In Alex stieg Wut auf, sie wollte von alledem nichts mehr hören. In ihr kamen sofort die Erinnerungen alter Dispute hoch. Nun schien es, dass das Gespräch wieder in die gleiche Richtung verlaufen würde. Das musste sie unterbinden und erwiderte sehr energisch.
„Gib dir keine Mühe. Wir werden uns nicht treffen und ich mag darüber nicht diskutieren. Daher sei so lieb und rufe hier nicht mehr an." Alex machte eine kleine Pause, um Luft zu holen, ehe sie fortsetzte. „Übrigens habe ich es ziemlich eilig und werde jetzt …"
Diana unterbrach sie abrupt.
„Du willst zu ihr, nicht wahr? Bist du wirklich so glücklich mit ihr?"
Diana konnte diese Fragen nicht unterdrücken, die eifersüchtig und neidisch klangen.

Alex hatte fast schon den Hörer aufgelegt, aber sie wollte Diana die Antwort nicht schuldig bleiben. „Ja, ich bin sogar ausgesprochen glücklich. Entschuldige, ich habe es eilig. Tschüss“, und legte auf.
Diana war geknickt. Sie hatte sie sich einen positiveren Gesprächsverlauf gewünscht und gehofft, dass Alex in den zurückliegenden Wochen schlechte Erfahrungen mit ihrer neuen Freundin erlebt hätte. Ihr Brief sollte sie innerlich aufwühlen, sodass Alex Sehnsucht nach ihr verspüren würde. Aber nichts von dem war eingetroffen.
Diana schaute traurig vor sich hin und grübelte. Dann plötzlich sprach ihr Herz - warte noch ein bisschen, alles kann sich immer noch ändern.

52. Kapitel

Hand in Hand gingen Alex und Judy durch die Altstadt. Heute war der Clubabend, von dem Judy schon so oft geschwärmt hatte und der jeden ersten Dienstag im Monat nur für Frauen stattfand. Alex war aufgeregt. Oft hatte sie sich eine Einrichtung für Gleichgesinnte gewünscht, aber nicht vermutet, dass es eine ganz in ihrer Nähe geben könnte. Das war auch der Grund, warum sie vor einem Jahr ein Inserat in die hiesige Tageszeitung setzte. Genau erinnerte sie sich an dessen Wortlaut.
<<Ich grüße die lesbische Frauenwelt zwanzig Kilometer rundherum. Jede zehnte Frau von uns betrifft es, aber jede ist für sich allein. Lasst uns zusammen kennenlernen und regelmäßig treffen, um gemeinsam etwas zu unternehmen. >>
Damals war die Resonanz bescheiden, nur vier Antworten kamen. Drei davon waren weit von ihrer Stadt entfernt, obwohl sie absichtlich die Kurzbezeichnung ihres Heimatortes verwendet hatte.
Daher war Alex total erstaunt, als Judy diesen Club erwähnte. Sie hatte weder eine Vermutung, wie solch ein Treffen vonstatten geht, noch eine Vorstellung, wie jene Frauen sie in der Runde aufnehmen würden. Alex wollte sich einfach überraschen lassen.
Erst gestern hatte ihr Judy von ihren Anfängen im Club erzählt und berichtete, dass es für sie damals schwierig war. Rita hatte kein Ohr für diesen Club und weigerte sich, generell Derartiges aufzusuchen. Aber irgendwann siegte Judys Neugier. Sie wollte Frauen kennen-

lernen, mit ihnen erzählen und Lebensgeschichten austauschen. Deshalb täuschte sie eines Tages eine Spätschicht vor, um dort hinzugehen.
Beim ersten Mal nahmen die Frauen im Club sie verhalten auf, denn sie kam allein und die anderen waren fast ausschließlich Pärchen. Später erläuterten jene, warum sie anfänglich so reserviert waren. Sie meinten, dass schon viele einsame Frauen den Club aufgesucht hätten, im Glauben, hier ihre Frau fürs Leben zu finden. Dabei hätten einige argen Unfrieden gestiftet. Jedoch mit Judys weiterem Kommen fielen dann die Schranken. Nach und nach lernte sie die einzelnen Frauen in Gesprächen kennen.
Irgendwann, so erklärte Judy auch, hatte sie Rita von ihren Ausflügen gebeichtet und gebeten, gemeinsam hinzugehen. Rita folgte ihr nur ein einziges Mal zu solch einem Treffen und lehnte danach jedes Weiteres ab. Sie stellte Judy frei, weiter hinzugehen, was Judy aber nur vereinzelt tat, um halbwegs Kontakt zu halten.
Alex erinnerte sich genau, wie Judy schwärmend erwähnte, dass sich die Frauen auch privat treffen oder andere Treffen organisieren. Sie berichtete von der gemeinsamen Tanzschule, zu der sie Rita auch nicht bewegen konnte. Kein Wunder, dass Judy voller Begeisterung Alex um den Hals fiel, als diese sagte, dass auch sie solche Zusammenkünfte wahnsinnig gern wahrnehmen würde.
„Wir sind da“, unterbrach Judy Alex´ Gedanken. Sie standen vor einem zweistöckigen Altstadthaus, das von außen betrachtet einen heruntergewirtschafteten Eindruck machte.
„Lass dich nicht davon täuschen“, sprach Judy, die in Alex´ Augen ihre Gedanken las. „Die Stadt hat dem Club dieses Haus zur Verfügung gestellt. Noch hat der Verein nicht die Gelder, um alles auf einmal renovieren zu können, aber drinnen sieht es richtig gemütlich aus. Es gibt sogar im Obergeschoss eine Bibliothek, wo Frauenliteratur vorhanden ist.“
Judy klingelte an der Außentür und umarmte Alex´ Hüften. Sie freute sich auf diesen Augenblick, auf den sie nun mehr als ein dreiviertel Jahr gewartet hatte.
Inzwischen wurde die Tür von innen geöffnet. Ein keckes Frauengesicht schaute hervor und sah die beiden fröhlich an.
„Hallo, ihr Zwei“, begrüßte sie beide. Dann sah sie Judy genauer an. „Ach ja, dich kenne ich doch. Sag gleich, wie heißt du noch?“

„Judy“
„Natürlich. Du warst doch schon öfter hier, nicht wahr? Na ihr Zwei, dann kommt mal rein in die gute Stube“, plauderte jene Frau, deren Name, wie sich später herausstellte, Sonja war.
Beide traten in den Flur, auf dem zwei große Zeitungsständer standen. Judy erklärte Alex sofort, dass regelmäßig Zeitschriften erschienen, die sich ausschließlich auf schwul-lesbische Themen beziehen. Judy zog sogleich eine der Zeitungen heraus und reichte sie Alex. Es blieb jedoch keine Zeit zum Blättern, denn Judy zog sie bereits durch die Tür. Nun standen sie in einem großen Raum, der ein wenig einer Bar ähnelte, da es einen Tresen gab. Inmitten des Zimmers waren Tische zusammen gestellt, um diese herum saß eine Traube von Frauen. Alex schätzte, dass sich mindestens fünfzehn Frauen im Raum befanden, die nun plötzlich zu ihr und Judy herübersahen.
Judy trat näher heran und begrüßte die Frauen per Handschlag, wobei sie sich hin und wieder mit ihrem Namen vorstellte. Alex folgte ihr und hatte bei der Begrüßung das Gefühl, dass sie von neugierigen Blicken umlagert war. Als sie Platz nahmen, kam die für den Tresen verantwortliche Frau und erkundigte sich nach ihrem Getränkewunsch. Minuten später standen zwei Bier auf dem Tisch.
Der weitere Verlauf verhielt sich so, wie Judy es bereits vorhergesagt hatte. Die Frauenpärchen unterhielten sich untereinander, ohne weitere Notiz von den beiden zu nehmen. Zu sehr waren sie in ihre privaten Unterhaltungen vertieft. Alex und Judy hörten mal der einen, dann der anderen zu, ohne überhaupt Gelegenheit zu haben, sich am Gespräch zu beteiligen. Erst Stunden später, als der Platz neben Judy frei wurde, rückte Sonja auf.
„Na ihr Zwei, ihr seid garantiert frisch verliebt“, fragte sie und ohne die Antwort abzuwarten, sprach sie gleich weiter. „Ihr braucht nichts zu sagen, das sieht man euch total an.“
Beide nickten im gleichen Moment und sahen sich verliebt schmunzelnd in die Augen. Sonja war neugierig, sie wollte mehr über das glückliche Paar wissen und somit richtete sie an Judy ihre Frage.
„Erzähl mal, wie habt ihr euch kennengelernt?“
Judy fing an, die Geschichte aus ihrer Sicht zu erzählen. Sie berichtete von Rita, an die sich Sonja noch schwach erinnern konnte.

Dabei erwähnte sie ihre Probleme, die sie mit Rita hatte und hielt auch nicht mit dem Klinikaufenthalt hinter dem Berg. An der Stelle, wo sie das erste Mal in der Disco auf Alex traf, fingen Judys Augen an zu leuchten. Als sie ihre Geschichte mit der erotischen Nacht im Hotel beendete, hatte sich bereits Sonjas Freundin Karin dazu gesellt. Karin, die nur den Schluss von Judys Ausführungen gehört hatte, schaute nun erwartungsvoll zu Alex.
Nun sprach Alex von sich, von ihrer langweiligen Ehe und von den Abenden, an denen sie sich immer wieder den gleichen Frauenfilm angesehen hatte. Sie erzählte von ihrer Suche im Internet, bis sie auf ihre Beziehung mit Diana zu sprechen kam. Dann schnitt sie den Moment an, an dem sie Judy traf, und ergänzte ihre Geschichte, wie sie Judy vor der Klinik auflauerte, um sie jemals wieder sehen zu können.
Alex hielt nun inne und Karin entgegnete voller Überraschung.
„Das ist ja fast der gleiche Werdegang wie bei mir. Nur statt Filme habe ich Frauenliteratur verschlungen, ohne aufzuhören."
„Habt ihr Kinder?", wollte Karin nun wissen. Alex und Judy nickten fast zeitgleich mit dem Kopf. „Alex hat zwei Söhne und ich eine Tochter", erklärte Judy. „Und ihr?"
„Ja, wir auch", entgegnete Sonja. „Jedoch bei uns ist es genau umgekehrt, zwei Töchter und einen Sohn."
Nun ging das Schnattern erst richtig los. Gegenseitig fragten sie sich aus und bemerkten dabei nicht, dass der Club bereits schließen wollte.

53. Kapitel

Als Alex einige Tage später Judys Wohnung betrat, kam ihr Judy aufgelöst entgegen. Sie bemerkte sofort, dass etwas vorgefallen war.
„Grüß dich, Judy. Was ist los? Du bist so aufgeregt."
Judy gab ihr einen flüchtigen Kuss auf den Mund und zog Alex in das Wohnzimmer.
„Stell dir vor, Rita hat sich eine Wohnung in der gleichen Straße gesucht. Sie wohnt keine hundert Meter von hier entfernt."

Alex schaute Judy erstaunt an und überlegte, welche Konsequenzen das zur Folge haben könnten. „Glaubst du, dass sie dich belästigen wird?“, fragte sie daher besorgt.
„Ich denke schon“, gab Judy zögerlich zurück. „Meine Arbeitskollegin, die immer durch Branskow zur Arbeit fährt, hat sie auch schon vor meinem Hauseingang gesehen.“
„Das kann Zufall sein“, entgegnete Alex, um Judy zu beruhigen, wobei sie nicht an diesen Zufall glaubte. „Neigt Rita zu Rachegelüsten?“, erkundigte sie sich dennoch nervös.
„Das ist es ja, was ich so schlecht einschätzen kann. Sie ist maßlos enttäuscht von mir und sieht sicherlich täglich deinen Wagen vor meinem Hauseingang stehen. Eifersucht und Hass sind eine gefährliche Mischung. Ich mache mir Sorgen, auch um dich.“
Nun hatte es Judy geschafft, Alex in absolute Aufregung zu versetzen. „Befürchtest du, dass sie an meinem Auto manipulieren könnte?“, fragte Alex voller Schrecken.
„Ich weiß nicht. Ich kann mich natürlich auch irren. Aber ich schätze, es ist die Ruhe vor dem Sturm.“ Judy zog zögerlich einen Brief hervor.
„Der war heute in meinem Briefkasten, anonym. Der kann nur von Rita sein, obwohl ich ihre Handschrift nicht hundertprozentig wieder erkenne.“
Judy reichte Alex den Brief. Es war ein Gedicht mit dem Titel: „Ich bin, wie ich bin“. Es las sich etwas kompliziert und war mit hoher Wahrscheinlichkeit aus irgendeinem Buch abgeschrieben. Alles deutete auf Rita, denn das Gedicht beschrieb eine Person, die sich verändert, die liebt und geliebt werden möchte, die gibt und nimmt, aber vor allem mit ihrem Für und Wider Akzeptanz fordert.
Alex legte den Brief zur Seite. „Rita macht auf sich aufmerksam, sie kämpft um dich, was längst schon zu erwarten war. Mich hat es ohnehin gewundert, dass uns deine Ex keine Probleme macht.“ Alex stockte in ihren Worten, um nachzudenken. „Ich würde daraus aber keine gewalttätigen und hasserfüllten Aktionen vermuten.“
„Glaubst du?“, fragte Judy sichtbar nervös.
„Ja“, sagte Alex nun optimistisch, „ich vermute, dass du dich auf persönliche Gespräche einstellen musst. Sie könnte dir auflauern, wenn du von der Arbeit kommst oder sich zufällig dort aufhalten, wo du gerade Besorgungen tätigst, vielleicht unverhofft vor deiner

Wohnungstür stehen. Sie wird dich mit ihrer Anwesenheit hier vor Ort bedrängen. Sie wird allgegenwärtig sein, um auf den Moment zu warten, an dem du es dir anders überlegen könntest, nämlich zu ihr zurückzukehren.“ Alex war überzeugt davon, dass das alles eintreffen würde. Jedoch in Gedanken sah sie auch ihr Auto zerkratzt und zerbeult oder gar einen der Reifen zerstochen.
Wie sich in den weiteren Wochen herausstellte, bewahrheitete sich nichts von alledem. Judy bekam nicht ein einziges Mal Rita zu Gesicht. Irgendwann unterließ es Alex, ihr Auto nach Beschädigungen zu kontrollieren. Rita rührte sich nicht, sie schien unsichtbar zu sein. Sie hatte eine andere Taktik gewählt, der mehr und mehr Jacki verfiel. Alex und vor allem Judy verstanden die Welt nicht mehr. Jacki, die anfänglich stets hasserfüllt über Rita sprach, ließ sich plötzlich lobend über sie aus. Freiwillig ging sie in ihre neue Wohnung, um Kathi zu besuchen. Keine Frage, Rita hatte sich alle Mühe gegeben, um Jackis Vertrauen wiederzuerlangen. Für Judy stand fest, dass Rita ihre Liebe über Jacki zurückgewinnen wollte, was aber nie funktionieren würde.

54. Kapitel

Es war bereits spät. Alex lag angekuschelt an Judy auf der am Fußboden liegenden Matratze und konnte nicht einschlafen. Ihr gingen die Ereignisse der zurückliegenden Tage und Wochen durch den Kopf, wobei sie keinen Gedanken mehr an diesen Brief von Rita verschwendete, der für ziemlich viel Unruhe gesorgt hatte. Sie dachte nur an Judy und wünschte sich, mit ihr noch viele gemeinsame Stunden zu verbringen.
Schon seit Langem bemerkte sie, wie sehr sie Judy begehrte. Manchmal beschlich sie sogar der Verdacht, sexsüchtig nach ihr zu sein. Sie genoss die vielen erotischen Momente und konnte gar nicht genug davon bekommen. Judy reagierte in gleicher sehnsuchtsvoller Weise. In ihrer gemeinsamen intimen Vertrautheit schien nichts fremd oder ungewohnt zu sein. Das war es, was sich Alex schon immer gewünscht hatte. Ihre Schmetterlinge im Bauch sprachen dafür, dass Judy ihre Traumfrau war, die nicht nur Verliebtheit in Alex zu Tage brachte. Alex fühlte, dass es Liebe war.

Sie drückte Judy enger an sich heran und küsste ihr Gesicht.
„Ich liebe dich“, flüsterte sie Judy ins Ohr und war sich im Klaren, dass sie es absolut Ernst meinte.
Judy reckte sich und schaute schlaftrunken hoch.
„Was hast du gesagt?“
„Ich liebe dich“, wiederholte Alex ihre Worte sanft und küsste sie erneut.
„Ich habe dich auch ganz doll lieb“, entgegnete Judy leise und schien nun munter zu sein.
Alex` Gesicht kuschelte sich an das von Judy an. Sie brauchte ihr nur nahe zu sein und stets von Neuem spürte sie, wie ihre Erregtheit einsetzte. Ihrem inneren Wunsch nach Zärtlichkeit folgend, zog sie von dem benachbarten Kleiderstapel zwei Schals heraus. Mit einem verband sie Judys Augen, mit dem anderen fesselte sie ihre Hände.
„Bleib so liegen und beweg dich nicht“, hauchte Alex.
Judy blieb regungslos liegen. Sie spürte, wie sich ihr Nachthemd öffnete und langsam der Stoff von ihrem Körper glitt. Sie fühlte, wie etwas ihre Haut berührte, was aber nicht Alex Hände sein konnten. Einen Lufthauch in ihrem Nacken. Feuchte Lippen, die ihren Busen liebkosten. Einen Mund, der sie küsste und sich im gleichen Moment diesem Kuss entzog. Finger, die sanft wie eine Feder an ihrem Körper auf und ab wanderten. Sie nahm tausend kleine Berührungen an sich wahr, die sie nicht sehen, aber sehr intensiv fühlen konnte. Judy war wie elektrisiert, obwohl Alex sie nur berührte. Mit den Worten „Ich liebe dich“ vollendete Alex ihren Akt der Verführung, der in Judy höchste Erregung und zugleich lautes heftiges Stöhnen hervorrief.
Letzteres war auch der Grund, warum es kurze Zeit später an der Wohnzimmertür klopfte. Ohne ein Herein abzuwarten stand Jacki plötzlich in der Tür. Besorgt sah sie in den Raum und sah Alex und ihre Mutti auf dem Boden liegen.
„Mutti, du musst noch meine Klausur unterschreiben“, sprach sie forsch und näherte sich den beiden.
Alex war perplex und versuchte, Judy notdürftig zu bedecken. Schnell riss sie zugleich den Schal von Judys Augen, der nun wild um ihren Kopf hing. Judy unterdessen war bestrebt, sich unter der Zudecke von den Handfesseln zu befreien.

„Ich kann jetzt nicht“, rief sie Jacki nervös entgegen, da sie trotz aller Bemühungen, den Schal nicht lösen konnte.
Jacki sah zu den beiden und ließ sich nicht beirren.
„Mutti, unterschreibe bitte die Arbeit, sonst bekomme ich morgen Ärger in der Schule“, bestand sie eindringlich und hielt ihrer Mutter die Zettel vor die Nase.

55. Kapitel

Judys Handy klingelte bereits das dritte Mal. Nun lief Jacki schnell hin und nahm das Gespräch an.
„Hallo, Judy“, hörte sie eine Frauenstimme sagen.
„Alex? Bist du es?
„Ja“, erwiderte Alex, im Glauben es sei Judy. „Ich habe jetzt frei, aber in zwei Stunden muss ich wieder arbeiten.“
Jacki unterbrach sie.
„Du, ich bin es, Jacki. Warte mal, ich suche Mutti.“
Alex hörte durch das Telefon, wie nun am anderen Ende ein lautes Rufen einsetzte.
„Mutti, wo bist du? Alex ist am Handy.“ Jacki vernahm Geräusche von der Toilette und eilte hin. „Mutti, Alex ist dran“, wiederholte sie und hielt ihr das Telefon hin.
„Doch nicht hier auf dem Klo“, sprach Judy leicht entsetzt.
Jacki blieb unnachgiebig und wedelte mit dem Handy herum.
„Nun komm, es ist Alex, sie hat nicht viel Zeit.“
Alex hatte das ganze Szenario halbwegs mitverfolgen können und nun, als Judy sie begrüßte, scherzte sie unvermittelt.
„Na, mein Schatz! Laufen die Geschäfte gut?“
„Ja, ich kann mich nicht beklagen“, witzelte Judy fröhlich zurück.
„Tut mir leid, wenn ich dich störe. Ich rufe später noch einmal an.“
„Nun bleib schon dran“, lehnte Judy ab. „Was gibt es denn Wichtiges?“
Alex erzählte in kurzen Worten von ihrem Tagesgeschehen, ehe sie auf den Punkt kam.
„Ich wollte dich fragen, wie du dir deine Zukunft vorstellst?“
Judy überraschte die Frage, saß sie doch auf dem gewissen Örtchen.
„Nur mit dir Alex“, erklärte sie, ohne zu zögern.

„Das klingt wunderschön. Aber du musst doch ganz konkrete Vorstellungen haben?“
„Natürlich. Ich möchte Versäumtes nachholen und meine Träume wahr werden lassen. Damit meine ich tanzen, ausgehen und einen großen Bekanntenkreis haben. Außerdem bin ich ein Reisenarr und hege den Wunsch, wieder fremde Länder zu sehen. Aber was mir am Allerwichtigsten ist, irgendwann will ich mal im Ausland leben. Afrika, das war schon immer mein Traum.“
Alex schluckte, als sie Afrika hörte. Den Gedanken, in einem anderen Land zu leben, den hatte sie bisher noch nie in Erwägung gezogen, auch nicht bei Judy vermutet. Nach einer kurzen Überlegung erwiderte sie.
„Alles, was du gerade gesagt hast, trifft auch meine Vorstellungen.“
Judy schien auf ihrem Schüsselchen wahre Freudensprünge zu machen. Endlich hatte sie die Frau gefunden, die die gleichen Interessen hatte, die sogar mit ihr den Schritt ins Ausland wagen würde. Um auf Nummer sicher zu gehen, hakte sie nochmals nach.
„Richtig im Ausland leben und arbeiten?“
„Ja“, entgegnete Alex sofort, die sich inzwischen mit dieser ungewöhnlichen Idee angefreundet hatte. „Mit dir zusammen reizt mich so ein Abenteuer“, ergänzte sie mit lustigem Unterton.
Als sie sich das nächste Mal trafen, war Alex neugierig und wollte mehr erfahren. „Wie kommst du ausgerechnet auf Afrika?“
„Es war schon immer ein Traum von mir“, begann Judy zu erzählen. „Schon als Kind hat mich dieser Kontinent fasziniert. Es ist warm, ich muss nicht frieren, denn die Sonne scheint den ganzen Tag. Oft habe ich mir Filme angesehen und davon geträumt, mittendrin zu sein, Safari, Wüste und Palmen.“
Judy machte eine kleine Pause, während Alex ihr aufmerksam zuhörte.
„Du weißt ja, zu DDR-Zeiten konnten wir nicht verreisen. Nur im Rahmen der Afrikahilfe gab es eine kleine Chance für einen Auslandseinsatz. Das war auch der Grund, warum ich Krankenschwester wurde. Ich hoffte, mich nach Beendigung des Studiums um eine Stelle in Afrika bewerben zu können. Aber dann spielte mir das Schicksal einen Streich.“
Judy unterbrach, holte Luft und gab damit ihrer Geschichte eine gewisse Spannung.

„Was ist passiert?“, wollte Alex sofort wissen.
„Etwas Unvorhergesehenes.“ Judy hob ihre Stimme und pausierte nun mit Absicht, um Alex´ Neugier ins Unermessliche zu treiben.
„Ja, was denn?“, reagierte Alex auch prompt.
„Ich war schwanger mit Jacki“, gab Judy nun preis. „Damit war mein Traum vorerst auf Eis gelegt. Als zwei Jahre später die Mauer fiel, schöpfte ich neue Hoffnung. Jedes Jahr bin ich mehrmals im Ausland gewesen und die kleine Jacki war immer dabei. Ich habe einen Großteil der Welt gesehen, aber vor allem Afrika bereist.“
Alex schaute Judy verliebt an. Ihr gefiel es, wie Judy von ihrem Traum schwärmte. Sie wollte gerade etwas erwidern, als Judy weitererzählte.
„Ich habe mir alles angesehen, mehr als das touristische Auge entdeckt. Mir gefallen die Menschen in Afrika, ihre Art, schlicht und einfach zu leben. Sie scheinen trotz ihrer Armut glücklich zu sein. Wenn du in ihre Augen schaust, dann leuchten sie.“
„Du bist schon eine süße Miss Afrika“, witzelte Alex. „Du kannst einen so richtig mit deinen Erzählungen begeistern.“
„Na ja, es fasziniert mich derart, sodass ich mir vorgenommen habe, diesen Traum irgendwann wahr zu machen. Ich gebe ja zu, dass dieser Wunsch in Vergessenheit geriet, als ich mit Rita zusammen war. Es war schon ein Problem, sie fünfzig Kilometer entfernt von unserem Wohnort zu bewegen, ganz zu schweigen davon, mit ihr in den Urlaub zu fahren. Mit dir scheint alles anders zu sein. Du bist für alles offen.“
Judy schmunzelte Alex vergnügt an und erahnte bereits ihre nächste Frage.
„In vier bis sechs Jahren, wenn Jacki ihre Lehrlingsausbildung beginnt oder beendet hat. Mal sehen, wie sich alles entwickelt.“
„Ich habe Afrika bisher noch nie gesehen. Ich wüsste noch nicht einmal, welches Land davon empfehlenswert wäre“, gestand Alex nun etwas stockend. „Außerdem, auf welche Sprache müssten wir uns denn vorbereiten?“
„Englisch ist dominierend. Und das Land? Das ist mir im Grunde egal, Hauptsache es ist Afrika“, erklärte Judy voller Begeisterung.
Als Alex wieder bei sich zu Hause war, kramte sie in ihren Schränken herum. Sie suchte verbissen nach den englischen Büchern und Sprachkassetten. Irgendwann wurde sie fündig und überflog die

Seiten. Ihr war mehr als klar, dass man für ein so langfristiges Ziel vorbereitet sein muss, denn viel zu viel von dem einst erlernten Sprachschatz war in Vergessenheit geraten.

56. Kapitel

Alex ging durch den Park, der zu ihrer Wohnung führte. Vier Männer, ziemlich auffällig gekleidet, folgten ihr. Sie ahnte nichts Gutes und beschleunigte ihre Schritte. Aber ehe sie sich versah, hatten die Vier sie bereits eingeholt.
„Komm her, Kleine!“, rief ihr einer zu.
Sie wollte wegrennen, aber die Vier hatten sie nun umzingelt.
„Nun komm, Süße. Mach keine Faxen“, raunte der Nächste.
„Stell dich nicht so an! Wir wollen dich doch nur ein wenig spacken“, kreischte der Dritte und kniff Alex kräftig in die Hüfte.
Alex schrie vor Schmerzen auf.
„Lasst mich in Ruhe!“
Sie versuchte sich zu wehren, aber sie konnte ihre Arme nicht bewegen. Nun zwickten alle Vier gleichzeitig zu.
„Haut ab, ihr Scheißkerle!“, schrie sie.
Jedoch keiner der Vier ließ von Alex ab. Quälender Schmerz breitete sich über ihren Körper aus, den sie kaum noch ertragen konnte. Mit letzter Kraft ballte sie ihre Hand zur Faust und holte Schwung. Der Kinnhacken traf.
„Au! Oh, wie das wehtut“, hörte sie einen der Vier jaulen, dessen Wimmern nicht aufhören wollte.
Geschieht dir recht, dachte Alex, als sie plötzlich Judys Stimme hörte, die ihr zur Hilfe eilen wollte.
„Alex, ist dir etwas passiert?“, vernahm sie.
Judy öffnete benommen ihre Augen, alles um sie herum war dunkel. Sie glaubte, dass der Schlafzimmerbalken herabgestürzt wäre. Obwohl ihr Gesicht heftig schmerzte, war sie in großer Sorge um Alex.
„Alex, wach auf! Ist dir auch etwas passiert?“
Alex wurde allmählich munter, jedoch in ihrem Kopf spukten immer noch die vier Kerle, die sie eben noch so erbärmlich gequält hatten.

Erst als Judy die Nachttischlampe anschaltete, nahm Alex das Ausmaß ihres Albtraumes voller Entsetzen wahr.
„Oh Judy, das werde ich doch nicht etwa gewesen sein? Das kann nicht sein“, stammelte sie, während Judy nach dem heruntergestürzten Balken suchte, den sie nicht entdecken konnte.
„Was ist geschehen?“, fragte Judy nun verwirrt. „Mein ganzes Gesicht tut mir entsetzlich weh.“
„Ich glaube, ich habe dich eben mit der Faust geschlagen. Schreckliches habe ich geträumt“, sagte Alex stockend und voller Schuldgefühle fügte sie hinzu. „Es war keine böse Absicht.“
Judy tastete vorsichtig ihre Zähne ab, Blut war an ihren Händen zu sehen.
„Mein Zahnfleisch blutet. Die Zähne sind doch hoffentlich noch alle drin?“ Judy schaute angsterfüllt auf ihrer Zudecke. „Es tut so fürchterlich weh.“
„Entschuldige bitte, ich bin total entsetzt. Deine Wange ist angeschwollen.“
Alex sprang auf, lief in die Küche und kam kurz darauf mit einem Handtuch wieder, in dem sich eine eiskalte Coladose befand.
„Kühl deine Wange ein wenig!“, sagte sie traurig.
All das Kühlen half aber nichts. Judy hatte für die nächsten sieben Tage ein kleines Veilchen und war somit einigen unangenehmen Fragen ausgesetzt. Selbst am Frühstückstisch in der Arbeit kamen lästernde Anspielungen.
„Sag mal, wie siehst du denn aus? Prügelt ihr euch schon oder ist das eines eurer Liebesspiele?“
Mit einem zweideutigen Grinsen gab Judy zur Antwort.
„Was ihr wieder denkt. Ich bin im Dunkeln der Nacht gegen einen Türpfosten gelaufen.“

57. Kapitel

Eines Tages fing Tobias an, Späße mit seiner Mutti zu machen.
„Na Mutti, wo hast du denn deinen „Strap On“?“
Beim ersten Mal reagierte Alex nicht, einfach aus der Tatsache heraus, dass sie mit diesem Begriff nichts anfangen konnte. Aber Tobias wiederholte seine Frage sofort.

„Was ist ein „Strap On“, erkundigte sich Alex nun. „Ich weiß nicht, was du damit meinst.“
„Na Mutti, du weißt schon, deinen „Strap On“, Tobias setzte mit einer lustigen Hüftbewegung ein. Alex jedoch wusste immer noch nicht, worauf Tobias hinaus wollte.
„Nun komm schon, Mutti!“, dabei grinste er verschmitzt, „na, den zum Umschnallen. Trägst du ihn?“
Nun erahnte Alex halbwegs, was Tobias mit seiner spaßigen Fragerei bezweckte. „Was du nicht alles wissen willst“, scherzte sie zurück und ging bewusst nicht näher auf seine Neckerei ein.
Aber Tobias wiederholte von Zeit zu Zeit sein Spielchen. Da seine Anspielungen stets einen lustigen Charakter hatten, konnte Alex ihm nicht böse sein, obwohl ihr dieses Thema etwas unangenehm war. Sie vermied es, nur andeutungsweise auf ihre Sexpraktiken einzugehen und wollte ihrem dreizehnjährigen Sohn nicht erklären, dass sie Derartiges nicht praktiziere. Daher witzelte sie nur zurück und war der Meinung, dass er irgendwo in seiner pubertären Phase etwas aufgeschnappt hätte.
Irgendwann war Judy mit anwesend und Tobias wollte es erneut wissen.
„Na ihr Zwei, was macht euer „Strap On“?“
Judy schaute verdutzt drein, denn Alex hatte ihr bisher noch nichts davon erzählt.
„Wovon sprichst du? Was ist ein „Strap On“, fragte sie neugierig.
Nun musste Alex schmunzeln, als ob sie es schon geahnt hätte, Tobias setzte wie gewohnt mit dem Hüftschwung ein. „Na, so ein Ding zum Umschnallen“, antwortete er froh gelaunt. Man merkte ihm an, dass ihm dieses Späßchen Freude bereitete. Judy musste grinsen, sie wusste nichts darauf zu erwidern.
„Ihr tut aber geheimnisvoll“, scherzte Tobias. Dann hob er seine Zeige- und Mittelfinger beider Hände hoch und deutete zwei Anführungsstriche an. „Ihr wisst doch, schöner kommen.“
Nun ahnte Alex, woher der Wind wehte. Tobias hatte anscheinend im Nachtschränkchen das schon längst vergessene Buch gefunden und darin herumgestöbert. Ihr war es peinlich, auch Judys Gesicht lief leicht rot an. Tobias schien diese Verlegenheit auszunutzen und foppte nun weiter. Mit einem gekonnten Hüftschwung wiederholte er.

„Schöner kommen. Ich habe es mir angesehen. Wer von euch trägt ihn denn? Bestimmt du, Fisch?“, und meinte damit Alex.
„Nein Tobi, wir tragen ihn abwechselnd“, konterte Judy besonders keck, sodass sofort klar war, dass sie es nicht ernst meinte. Um den Anspielungen ein schnelles Ende zu setzen, erklärte sie lustig: „Tobias, das ist blanker Neid. Wenn unserer abgenutzt ist, dann kaufen wir uns einen Neuen. Du aber, du musst immer mit deinem Alten herumlaufen.“
Tobias lief plötzlich rot an und seit jener Stunde war die „Strap On“ Fragerei für immer beendet.

58. Kapitel

An einem Wochenende, als sich Judy gerade bei Alex in der Wohnung aufhielt, rief Silvi unverhofft an und fragte, ob sie in einer Stunde mal vorbeikommen könne. Alex freute sich, denn bedingt durch Silvis Studium hatten sie sich in den zurückliegenden Wochen kaum gesehen. Als Silvi eintraf und im Wohnzimmer Platz nahm, sagte Alex` Gefühl, dass mehr als ein normales Treffen dahinter stecken müsste.
„Na Silvi, du hast doch etwas auf dem Herzen?“, fragte sie daher zu Beginn und schaute Silvi forschend an.
Silvi wollte aber nicht gleich mit der Tür ins Haus fallen und entgegnete.
„Das auch, aber erzählt ihr doch erst einmal von euch.“
„Uns geht es bestens. Wir sehen uns fast täglich und pendeln immer zwischen unseren zwei Wohnsitzen“, berichtete Alex.
„Meistens kommt Alex zu mir, aber heute verbringe ich das Wochenende bei ihr“, ergänzte Judy.
„Und wir sind glücklich wie am ersten Tag“, hob Alex voller Stolz hervor.
Beide verstummten und voller Neugier sahen sie nun Silvi an.
„Ich merke schon, euch geht es richtig gut.“ Und so beiläufig wie möglich erkundigte sich Silvi weiter. „Hat dich Diana in all der Zeit in Ruhe gelassen?“
„Mehr oder weniger“, ließ Alex nun durchblicken. „Hier vor Ort ist sie jedenfalls noch nicht aufgetaucht.“

„Du musst verstehen“, setzte Judy nun ein, „von Zeit zu Zeit erhält Alex immer noch Anrufe von ihr.“
Silvi schaute Alex fragend an und hakte nach. „Was will sie noch von dir?“
„Anscheinend nach wie vor mich“, entgegnete Alex gelassen und zwinkerte Judy zu. „Sie hatte mir einst diesen Brief geschrieben, indem sie schwor, für immer und ewig auf mich zu warten, bis ich die Nase von Judy voll hätte. Ich habe darauf nicht reagiert und damit setzten ihre Anrufe ein.“
„In diesen Telefonaten wünschte sie sich weiteren Kontakt zu Alex. Immer wieder wollte sie Alex ermuntern, sich heimlich mit ihr zu treffen“, verkündete Judy.
„Mehrfach habe ich Diana aufgefordert, diese Anrufe zu unterlassen. Mal sehen, wann sie endlich aufgibt.“ Alex lächelte verlegen und fügte nachdrücklich hinzu. „Wir lassen uns dadurch nicht stören und erst recht nicht auseinander bringen. Wir lieben uns viel zu sehr und das kann uns nicht erschüttern.“
Judy ergriff Alex` Hand, umfasste sie zärtlich und amüsiert fügte sie hinzu. „Wir müssen halt damit leben. Alex ist einfach zu höflich und bringt es nicht übers Herz, das Gespräch abrupt abzubrechen. Mir würde es aber genauso ergehen.“
Silvi hatte aufmerksam zugehört, und da nun keine der beiden mehr weitersprach, übernahm sie das Gespräch.
„Toll, wie ihr das so gemeinsam meistert und schön zu hören, dass es euch einfach gut geht. Leider kann ich das nicht von mir sagen.“
„Was ist passiert?“, fragte Judy sogleich.
Silvi sammelte sich, es war ihr anzusehen, dass sie nach den geeigneten Worten suchte.
„Ich habe mich endgültig von Anne getrennt“, stammelte sie nervös.
„Das ist aber Schade“, platzten Alex die Worte spontan heraus. „Ihr seid doch so ein süßes Pärchen und wart mehr als zwei Jahre zusammen. Aus meiner Sicht habt ihr sehr harmonisch ausgesehen.“
„Warum hast du dich getrennt?“, fiel Judy ihr ins Wort.
Silvi schaute Alex an und zögerlich begann sie, nun zu berichten.
„Du hast doch Anne selbst erlebt. Denk nur an unsere gemeinsame Silvesterfeier, als sie, anstatt mit uns zu feiern, bockig in der Ecke saß und ihrer angeblichen Bekannten eine SMS nach der anderen schickte.“ Silvi machte eine Pause.

„Ja, ich kann mich noch gut daran erinnern“, bestätigte Alex.
„Immer dann, wenn ich mit Anne zusammen bin und wir etwas Zoff haben oder sie sich in ihren Freiheiten eingeschränkt fühlt, dann fängt sie an, anderen Frauen unentwegt SMS zu schicken. Jene antworten dann auch noch sofort und es ist nur noch ein Gepiepse ihres Handys zu hören. Das hat mich schon immer vor Eifersucht rasend gemacht. Ich konnte es nicht mehr ertragen.“
Alex hörte sofort aus Silvis Worten ihren Schmerz heraus und unwillkürlich fiel ihr ein, dass sich Silvi aus Liebeskummer wegen Anne mit einer Rasierklinge geritzt hatte. Die wulstigen Narben auf ihrem Unterarm und ihrer Handfläche waren heute noch auf den ersten Blick erkennbar. Damals konnte Alex überhaupt nicht verstehen, wie sich jemand aus Kummer solche Wunden zufügen kann. Als sie von Judy erfuhr, dass auch ihre Tochter Jacki davon betroffen war, wurde ihr klar, dass das für einige Personen ein Blitzableiter der Gefühle sein muss.
„Silvi, wenn Anne dir ständig wehtut und ihr eure gemeinsame Liebe gleichgültig ist, dann war deine Entscheidung absolut richtig“, sagte Alex nun einfühlsam.
„Du weißt es bestimmt noch nicht“, erwiderte Silvi bedrückt, „aber vor zwei Wochen waren Anne und ich gemeinsam auf der Disco im Thalia, wo wir einige ihrer Bekannten trafen. Der Abend verlief anfänglich angenehm und ich habe viel mit Anne getanzt. Dann aber war sie plötzlich verschwunden. Als ich sie irgendwann suchen ging, stand sie knutschend versteckt in einer Ecke mit dieser Regina. Das hatte mich ziemlich betroffen, obwohl mir Anne unentwegt schwor, dass es nur ein Ausrutscher war.“ Silvi verstummte, um Luft zu holen. „Sie versprach mir, dass sie diese ewigen Handykontakte, vor allem zu dieser Regina, einstellt. Aber das hielt keine drei Tage an. Da ist mir der Kragen geplatzt und ich bin sofort ausgezogen.“
„Wo wohnst du denn jetzt?“, erkundigte sich Judy.
„Zunächst im Uni-Internat bei meiner Freundin, bis ich eine eigene Wohnung gefunden habe.“
„Schade eigentlich“, sagte Alex bedrückt, „denn erst vor einem halben Jahr hast du deine kleine eigene Wohnung aufgegeben.“
„Wie wahr, damit ich mit Anne zusammenleben kann. Das war anscheinend die falsche Entscheidung.“

„Besser ein Ende mit Schrecken, als ein Schrecken ohne Ende“, versuchte Alex humorvoll zu klingen. „Ich hätte in meiner Beziehung zu Diana auch viel eher und konsequenter einen Schlussstrich ziehen müssen.“
„Das mit dir und Diana habe ich eh nie verstanden.“ Silvis Stimme klang nun auf einmal unbeschwert und ihre gute Laune schien zurückzukehren. „Wie bist du nur mit ihr klargekommen? Ihr wart so gegensätzlich, sie vor allem so egoistisch und du zu gutmütig. Sie hat dich nur ausgenutzt.“
„Es sollte so sein“, scherzte Alex, „sonst hätte ich Judy niemals getroffen.“
„Wisst ihr, was ich euch eigentlich erzählen möchte, ist Folgendes.“ Silvi hielt inne und nach kurzer Überlegung gestand sie. „Ich habe mich neu verliebt.“
„Klingt toll“, stießen Judy und Alex fast zeitgleich hervor.
„Es ist aber ein Mann“, ließ Silvi nun kleinlaut verlauten. „Ich kenne ihn von der Uni und vorgestern haben wir uns zufällig im Mensakeller in der Disco getroffen. Ich fühle mich total zu ihm hingezogen.“
Für einen Moment herrschte Ruhe im Raum, die Judy aber schnell unterbrach. „Das ist doch in Ordnung, Silvi. Lass dich einfach von deinen Gefühlen leiten.“
Silvi überlegte, wie sie es den beiden beschreiben könnte. „Er ist anders als die Männer, die ich bisher kennengelernt habe. Einfühlsam, sanft, ruhig und sehr verständnisvoll und er kennt die Geschichte zwischen Anne und mir.“
Alex, die noch immer über diese unerwartete Kehrtwendung überrascht war, sprach nun aufmunternd. „Judy hat recht. Deine Gefühle werden dir schon den richtigen Weg weisen, egal, ob du dich zu einem Mann oder zu einer Frau hingezogen fühlst. Ich persönlich bin der Meinung, dass alles davon abhängt, wo du dich geborgen fühlst. Das musst du herausfinden. Ich habe nichts gegen Männer, aber eines wüsste ich heute genau, dass ich mit keinem Mann der Welt mehr in die Kiste steigen würde. Dessen bin ich mir absolut sicher.“
„Er ist sehr zärtlich, küsst lieb und bisher hat mir seine Zuneigung gefallen …“, entgegnete Silvi, als ob sie sich vor den beiden rechtfertigen müsste, jedoch Judy fiel ihr bereits ins Wort.

„Du musst uns nichts erklären. Wir freuen uns für dich. Geh den Weg, den du für richtig hältst. Das Wichtigste ist, dass du glücklich bist."
Stunden später, Silvi war bereits gegangen, musste Alex immer noch an das Gespräch denken. „Die schöne Silvi", scherzte Alex, „nun ist sie für die Frauenwelt verloren."
„Sie ist noch sehr jung. Bestimmt hatte sie bisher kaum Erfahrungen, weder mit Männern noch mit Frauen, oder?", erkundigte sich Judy, was Alex bestätigte.
„Anne ist ihre erste Frau und zuvor gab es in Silvis Leben auch nur zwei Männerbekanntschaften."
„Da siehst du es. Vielleicht ist sie nur zu sehr von Anne enttäuscht und schließt von vornherein weitere Frauen in ihrem Leben aus", schlussfolgerte Judy.
Alex überlegte und plötzlich sprach sie ihre Gedanken zu Judys Verblüffung offen aus.
„Was meinst du? Ob zwischen Silvi und Anne erotisch nichts Großartiges gelaufen ist?"
Dabei musste sie sich unwillkürlich an eine Begebenheit erinnern, als sie Silvi und Anne einst das Buch „Julia liebt Julia" mitbrachte und beide beim Durchblättern albern und naiv herumwitzelten.
„Wie meinst du deine Frage?", erkundigte sich Judy und riss Alex aus ihren Gedanken.
„Ich bezweifle, dass ihr Liebesleben intensiv, experimentierfreudig und abwechslungsreich war. Na, du weißt schon, bisschen küssen, streicheln, schmusen, ein paar Fingerspielchen, was natürlich dazugehört und wunderschön ist. Garantiert konnte Silvi nichts Außergewöhnliches erkennen, um sich erotisch eindeutig auf Mann oder Frau festzulegen."
„Aber nicht, dass du nun auf die Idee kommst, Silvi in die Künste der Liebe einzuweihen", scherzte Judy und grinste dabei Alex frech an.
Alex schaute verdutzt. „Wie kommst du denn darauf?"
„Ach Schatz, das war ein Spaß. Für mich ist wichtig, dass du weißt, was ich gern möchte und du bist eine kleine süße Expertin auf deinem Gebiet." Judy zwinkerte Alex verliebt an, küsste sie und zog sie dann sanft in Richtung Schlafzimmer.

59. Kapitel

Der Sommer hatte sich endgültig verabschiedet und die Bäume zeigten sich in ihrer herbstlichen Pracht. Aber Alex und Judy nahmen kaum etwas davon wahr. Die zunehmenden Veranstaltungen in der Schlossbrauerei und das Dreischichtsystem von Judy hatten zur Folge, dass sich ihre gemeinsame Freizeit immer schlechter koordinieren ließ. Wenn sie sich trafen, nutzten sie ihren zeitlichen Spielraum damit, um all ihre versäumten Wünsche nachzuholen. Es war eine Mischung aus tanzen gehen, sich mit Freunden treffen und sich lieben. Akute Ermüdungserscheinungen stellten sich bei Judy ein, sodass ihre Kolleginnen bereits Scherze trieben, indem sie über das neue Liebesglück und Judys Schlaftrunkenheit ulkten.
Immer noch vom Tanzfieber besessen, erwähnte Alex eines Tages.
„Ich tanze so gern Discofox, aber bisher hatte ich noch nie einen Tanzpartner, mit dem es funktionierte."
„Dann lass es uns einfach mal ausprobieren", erwiderte Judy. Sie stellte ihre Stereoanlage an, und als ob es der Zufall so wollte, erklang die passende Musik.
„Ich kann nur den Part der Frau, das wird dir sicher auch so gehen, oder?", Alex schaute Judy mit fragenden Augen an.
„Im Grunde schon. Aber hin und wieder habe ich auch die Tanzschritte des Mannes übernommen."
„Das klingt ja toll." Alex strahlte vor Freude.
Nun probierten es beide aus und kamen im Rhythmus der Musik wider erwartend gut klar.
„Das ist ja einfach Klasse", sagte Alex begeistert. „Wir zwei harmonieren ja fantastisch."
„Ja, das stimmt und nicht nur beim Tanzen." Judy schmunzelte und eine Weile später fuhr sie fort. „Mein Schatz, du führst, obwohl ich die Schritte des Mannes mache."
„Da kannst du mal sehen, wie dominant ich bin", sprudelte es Alex heraus. Beide brachen nun in schallendes Gelächter aus, ehe Judy scherzend sprach.
„Ja, sicher. Was du mir in der nächsten Liebesnacht unter Beweis stellen wirst."
Seit jener Zeit waren sie mehr denn je von der Tanzsucht besessen. Fast jedes Wochenende verbrachten sie in der Disco. Teilweise

gingen sie erst weit nach Mitternacht los, nachdem Alex ihre beruflichen Veranstaltungen beendet hatte. Bei Bier, Wein und Musik genossen sie all jene Nächte und spürten, wie ihr Leben neu erwachte.
Sofern es passte, suchten sie die Szenedisco auf. Sie trafen sich dort mit den Frauen aus dem Club, die beide in der Runde immer vertrauter aufnahmen.
Auch familiär war die Neugier groß, sowohl Judy als auch Alex kennenzulernen. Alex stellte Judy ihrer Mutti und ihrem Bruder Sven vor, während umgekehrt Judy ihren Eltern und ihrer Schwester Alex präsentierte.
Selbst um Diana wurde es plötzlich ruhiger. Ihre Leidenschaft, Alex mindestens ein bis zwei Mal je Woche im Detail von ihrem neuen Leben zu berichten, flaute ab.
Ihren Berichten nach chattete sie regelmäßig im Internet und tröstete sich bereits mit zwei Frauen zeitgleich. Es hatte den Anschein, als ob sie irgendwelche Abenteuer ausleben müsse, denn sie ließ keine Gelegenheit aus, neue Frauen zu erobern. Ständig hob sie hervor, dass neue Frauen in ihrer Warteschleife ständen. Angeblich besaß sie nun ihre eigene Wohnung und verlebte lediglich das Wochenende mit ihrem Holger zusammen im gemeinsamen Haus. Aber endlich nun reduzierte Diana ihre Anrufe.
Auch Judy genoss ihre neuen Veränderungen. Sie war festen Willens, all das nachzuholen, was sie in den letzten vier Jahren mit Rita versäumt hatte. Noch einmal wollte sie nicht den gleichen Fehler machen und in einem goldenen Käfig sitzen, sich ihrer Freiheiten berauben zu lassen. Sie fühlte sich glücklich, in Alex eine Partnerin gefunden zu haben, die sie auch ohne große Worte verstand. Dennoch fragte sie sich oft, ob Alex auch einsehen könnte, dass sie nun die so lang entbehrten Reisen in fremde Länder nachholen musste. Sie nahm sich vor, mit ihr über ihre Freiheitswünsche zu reden.
„Du, Alex!“, platzte es eines Tages plötzlich aus Judy heraus. „Wenn ich irgendwann einmal nicht für dich erreichbar bin, dann wundere dich nicht, ich bin nur verreist.“
Alex sah Judy geschockt an.

„Ich weiß nicht, wann es passiert“, setzte sie ihre Ausführungen fort. „Es ist auch nicht gegen dich gerichtet, aber dann muss ich einfach mal raus und verreisen.“

„Du bist doch frei und eigenständig. Wenn du verreisen willst, dann tue es“, erwiderte Alex, die jedoch Judys Worte nicht recht einordnen konnte.

Judys Herz hingegen jubilierte, denn Alex schien Verständnis zu haben. In Judy breitete sich ein wohliges Gefühl aus, das aber sofort von ihrer innere Stimme verdrängt wurde, die zu ihr sprach: Nie wieder bist du eingesperrt. Du kannst jetzt Dinge tun, die mit Rita schier unmöglich waren. Aber wohin willst du verreisen? Es ist doch die Frage, ob es dir wieder so viel Freude wie früher bereiten könnte, wenn du ohne deinen geliebten Schatz auf Reisen gehst? Du müsstest die Zeit ohne dieses bezaubernde Lächeln verbringen, das dir derzeit so gut tut. Ist dir deine Freiheit so viel Wert?

Judys Gedanken wurden unterbrochen, als Alex sie anlächelte und mit ruhigen und vorsichtigen Worten sprach.

„Weißt du, wenn es dich so sehr in die Welt hinauszieht, warum verreisen wir nicht zusammen? Ich selbst habe noch gar nichts gesehen und würde mir von dir so gern alles zeigen lassen.“

Judy strahlte, ihr Herz machte Freudentänze.

Warum bin ich nicht von selbst darauf gekommen, dachte sie und erinnerte sich an die Urlaube mit Mathias, in denen er mit seinem Freund Alkohol in den Bars versumpfte. Augenblicklich wanderten ihre Gedanken zu Rita, die sie auch nicht für das Verreisen begeistern konnte, zu groß waren ihre Ängste. Keiner der beiden vorherigen Partner hatte von sich aus je den Wunsch auf ferne Länder geäußert.

Judy nickte Alex erfreut zu.

„Natürlich würde ich gern mit dir zusammen die Welt bereisen. Toll, dass ich dich dafür interessieren kann.“

Zwei Tage später stand Alex bepackt mit riesigen Katalogen vor Judys Tür.

„Lass uns mit den Kindern im Februar auf die Kanarischen Inseln fahren.“ In Alex´ Stimme lag Begeisterung. Sie breitete die Prospekte der verschiedenen Reiseveranstalter vor Judy auf dem Tisch aus.

„Ich habe zu Hause alles genau studiert, im Februar ist es am wärmsten dort.“
Judy sah auf das Titelbild einer Broschüre, auf dem ein schneeweißer Strand mit Palmen und im Hintergrund das dunkelblaue Meer abgebildet war. Sofort setzte bei ihr Reiselust ein.
„Ja, warum nicht“, jauchzte sie vor Reisefieber. „Zwei der Inseln habe ich bereits gesehen. Es ist wirklich wunderschön dort.“
„Und so nah an Afrika“, scherzte Alex.
Judy musste grinsen. Sie wusste sofort, was Alex damit meinte.
„Als ich einmal auf Gran Canaria war, da habe ich von dort aus einen Tagesausflug nach Gambia gebucht. Es war echt ein Erlebnis. Jedoch, wenn wir mit unseren Kindern verreisen wollen, dann übersteigt solch ein Abstecher den Geldbeutel.“
Judy war drauf und dran weiter von Afrika zu schwärmen, als Alex sie einfach mit einem Kuss unterbrach.
„Die Kanarischen Inseln? Einverstanden?“
Judy nickte eifrig mit dem Kopf.
„Fleißig, wie ich bin, habe ich alle Angebote gesichtet. Es hat richtig Spaß gemacht. Neben vielen teuren Reisen habe ich etwas entdeckt“, erklärte Alex voller Stolz. Sie blätterte in einem der Prospekte und schlug die passende Seite dazu auf.
„Hier, schau mal. Puerto del Carmen auf Lanzarote.“ Mit dem Finger zeigte Alex auf das Foto der Hotelanlage. „Ein weißer Hotelkomplex im Flachbaustil umgeben von Swimmingpools, vielen Palmen und Pflanzen. Es ist absolut preisgünstig und all-inclusiv obendrein.“
Alex umkreiste nun die Preistabelle. „Fünfhundert Euro pro Person. Die anderen Offerten beginnen meist ab sechshundert und steigern sich bis auf achthundert. Also absolut billig.“
Judy verfolgte mit strahlenden Augen Alex´ Treiben und hörte aufmerksam zu.
„Hier ist die Anlage beschrieben.“ Alex´ Zeigefinger deutete fast lehrerhaft auf einen weiteren Text. „Wir bewohnen ein Haus, es gibt mehrere Swimmingpools, drei große Tagesbüfetts, aber auch Snacks und Getränke, wann immer wir wollen. Einfach ideal.“
Alex stockte. „Nur einen Haken hat die Sache, wir sind mehr als einen Kilometer vom Meer entfernt. Bestimmt auch der Grund, warum diese Hotelanlage so günstig ist.“

Alex blickte Judy nervös an. Sie war sich nicht sicher, ob jenes Judy gefallen würde. Hin und wieder ertappte sie sich, Judy die Denkweise von Diana zu unterstellen. Bei Diana wäre die Distanz von mehr als einem Kilometer auf absolute Ablehnung gestoßen, mal abgesehen davon, dass Diana garantiert das Exklusivste verlangt hätte.
Judy aber lächelte froh gelaunt.
„Das ist doch nicht tragisch. Ich gehe gern spazieren." Sie umarmte Alex und kuschelte sich an. „Alles klingt richtig toll. Ich könnte sofort meine Koffer packen und verreisen."
Alex fiel ein Stein vom Herzen. Judy hatte keine derartigen Allüren, wie sie es von Diana gewohnt war. Sie küsste Judys Mund, als plötzlich in ihr Bedenken aufkamen.
„Was meinst du, wirst du überhaupt in einem Vierteljahr eintausend Euro ansparen können?", fragte Alex besorgt. Sie wusste genau, dass Judy in jedem Fall darauf bestehen würde, ihren Anteil selbst zu tragen.
Judy runzelte die Stirn. Es war ihr anzumerken, dass sie in Gedanken ihre finanziellen Möglichkeiten abwägte, als Alex bereits helfend eingriff.
„Ich weiß, du nimmst kein Geld von mir. Aber lass mich für dich den Anteil vorstrecken, der dir fehlen könnte."
In Judys nachdenklichem Gesicht kehrte Fröhlichkeit zurück. „Das wäre toll, Alex. Ich glaube, dass das eng werden könnte und ich möchte unbedingt mit dir und den Kindern Urlaub machen."
Noch am gleichen Tag gingen beide in das kleine Reisebüro von Branskow, um ihren Urlaub dingfest zu machen.

60. Kapitel

Judy hatte dienstfrei und war zu Alex gefahren. Hand in Hand schlenderten beide gemütlich durch die Altstadt. Mittlerweile schauten ihnen kaum noch Menschen hinterher. Es schien, als ob man sich an den Anblick dieses Frauenpärchens gewöhnt hätte, sie waren bereits stadtbekannt.
Als sie in der Ferne den Marktplatz sahen, sagte Alex plötzlich erstaunt.

„Stimmt ja, heute ist Markttag. Ich habe eine tolle Idee. Weißt du was? Ich koche uns heute etwas Schönes, ja?“
„Was zauberst du für uns zusammen?“, wollte Judy voller Neugier wissen, denn sie wusste genau, dass Alex eine hervorragende Köchin war.
„Vielleicht etwas Asiatisches? Das schmeckt stets lecker und beansprucht wenig Zeit.“
„Ich esse alles, was du für mich kochst“, entgegnete Judy und ihr Gaumen machte bereits in Erwartung auf den bald kommenden Genuss Freudensprünge.
Beide durchstreiften die Marktstände und schauten auf die Angebote. Als Alex am Fleischstand Hühnerbrust eingekauft hatte, gab sie froh gelaunt kund: „So mein Schatz, jetzt fehlt uns nur noch etwas Gemüse.“ Zielstrebig steuerten sie umarmt auf den benachbarten Gemüsestand zu. Der Verkäufer kannte sie bereits und grüßte sofort.
„Was soll es denn heute sein?“
„Zwei Paprikaschoten und ein Kilo Tomaten, bitte“, entgegnete Alex.
Der Verkäufer tütete beflissen ein. „Noch etwas?“
„Ja, fast hätte ich es vergessen. Eine Möhre brauche ich auch noch, aber ziemlich groß muss sie sein.“ Alex verwies auf die Holzstiege und zeigte auf die dickste. Ihren Gedanken waren auf das rationelle Putzen ausgerichtet, daher sollte es kein Kleinkram sein.
„Diese hier?“ Der Verkäufer grinste und hielt in seiner Hand fest umfasst die Möhre hoch.
Judy hatte zu tun, ihr Schmunzeln zu unterdrücken, während Alex, sich immer noch nicht der hervorgerufenen Situation bewusst, naiv erwiderte.
„Ja die, die ist gut. Das passt.“
Nun grunzte Judy hinter ihr vor Lachen und Alex drehte sich irritiert um. Daher fragte sie, nachdem sie bezahlt und sich beide entfernt hatten. „Was war denn eben so lustig?“
„Hast du gar nicht die zweideutige Situation mitbekommen?“ Judy musste immer noch schelmisch lachen.
„Welche?“
„Dachte ich es mir.“ Sie griff in den Plastikbeutel und zog die riesige Möhre hervor und hielt sie genauso umfasst wie der Verkäufer. „Schönes Spielzeug?“

„Wie?“, fragte Alex verdutzt.
„Du hast eben ein Verkaufsgespräch geführt, als ob wir ein außergewöhnliches Spielzeug suchen“, ulkte Judy und imitierte Alex` Worte spaßig nach. „Schön groß muss sie sein.“
Erst jetzt wurde Alex bewusst, was Judy mit ihren Anspielungen meinte. „Ja, ehrlich?“ Alex` Gesicht wurde hochrot, aber dann fing sie an zu lachen. „Da hat der Knabe halt Pech gehabt.“
„Ganz bestimmt. Wer weiß, welche Fantasien ihm jetzt durch den Kopf spuken, was wir zwei Frauen mit der kräftigen Möhre wollen.“ Judy hielt demonstrativ die Möhre in der Hand und witzelte erneut. „Schöner Dildo.“
„Ja und in einer halben Stunde liegt er bereits zerschnippelt und gedünstet in der Pfanne.“

61. Kapitel

Oft hatte Alex über Judys Sehnsüchte nachdenken müssen, denn ihr Reisefieber schien unersättlich zu sein. Daher unterhielten sie sich oft über ihre Vorstellungen, sofern etwas Reisegeld erspart wäre. Irgendwann schwärmte Judy.
„Ich möchte so gern mal in einem Frauenhotel übernachten.“
„Was ist ein Frauenhotel?“, erkundigte sich Alex, die noch nie zuvor davon gehört hatte.
„Es ist nur für Frauen, meistens sind es lesbische Frauen und jene Hotels werden auch in der Regel von solchen geführt. Ich hatte mich mal informiert, jedoch die Übernachtungen sind relativ teuer.“
„Ich hätte durchaus Lust, in einem solchen zu wohnen. Sicherlich gibt es in Berlin welche, oder? Schon immer wollte ich die Szene dort kennenlernen.“
Natürlich schürte Alex damit in Judy Leidenschaft und Vorfreude. Voller Begeisterung fiel sie ihr um den Hals und sagte: „Ja, in Berlin soll es eine Reihe von Frauenhotels geben. Du bist einfach toll, dass du all diese neuen Abenteuer mit mir erleben willst. Wir sparen und irgendwann erobern wir gemeinsam Berlin, ja?“
Alex nickte ihr zu, jedoch mit einem irgendwann gab sie sich nicht zufrieden. In Gedanken überlegte sie bereits, wann eine solche Fahrt realisierbar wäre. In ihrem Kopf spukte sogleich die Vorstellung vom

Spätherbst, denn in jener Zeit lagen wenige touristische Veranstaltungen in der Schlossbrauerei an.
Daher war es nicht verwunderlich, dass sie Tage später Judy mit glänzenden Augen fragte.
„Ich habe im Internet recherchiert. Es gibt in Berlin viele Frauenhotels, eines direkt in der Nähe vom Ku'damm. Du hattest recht damit, dass diese generell einen anspruchsvollen Preis haben. Das ist mir egal. Wir haben in der letzten Zeit so viel arbeiten müssen, sodass wir uns einen kleinen Urlaub verdient haben. Kurz und gut, ich möchte dich für ein verlängertes Wochenende jetzt im Oktober einladen. Was hältst du davon?"
Judy war überrascht und erfreut zugleich und eine Weile später hatten beide bereits ein passendes Wochenende herausgefunden.
Dieses stand nun vor der Tür und gleich nach Judys Dienstschluss fuhren sie los. Die Suche nach jenem Hotel verlief ohne Probleme, obwohl Alex hoch konzentriert durch den Berliner Wochenendverkehr fuhr. Am Hotel angekommen, umarmten sich beide voller Glück, eine Mischung aus Vorfreude und Abenteuerlust.
„Liebling, wo steckst du, komm doch", feixte Alex gut gelaunt, nachdem sie sich in dem großen Altstadtzimmer aufhielten.
„Ja", entgegnete Judy, die aus dem Bad kam.
„Komm, Schatz, eine Überraschung. Wir hatten eben eine solch anstrengende Fahrt. Lass uns ein Gläschen Sekt auf unsere Ankunft trinken. Alles ist so aufregend. Und danach durchstreifen wir die Szenelokale. Wie findest du das?" Alex fragte mit einem süßen Lächeln und hatte bereits eine der beiden mitgebrachten Sektflaschen geöffnet und hielt Judy ein gefülltes Glas entgegen.
Judy blickte ein wenig finster, denn nach Alkohol war ihr zu dieser Tageszeit noch nicht zu mute. Aber sie wollte die Stimmung nicht verderben und griff nach dem Glas.
„Auf das Frauenhotel und dass wir heute die Szene für uns erobern", trällerte sie dennoch.
Beide machten es sich auf der Couch gemütlich, schmusten ein wenig, ehe Alex anfing, von dem Sekt zu schwärmen, der ihr so toll schmeckte. Genüsslich goss sie sich ein zweites Gläschen ein.
Warum musste es immer Alkohol sein? Sekt, Bier, Wein? Es gibt so viele schöne Softgetränke oder Kaffee. Dieser Gedanke ging Judy schlagartig durch Mark und Bein. Die pure Angst beschlich sie

mittlerweile, ob Alex vielleicht auch nicht auf den Alkohol verzichten könnte. Sie kannte sich aus, denn viel hatte sie in den Gruppentherapien über Trinker gelernt.
Gleich auf der Heimfahrt werde ich mit ihr eindringlich reden, auch darüber, dass es mich unheimlich stört, dass wir Abend für Abend in irgendeiner Form alkoholische Getränke zu uns nehmen, dachte Judy. Ihr war zwar das Thema unangenehm, aber sie wusste genau, dass sie jenes nun eindeutig und ohne Umschweife klären musste.
Alex bemerkte von alledem nichts, weder zuvor noch auf diesem Wochenendausflug. Keinen Gedanken hatte sie bisher verschwendet, dass Judy bereits zwei Mal vom Pech verfolgt war, mit Alkoholikern liiert zu sein. Sie jedenfalls zählte sich nicht dazu. Daher genoss sie all die Unternehmungen, auch die in der Szene, die für beide so schön, jedoch stets mit Alkohol verbunden waren und schließlich trank Judy auch immer mit. Sie registrierte nicht im Entferntesten Judys Ängste. Aber Judy konnte nun nicht mehr und nahm auf der Heimfahrt allen Mut zusammen, um das heikle Thema offen anzusprechen.
„Du, Alex?", begann sie vorsichtig. „Ich habe ein Problem."
„Was gibt es?", erkundigte sich Alex besorgt beim Autofahren.
„Mir gefällt es nicht, dass du soviel und auch täglich Alkohol trinkst, wenn wir zusammen sind", platzte es aus Judy ungebremst heraus.
„Ach, das meinst du, aber ich trink doch gar nicht viel. Aber wenn du möchtest, dann unterlass ich das. Für mich kein Problem."
Ein riesiger Stein fiel Judy vom Herzen, sie war froh, ihren Unmut angesprochen zu haben und Alex verstand es.
Zu Hause bei Alex angekommen, packten sie ihre Sachen aus und sahen beim Genuss eines Kaffees noch etwas fern.
„Wollen wir nicht ins Bett gehen? Ich bin total müde, Berlin war wirklich anstrengend", bat Judy gegen Mitternacht. Alex willigte sofort ein und beide gingen schlafen. Aber irgendwann in der Nacht wachte Judy bedingt durch ihre Schlafstörungen auf und bemerkte, dass sich Alex nicht neben ihr im Bett befand. Sicher ist sie auf Toilette, so dachte sie sich.
Alex jedoch saß im Wohnzimmer, der Fernseher lief, sie konnte nicht schlafen, denn zu sehr wurde sie von Magenschmerzen geplagt. In einem solchen Fall hatte sie bisher stets versucht, diese mit einem Jägermeister zu bekämpfen, so auch in diesem Moment. Da sich aber

ihre Beklemmungen in der Magengegend nicht legen wollten, trank sie einen Zweiten und einen Dritten. Längst hatte sie die Worte von Judy vergessen, sie wollte nur eine Linderung ihrer unangenehmen Schmerzen herbeiführen.
Als Judy eine halbe Stunde später erneut erwachte, war Alex immer noch nicht neben ihr.
Wo steckt sie nur? Es wird doch nichts passiert sein, jetzt werde ich nachsehen. Besorgt kletterte sie aus dem Bett und schritt mit halb geöffneten Augen aus dem Schlafzimmer. Der Schreck fuhr ihr durch die Glieder und wie angewurzelt blieb sie im Türrahmen des Wohnzimmers stehen, als Alex ihr auch schon entgegenkam und mit lallender Stimme zugab.
„Ich konnte nicht schlafen, da ich …“
Weiter kam sie mit ihrer Erklärung nicht, denn Judy fiel ihr schneidend ins Wort und mit erboster Stimme brüllte sie. „So, das reicht. Es ist aus mit uns, das ertrag ich nicht noch einmal! Ich fahre jetzt nach Hause. Soviel Pech kann doch kein Mensch haben. Ich habe genug davon.“ Voller Wut packte sie hastig ihre Sachen zusammen.
Bei Alex saß der Schreck tief, bedauernd versicherte sie. „Es tut mir so leid. Wo willst du denn jetzt hin? Der Kurzurlaub war doch so schön. Wir lieben uns doch, du darfst nicht gehen.“
„Ja, ich liebe dich“, schrie ihr Judy verzweifelt ins Gesicht. „Aber ich kann das mit dem Alkohol nicht noch einmal durchmachen. Rita hat extra für mich die Entziehungskur angetreten und jetzt verliebe ich mich erneut in eine Alkoholikerin.“ Judy stürzte zur Eingangstür, um hinauszugehen, aber mit einem Satz war Alex bereits vor ihr am Türabsatz.
„Ich flehe dich an, bitte, geh nicht.“
„Lass mich durch, es ist für immer aus“, stieß Judy hervor und explodierte vor Wut, weil ihr Alex den Weg versperrte.
„Bleib doch bitte, es ist nicht so, wie du denkst und deshalb darf es nicht vorbei sein“, bettelte Alex unter Tränen, jedoch Judy ließ sich nicht beirren.
„Lass mich endlich durch, ich will nach Hause.
„Nein“, beharrte Alex mit tränenüberströmtem Gesicht. „Dann fahr morgen, bitte.“

Judy gab sich geschlagen und wutentbrannt ging sie ins Schlafzimmer, stellte ihre Tasche zur Seite und legte sich ins Bett. „Morgen früh fahre ich“, kommentierte sie grantig die Situation und war sich darin felsensicher, dass sie nie wieder zu Alex Kontakt aufnehmen würde. Unendliche Tränen rannten ihr über das Gesicht, ihr Kummer quälte sie, es tat so wahnsinnig weh.
Gepeinigt von Schuldgefühlen, versuchte Alex mit verweinten Augen ihr nochmals das Vorkommnis zu erklären, aber Judy schien nicht zuzuhören.
„Ich verspreche dir, dass ...“, bekräftigte sie, aber das Wort „verspreche“ reichte Judy schon, sich erneut aufzuregen, zu oft hatte sie es in ihrer vierjährigen Beziehung mit Rita gehört.
„Es ist Schluss, aus und vorbei“, keifte Judy. „Morgen fahre ich nach Hause und ich will dich nie mehr in meinem Leben wieder sehen. Noch einmal bringe ich nicht mehr die Kraft auf, mit einer Alkoholikerin zusammenzuleben.“
Bettelnd und flehend, weinend und erklärend versuchte Alex, sie umzustimmen, aber kein Wort, Mitleid oder Gefühl zeigte Judy nach außen hin. Judy drehte ihr den Rücken zu und zeigte Alex im wahrsten Sinne des Wortes eiskalt die Schulter.
„Wenn du mir nur eine Chance geben würdest“, jaulte Alex verzweifelt zum wiederholten Male, als auch schon in ihr Übelkeit aufstieg. Ihr bereits verkorkster Magen drehte sich vollkommen, sie hatte das Gefühl, sich gleich übergeben zu müssen, was dann auch im Bad geschah. Tränen der Verzweiflung liefen über ihr Gesicht und in ihrem Kopf kreiste unentwegt der Gedanke, dass ihre Traumfrau sie für immer verlassen will. Von Neuem setzten Würgereize ein, dem sich eine Weile später Durchfall dazugesellte.
Judy hatte sich derweil in den Schlaf geweint, mit der Gewissheit, Alex am nächsten Tag für immer zu verlassen. Durch ein lautes Poltern wurde sie geweckt, da Alex gerade ins Bad stürzte, um sich zum x-ten Mal zu übergeben. Die Angst, Judy zu verlieren, schnürte ihr die Kehle zu, immer noch nicht hatte sich ihr angeschlagener Zustand geändert. Wie ein Häufchen Unglück saß sie auf dem Badewannenrand und musste erneut in die Toilette spucken. Das konnte Judy nicht mit ansehen, tiefstes Mitleid stieg in ihr hoch, sie stützte Alex und hielt ihren Kopf. Dann nahm sie einen kalten, nassen Lappen, um ihn an ihre Stirn zu halten.

Schrecklich sieht sie aus, leichenblass, als ob sie gleich ohnmächtig umfallen würde, geisterte es durch Judys Kopf und schnell führte sie Alex ins Schlafzimmer zurück.
„Bleib im Bett“, sagte Judy bestimmend. „Ich werde zur Apotheke gehen und dir Medikamente holen.“
„Und dann gehst du für immer?“, fragte Alex verzweifelt.
„Nein, ich werde bleiben, bis es dir wieder besser geht“, versprach Judy und machte sich auf den Weg. Bereits nach einer Viertelstunde versorgte sie Alex mit der Medizin und sah ihr an, wie sie sich im Bett so quälte. Nun fühlte sich Judy auch elend. Obwohl Alex selbst jene Situation in der Nacht heraufbeschworen hatte, auch sie spürte Schuld.
Warum habe ich ihr das angetan? Im Grunde ist Alex so eine liebenswerte Person und nun leidet sie fürchterlich. Nur, weil ich jahrelang schlechte Erfahrungen mit meinen vorherigen Partnern gemacht habe?
„Ok, Alex“, hörte sich Judy sagen. „Eine Chance gebe ich dir noch, ich bleibe bei dir. Aber keine Versprechen, ich will Taten sehen und Alkohol nur gelegentlich zu besonderen Anlässen, ja?“
Überglücklich umarmte Alex sie und schluchzte voller Freude. „Danke, Judy.“
Von jenem Tag an ahnte Alex, dass sie fortan Judy um Erlaubnis bitten müsste, wenn sie ein Gläschen in Gemütlichkeit genießen möchte und das solange, bis Judy ihr Vertrauen schenken würde, denn bisher war sie nie eine Trinkerin gewesen.

62. Kapitel

Inzwischen war es November, der sich mit seinem feuchten und recht kühlen Wetter zeigte, aber noch immer hatten Alex und Judy das Gefühl, in ihrem Leben viel versäumt zu haben. Alex´ Veranstaltungen waren bereits rückläufiger geworden, sodass sie am Wochenende freihatte. Nur Judy musste ihren Dienst tauschen, sodass nichts einem erneuten Besuch in der Szenedisco im Wege stand. Dann riefen sie bei Karin und Sonja an, um sich zu erkundigen, ob diese vielleicht auch Lust auf einen Discoabend hätten, beide sagten zu. Als Alex und Judy gegen Mitternacht eintrafen,

waren sie schon da und hatten Henrike mitgebracht. Wie der Zufall es wollte, gesellten sich noch zwei Frauenpärchen hinzu, die Alex und Judy aus dem Frauenclub kannten. Es wurde somit ein lustiger Abend und das Geschnatter untereinander war groß. Am Ende der Disconacht ging es bereits feuchtfröhlich zu, denn so manche Tischrunde wurde ausgegeben. Als allgemeine Aufbruchstimmung einsetzte, fragte Karin an Judy gerichtet.
„Wo schlaft ihr denn jetzt? Habt ihr euch wieder ein Hotelzimmer genommen?"
„Diesmal nicht, denn es lohnt sich nicht. Außerdem war es im City-Hotel ziemlich teuer."
„Und was macht ihr nun?", erkundigte sich Sonja.
„Wir schlafen im Auto." Alex´ Augen grinsten Judy an. „Die Hintersitze heruntergeklappt ergibt in meinem Kombi eine tolle Kuschelwiese, nicht wahr?"
„Werdet ihr nicht frieren? Mittlerweile sind die Nächte kalt und nicht mehr als fünf Grad." Sonja schien mehr, als besorgt zu sein.
„Wir haben uns Schlafsäcke mitgenommen und für die paar Stunden schlafen wir in voller Montur", entgegnete Alex gelassen. Ihre frechen Grübchen kamen nun zum Vorschein und verheißungsvoll blickte sie Judy an, ehe sie scherzend hinzufügte. „Außerdem kuscheln wir uns eng aneinander."
„Du wieder", gab Judy lachend von sich.
„Hört mal, ihr Zwei.", begann Sonja wohlmeinend zu reden, da sie dem Autocamping nichts abgewinnen konnte. „Wenn wir das nächste Mal zusammen ausgehen, dann könnt ihr bei uns schlafen. Im Auto ist es viel zu unbequem."
„Das ist ein tolles Angebot und gern kommen wir darauf zurück." Judy sah Alex begeistert an.
Wie sich beim Verlassen der Disco herausstellte, hatte Henrike ihren PKW in der Nähe einer Einkaufspassage abgestellt wie Alex. Karin und Sonja begleiteten alle, denn auch ihr Heimweg verlief in diese Richtung. So kam es, dass die Abschiedszeremonie auf dem Parkplatz ausgesprochen lange dauerte, denn jede hatte noch irgendetwas zu berichten. Das war auch der Grund, dass Henrike plötzlich anfing, von einem zum anderen Bein herumzuzappeln.
„Oh Mist", kreischte sie nach einer Weile. „Ich hätte doch in der Disco die Toilette aufsuchen sollen." Sie schaute sich verzweifelt

um. Der Parkplatz war unbeleuchtet, auch aus der Richtung der Einkaufspassage war niemand zu erkennen. Henrikes Augen strahlten.
„Wisst ihr was? Ich tauche jetzt mal kurz zwischen zwei Autos ab.“
Alle schmunzelten frech Henrike an.
„Tu dir keinen Zwang an“, scherzte Karin.
„Ich? Ihr kennt mich noch nicht“, ulkte Henrike zurück und hob bedeutungsvoll ihre Stimme. „Ich kann überall!“
Schnell war sie zwischen zwei Autos verschwunden und zugleich auch schon ein Geplätscher zu hören. Jedoch im selbigen Moment, aktivierten sich die Bewegungsmelder, alle Straßenlampen der Einkaufspassage leuchteten auf. In der Ferne waren Geräusche zu hören und eine Gruppe von vier Jugendlichen näherte sich schnell. Sie gingen direkt den Weg entlang, der geradewegs auf die erste Parkreihe der Autos führte, zwischen der nun Henrike saß.
„Was ist passiert?“, fragte Henrike entsetzt, deren Strahl nicht enden wollte.
„Leute kommen“, antwortete Judy.
„Sie sind schon ganz nahe“, setzte Alex nach.
„Aber du kannst ja überall, lass dich daher nicht stören“, fügte nun Karin scherzend hinzu.
Mit diesen Worten versuchte Henrike, ihrem Bedürfnis ein Ende zu setzen, aber es war zu spät, denn die Gruppe ging genau an ihr vorbei, als sie ihren entblößten Popo bedecken wollte.
„Na so eine Schweinerei, nicht mal in Ruhe kann frau ihrem Bedürfnis nachgehen. Mein ganzer Slip ist nass geworden“, maulte Henrike, als die Jugendlichen außer Sichtweite waren. Sie schaute in die Gesichter der anderen, die nun ihr Lachen nicht mehr unterdrücken konnten. Schallendes Gelächter setzte ein und auch Henrike betrachtete es nun von der humorvollen Seite.
„Diesen lockeren Spruch werde ich demnächst nicht mehr von mir geben. Wie ich euch kenne, werdet ihr mich damit noch lange foppen.“

63. Kapitel

Es wurde winterlich und nicht nur der Weihnachtsmann, auch der ersehnte Urlaub mit den Kindern auf Lanzarote nahte. Für alle Be-

teiligten war es eine vergnügliche Urlaubswoche. Die Kinder zogen es vor, sich die meiste Zeit über in der Hotelanlage aufzuhalten, der Reiz von all-inclusiv war einfach zu groß. Sie tummelten sich in den verschiedenen Swimmingpools und genossen die Vielfalt von Eis, Snacks und gekühlten Getränken. Außerdem war die Anlage von vielen Jugendlichen ihres Alters übersät, was lag da ferner, lieber dort, als mit ihren Muttis, ihre Freizeit zu verbringen. Alex und Judy hingegen zog es zum Meer. Die eine Woche war aus ihrer Sicht viel zu kurz und verging wie im Fluge. Bald hieß es Abschied nehmen. Noch einmal traten sie ihren gewohnten Spaziergang zum Ozean an, jedoch nun zu tiefster Nachtzeit. Als der Zeitpunkt kam, um umzukehren, blieben sie bedeutungsvoll am Meer stehen. Der Mond spiegelte sich beeindruckend im Wasser und am Horizont konnte Judy förmlich ihr Traumland Afrika spüren. Sie umarmte Alex fest und sagte sentimental in die Nacht.
„Wir sehen uns wieder, irgendwann werden wir wiederkommen. Bis bald Afrika." Judy schaute Alex in die Augen, die ihr zunickte.
„Bis bald, das ist versprochen."
Mit ihren Eindrücken vom gemeinsamen Urlaub zurückgekehrt, stand auch schon das nächste Jubiläum vor der Tür. Genau vor einem halben Jahr hatten sie sich kennengelernt und das sollte gebührend gefeiert werden. Sie entschieden sich für die gleiche Szenedisco, wo sie sich das erste Mal getroffen hatten. Schon im Vorfeld wurde der Abend vorbereitet, denn Alex hatte sich diesen frei gehalten und vorsorglich keine Veranstaltungen in der Schlossbrauerei angenommen. Auch Judy hatte langfristig um Frei gebeten, jedoch zwei Tage zuvor wurde alle Planung über den Haufen geworfen. Judys freier Tag wurde plötzlich wegen fehlendem Personals gestrichen und nur mit Mühe gelang es ihr, Babsi zu überreden, den Dienst zu tauschen. Der Versuch, einige der Pärchen aus ihrer Frauenrunde zu diesem kleinen Jubiläum einzuladen, schlug fehl, denn niemand hatte Zeit.
„Ist nicht so schlimm", sprach Judy tröstend. „Dann feiern wir eben allein. Ich freue mich jedenfalls riesig auf den Abend."
„Ich werde mit dir tanzen, die ganze Nacht hindurch, bis dir die Schuhsohlen qualmen", scherzte Alex sofort.

„Das klingt viel versprechend“, hallte es von Judy zurück. „Wird der erotische Teil der Nacht auch so heiß wie vor einem halben Jahr?“ Judys Augen leuchteten schon in Vorfreude.
„Schauen wir mal, es spricht nichts dagegen. Übrigens siehst du genauso verführerisch aus wie damals.“ Alex schaute sie frech grinsend an und küsste sie.
Am besagten Abend saßen beide eng umschlungen an der Bar und schauten beobachtend in die Menschenmenge.
„Es ist schon verrückt mit uns zwei“, hauchte Alex in Judys Ohr. „Jetzt sind wir bereits ein halbes Jahr zusammen und es kommt mir wie gestern vor. Keine Sekunde möchte ich an deiner Seite vermissen. Ich liebe dich sehr, Judy.“ Sie gab Judy einen Kuss auf die Wange.
„Mir geht es genauso. Welch ein Glück, dass der Zufall uns hier zusammengebracht hat.“ Judy blickte verträumt in Alex´ Augen. „Genau hier am Tresen habe ich gesessen und mit dir geflirtet.“
Alex´ Hand durchstreifte sanft Judys Haar. „Ich habe dich vom ersten Augenblick an begehrt. Mein blonder süßer Engel, der mich damals nur für eine Nacht haben wollte.“
„Du siehst, was daraus entstehen kann, Teufelchen, denn nun bin ich süchtig nach dir“, ulkte Judy.
„Dass du deine Lebensumstände so schnell für mich ändern würdest, das hätte ich anfänglich nicht gedacht“, erklärte Alex voller Bewunderung.
„Warum nicht?“, erwiderte Judy lustig zurück. „Mir war sofort klar, dass du etwas Besonderes bist. Das Risiko konnte ich nicht eingehen, dass dich eine andere mir wegschnappt.“
„Deshalb lass uns sofort tanzen gehen, ehe mich eine Dame dazu auffordert“, raunte Alex schmunzelnd und erhob sich von ihrem Barhocker.
Auf dem Weg zur Tanzfläche stutzte Judy für einen Moment, sprach aber ihre Gedanken erst beim Tanzen aus. „Hast du das eben auch gesehen? Ich glaube Rita ist hier?“
„Nein“, entgegnete Alex, die nun merkte, dass Judy etwas nervös war. „Wo ist sie denn?“
„Sie steht an der Wand angelehnt, wo die Tische beginnen.“

Alex drehte sich unauffällig um und schaute in die bewusste Richtung. Sie erkannte Rita sofort, die im gleichen Moment zu ihnen herübersah.
„Rita scheint uns zu beobachten“, sagte Alex unbeteiligt.
„Wer weiß, wie lange schon. Bestimmt hat sie uns keinen Augenblick aus den Augen gelassen.“ Besorgt sah Judy Alex an.
„Und wenn schon? Das kann uns doch nicht stören, oder?“
„Mir ist es unangenehm“, gestand nun Judy.
Alex wusste nicht, wie sie darauf reagieren sollte, und zog es vor, nichts zu entgegnen. Schwungvoll drehte sie Judy beim Tanzen und hoffte, sie ablenken zu können. Für eine Weile funktionierte es auch. Es schien, dass Judy sich beruhigt hätte, sie lächelte wieder. Dann bemerkte sie aber, dass Rita in unmittelbarer Nähe von ihnen mit einer Frau tanzte, die dem Anschein nach ihre Freundin war. Nichtsdestotrotz starrte Rita unentwegt Judy an. Es war nur eine Frage der Zeit, dass das Judy bemerkte, die nun zu Alex sprach.
„Verzeih mir, ich möchte uns ja nicht den Abend verderben, aber ich würde mich gern setzen.“
Alex verstand sofort, was damit gemeint war. Hand in Hand schritten sie zum Tresen.
„Schöne Überraschung!“, versuchte sie zu scherzen, als Judy auf ihrem Barhocker schweigsam in die Runde sah.
„Das kannst du wohl laut sagen.“ Judys Humor schien zurückzukehren. „Die ganze Zeit läuft sie mir nie über den Weg, obwohl wir in der gleichen Straße wohnen. Aber ausgerechnet heute, an unserem Tag, da muss sie auftauchen.“
„Es war über kurz oder lang damit zu rechnen“, sagte Alex mitfühlend. Judy nickte mit dem Kopf und versuchte, Alex freundlich anzulächeln, was ihr nicht gelang.
„Komm Judy, vergiss Rita. Wir wollten heute einen schönen Abend verbringen. Wir sind zwar im gleichen Saal, aber Rita kann uns doch egal sein“, erklärte Alex aufmunternd in ruhigem Ton. Kaum dass sie ihren Satz ausgesprochen hatte, stellte sie fest, dass Rita mit ihrer Frauenbekanntschaft keine zwei Meter von ihnen entfernt am Tresen stand. Ihr blieb ebenfalls nicht unbemerkt, dass Rita Judy ziemlich offensichtlich anstarrte. Selbst als sich ihre Blicke kreuzten, schaute sie nicht weg. Nun erkannte Alex, dass Judy jene neue Situation schön längst registriert hatte. Alex wollte die verfahrene Kiste retten,

denn nichts in aller Welt sollte den Eindruck erwecken, dass die Anwesenheit von Rita beiden größtes Unbehagen bereiten könnte. Sie fing an, Judy eine Episode von der Schlossbrauerei zu erzählen, die sie noch nicht kannte. Wie erhofft lenkte das Judy ab, die beim Zuhören Alex freundlich ansah. Aber dennoch, sie war nervös und unkonzentriert und ihre Augen wanderten beobachtend in Richtung von Rita. Innerlich platzte Alex der Geduldsfaden, jedoch mit ruhigem Ton redete sie auf Judy ein.

„Warum gehen wir nicht hin und sagen einfach Hallo. Ihr redet etwas Belangloses und dann verdrücken wir uns wieder. Vielleicht hört dann das Gegaffe auf."

Judy biss sich auf die Unterlippe und schaute traurig Alex an. „Es tut mir so Leid, dass ich uns den Abend versaue, aber Ritas Gegenwart hier, vor allem ihre Blicke stören mich sehr."

„Das kann ich gut verstehen", erklärte Alex voller Anteilnahme. „Deshalb rate ich dir, gehe zu ihr hin und begrüße sie einfach. Ihr habt ein halbes Jahr lang nicht mehr miteinander gesprochen. Sicher ist das der Grund, dass sie dich beobachtet. Ich werde dich begleiten."

„Du meinst, das könnte funktionieren?" Tiefes Unbehagen breitete sich in Judys Magengegend aus.

„Hör mal, Schatz. Ihr wart vier Jahre eng zusammen und jetzt, wo alles vorbei ist, tut ihr beide so, als ob ihr euch nie gekannt hättet. Geh hin und die Situation wird sich entspannen.

Alex´ Worte klangen für Judy überzeugend. „Du kommst mit?", fragte sie dennoch nach.

„Ja, natürlich nur, wenn es dir recht ist."

„Ich bestehe sogar darauf", stieß Judy schnell hervor und mit einem leichten Seufzer fügte sie hinzu. „Na los, dann lass es hinter uns bringen."

Beide erhoben sich von ihren Plätzen und gingen geradewegs auf Rita zu. Wie Alex vermutet hatte, war Rita sichtbar überrascht, als sie plötzlich vor ihr standen.

„Hallo Rita", sprach Judy freundlich, während Alex dichter herantrat und ihre Hand begrüßend ausstreckte.

„Grüß euch, ich bin Alex."

Ritas Bekannte entgegnete sofort Alex´ Handschlag, jedoch Rita gab nur ein knurrendes Hallo von sich. Judy erkannte sofort, dass Rita

innerlich aufgebracht war, da sie sich so kurz angebunden verhielt. Sie hoffte, dass Alex recht behielt, damit der restliche Abend erfreulicher verlaufen würde.
„Wie geht es dir, Rita?“, erkundigte sich Judy und erahnte schon im Vorfeld, dass sie mit ihren Fragen nur ausweichende Antworten erhalten würde.
„Geht so“, hörte sie Rita sagen, die keine Anstalten machte, auch nur in irgendeiner Weise das Gespräch zu übernehmen.
„Deine neue Freundin?“, rutschte es Judy heraus, die sich im gleichen Moment ihrer törichten Frage ärgerte.
„Sabine? Nein. Sie ist eine sehr gute Bekannte von mir“, stammelte Rita etwas zögerlich, denn mit dieser direkten Frage hatte sie nicht gerechnet. In diesem Moment hatte Alex genau auf die Reaktion von Sabine geachtet, die bei Ritas Antwort einen ziemlich entsetzten Gesichtsausdruck an den Tag legte, jedoch nicht widersprach.
„Hast du Arbeit?“, wollte Judy wissen.
Rita nickte nur bejahend mit dem Kopf, ließ aber keine Einzelheiten verlauten. Judy war es mittlerweile leid, einseitig das Gespräch zu führen. Dennoch stellte sie ihre letzte Frage.
„Wie geht es Kathi?“
Jetzt wurde Rita halbwegs gesprächiger. „Ihr geht es gut. Sie hat einen neuen Freund und ist glücklich verliebt.“
„Nun Rita, eigentlich wollte ich nur wissen, wie es dir so geht. Schön, dich mal wieder gesehen zu haben“, verabschiedete sich Judy.
„Wir wünschen euch noch einen schönen Abend“, fügte Alex hinzu und schaute dabei Rita an, die beide wie versteinert anstarrte. Hand in Hand gingen sie auf die Tanzfläche. Ihre gute Laune kam zurück, denn in der Ferne sahen sie Rita mit Sabine diskutieren. Nichts schien darauf hinzudeuten, dass sie weiter unter Beobachtung standen. Judys Erleichterung hielt aber nicht lange an, denn nachdem sie Rita eine ganze Weile nicht zu Gesicht bekommen hatte, entdeckte sie diese plötzlich versteckt in einer dunklen Ecke.
„Deine Vermutung hat sich nicht bewahrheitet“, flüsterte sie Alex beim Tanzen zu.
Alex, die Ritas Anwesenheit bereits verdrängt hatte, wusste nicht, was Judy meinte. „Welche Vermutung?“

„Na, dass Rita nach der Unterhaltung aufhört, uns in lästiger Weise zu observieren."
„Immer noch?", fragte Alex sichtbar entsetzt.
„Ja, dahinten in der dunklen Ecke", entgegnete Judy geknickt.
„Möchtest du, dass wir nach Hause fahren?", fragte Alex tröstend.
„Bist du mir sehr böse, wenn ich ja sage?"
„Wie könnte ich dir böse sein? Inzwischen fühle ich mich selbst hier nicht mehr wohl." Alex blickte Judy an, deren Gesicht sich aufhellte. „Aber ich kenne einen Ort, wo wir unser verpatztes Jubiläum gebührend ausklingen lassen können."
Nun musste Judy grinsen, denn sie verstand Alex´ Andeutung zu gut. „Sicherlich meinst du unser Bettchen, wo wie nachher vor Müdigkeit einschlafen werden."

64. Kapitel

Alex und Judy hatten bereits ihr etwas verunglücktes Jubiläum vergessen, als Tage später Judy eine SMS erhielt. Überrascht stellte sie fest, dass diese von Rita war, die ihr schrieb.

<<Als ich dich in der Disco gesehen habe, war ich wie durch den Wind gedreht. Ich muss dich dringend sprechen. Liebe Grüße Rita>>

Noch ahnte Judy nicht, was das alles zu bedeuten hatte, sie reagierte nicht darauf. Als aber vier Stunden später erneut eine Kurzmitteilung von ihr eintraf, da wurde Judy schon leicht nervös.

<<Warum antwortest du nicht? Ich möchte mit dir reden. Wann und wo hast du Zeit? Bitte melde dich. Rita>>

Was will sie nur von mir, überlegte Judy und konnte sich auf diese Nachrichten keinen Reim machen. Es muss etwas mit der Disco zu tun haben, aber was? Außerdem, so wie die Mitteilung geschrieben ist, will sie sich mit mir persönlich treffen.
Judy grübelte eine ganze Weile, bis sie sich entschied, nicht zu antworten. Jedoch eine halbe Stunde später klingelte ihr Telefon. Schon an der Telefonnummer erkannte sie Rita. Judy ließ es

klingeln, in der Hoffnung, Rita würde ihr Anrufen von selbst unterbrechen, was aber nicht eintraf. Halb aus Neugier nahm sie nun das Telefongespräch an.
„Hallo“, sagte Judy, obwohl sie genau wusste, dass es Rita war.
„Ich bin es, Rita. Entschuldige, wenn ich dich stören sollte, aber ich dachte, du meldest dich zurück.“
„Warum sollte ich mich bei dir melden?“, fragte Judy widerstrebend.
„Hast du meine Nachricht nicht erhalten?“, erkundigte sich Rita.
„Habe ich. Trotzdem sehe ich keinen Grund, warum wir miteinander reden oder uns gar treffen müssen.“
„Wenn du nicht allein bist und nicht offen sprechen kannst, dann sag jetzt einfach ja.“
Judy wusste nicht, wie ihr geschah, als sie Ritas Worte vernahm. „Du irrst dich, ich bin allein …“
Rita unterbrach sie. „Hör zu Judy, als ich dich in der Disco sah, da wurde mir ganz anders. Du hast in mir all die Erinnerungen von damals wachgerufen. Ich war derart überrascht, als du auf mich zukamst. Ich kenne dich genau, du wolltest mir damit etwas zu verstehen geben.“
„Ich wüsste nicht, was“, erwiderte Judy erstaunt. „Es sollte einfach ein Hallo sein.“
„Komm Judy, das glaube ich dir nicht. In der ganzen Zeit hast du nicht einmal das Gespräch mit mir gesucht und nun gehst du auf mich zu? Das hat doch einen Grund. Sei ehrlich zu dir.“
„Du bist auf dem Holzweg. Ich wollte in der Disco nur nicht an dir vorbeigehen, als ob wir uns nie gekannt hätten. Mehr nicht“, rechtfertigte sich Judy.
„Tut es dir schon Leid, dass du mich angesprochen hast oder warum reagierst du nun so abweisend?“, hörte sie Rita sagen.
„Entschuldige bitte, ich bin doch nicht abweisend“, stieß Judy empört hervor und verstand die Welt nicht mehr. „Sag mal, was willst du eigentlich von mir?“
„Umgekehrt Judy, was willst du von mir? Warum hast du mich in der Disco ständig angesehen? Streite es gar nicht erst ab, denn ich habe es genau bemerkt, dass du mich beobachtet hast.“
„Ich?“ Judy wurde lauter, ihre Miene verriet Empörung, da Rita die Ereignisse in der Disco total verdrehte. „Du warst doch diejenige, die mich nicht aus den Augen ließ.“

„Stimmt nicht, Judy“, entgegnete Rita trocken. „Erst deine sehnsuchtsvollen beobachtenden Blicke haben in mir alles wachgerüttelt. Du weißt, dass ich auf ein Zeichen von dir warte und stets gewartet habe.“

„Ich habe aber keine Zeichen gesetzt.“ Judy war außer sich. „Du hast da etwas missverstanden.“

„Judy, geht es dir wirklich in deiner neuen Beziehung gut?“, wollte Rita plötzlich wissen.

„Ja“, versicherte sie schroff.

„So wie du gereizt bist, kommt es mir vor, als ob doch nicht alles stimmig abläuft, oder?“, sprudelte es prompt aus Rita heraus.

Nun war Judy nahe dran, ihre Fassung zu verlieren. In Gedanken verfluchte sie Alex´ Idee, denn jetzt hatte sie die Bescherung und wenig Lust, weitere Dementis abzugeben. Sie zog es vor, gar nichts mehr zu erwidern. Rita nutzte die Gelegenheit und sprach sofort weiter.

„Ich liebe dich nach wie vor. Wegen dir habe ich mich in der Disco mit meiner Freundin überworfen. Ich wünsche mir die alten Zeiten mit dir zurück.“ Rita zögerte für einen Moment, dann erhob sie bedeutungsvoll ihre Stimme. „Judy, ich habe mich total geändert. Bitte komm zurück zu mir!“

„Rita, ein für alle Mal. Dein Versuch mich zurückzugewinnen, der ist fehlgeschlagen und damit möchte ich das Gespräch jetzt beenden.“

„Nun gut, Judy, ich glaube dir zwar nicht, was du da behauptest. Aber ich werde für dich da sein, wenn du dich anders entscheiden solltest“, sagte Rita mit Nachdruck, als ob sie sich ihrer Sache sicher wäre.

„Tschüss“, sagte Judy hastig und beendete das Telefonat.

Abends erzählte sie Alex, was vorgefallen war. „Ein toller Ratschlag von dir! Da hast du mir etwas eingebrockt“, schloss Judy lächelnd ihre Ausführungen ab.

Das sollte sich auch bald noch mehr bewahrheiten, denn Rita gab vorläufig nicht auf. Was immer sie auch an jenem Discoabend gespürt hatte, sie war der Meinung, Judy neu erobern zu können. Erst Wochen später, als Judy sie mit einer neuen Frau zusammen sah, war der Spuk endgültig zu Ende.

65. Kapitel

Den ganzen Tag schon hatte Alex eine Reihe von Geschäftsanrufen erhalten und dabei so etliche Buchungen von Frühjahrsveranstaltungen entgegen nehmen können. Als das Telefon erneut klingelte, lief sie erwartungsvoll hin. Aber dieses Mal meldete sich eine ihr bekannte Stimme.
„Hallo, Alex."
Alex registrierte sofort, dass sich Diana am anderen Ende der Leitung befand.
„Grüße dich", entgegnete Alex kurz angebunden.
„Hast du für einen Moment Zeit?", fragte Diana vorsichtig.
Alex verspürte wenig Lust. Ihre anfängliche Neugier, wie es Diana in der Zwischenzeit ergangen war, hatte sich längst schon gelegt. Seit Monaten berichtete sie von den gleichen Neuigkeiten. Immer ging es nur um Frauen, deren Interesse sie erobert hätte. Dabei ließ sie nach wie vor keine erotischen Details aus. Oft fragte sich Alex, ob das alles nur Show von ihr wäre, da sie stets mit neuen Frauenbekanntschaften auftrumpfte. Diana stellte ihre innere Widersprüchlichkeit geradezu unter Beweis. Schwor sie doch einst, dass sie auf Alex warten würde, egal wie lange auch die Kennenlernphase mit Judy dauerte. Auch wenn sie keinen Wert auf dieses Warten legte und das auch mehrfach betonte, so war sie von Anfang an überrascht, wie schnell Diana des Hoffens überdrüssig wurde. Alex hatte sich ihren eignen Reim auf die vielen Telefonate gemacht. Mit Sicherheit ahnte Diana, dass sie sich bei Judy absolut geborgen fühlte. Sie ordnete diese Angeberei mit den vielen Frauen als eine Taktik ein, um Eifersucht zu entfachen. Ihrer Meinung nach waren es Lügenmärchen und mit diesen konnte Diana sie ohnehin nicht mehr treffen.
„Alex? Bist du noch dran?", unterbrach Diana ihre Gedanken.
„Ja. Kleinen Moment. Ich muss noch ein paar Papiere ordnen." Alex brachte es nicht übers Herz, Diana aus der Leitung zu werfen.
„Sag mal, hast du mich nicht erst kürzlich angerufen? Wir hatte uns doch geeinigt, dass du mich gelegentlich und auch nur bei wichtigen Dingen anrufen kannst."
„Es ist wichtig", setzte Diana sofort ein. „Ich habe mich mit Steffi gestritten. Sie ist mir auf die Schliche gekommen, dass ich mich

noch mit Ramona treffe. Daraufhin hat sie ganz schön herumgekeift."
Alex musste nun innerlich schmunzeln. „Das passiert, wenn man mehrere Frauen zur gleichen Zeit laufen hat."
„Ramona ist doch aber Schnee von gestern. Ich treffe mich derzeit mit Anne. Ich habe sie im Internet beim Chatten kennengelernt. Sie wohnt nur unweit von mir. Außerdem scheint Johanna auch etwas von mir zu wollen, die extra für mich ihre Beziehung zu Bodo aufgab."
„Freu dich doch, alles scheint gut für dich zu laufen. Wo ist das Problem?", erkundigte sich Alex.
„Steffi ist das Problem. Sie will, dass ich unter diesen Umständen aufhöre, bei ihr in der Firma zu arbeiten. Das kann sie doch nicht verlangen, oder?"
„Hast du einen Arbeitsvertrag?"
„Nein", gab Diana klein bei.
„Dann hast du schlechte Karten." Alex konnte ihre innere Schadenfreude nicht mehr im Zaume halten und schenkte ihrer Geschichte nun Glauben. Sie erinnerte sich, wie ihr Diana einst erzählte, dass ihre neue Errungenschaft Steffi ebenfalls selbstständig wäre. Dianas Berichten nach, war Steffi total auf sie abgefahren und wollte sie täglich in ihrer Nähe haben. Deshalb nahm sie Diana mit in die Supermärkte, um gemeinsam Kundenbefragungen durchzuführen. Angeblich honorierte sie sogar ihre Tätigkeit wohlwollend gut. Alles kam Alex ziemlich bekannt vor. Diana hatte sich keine Spur geändert, sie war egoistisch wie eh und je. Alex´ Einschätzung wurde sofort bestätigt, denn Diana setzte ihre Ausführungen fort.
„Sie will mir kein Geld mehr zahlen und zu den Kundengesprächen, die wir langfristig geplant hatten, soll ich auch nicht mehr erscheinen."
„Da hast du etwas Pech." Alex versuchte, ihre Ironie zu unterdrücken.
„Aber ich brauche das Geld, denn ich habe mit Johanna bereits eine Motorradtour geplant."
„Wie ich dich kenne, wirst du Steffi schon mit Worten und deinen Liebeskünsten überzeugen."
Alex konnte sich diese Bemerkung nicht mehr verkneifen, aber Diana schien die kleine Spitze überhört zu haben.

„Vielleicht bekomme ich es ja noch hingebogen, da sie mich heute Nacht für ein letztes Gespräch erwartet. Ich muss zwar jetzt meine Pläne umwerfen, denn eigentlich war ein Stelldichein mit Peter geplant.“
Nun horchte Alex auf. Sie war der Meinung, sich verhört zu haben.
„Hast du Peter gesagt?“, erkundigte sie sich leicht irritiert.
„Ja. Habe ich dir von ihm noch nichts erzählt?“
„Nein.“
„Ach Peter ist der Besitzer vom BMW-Autohaus, ein ganz cooler Typ. Er hat viel Knete, so alt wie du und ist verheiratet.“ Diana pausierte und da Alex nicht reagierte, sprach sie weiter.
„Ich habe ihn durch Zufall getroffen, als ich mich in seinem Autohaus mal umgesehen habe. Du weißt schon, wegen eines Motorrades, reine Neugier. Er hat sofort mit mir angebändelt.“
„Und?“ Alex wollte es nun im Detail wissen.
„Wir waren oft zum Essen aus, na ja, in der Kiste mehrmals auch. Er ist echt großzügig, denn wir haben im Fünfsternehotel genächtigt.“
Alex verschlug es die Sprache, aber Diana begann zu schwärmen.
„Stell dir vor, ich habe sogar mit dem neusten Flitzer eine Probefahrt machen dürfen. Der geht ab, das sage ich dir.“
„Dann bist du also mit drei Frauen und zwei Männern zusammen?“ Alex´ Fassung schien wiederzukehren.
„Wieso zwei Männer?“, fragte Diana verstutzt.
„Ich glaube, dass es da noch deinen Ehemann gibt. Sagt Holger zu alldem nichts?“
„Nein. Den habe ich gut im Griff. Seitdem ich mir die eigene Wohnung gesucht habe, lebe ich nur am Wochenende mit Familie im gemeinsamen Haus. Das war der Kompromiss, den ich eingehen musste, damit er mir vorerst Unterhalt zahlt.“ Diana überlegte und dann trumpfte sie auf, „Er meint, dass er das mit den Frauen übersehen kann, sofern auch für ihn etwas Liebe abspringt. Vorläufig denke ich auch gar nicht an Scheidung und ehrlich gestanden, ich habe ihn noch lieb.“
„Dir geht es doch gut, Diana. Ich weiß gar nicht, was du hast? Du tobst dich richtig aus und hast deinen Spaß. Dein Mann toleriert alles. Besser kann es doch nicht laufen?“, sagte Alex ziemlich ironisch, jedoch innerlich kochte sie vor Wut. Sie hatte die Nase voll, noch mehr von diesen Neuigkeiten zu erfahren.

„Ich wollte es jemanden erzählen und du bist meine Freundin, die mich kennt und versteht.“
„Wenn ich deiner Bitte zugestimmt habe, in Freundschaft Kontakt zu halten, dann habe ich garantiert nicht deine Liebesprobleme gemeint.“ Alex´ Stimme klang eisig. „Lass mich ein für alle Mal damit in Ruhe. Ich möchte nie wieder etwas davon hören.“
„Warum klingst du so verbittert?“, hakte Diana nach.
„Da fragst du noch? Mich interessieren deine Techtelmechtel nicht. Mach, was du für richtig hältst, aber belästige mich nicht damit.“
„Entschuldige. Ich dachte nur, dass wir Freundinnen bleiben und dass ich dir dann alles erzählen kann“, sagte Diana enttäuscht.
„Weißt du Diana, wir lassen das mit den Freundinnen, auch das, mit dem Kontakt halten. Ich bin zukünftig nicht mehr interessiert. Bitte rufe mich nicht an.“
Diana verstummte, und da keine Reaktion von ihr kam, brach Alex das Telefonat einfach ab. „Hör zu, ich habe es eilig. Alles Gute für dich. Tschüss.“
Alex überraschte es nicht, dass sie mit Konsequenz dem Gespräch ein Ende setzte. Sie war missgelaunt und musste ständig über das Gehörte grübeln. Dianas Eskapaden hinterließen bei ihr einen sehr bitteren Beigeschmack. So einiges hatte ihr Diana nach der Trennung berichtet, dem sie bisher wenig Bedeutung schenkte. Nun aber war sie total entsetzt, denn noch nie kam ihr in den Sinn, über das Problem AIDS nachzudenken. Bei diesem Gedanken angelangt, verlor Alex gänzlich die Fassung.
Wenn sie jetzt so ausschweifend ihr Liebesleben genießt, wie kann ich mir da noch sicher sein, dass sie das nicht schon zu meiner Zeit getan hat? Angstperlen waren auf ihrer Stirn und Entsetzen in ihrem Gesicht geschrieben.
Stunden später fuhr sie nach Branskow. Judy hatte Spätdienst und gleich würde sie von der Arbeit kommen. Alex brauchte nicht lange warten, als auch schon Judy in die Toreinfahrt einbog.
Judy begrüßte sie und spürte, dass etwas nicht stimmte. „Ist etwas passiert?“
„Das kann ich dir so nicht beantworten. Ich bin immer noch durcheinander. Aber ich glaube, wir beide sollten einen AIDS-Test machen.“
Judy schaute entsetzt. „Wie kommst du plötzlich darauf?“

„Es ist wegen Diana. Sie hat mich angerufen und von ihren vielen Sexaffären berichtet“, begründete Alex ihre Sorge.
„Ach daher weht der Wind. Hat sie dir etwa erzählt, dass sie AIDS hat?“, fragte Judy aufgeregt.
„Nein, das nicht“, erwiderte Alex stockend. „Ich bin trotzdem in arger Unruhe, da sie es derzeit wohl mit jedem treibt. Stell dir vor, angeblich hat sie nun fünf zeitgleiche Beziehungen sowohl mit Frauen und Männern. Das ist doch nicht normal!“
„Glaubst du nicht, dass sie etwas übertreibt, um dich zu ärgern?“, versuchte Judy die Situation zu entschärfen. „Vielleicht ist davon nur die Hälfte wahr.“
Judys Worte konnten Alex nicht beruhigen.
„Zunächst muss ich wohl oder übel dem Erzählten Glauben schenken. Wenn sie wirklich so ein wildes Liebesleben führt, wo die Partner ständig wechseln, dann bin ich mir nicht mehr sicher, ob sie es nicht auch schon während unserer gemeinsamen Zeit getan hat?“ Sie blickte Judy sorgenvoll an.
„Du hast recht, das kann man wirklich nicht ausschließen.“ Für einen Moment war Judy ratlos, dann sprach sie aufmunternd weiter. „Nun komm aber erst mal mit in die Wohnung und dann erzählst du mir im Detail, was Diana von sich geben hat, ja?“
Eine Stunde später hatte sich Alex ihren Frust von der Leber geredet. Nun fühlte sie sich etwas wohler in ihrer Haut, denn Judy hatte versucht, die schlimmen Vermutungen etwas abzuschwächen. Um jedoch den Befürchtungen ein schnelles Ende zu setzen, beschlossen beide, sofort einen Arzt aufzusuchen.
Mit dem Test begann die lange Zeit des ungewissen Wartens. Alex bemühte sich, nicht daran zu denken, aber es gelang ihr nicht. Nervös und angespannt sehnte sie sich nach dem Tag, der dem ganzen Spuk ein Ende setzen würde. Endlich lag das Ergebnis vor, beide Tests waren negativ. Freude und Erleichterung kehrten ein und endlich waren in Alex` Gesicht das bezaubernde Lächeln und die frechen Grübchen zu sehen.

66. Kapitel

Dann folgte eine glückliche Zeit, alles verlief prächtig. Alex´ Kinder verstanden sich mit Jacki gut und Jacki wiederum war stolz, zwei Brüder zu haben. Viele gemeinsame Unternehmungen standen an, sofern es die Freizeit zuließ. Das betraf auch Alex´ und Judys Reisefieber, denn gleich, nachdem sie von Lanzarote zurückgekehrt waren, erschien Alex mit den Katalogen für den Sommer. Sie planten nun einen Urlaub auf Judys Traumkontinent, speziell Tunesien, aber diesmal ohne die Kinder. Jene verbrachten ihre Ferien bei den Großeltern bzw. zusammen mit Peter, der seinen Wunsch für einen gemeinsamen Urlaub geltend machte. Dem allen nicht genug, war ihre Reiselust nicht zu bändigen, denn Alex sorgte vor. Neben einem Kurzausflug nach Dänemark, der aus Anlass ihres Geburtstages geschah, wurde für den Spätherbst eine Dreitagefahrt nach Istanbul gebucht. Vier Länder in einem Jahr, das war die stolze Bilanz ihrer Abenteuerlust.

Als sich jedoch der Herbst in seiner schönsten Pracht zeigte und sich das saftige Grün der Bäume in buntes Laub verwandelte, da veränderte sich urplötzlich das Leben von den beiden. Auslöser dafür waren zwei entscheidende Situationen, die fortan ihre weitere Zukunft bestimmten.

Jacki kam eines Tages aus der Schule und setzte Judy vor die Tatsache, dass sie nicht mehr dorthin gehen wollte. Sie schien Probleme zu haben und hatte sich mit ihrem gesamten Freundeskreis überworfen. So sehr Judy auch auf sie einredete, Jacki blieb stur.

„Du kannst dich auf den Kopf stellen, Mama, ich gehe nie mehr in diese Schule. Außerdem möchte ich ab jetzt bei Papa leben und in der Nähe von Oma und Opa sein."

„Du weißt doch gar nicht, ob Papa dich aufnehmen kann und ob er das auch will", wandte Judy aufgeregt ein, innerlich schockiert über Jackis Wunsch.

„Papa hat schon oft gesagt, dass ich zu ihm ziehen könnte", erwiderte Jacki resolut. „Seitdem du von Papa ausgezogen bist, lebe ich mehr als fünf Jahre mit dir zusammen. Nun möchte ich die restliche Zeit bis zu meiner Berufsausbildung bei ihm wohnen. Ich will es so und die Schule hier in Branskow, die kannst du voll vergessen. Ich gehe nicht mehr hin."

Judy entschied, Jacki vorerst für drei Tage aus der Schule zu nehmen, jedoch konnte sie in jenen Tagen Jacki nicht umstimmen. Sie beharrte auf ihren Wunsch und blockte jedes weitere Gespräch mit Judy ab. Am vierten Tag gab sich Judy geschlagen und setzte sich mit Mathias telefonisch in Verbindung. Es hatte den Anschein, dass er bereits auf diese Konstellation gewartet hätte, denn er war sofort bereit, Jacki für immer zu sich zu nehmen. Damit hatte Judy nicht gerechnet. Sie hatte vielmehr gehofft, dass sich Jacki einseitig etwas in den Kopf gesetzt hätte, was niemals realisierbar gewesen wäre. Alles war für sie unfassbar und ereignete sich so plötzlich, sie war total überfordert.
Alex stand tröstend an ihrer Seite, aber sie konnte ihr nicht helfen. Immer wieder nahm sie Judy in den Arm, die unentwegt weinte. So traurig hatte sie Judy noch nie zuvor gesehen.
Alles ereignete sich in einem denkbar ungünstigen, zeitlichen Umfeld. Erst vor einem Monat hatten beide ihren Umzug vollzogen, indem Judy in eine größere Wohnung zog. Alex hingegen ihre einst für Diana angemietete gegen eine Zweiraumwohnung aufgab. Sie selbst hatte Judy ermuntert, diesen Wohnungswechsel zu vollziehen, denn Jacki hatte nun ihr eigenes Kinderzimmer.
Außerdem war Judy seit Wochen in der Arbeit absolutem Stress ausgesetzt. Stets und ständig wechselten ihre Dienstpläne, nie konnte sie sich auf ihr dienstfrei verlassen und wurde wegen mangelndem Personals in die Klinik geordert. Immer wieder klagte sie über Schmerzen, die durch das schwere Heben der Patienten hervorgerufen wurden. Fünf Jahre war sie nun schon in dieser Reha-Klinik tätig, aber der Zahn der Zeit hatte an ihr genagt, denn in ihrer Arbeit als Krankenschwester sah sie nichts Erfreuliches mehr. Sie hatte tagein und tagaus nur mit unheilbar hirngeschädigten Patienten zu tun, deren Leben durch Beatmungsmaschinen aufrechterhalten wurde. Zuviel Leid hatte sie gesehen und war unfähig, nach Dienstschluss abzuschalten.
Keine Frage, Judys seelischer Zustand war schon vor Wochen angeknackst, als sie nämlich davon sprach, dass sie unbedingt aus dieser Klinik raus muss, es jedoch keine Stellenangebote regional in der Umgebung gab. Ihre Arbeit machte ihr keine Freude mehr, obwohl Krankenschwester einst ihr Traumberuf war.

Nun kam plötzlich alles zusammen und Alex entging es nicht, dass Judy depressiv wurde.
„Wenn Mathias Jacki am Wochenende abholt, dann bleibst du keinen Tag länger allein in dieser Wohnung“, entschied sie konsequent für Judy. „Du gibst diese Wohnung auf und ziehst zu mir, einverstanden?“
Judy hatte sich auch schon Gedanken gemacht, war sich aber sehr unschlüssig.
„Aber deine schönen Möbel, die nun hier sind? Die bekommst du in deiner kleinen Wohnung nicht mehr unter und dabei haben wir uns erst vor Kurzem so schön eingerichtet. Das sollen wir nun aufgeben?“
„Wir machen das doch nicht von der Einrichtung abhängig“, erklärte Alex eindringlich. „Ich finde es um die guten Möbel auch schade, aber bei mir ist nun kein Platz mehr. Vielleicht haben wir Glück und können einen Teil davon verkaufen. Egal, du auf jeden Fall bleibst nicht allein in dieser Wohnung, wo dich der Anblick des Kinderzimmers immer an die gemeinsame Zeit mit Jacki erinnern wird. Du musst raus hier, hörst du.“
In den darauf folgenden Tagen freundete sich Judy mit diesem Entschluss an, und als das Wochenende vor der Tür stand, war sie froh, dass sie sich selbst so entschieden hatte. Trotzdem standen ihr oft die Tränen in den Augen. Jedoch als Jacki und Mathias ihre Wohnung endgültig verließen und sie beiden vom Fenster aus nachwinkte, da verlor sie gänzlich ihre Fassung. Zu ihrem Glück traf Alex eine Stunde später in Branskow ein. Lange hielt sie Judy in ihren Armen, aber sie konnte sie nicht beruhigen. Nicht endende Tränen rollten über ihr Gesicht, bis Alex irgendwann aufmunternd zu ihr sprach.
„So, jetzt packst du ein paar Kleidungsstücke zusammen und kommst sofort mit.“
Von da an wohnte sie bei Alex. Philip, Alex` ältester Sohn, nahm Judy besonders lieb auf, indem er bei der Begrüßung meinte, dass er nichts gegen zwei Muttis einzuwenden hätte. Seine Worte brachen das Eis und Judy begann, wieder positiver zu denken.
In den nächsten Wochen waren beide neben ihrer Arbeit beschäftigt, das Wohnungsproblem in Branskow in den Griff zu bekommen. Judy kündigte ihre Wohnung und nach und nach wurden ihre persönlichen Dinge zu Alex gebracht. Die Möbelfrage stellte sich dennoch als ein

Problem heraus. Obwohl diese noch fast wie neu aussahen, sie ließen sich nicht verkaufen.
„Im Notfall verschenken wir sie oder stellen sie auf die Straße“, entschied Alex letztendlich mit einer Träne im Auge. Am Ende der Wohnungsauflösung sah Judys kleines Auto selbst wie ein Umzugsfahrzeug aus, vollgestopft mit Gegenständen, die sie Jacki bei ihrem ersten Besuch mitbringen wollte.

67. Kapitel

Wochen später kehrte so halbwegs Ruhe in Judys Leben ein, sie hatte sich mit ihrer neuen Lebenssituation abgefunden. Das konnte Alex genau erkennen, denn Judy fing wieder an, von zukünftigen Dingen zu reden, die sie gern unternehmen würde. Als eines Tages Alex die Rede auf ihren nun bald auslaufenden Pachtvertrag mit der Schlossbrauerei brachte, ergriff Judy die Gelegenheit beim Schopfe.
„Sag mal, könntest du dir wirklich ein Leben mit mir im Ausland vorstellen?“
„Natürlich“, erwiderte Alex sofort. „Darüber haben wir doch schon oft gesprochen. Auch ich stecke voller Abenteuerlust.“
Judy sah Alex eine Weile gebannt an, ehe sie zögerlich ihre nächste Frage stellte. „Auch etwas eher, als wir einst geplant hatten?“
„Auch das, mein Schatz.“ Alex ahnte sofort, worauf sie hinaus wollte. Sie selbst hatte sich in der letzten Zeit oft die Frage nach ihrer Zukunft gestellt. Ihr Pachtvertrag würde in einem Dreivierteljahr auslaufen. Schon jetzt sah sie kaum die Chance einer Verlängerung und damit wäre ihre Selbstständigkeit beendet. Dann hieße es, auf Arbeitsuche zu gehen, jedoch all zu viele Möglichkeiten gab es in ihrer Stadt nicht. Alex war sich darüber im Klaren, dass das, um neue Arbeit zu finden, einem Wohnortwechsel gleichkäme. Damit wusste sie genau, was Judy nun ansprechen würde.
„Ich möchte so schnell wie möglich ins Ausland gehen. Jacki lebt nun bei Mathias, dein Tobias inzwischen bei deinem Ex, Philip ist fast achtzehn, deine Selbstständigkeit läuft auch bald aus und ich gehe mit Widerwillen zur Arbeit. Eigentlich sind wir an einem Punkt gekommen, schon jetzt über unsere Träume nachzudenken“, erklärte Judy.

„Über das Gleiche habe ich seit einiger Zeit auch schon nachgedacht“, versicherte Alex eifrig, stockte aber plötzlich und zögerlich fuhr sie fort. „Ich kann mich aber nicht mit deinem Traumkontinent Afrika anfreunden.“
„Warum denn nicht?“, fragte Judy und schaute Alex erstaunt an.
„Ich betrachte Afrika mit gemischten Gefühlen. Natürlich ist es ein Gebiet, wo es ständig warm ist, so wie du es dir wünschst. Auch habe ich nichts dagegen, bescheiden zu leben. Dennoch kann ich mir nicht vorstellen, wie ein lesbisches Frauenpärchen dort Fuß fassen will. Ich möchte mit dir offen leben und mich nicht verstecken müssen.
„Das will ich auch, Versteckspiele haben wir doch nicht nötig.“ Judys Stimme klang fest und überzeugt.
„Sei mir bitte nicht böse, aber nach unserem gemeinsamen Tunesienurlaub bin ich felsenfest der Meinung, dass Afrika absolut ungeeignet für uns ist.“ Alex wählte ihre Worte sehr genau und mit sanfter Stimme sprach sie weiter. „Natürlich möchte ich mit dir ins Ausland gehen, jedoch kann ich mir derzeit nur ein Land in der Europäischen Union vorstellen. Je mehr ich darüber nachdenke, so kann nur Spanien infrage kommen.“
Judy schaute Alex gespannt an. „Spanien?“
„Ja, Spanien, warum nicht? Tief im Süden von Spanien, wo es auch im Winter relativ warm ist, zugleich in der Nähe von Afrika. Ich denke, dass es große Touristenregionen geben wird und damit gute Chancen bestehen, schnell Arbeit zu finden. Vor allem leben wir noch unter europäischen Bedingungen, folglich gleiche Rechte und gleiche Währung.“
Von dieser unerwarteten Kehrtwendung überrumpelt, schaute Judy Alex begeistert an. Noch nie hatte sie bisher über einen anderen Kontinent als Afrika nachgedacht.
„Hast du denn auch schon eine Vorstellung von dem Ort, der es denn sein soll?“
„Málaga“, entgegnete Alex wie aus der Pistole geschossen.
Judy sah sie aus ihren tiefgrünen Augen an und lächelte erfreut. „Deine Idee klingt toll, ich könnte mich damit anfreunden. Warum nicht Spanien?“
„Das bedeutet aber, dass wir sofort und zügig die spanische Sprache erlernen müssen“, fügte nun Alex unverwandt hinzu. Alarmiert

horchte Judy auf und nach einer kurzen Denkpause erwiderte sie verdrossen.
„Wir haben uns doch bisher auf Englisch konzentriert. Meinst du nicht auch, dass wir damit gut klar kommen würden? Warum Spanisch nun auf die Schnelle? Das ergibt sich dann von selbst?“
„Ich bin da anderer Meinung“, widersprach ihr Alex. „Wenn du in ein fremdes Land auswandern willst, dann muss das im Vorfeld gut vorbereitet sein, dazu gehört auch ein Minimum an Sprachkenntnis, glaube es mir.“
Judy nickte nun beflissen und stieß einen Pfiff der Begeisterung aus.
„Spanien, mal was ganz anderes und abenteuerlich. Du hast mich überzeugt. Lass uns nach Spanien auswandern.“ In ihrem Kopf geisterte plötzlich die Vorstellung, dass sich mit dem Erlernen der spanischen Sprache weltweit andere Ziele ergeben. Sie dachte dabei schon an Reisen nach Mittel- und Südamerika und damit setzte zugleich Reisefieber in der höchsten Form ein.
Tage später durchstreifte Alex eine Buchhandlung. Alles, was sie Judy vor Tagen sagte und anriet, waren lediglich ihre Gedanken und Ideen, die sie nun in die Tat umsetzen wollte. Ihre Grundkenntnisse in Spanisch waren gleich Null und daher war sie in der Sprachabteilung. Gezielt schritt sie an der Reihe der aufgestellten Wörterbücher vorbei und zog dann ein kleineres heraus.
„Ich glaube, das dürfte fürs Erste reichen“, sagte sie leise beim Durchblättern.
Eine Weile später stand sie betrachtend vor einer Reihe aufgebahrter Sprachtrainer, wobei es die verschiedensten Anbieter mit einer sagenhaften Auswahl gab. Sie brauchte Zeit zum Sichten und entschied sich letztendlich für jenen, der neben dem Lernbuch eine Vielzahl von Audio-CDs enthielt. Dann trieb sie die Eile nach Hause, denn sie wollte nun unbedingt die neue Sprache akustisch hören, die künftig ihre zweite Muttersprache werden sollte. Eine gewisse Nervosität und Enttäuschung stand ihr förmlich im Gesicht geschrieben, als sie die erste CD abspielte. Zu ungewohnt und völlig anders hörte sich der Redeschwall an, der auf sie niederprasselte.
„Ach du meine Güte, das soll ich jemals verstehen, ganz zu schweigen davon, sprechen können?“, seufzte sie laut vor sich hin.
Erneut spielte sie die Lektion ab.
: Hola, quiero una habitación, por favor.

: ¿Una habitación individual?
: Sí, por favor. ¿Son bonitas las habitaciones?
: Sí, son muy bonitas.
: ¿Son cómodas las camas?
: Sí son muy cómodas...
Alex wiederholte den Anfang der CD.
: Hola, quiero una habitación, por favor.
Sie stoppte und versuchte nachzusprechen.
„Ola, kero una abitazion, por fawor", dann stockte sie und maulte. „Scheibenkleister, irgendwie hört sich das anders an, als das eben Gehörte."
Stets von Neuem wiederholte sie und endlich, es kam ihr schon wie eine Ewigkeit vor, konnte sie es richtig nachsprechen. Zufrieden mit sich selbst musste sie sich nun eingestehen, dass es eigentlich gar nicht so schlimm war, halt nur ein wenig ungewohnt.
„Mal sehen, was ich da geplaudert habe?", raunte sie nun gut gelaunt und stellte fest, dass die erste Lektion das Buchen eines Hotelzimmers beinhaltete. Schnell fand sie die Übersetzung und jene Begriffe wie hola (Hallo), habitación (Zimmer), bonito (schön) oder cama (Bett) prägten sich sofort in ihrem Kopf ein. In Gedanken reimte sie sich bereits einen kleinen Spaß für Judy zusammen.
Als diese von der Arbeit nach Hause kam, erwartete Alex sie schon aufgeregt, denn sie wollte ihr Erlerntes sofort an die Frau bringen.
„Hola, mein Schatz", begrüßte sie Judy und schaute sie bedeutungsvoll an, ehe sie langsam und betont weitersprach. „Ich habe una habitación mit una cama sehr bonita."
Nun schaute Judy Alex total verblufft an. „Was hast du?"
Alex wiederholte ihre Worte mit einem Grinsen, aber Judy sah sie nur sprachlos an.
„Una cama sehr bonita." Mit einem frechen Augenzwinkern fügte sie hinzu. „Komm lass uns sofort hingehen."
Nun endlich erahnte es Judy halbwegs. „Wenn du so keck guckst, dann weiß ich Bescheid, was dein Herz begehrt. Sag bloß, das war eine Aufforderung zum Liebemachen auf Spanisch?"
„Genau, mein Engelchen." Alex nickte bejahend. „Deshalb lassen wir jetzt die spanische Wand fallen, hüpfen in „la cama" und machen die Spanische Fliege." Nun schmunzelte sie unverschämt, sodass ihre

Grübchen in Erscheinung traten. Judy wollte gerade etwas erwidern, als auch schon Alex sie in Richtung Doppelbett zog.
In den darauf folgenden Wochen verbrachte Alex einen Großteil ihrer Freizeit mit dem Anhören der CDs. Sie hatte sich ein kleines handliches Buch besorgt, in dem sie sich Notizen schrieb. Als die Kurzreise nach Istanbul nahte, war dieses bereits gefüllt mit Vokabeln und grammatischen Hinweisen. Ihre Dreitagereise entpuppte sich als wunderschön und die Stadt erwies sich als ausgesprochen interessant, aber auch die Reisegruppe war eine lustig zusammengemischte Truppe. Schon am zweiten Tag stellte Alex fest, dass das Ehepaar, das stets vor ihnen im Reisebus saß, spanisch sprach. Judy hingegen war der Überzeugung, dass das nicht möglich sei, da sie sich bereits mit dem Ehemann auf Deutsch unterhalten hätte. Wie sich herausstellte, waren es Argentinier, der Mann deutscher Abstammung. Damit war Judys Neugier für diese Auswanderergeschichte entfacht und nutzte sogleich eine passende Gelegenheit. Als am selbigen Abend der türkische Folkloreabend stattfand und jene argentinische Frau höchst elegant im Abendkleid in der Rezeption erschien, glaubte Judy ihren Ohren nicht. Alex begrüßte das Ehepaar und der Frau zugewandt fing sie an, ihre Spanischkenntnisse erstmalig anzuwenden.
„Hallo, guten Abend. Welch hübsches Kleid. Sehr elegant."
„Danke, sehr freundlich", entgegnete die Argentinierin.
„Wie hübsch, es gefällt mir", wiederholte sich Alex, innerlich betrübt, dass ihr Sprachschatz noch so stark eingeschränkt war. „Einen schönen Abend für sie."
„Gleichfalls", erwiderte jene Frau und lächelnd an Alex und Judy gerichtet sagte sie, „Adios."
Judy hatte alles verfolgt, jedoch kein einziges Wort davon verstanden, was Alex und jene Frau da nun sprachen. Jedoch anhand der Gesten war ihr klar, dass da etwas Flirtendes in der Luft lag. Ein wenig von Neid und Eifersucht geplagt, stand sie da. Jedoch am Meisten ärgerte sie sich darüber, dass sie bisher kein einziges spanisches Wort gelernt hatte, Alex es aber flirtender Weise praktizierte. Sie war nicht sauer darüber, aber fortan vom Ehrgeiz gepackt, sich spanisch so schnell wie möglich anzueignen.

68. Kapitel

Nun war es so weit, in fünf Stunden würden beide heiraten. Alex war aufgeregt, sie konnte nicht mehr schlafen. Judy hingegen lag noch träumend an ihrer Seite. Normalerweise war sie es, die Wochen zuvor nervös herumlief, während Alex alles in Ruhe vorbereitet hatte. Aber jetzt, kurz vor diesem besonderen Moment, brach auch in Alex die Aufregung aus. Sie versuchte, sich entspannt im Bett zu recken. Plötzlich schweiften ihre Gedanken in die Ferne, zurück in die Vergangenheit, automatisch musste Alex schmunzeln.
Seit achtzehn Monaten war sie nun mit Judy zusammen und seit genau dieser Zeit gab es auch das Gesetz der Lebenspartnerschaft. Genau erinnerte sich Alex, wie sie, mehr aus Scherz, zu Judy sagte: „Was hältst du davon, wenn wir heiraten?“
Judy hingegen erschrak sich und ließ Alex abblitzen. „Ich werde niemals heiraten. Außerdem geht das gar nicht, denn du bist noch nicht einmal von deinem Mann geschieden.“
Damals erkannte Alex sofort, dass sie mit dieser Frage eine wunde Stelle getroffen hatte, dennoch wiederholte sie von Zeit zu Zeit jene Worte. Immer wieder betonte Judy energisch, dass sie generell nichts vom Heiraten hielt. „Ich habe mich noch nie in meinem Leben derartig gebunden, weder in den dreizehn Jahren mit Mathias noch in den vier Jahren mit Rita, obwohl es beide gern gesehen hätten. Alex, so sehr ich dich liebe, ich werde niemals heiraten.“
Dann kam der Tag, an dem beide erstmalig ihre Eltern zusammenführen wollten, damit die sich gegenseitig kennenlernen. Diesmal foppte sie Judy beim Spazierengehen und prophezeite.
„Wenn alle an der Kaffeetafel zusammensitzen, weißt du, was dann passiert? Ich werde mich erheben und alle werden mich erstaunt ansehen. Ich aber werde sagen: ‚Liebe Eltern, ihr werdet euch schon gewundert haben, warum wir uns hier treffen. Es gibt einen besonderen Anlass. Judy und ich, wir werden heiraten.‘“
Judy verstand diesen Scherz ganz und gar nicht, aufgeregt kreischte sie. „Das wirst du doch nicht tun!“
„Natürlich“, vollendete Alex damals ihren Ulk, als auch Judy gänzlich die Fassung verlor und empört zehn Meter von ihr weglief.

Als jedoch zwei Wochen später Alex voller Freude von ihrem Scheidungsurteil berichtete, da überhörte sie Judys Bemerkung.
„Dann können wir ja jetzt heiraten."
Im Glauben, dass Judy nun den Spieß umdreht, entgegnete sie kühl.
„Ich will jetzt nicht mehr."
Judy wiederholte sich und erst beim dritten Mal bemerkte Alex, dass sie es ernst meinte. Alex war total perplex und wunderte sich über den plötzlichen Sinneswandel. Mit Skepsis sprach sie irritiert.
„Ich dachte, du machst mir einen romantischen Heiratsantrag", und ließ ihre Antwort offen, obwohl sich ihr Herz bereits für ein Ja entschieden hatte.
Zwei Tage später erschien ein Mann an Alex´ Tür, der einen Motorradhelm auf dem Kopf trug, einen zweiten in der Hand hielt.
„Ja, was wünschen sie?", fragte Alex mehr als erschrocken bei dem Anblick. Der Mann nahm seinen Helm ab und erst jetzt erkannte sie Judy.
„Ich möchte dich entführen", grinste sie Alex an und reichte ihr den zweiten Helm hin.
Sie hatte sich ein Moped ausgeliehen und fuhr mit Alex die Küste entlang. Beide gingen am Strand spazieren und in einem Moment der Idylle und Zärtlichkeit wiederholte Judy ihren Antrag. „Ich liebe dich so sehr und möchte dich heiraten."
Dem konnte Alex nicht mehr widerstehen. Zärtlich hauchte sie ihr Jawort in Judys Ohr.
Eine Woche später waren beide bereits auf dem Standesamt. Der Beamtin war eine gewisse Verwirrung anzusehen, von den neuen Gesetzesblättern schien sie auch wenig Ahnung zu haben. Als sie erfuhr, dass der geplante Termin mehr als ein halbes Jahr voraus lag, vertröstete sie beide, heilfroh im Glauben, dass diese nun gar nicht oder zeitlich später wiederkämen. Aber Alex und Judy kamen erneut und zwar exakt sechs Monate vor dem geplanten Termin, nun auch mit den notwendigen Urkunden. Schon beim Betreten des Standesamtes erkannte die Beamtin die beiden. Ein Entsetzen stand ihr auf dem Gesicht geschrieben, dem dann noch ein Seufzer folgte. Minuten später war auch das Warum klar. Sie kannte sich mit der Antragsstellung immer noch nicht richtig aus.
„Sie sind die Ersten, die hier heiraten … eh … Verzeihung … sich hier verpartnern wollen", stammelte sie entschuldigend.

Nach geschlagenen eineinhalb Stunden waren endlich alle Formalitäten der Antragsstellung vollzogen. Wahrscheinlich hätte es sogar noch länger gedauert, wenn nicht eine andere Beamtin helfend eingesprungen wäre.
Im Weiteren begann die Zeit, wo Alex und Judy emsig Bekleidungsgeschäfte aufsuchten. Sie hatten konkrete Vorstellungen, was sie zu ihrer Hochzeit tragen wollten. Es sollte einerseits elegant und festlich andererseits auch im normalen Alltag nutzbar sein, aber auf keinen Fall weiß und ein Kleid. Alex entschied sich für eine Anzugskombination bestehend aus einem anthrazitfarbenen Gehrock. Judy hingegen bevorzugte einen marineblauen Blazer, dazu weiße Hose und weiße Bluse.
Irgendwann wurden die Einladungen verschickt, es waren an die sechzig Personen, die fast vollständig zusagten. Alex und Judy suchten und fanden eine Pension, da die Mehrheit der Gäste Auswärtige waren. Nun konnte im Detail geplant werden. Das Gewölbe der Schlossbrauerei war ideal zum Feiern und gleichzeitig war eine Vielfalt an Getränken vorhanden. Nur ein Buffet musste geordert werden. Alex befand sich in ihrem Element und organisierte alles, auch den DJ Berni, jenen, den sie durch ihre Arbeit gut kannte. Wohlweislich erklärte sie ihm, dass es diesmal eine andere Art von Hochzeit wäre, nämlich ihre eigene, eine lesbische Hochzeit. Für ihn kein Problem, er sagte sofort zu.
Aber immer noch nicht war die Frage des gemeinsamen Namens geklärt. Alex und Judy grübelten und witzelten schon seit Wochen darüber.
„Judy, natürlich nehmen wir deinen Namen. König, der klingt doch toll“, beharrte Alex stets von Neuem.
„Ich möchte aber nicht, dann bleibe ich ja nach wie vor Judith König. Warum nicht deinen Namen?“
„Brinker, der Name war toll, aber seitdem ich geschieden bin, darf ich diesen nicht mehr für eine neue Heirat verwenden. Ja und was meinen Geburtsnamen Neumann betrifft, den finde ich nicht gerade berauschend.“
Judy aber bestand auf ihren Wunsch, künftig Neumann heißen zu wollen. Eines Tages ergriff sie die Initiative. „So, jetzt schmeißen wir eine Münze und die wird entscheiden. Kopf ist Neumann, Zahl ist König.“

Judy warf den Euro in die Luft, der sich tänzelnd auf der Tischplatte drehte, ehe die Oberseite Kopf sichtbar umkippte. Judy strahlte, während Alex hänselte. „Du hast doch gesehen, dass das eben ein wenig an der Tischkante gebrannt hat. Ich bestehe auf eine Wiederholung."
Judy gab nach und diesmal durfte Alex die Münze werfen. Zu ihrem Pech entschied sich das Geldstück abermals für Kopf und damit war die schwierigste aller Fragen beigelegt.
Dann waren die letzten vierzehn Tage vor der Hochzeit herangerückt, erneut erschienen beide auf dem Standesamt, um anstehende Fragen des Ablaufes zu klären. Diesmal lächelte die Standesbeamtin.
„Sie sind nach wie vor das erste Pärchen", sagte sie voller Stolz, entschuldigte sich jedoch im gleichen Atemzug für mögliche Versprecher.
„Ich hoffe, dass mir das nicht passieren wird", gab sie Verständnis suchend kund, „und mir die Berufsroutine einen Streich spielt. Die Gefahr besteht darin, dass mir versehentlich ein Herr herausrutschen könnte. Auch für mich stellt Ihre Verpartnerung absolutes Neuland dar. Ich freue mich so für Sie."
Nun gab es nur noch eine Vorbereitung zu erledigen, das waren die Hochzeitssträuße. Alex und Judy suchten einen Blumenladen im Zentrum der Altstadt auf, der den Ruf besaß, besonders tolle Buketts zu binden. Im Geschäft angekommen, wurden sie sogleich von einer blutjungen Verkäuferin begrüßt. Judy erkundigte sich sofort nach dem Angebot von Blumenschmuck und beflissen holte die Verkäuferin einen dicken Katalog hervor, der viele Fotos nebst Preisinformationen enthielt.
„Die sind aber sehr teuer", sagte Judy nach einer Weile des Betrachtens. „Wir brauchen nämlich zwei."
„Oh, dann ist es eine Doppelhochzeit? Das ist aber toll", entgegnete die Verkäuferin voller Staunen.
„Nein." Alex sah sie belustigt an. „Nein, es ist doch unsere eigene Hochzeit."
„Ach ja? Auch schön", kam es stotternd und verdutzt zugleich zurück. Mit hochrotem Gesicht empfahl sie zwei kleinere Hochzeitssträuße, für die sich beide dann auch entschieden.
Es war die Woche vor ihrer Trauung, wie immer gingen Alex und Judy in die Volkshochschule zum Spanischunterricht, den sie seit

zwei Monaten besuchten. Es war ein Anfängerkurs und mit ihnen nahmen mehr Frauen als Männer teil. Señor González, der aus Mallorca stammende Lehrer, hatte als Hausaufgabe eine schriftliche Kurzform des bereits erlernten Lernstoffes verlangt, eine Kurzerzählung von sich selbst. Schon am Abend zuvor hatte Judy ihren erarbeiteten Text Alex zum Lesen gegeben, die daraufhin erstaunt meinte, dass Judy das in der Form nicht vorlesen könne. Judy aber strahlte vor Glück und sagte: „Warum nicht?"

Nun aber saßen sie im Unterricht und einer nach dem anderen sollte seine Hausaufgabe laut vorlesen. Als vorletzte kam Alex an die Reihe und nur Judy fehlte noch. Alex begann, in Spanisch zu berichten.

„Ich heiße Alex Brinker. Ich bin dreiundvierzig Jahre alt. Ich habe zwei Söhne. Ich arbeite in der Schlossbrauerei und bin selbstständig. Mir gefällt meine Arbeit sehr. Ich bin touristischer Reiseführer und erkläre die Bierproduktion. Ich wohne im Zentrum dieser Stadt. Was ich noch sagen wollte, mein Name ändert sich bald. Ich heirate", schloss Alex ihren kleinen Bericht ab.

„Oh, eine Hochzeit, wie toll", jubelte Señor González und fügte hinzu. „Felicidades, herzlichen Glückwunsch." Dann richtete er seinen Blick auf Judy, die nun ihre Hausaufgabe vorlesen sollte. Alex fiel es schwer, ihr Grinsen zu unterdrücken, denn Judy zog nun ihre Nummer auf Spanisch durch.

„Ich bin Judith König, Ich bin Krankenschwester und arbeite in einer großen Klinik. Ich bin sechsunddreißig Jahre alt und habe eine Tochter. Sie heißt Jacki. Ich bin sehr glücklich, denn ich heirate am Sonnabend …"

An dieser Stelle unterbrach sie Señor González hocherfreut. „Welch ein Zufall? Auch für sie herzlichen Glückwunsch, felicidades."

Judy ließ sich nicht beirren und ergänzte nun ihren letzten, aufgeschriebenen Satz. „Ich bin lesbisch und heirate eine Frau und diese Frau sitzt neben mir", dabei schaute sie lächelnd Alex an.

Señor González verschlug es förmlich die Sprache, und ehe die anderen Mitschüler überhaupt mitbekamen, was da Judy vorgelesen hatte, lenkte er entsetzt vom Thema ab. „So, nun schlagen sie alle bitte Lektion fünf ihres Lehrbuches auf."

Schmunzelnd lag Alex im Bett und schätze rückblickend ein, dass die Ereignisse bis zu ihrem heutigen, besonderen Tag, einfach er-

lebnisreich und schön waren. Aber nun war es an der Zeit, diesem Höhepunkt ihrer Beziehung entgegenzutreten. Sanft rüttelte sie Judy. „Liebling, du musst aufwachen, wenn du unsere heutige Hochzeit nicht verpassen willst.“
Stunden später standen beide vor dem Standesamt und wurden von ihren Gästen jubelnd empfangen. Alle waren gekommen, die Eltern, Geschwister, Verwandte und Kinder sowie viele Freunde und Arbeitskollegen, vor allem aber die zahlreiche Frauenschar ihres lesbischen Clubs. Eine Weile später schritten Alex und Judy feierlich in den Saal, alle Blicke waren auf sie gerichtet. Die Ansprache der Standesbeamtin verlief ohne Vorkommnisse, anscheinend hatte sie sich intensiv auf ihre erste lesbische Hochzeit vorbereitet, denn kein Versprecher rutsche ihr aus dem Mund. Als die Frage nach dem entscheidenden Jawort kam, war Judy aufgeregter als je zuvor. Mit heiserer Stimme hörte Alex sie „Ja“ sagen. Aber jene Aufregung wollte sich einfach nicht legen, denn fast hätte Judy mit ihrem alten Namen unterschrieben.
Nachdem die Trauung zu Ende war, gab es einen besonderen Empfang vor dem Standesamt, denn die Gäste, vor allem Judys Arbeitskolleginnen hatten sich eine Vielzahl von Überraschungen einfallen lassen. Unter anderem mussten beide einen als Gipsbein getarnten Baumstamm in Arztbekleidung nebst Kopf- und Mundschutz mit stumpfer Säge durchtrennen. Das war für jedermann ein Gaudi, zuzusehen, wie sich die zwei frisch Vermählten abquälten. Die Prozedur dauerte über zwanzig Minuten, aber beide gaben nicht auf, so schwer sich auch dieser Stamm durchsägen ließ. Sichtlich erfreut, dass dem Brauch nach nun unendliches Glück beschieden wäre, nahm Alex Judy fest in die Arme und flüsterte ihr ins Ohr.
„Ich liebe dich und möchte dich niemals missen. Ich werde für immer an deiner Seite sein, mit dir durch dick und dünn gehen. Unser Traum Spanien, er wird sich erfüllen.“
„Ich freue mich auf all das Neue, was noch auf uns zukommen wird.“ Judy schaute Alex verträumt an. „Ich liebe dich und bin so glücklich mit dir und das allein zählt.“